U0012082

失落的指紋

Cruel & Unusual

女法醫史卡佩塔 KS Kay Scarpetta 4

Partricia Cornwell

派翠西亞・康薇爾——著 嚴韻——譯

女法醫史卡佩塔系列 04

失落的指紋 Cruel & Unusual

作　　者	派翠西亞・康薇爾 Patricia Cornwell
譯　　者	嚴韻
封面設計	莊謹銘
行銷企劃	陳彩玉、林詩玟
業　　務	李再星、李振東、林佩瑜
副總編輯	陳雨柔
編輯總監	劉麗真
事業群總經理	謝至平
發行人	何飛鵬
出　　版	臉譜出版 台北市南港區昆陽街16號4樓 電話：886-2-25000888　傳真：886-2-25001952
發　　行	英屬蓋曼群島商家庭傳媒股份有限公司城邦分公司 台北市南港區昆陽街16號8樓 客服專線：02-25007718；25007719 24小時傳真服務：02-25001990；25001991 服務時間：週一至週五9:30~12:00；13:30~17:00 劃撥帳號：19863813　戶名：書虫股份有限公司 讀者服務信箱：service@readingclub.com.tw 城邦網址：http://www.cite.com.tw
香港發行	城邦(香港)出版集團有限公司 香港九龍九龍城土瓜灣道86號順聯工業大廈6樓A室 電話：852-25086231　傳真：852-25789337 電子信箱：hkcite@biznetvigator.com
馬新發行	城邦(馬新)出版集團 Cité(M) Sdn. Bhd.(458372 U) 41, Jalan Radin Anum, Bandar Baru Seri Petaling, 57000 Kuala Lumpur, Malaysia. 電話：603-90563833　傳真：603-90576622 電子信箱：services@cite.my
四版一刷	2024年4月
I S B N	978-626-315-468-1 版權所有，翻印必究 (Printed in Taiwan)
售價450元	（本書如有缺頁、破損、倒裝，請寄回更換）

城邦讀書花園
www.cite.com.tw

國家圖書館出版品預行編目資料

失落的指紋/派翠西亞・康薇爾 (Patricia Cornwell)
著；嚴韻 譯. -- 四版. -- 臺北市：臉譜出版：
城邦文化事業股份有限公司出版 ： 英屬蓋曼群島
商家庭傳媒股份有限公司城邦分公司發行， 2024.04
面； 公分. -- (女法醫. 史卡佩塔；4)
譯自：Cruel & Unusual
ISBN 978-626-315-468-1 (平裝)

874.57　　113000423

導讀

死亡的翻譯人

唐諾

日前，我個人在Discovery頻道上看過一支有關法醫和刑案的影片。因爲豐碩的法醫知識和經驗而成爲眞實世界神探的李昌鈺博士也在片子裡露了一手，他示範了人體血液從無力滴落到沛然噴灑所造成的不同現場血跡狀態，並由此可重建致死的原因、方式和眞確位置，這個絕技他拿來應用在一名警員車內殺妻卻謊稱車外車禍致死的駭人刑案。李昌鈺從噴灑在車前座、儀表板以及車窗上的血跡（該警員宣稱血跡是車禍之後，他把妻子抱入車內所造成的），證實死者當時係坐在駕駛座旁，血液噴灑的出處也全部來自同一個點，相當於死者頭部的高度，而且只有鈍器的用力重擊才足以造成如此大量且強勁的血液噴灑——和我們絕大多數的推理小說結局一樣：他漂漂亮亮的破案了。

該影片一開頭爲我們鏘鏗留下這麼兩句話：每具屍體都有一個故事，它只存在法醫的檔案簿裡。

談到這個，我們得再提一下E. M.佛斯特，這位著名的英籍小說家以爲，人的一生是從一個他已然忘記的經驗開始（出生），到一個他必須參與卻不能了解的經驗結束（死亡），我們只能在這兩個黑暗之間走動，而兩個有助於我們開啓生死之謎的東西，嬰兒和屍體，並不能告訴我們什麼，「只因爲他們傳達經驗的器官和我們的接收器官無法配合。」

我們當然了解，佛斯特所說的生死之謎是大哉問的文學哲學思辯之事，但他「訊息」和「接收」兩造之間無法配合的俏皮話，卻爲我們留下一個滿好玩的遊戲線索來：是不是其間失落了一個轉換的環節呢？是不是少了一個俗稱「翻譯」的東西呢？

在人類漫長的歷史裡，其實這個翻譯人的角色一直是有的。

至少，我們曉得的就有這麼兩個職位，其中較爲古老的一種是靈媒。靈媒不僅較古老，翻譯的野心也較大，他試圖把佛斯特所言「結束那一端的黑暗」裡的一切譯成我們人間的語言，但也許正因爲他宣稱的管轄範疇實在太遼闊了，太無所不能了，因此反而變得可疑，讓人越來越不敢相信他譯文的「信達雅」。

另一個歷史稍短的我們今天則稱之爲法醫或驗屍官（但這也不完全是現代的產物，很久、很久之前我們中國人曾叫他「仵作」）。相形之下，這個翻譯人就謙卑踏實多了，原則上他不去瞻量眞正的死後世界種種，他也不強做解人，他關心的只是死亡前的事，尤其是進入死亡那一瞬間的方式和原因，但他是信而有徵的，經得住驗證。

從文學、法醫到警務

派翠西亞．康薇爾所一手創造出來的凱．史卡佩塔便是這麼一位可堪我們信任的死亡翻譯人，維吉尼亞州的女性首席法醫，這組推理系列小說的靈魂人物。

凱・史卡佩塔的可信任，從結果論來看，充分表現在她從質到量的驚人成功上頭，舉例言之，一九九〇年她的登場之作《屍體會說話》，一口氣囊括了當年的愛倫坡獎、約翰・克雷西獎、安東尼獎、麥卡維帝獎以及法國Roman d'Aventures大獎：而又比方說六年之後的一九九六年三月一日，這個系列的六部著作同時高懸《今日美國》的前二十五名暢銷排行之內，分別是第一、第二、第八、第十四、第十五和第廿四。

事情會到這種地步，想來不會是偶然的，必有理由。

我個人的看法是，在這裡，康薇爾成功寫出了一個專業、強悍、實戰派而且禁得住科學挑剔的罪案工作者。身爲一個實際上和一具一具屍體拚搏的法醫，而不是抽著板煙夸夸其談的安樂椅神探，這樣的小說基本上有著一翻兩瞪眼的透明性，因爲她的揭示工作，不能仰仗語言的煙霧，乃至於「弄鬆」到用人生哲理、人性幽微或那些「扯哪裡去了」的語言自圓其說，檢驗她的不是高度唯心不確定的語言論述，而是冰冷無情、說一是一的一具顯微鏡，這種無所遁逃的特質，使得如此書寫的推理小說只有兩種極端的結果：一是再不聰明的讀者都能一眼瞧出的假充內行失敗之作，另一則是結實可信的眞正耀眼之作。

可想而知，這樣的小說也就不是可躲在書房，光靠聰明想像來完成的。

說來，康薇爾的眞實生涯，好像便爲著創造出凱・史卡佩塔而準備的，她原本是記者，而且前夫還是英國文學的教授，然而，她奇特的轉入維吉尼亞州的法醫部門工作，從最基層的停屍處檢驗記錄人員幹到電腦分析人員，最後，在她寫作之路大開，成爲專業小說作家之前，她又轉入了警務工作——就這樣，文學、法醫到警務，三點構成一個堅實的平面，缺一不可。

人的存在

屍體會說話？這是眞的嗎？

我們回過頭來再一次問這個問題，是爲了清理一下某種實證主義的廉價迷思，就像我們經常在生活中聽到，甚至偶然也方便引用脫口而出，數字會說話、資料會說話、事實會說話……云云。這裡，隱藏著某種虛假的客觀，說多了，甚至好像連人都可以不存在似的。

一具屍體，乃至於萬事萬物的存在，的確都不是當下那一刻的冰涼實體而已，它或彰或隱保留了自身在時間裡的記憶刻痕（最形而下比方說某次闌尾炎手術的疤痕或體內的某個器官病變受損），這都可以被轉換理解成某種訊息，可堪被人解讀出來，因此，我們遂俏皮的說，儘管它並不眞正出聲，卻仍然像跟我們說著話一樣——這原本可以是積極的提醒，讓人們在實證的路上更積極更深化，主動去尋求並解讀事物隱藏的訊息，叫出它的記憶。

然而，問題在於：這是怎麼樣的訊息？向誰而發？由誰來傾聽？

從法醫的例子到佛斯特「訊息」到「接收」的說法，我們由此很容易看得出來，這個訊息說的並不是我們人間的普通語言，在通常的狀態之下我們是聽不懂的，我們得仰賴一個中介者，一個能解讀兩種不同語言的專業翻譯人。就像一具客觀實存的屍體擺在我們面前，我們大概只能駭怕的發現，它是死亡的，頂多稍稍猜得出它可能是暴烈或安然死亡而已，然而，在李昌鈺博士或我們的凱．史卡佩塔首席女法醫的操弄解讀之下，這具屍體卻可以像花朵在我們眼前綻開一般，神奇的讓我們看到它的死因、它的死亡細節和眞正關鍵，看到我們並不參與的生前遭遇和記憶，以及其他。

神奇但又可驗證，這樣的事最叫人心折。

這個中介者或翻譯者，必定得是人，一種專業的人——這個「專業」，指的不是他的職業，而是他的知識和經驗，並由此堆疊出來的洞見之力。從這裡我們知道，實證主義的進展，最終並非走向一種人的取消，相反的，它在最根深柢固之處，會接上能動的、思維的人。

所謂強悍

也因著這樣，我個人會更喜歡凱．史卡佩塔多一點，就像我也喜歡當前美國冷硬推理小說的兩位奇特私探，分別是蘇．葛拉芙頓筆下的肯西．梅爾紅和莎拉．派瑞斯基的維艾．華沙斯基一樣，只因為她們都是女性。

這極可能是我的偏見，但我的想法是，在男女平權尙未完成的現在，女性的專業人員，尤其是存在著粗魯暴力的男性主體犯罪世界之中，不管做為私探或者法醫，她們都得承受較多的不利和風險，包括先天生物構造的脆弱和後天社會體制形塑的另一種脆弱，但意識到這樣的脆弱在小說的思維裡是好的，就像大導演費里尼所說，「害怕的感覺隱藏著一種精微的快樂。」我們會看到凱在面對屍體的溫柔和面對罪犯的心情跌宕起伏，正如我們會看到梅爾紅和華沙斯基在放單面對並不得不緝捕男性罪犯時的狼狽和必然的害怕，這個確實存在的脆弱之感，引領著小說的思維走向一種精微的、豐饒的層次，而不是那種打不退、打不死、像坦克車一樣又強力、又沒腦袋的無趣英雄。

我個人多少覺得海明威筆下那種提著槍出門找尋個人戰鬥如找尋獵物的男性沙文英雄，以及當代波士頓冷硬大師羅勃．派克筆下的硬漢史賓塞看成是可笑的；對於海明威我寧可喜歡和他同期同名、深鬱細緻的福克納；至於羅勃．派克，他一向以雷蒙．錢德勒的繼承人自居，但老實說，他那位打拳練舉重、一雙鐵拳一枝快槍幾乎打遍天下無敵手的史賓塞，較之於高貴、幽默、若有所思的元祖冷硬私探菲力普．馬羅，實在只是個賣肌肉的莽漢而已。

我稱凱．史卡佩塔是專業且「強悍」的女法醫，正如我們大家仍都同意梅爾紅和華沙斯基仍隸屬於所謂「冷硬」私探一般，我相信，在這裡，強悍冷硬的意義是訴諸於一種專業的知識層面、一種強韌的心智層面和一種精緻的思維層面，在這些方面，並不存在著肉體的強弱和性別的差異，要比的，只是如何更專業，更強韌以及更精緻而已。

讓我們帶著這樣的心情，進入這位專業女法醫所爲我們揭示的神奇死亡世界，聽她跟我們翻譯一個個死亡的有趣故事吧。

人物介紹

凱・史卡佩塔	法醫病理學家
彼德・馬里諾	里奇蒙市警局凶殺組副隊長
班頓・衛斯禮	聯邦調查局嫌犯人格分析專家
露西・費里奈利	史卡佩塔的外甥女
傑克・費爾丁	法醫辦公室副主任
班・史蒂文司	法醫辦公室行政人員
蘇珊・道森・史多瑞	停屍間管理人
傑森・史多瑞	蘇珊的丈夫
蘿絲	法醫辦公室祕書
尼爾斯・范德	指紋檢驗主任
瑪格麗特	法醫辦公室電腦分析師
喬・特倫	亨利哥郡警探
湯姆・路瑟羅	里奇蒙市警官
小毛	聯邦調查局實驗室毛髮和纖維研究員
喬・諾林	維吉尼亞州州長
羅伊・派特森	里奇蒙市總檢察官
馬克・詹姆斯	聯邦調查局探員，史卡佩塔的男友

朗尼・喬・華德爾	死刑犯
尼可拉斯・古魯曼	人權律師
法蘭克・唐納修	春街監獄典獄長
羅伯茲	春街監獄人員
海倫・烏	春街監獄人員
羅蘋・納史密斯	第八頻道新聞主播
艾迪・希斯	遭綁架後殺害的十三歲男孩
珍妮佛・戴頓	占星顧問
威利・崔佛斯	珍妮佛・戴頓的前夫
約翰・戴頓	珍妮佛・戴頓的哥哥
麥拉・克蕾瑞	珍妮佛・戴頓的鄰居
吉米・克蕾瑞	珍妮佛・戴頓的鄰居
查爾斯・赫爾	倫敦維多利亞車站售票員
山姆・波特	里奇蒙大學德文教授

失落
的指紋
Cruel
&
Unusual

楔子

一名死刑犯在春街監獄的沉思

兩週後是聖誕節，四天後什麼也不是。我躺在鐵床上瞪著我髒兮兮的赤腳和缺了座墊的白色馬桶，蟑螂從地板上爬過的時候我已經不會再驚跳起來了。我注視牠們，就像牠們注視我一樣。

我閉上眼，緩緩呼吸。

我記得在大熱天割稻草卻什麼錢也沒賺到，尤其是跟白人的生活比起來的話。我夢想著烤錫罐裡的花生，還有像吃蘋果一樣地吃著當令的蕃茄。我想像開著小貨車，臉上汗水淋漓，在那個我曾發誓一定要離開、沒有未來的地方。

我上個廁所、擤個鼻涕，或抽個菸，守衛都要做筆記。沒有時鐘。我永遠不知道天氣如何。我睜開眼睛，看見一堵無邊無際的空白牆面。一個人快死的時候應該會有什麼感覺？

就像一首很悲傷、很悲傷的歌。我不知道歌詞，記不得了。他們說事情發生在九月，那時的天空就像知更鳥的蛋，落葉紅似火。他們說城裡有隻失控的野獸，現在又少了一個神智健全的人。殺了我也無法殺死那頭野獸。黑暗是他的朋友，血肉是他的盛宴。當你以為夠安全、不用再小心的時候，正是你應該開始小心的時候，老兄。一項罪惡引向另一項罪惡。

朗尼·喬·華德爾

1

把朗尼．喬．華德爾的沉思內容裝在皮夾裡帶來帶去的那個星期一，我一整天都沒看到太陽。早上我開車上班的時候天還是黑的，當我開車回家的時候天也已經黑了。車前大燈的光束裡有小雨滴在旋舞，夜色苦寒，霧氣陰沉。

我在客廳裡生起爐火，眼前出現了維吉尼亞州的農地和陽光下逐漸成熟的蕃茄。我想像一個黑種年輕男人坐在小貨車燠熱的駕駛座上，不知那時他的腦中是否充滿了殺意。華德爾的沉思登在《里奇蒙時報—快訊》上，我把剪報帶去上班，以便把它加進他那份日漸增厚的檔案。但當天的事務讓我分了心，於是他的沉思還留在我的皮夾裡。我已經讀了好幾遍，我想是因為我十分好奇詩意和殘忍竟然可以並存在同一個心靈裡。

接下來的幾個小時裡，我處理帳單，寫聖誕卡，電視開著但調成了靜音。跟維吉尼亞州的其他公民一樣，每當有死刑犯排定處決日期的時候，我都是從媒體上得知是否要進行上訴，或者州長有沒有給予特赦。新聞會決定我接下來是上床睡覺，還是開車到城裡的停屍間去。

將近十點鐘，電話響了。我接起來，猜想可能是我的副主任或者是其他部屬，他們跟我一樣，今晚的行程都還在未定之列。

「喂？」一個我不認識的男聲說：「我想找凱．史卡佩塔？呃，首席法醫，凱．史卡佩塔醫生？」

「我就是。」我說。

「哦，很好。我是亨利哥郡的喬．特倫警探，從電話簿裡查到你的電話。抱歉打電話到家裡打擾你。」他聽起來很緊張。「但我們碰到些狀況，眞的很需要你幫忙。」

「出了什麼問題？」我邊問邊神經緊繃地盯著電視，正在播廣告。我希望不是有什麼現場需要我去處理。

「今晚稍早的時候，一名十三歲的白人男孩走出北區的一間便利商店之後遭到綁架。他頭部中彈，另外也可能受到某些性侵犯。」

我心直往下沉，伸手去拿紙筆。「屍體在哪裡？」

「他在本郡帕特森大道上一家雜貨店後面被人發現。我是說他還沒死，目前昏迷不醒，但天知道他能不能活下去。我了解這不在你的工作範圍之內，因爲他還沒死。但他身上有些傷口眞的很怪，我從來沒見過那種類型。我知道你看過很多種不同的傷口，也許你能知道這些傷口是怎麼造成的，又是爲了什麼。」

「形容給我聽。」我說。

「有兩個地方。一個在他的右大腿內側，你知道，很靠近胯下的地方；另一個在他的右肩，很大塊的皮肉沒有了——被切掉了，而且這些傷口邊緣還有奇怪的割痕和刮痕。他現在在亨利哥醫院。」

「你們有沒有找到被切掉的組織？」我思緒飛掠過其他案件，尋找著類似之處。

「還沒有。我們的人現在還在搜索，但攻擊可能發生在車裡。」

「誰的車？」

「嫌犯的。那孩子在雜貨店的停車場被人發現，離他最後出現的那間便利商店足足有三、四哩遠。我想他可能是上了某人的車，或許是被強迫的。」

「你們有沒有在醫生治療他之前拍下傷口的照片？」

「有，但醫生也還沒做什麼處理。因為被割掉的皮膚面積太大了，他們得做皮膚移植──完整的移植，他們是這麼說的，如果這能給你一些概念的話。」

這給我的概念是他們已經清除了傷口的腐肉，從他靜脈注射抗生素，準備做臀部皮膚移植。所以，如果情況是他們已經破壞了傷口周圍的組織並加以縫合的話，那就不會剩下多少東西讓我看了。

「他們還沒有縫合他的傷口？」我說。

「他們是這麼告訴我的。」

「你要我去看一下嗎？」

「這樣就太好了。」他如釋重負地說：「你應該能很清楚地看到那些傷口。」

「你想要我什麼時候去？」

「明天就行了。」

「好。幾點？越早越好。」

「八點整？我在急診室門口等你。」

「我會準時到。」我說。新聞主播嚴肅地盯著我。我掛上電話，伸手拿遙控器調高音量。

「……尤金妮亞，請你告訴我們州長那裡是否有消息？」

鏡頭轉到維吉尼亞州立監獄，兩百年來全州最凶惡的罪犯都關在這位於市區邊緣、靠近詹姆士河旁一段滿是岩石的地帶。舉著標語的示威者以及熱烈擁護死刑制度的人聚集在夜色中，在電視的強力照明下，臉色顯得很難看。有些人正在大笑，令我心寒之至。一個年輕貌美、身著紅色外套的記者塡滿了畫面。

「如你所知的，比爾，」她說：「昨天在諾林州長的辦公室和州立監獄之間設立了一條專線。目前仍然沒有消息，這件事就已經告訴了我們，傳統上，州長不打算干預的時候就會保持沉默。」

「現在那裡情況如何？目前爲止還算平靜嗎？」

「是的，比爾。我估計站在這裡守夜的人有好幾百個。當然，州立監獄本身幾乎是空的。除了幾十個人之外，其他的受刑人都已經移送到格林斯威爾的新監獄去了。」

我關上電視，不到一會兒工夫便開車出門，鎖上車門，開著收音機。疲憊之感像麻醉藥一樣滲進體內。我覺得陰鬱麻木。我怕執行死刑，怕等著別人死，然後用解剖刀劃開跟我身體一樣溫暖的血肉。我是個有法律學位的醫生，受過專業訓練，知道什麼讓人生，什麼讓人死；什麼是對，什麼是錯。然後經驗變成了我的導師，打擊著我原本的理想主義和理性分析。當一個肯用大腦的人被迫承認很多陳腔濫調其實所言不虛的時候，是很令人氣餒的。這個世界上沒有正義，沒有任何東西能勾消朗尼．喬．華德爾所做的事。

他被判死刑已達九年。案子的被害人不是我經手的，因爲她遇害的時候我尙未接任維吉尼亞的首席法醫，也還沒有搬到里奇蒙來。但我讀過她的紀錄，非常清楚案件裡每一個殘忍的細節。十年前的九月四日早上，在第八頻道當新聞主播的羅蘋．納史密斯打電話到電視台請病假。她出門去買感冒藥，然後回家。隔天，她被人發現赤身裸體、傷痕累累地陳屍在客廳裡，屍體靠在電視上。藥櫃上採到一枚染血的大拇指指紋，稍後查出是朗尼．喬．華德爾的。

我將車子開進停屍間後方的停車場，那裡已經停了幾輛車。我的副主任費爾丁已經到了，還有行政人員班．史蒂文司和停屍間的管理人蘇珊．史多瑞。隔間的門開著，屋裡透出的燈光微弱地照在柏油地上，一名州政府大廈的警員坐在他惹人注目的車裡抽菸。我停車的時候，他下車走了出來。

「隔間的門開著安全嗎？」我問。他又高又瘦，滿頭白髮。雖然我以前跟他交談過很多次，但還是記不起他的名字。

「目前看起來沒問題，史卡佩塔醫生。」他說著拉起厚重尼龍夾克的拉鍊。「這附近沒看到想找麻煩的人。但等監獄的人一到我就會把門關上，不讓別人打開。」

「好，只要你會守在這裡就行。」

「會的，女士，這點你可以放心。我們也會再派兩名警察過來，以防發生什麼問題。我猜你也在報上看到，有人連署向州長請願。今天稍早的時候，我還聽說有些遠在加州的慈善人士在絕食抗議。」

我向空蕩蕩的停車場四周和中央街看了看。一輛車快速駛過，車輪在潮濕路面上唰啦作響。雨霧中街燈一片朦朧。

「我才不幹這種事，叫我爲華德爾少喝杯咖啡都不行。」警員用手圈住打火機，然後開始吞雲吐霧。「想想他對那個納史密斯女孩做的事。我記得在電視上看過她。嗯，我對女人的喜好跟咖啡一樣——又白又甜。但我得承認，她是我看過最漂亮的黑女孩了。」

我才剛戒了兩個月的菸，現在看到別人抽菸還是很讓我抓狂。

「老天，差不多有十年了吧。」他繼續說下去，「我可永遠也忘不了當時引起多大的騷動。那是這裡發生過最糟的案子之一，還有人以爲是隻大灰熊抓住了——」

我打斷他的話，「你會隨時把情況通知我們吧？」

「是的，女士。他們會用無線電告訴我，我會跟你們說。」他回到車上去。

停屍間裡的日光燈把走廊照得蒼白，除臭劑的味道重得令人生厭。我走過喪葬人員簽收屍體的小辦公室，然後是X光室，再來是冷凍室，那其實是一間冷凍的大房間，有雙層的帶輪推床以及兩扇鋼製的巨門。解剖室裡燈火通明，不鏽鋼桌擦得錚亮。蘇珊在磨一把長刀，費爾丁給那些裝血的試管貼上標籤。他們兩個看來都跟我的感覺一樣，既疲倦又無精打采。

「班在樓上的圖書室裡看電視。」費爾丁對我說：「如果有什麼新發展他會告訴我們。」

「這傢伙得到愛滋病的機會有多大？」蘇珊講起華德爾好像他已經死了似的。

「我不知道。」我說：「我們戴兩層手套，採取跟平常一樣的防備措施。」

「如果他得過的話，我希望他們會說一聲。」她仍抓著這個話題不放。「你知道，他們只管把這些犯人送進來，對這類事情都馬虎處理。我不認爲他們會在乎犯人是不是HIV帶原者，因爲反正這又不是他們的問題。驗屍的人又不是他們，他們根本不需要擔心被針戳到。」

近來，蘇珊對於諸如輻射、化學物質、疾病等的職業危險越來越疑神疑鬼。我不怪她，她已經懷了幾個月的身孕，儘管外表看不太出來。

我套上塑膠圍裙，回到更衣室去穿上綠色制服，用靴套罩住鞋子，拿出兩包手套。我檢視放在三號桌旁的手術車。每樣東西都標上了華德爾的名字、日期，還有驗屍編號。如果諾林州長在最後一分鐘插手，那麼這些貼了標籤的試管和紙箱都會作廢。朗尼．華德爾的名字會從停屍間的紀錄上刪去，他的驗屍號碼會輪到下一個被送進來的人。

晚上十一點班．史蒂文司下樓來，對著我們搖搖頭。我們全都抬頭看鐘沒說話，時間一分一秒過去。

那個警員手中握著無線電走了進來。我終於想起來他姓藍金。

「他在十一點零五分宣告死亡。」他說：「差不多十五分鐘後會到。」

救護車倒車進入隔間的時候發出嗶嗶的警告聲，後車門一開，跳出來的警衛多得足以控制一場小型監獄暴動。其中四人將放著朗尼．華德爾屍體的擔架拉出來，抬著走上斜坡道直接進停屍間。金屬物品喀噠作響，腳步來回移動，我們全都讓出一條路。他們懶得將擔架腿拉開，便直接將擔架放到磁磚地板上推著走，像是裝了輪子的雪橇，上面的乘客被綁住，身上覆蓋一條沾了血跡的床單。

「流鼻血。」我還沒來得及問，其中一名警衛便自動提供了答案。

「誰流鼻血？」我詢問，注意到他的手套上有血。

「華德爾先生。」

「在救護車上？」我感到困惑，因爲華德爾被送上救護車的時候應該已經沒有血壓了。

但那名警衛正忙著別的事沒有回答我，得等一下才能知道了。

我們把屍體移到放在磅秤上的帶輪推床。好幾隻手忙著解開帶子、掀起床單。解剖室的門悄然關上，監獄警衛來得急，去得也快。

華德爾死了二十二分鐘。我可以聞到他的汗水、髒兮兮的赤腳，還有淡淡的皮肉燒焦味。他的右褲管捲到膝蓋上方，小腿的灼傷處包著死後才包上去的乾淨紗布。他是個強壯有力的大塊頭。報紙稱他是溫和的巨人，有著一雙靈性眼眸的詩意朗尼。然而他曾經用我現在看到的這雙大手、粗壯的雙肩和臂膀，奪去了另一個人的生命。

我拉開固定他淺藍斜紋布襯衫的魔鬼沾，一面脫他的衣物一面檢查各個口袋。搜尋個人物品只是個形式，通常不會找出什麼。囚犯上電椅的時候是不准攜帶任何東西的，所以當我在他牛仔褲的後口袋裡找到看來像是一封信的東西時，感到非常驚訝。信封完好沒有打開過，正面用粗黑的大寫字體寫著——

極度機密

請與我一起埋葬!!

「把信封和裡面的東西拷貝一份，然後把原件和他的個人物品一起交上去。」我說著把信封交給費爾丁。

他把信封塞到夾在寫字板上的驗屍表格下，咕噥著說：「老天，他的塊頭比我還大。」

「真難相信還會有人的塊頭比你大。」蘇珊對這位熱中健身的副主任說。

「還好他剛死沒多久。」他加上一句，「否則我們可就得使出吃奶的力氣了。」死去數小時之後，人的肌肉會糾結得跟大理石雕像一樣難以處理。華德爾還沒有開始變硬，身體仍然如生前般柔軟，彷彿只是睡著了而已。

我們要合三人之力才能把他搬到解剖台上，而且還是臉朝下。他有兩百五十九磅重，雙腳突出於桌外。我正在量他腿上的灼傷痕跡時，通到隔間的對講機響了。蘇珊過去看看是誰，沒一會兒彼德．馬里諾副隊長走了進來，防水短外套的釦子沒扣，衣帶的一端拖在地上。

「他小腿肚上的灼傷痕跡是四乘一、四分之一乘二又八分之三。」我對費爾丁口述，「表面乾燥，收縮，起泡。」

馬里諾點起一根菸。「那些人正在爲他流血的事大驚小怪。」他說，看起來很心神不寧的樣子。

「他的直腸溫度是一〇四。」蘇珊把化學溫度計拿出來的時候說：「時間是十一點四十九分。」

「你知道他的臉上爲什麼有血嗎？」馬里諾問。

「有一名警衛說他流鼻血。」我回答，又加了一句，「我們得把他翻過身來。」

「你有沒有看到他左手臂內面的這個地方？」蘇珊讓我注意到一處擦傷。

我在強光下用放大鏡檢視了一下。「我不知道，也許是綁他的帶子造成的。」

「他右手臂上也有。」

我看了一下，同時馬里諾邊抽菸邊注視著我。我們把屍體翻過來，用東西墊在肩膀下。一股血從他的右鼻孔流了出來。他的頭髮和下巴都被剃成長短不齊的毛渣。我做了一道Y型切口。

「這裡可能會有些擦傷。」蘇珊看著舌頭說。

「把它切下來。」我把溫度計插進肝臟。

「老天。」馬里諾屏住氣息說。

「現在？」蘇珊的解剖刀擺好了位置。

「不是，先給他頭上的灼傷拍照。我們需要測量那些傷痕，然後把舌頭切下來。」

「該死。」她抱怨道：「上次是誰最後用相機的？」

「抱歉。」費爾丁說：「抽屜裡沒有底片了，我忘了。順帶一提，確保抽屜裡有底片是你的工作。」

「如果你肯告訴我抽屜裡沒底片的話，就會有所幫助的。」

「女人的直覺不是應該很強烈嗎，沒想到還需要我來告訴你。」

「我把他頭上這些灼傷都量好了。」蘇珊不理他的話，向我報告。

「好。」

蘇珊唸出測量出的數字，然後開始切舌頭。

馬里諾從桌旁退開。「老天，」他又說一遍，「每次看到這些都讓我受不了。」

「肝臟溫度是一〇五。」我向費爾丁報告。

我抬頭瞥了時鐘一眼。華德爾已經死了一個小時，並沒有涼掉多少。他的個子很大，而且電刑會使人體溫度升高。我解剖過個子比較小的男人，其頭部溫度有高達一一〇度的。華德爾的右小腿至少就有這個溫度，摸起來燙燙的，肌肉完全處於強直性痙攣狀態。

「邊緣有一點擦傷，不過沒什麼嚴重的東西。」蘇珊向我指出。

「他有沒有用力咬舌頭，咬到足以流出那麼多血的地步？」馬里諾問我。

「沒有。」我說。

「唔，他們已經在外面小題大作了。」他提高了聲音，「我想也許你會想知道。」

我停下動作，解剖刀靠搭在桌邊，突然想起了什麼。「你是他的死刑證人。」

「對，我跟你說過。」

每個人都看著他。

「外面有麻煩。」他說：「我不希望任何人單獨離開這棟建築。」

「什麼樣的麻煩？」蘇珊問。

「一票宗教狂熱分子從今天早上開始就在春街監獄晃來晃去。他們不知從哪聽說了華德爾流血的事，救護車載走他的屍體後，他們開始朝這個方向前進，像一群殭屍似的。」

「他開始流血的時候你有沒有看到？」費爾丁問他。

「哦，有。他們電了他兩次。第一次他發出很大的嘶嘶聲，好像電熱器冒出蒸汽一樣，然後血就從他的罩臉布下流了出來。他們說電椅可能有點失靈。」

蘇珊啓動史特萊克鋸來切割頭骨，沒人跟那嗡嗡的吵雜聲競爭，我繼續檢查器官。心臟很健康，冠狀動脈的情況好極了。電鋸停下來，我繼續向費爾丁口述。

「測出重量了嗎？」他說。

「心臟重五四〇，左上葉到主動脈弓之間有一處黏連。甚至找到了四個副甲狀腺，如果你還沒記下來的話。」

「記下來了。」

我把胃放到切割板上。「幾乎成管狀。」

「你確定嗎？」費爾丁靠過來看，「眞怪，個頭這麼大的人一天至少需要四千卡路里。」

「他沒吃進這麼多熱量，至少最近沒有。」我說：「他的胃裡完全沒有東西，乾乾淨淨。」

「他沒吃他的最後一餐？」馬里諾問我。

「看起來不像是有吃。」

「死刑犯通常會吃嗎？」

「會，」我說：「通常會。」

我們在凌晨一點完成解剖，跟在殯儀館的人後面走到隔間，靈車等在那裡。我們走出建築物，黑夜裡閃動著紅色和藍色的燈光。無線電對講機的靜電干擾聲在濕冷的空氣中飄蕩，車子引擎發出咆哮聲，圍繞著停車場的鋼絲網護欄外是一圈火光。男女老少靜靜地站著，搖曳的燭火映著臉龐。

殯儀館的人很快將華德爾的屍體推進靈車，關上車門。有人說了句什麼，我沒聽清楚，然後蠟燭突然像流星暴雨一般紛紛飛越過鋼絲網護欄掉落在地上。

「這些該死的神經病！」馬里諾叫道。

燭芯燃出橙色的亮光，柏油路面上滿是東一點西一點的小小火焰。靈車匆忙開動倒車出去。閃光燈一陣亂閃。我看到第八頻道的新聞採訪車沿著中央街的人行道開。身穿制服的警員忙著踩熄蠟燭，朝護欄移動，命令所有人離開這個區域。

「我們不想讓這裡發生任何狀況，」一位警官說：「除非你們當中有人想在拘留所過夜。」

「屠夫。」一個女人尖叫。

其他的人也叫喊起來，伸手抓住鋼絲網護欄搖動著。

馬里諾連忙送我到車旁。

規律的叫喊聲很響，像是來自原始部落的吟誦。「屠夫，屠夫，屠夫……」

我緊張地摸索鑰匙，鑰匙串掉在地上，我一把抓起來，終於找到了正確的那一支。

「我陪你一起回去。」馬里諾說。

我將暖氣開大，但身體暖不起來。我檢查了兩次以確定車門上了鎖。黑夜染上了一層超現實的色彩，亮著和暗著的窗戶組成了奇怪的不對稱圖形，在我的視線邊緣有陰影移動。

我們在我家廚房裡喝蘇格蘭威士忌，因為我的波本喝完了。

「我不知道你怎麼受得了這種玩意兒。」馬里諾粗魯地說。

「吧台裡有什麼你就儘管倒。」我告訴他。

「我會咬牙熬過去的。」

我不太確定要怎麼樣轉移話題，而且馬里諾明顯地不打算讓我好過。他的神經繃得很緊，臉色發紅。一綹綹散落的灰髮貼在他潮濕、微禿的頭上，菸一根接一根抽個不停。

「你以前有沒有當過電刑的證人？」我問。

「從來沒有強烈的衝動要當。」

「但這次是你自願的，所以那股衝動一定是相當強了。」

「我敢說，如果你在這東西裡加些檸檬和蘇打水，應該不會太壞。」

「如果你想要我把好好的蘇格蘭威士忌給毀掉，我會很樂意盡一點力。」

他把玻璃杯朝我推過來，我走向冰箱。「我有瓶裝的萊姆汁，可是沒有檸檬。」我搜尋著架子。

「沒關係。」

我在他杯子裡加進幾滴萊姆汁，然後倒了些氣泡飲料。他渾然不覺地邊啜飲那杯奇怪的混合物邊說：「也許你忘了，羅蘋．納史密斯是我的案子，我和桑尼．瓊斯的案子。」

「那時候我不在這裡。」

「哦，對。怪了，感覺上你好像一輩子都在這裡似的，但你知道事情的經過，對吧？」

羅蘋．納史密斯遇害的時候我是戴德郡的副首席法醫，我記得先是從報上讀到這個案子，在電視新聞裡得知案情發展，後來又在一個全國會議裡看到關於此案的幻燈片簡報。羅蘋．納史密斯曾當選維吉尼亞小姐，美得令人驚豔。她有一副低沉的好嗓子，在鏡頭前口才便給魅力十足，死時年僅二十七歲。

辯方聲稱朗尼．華德爾原本只打算偷東西，羅蘋從藥局回家的時候不幸撞個正著。據說華德爾不看電視，在洗劫她家又對她施暴時並沒有認出她，也不知道她有光明的前途。辯方表示，他當時嗑藥嗑得太猛了，根本不知道自己在做什麼。陪審團駁回了華德爾暫時性精神失常的抗辯，建議將他判處死刑。

「我知道非逮住凶手不可的壓力非常大。」我對馬里諾說。

「他媽的大到不可思議。我們有那個很完整的指紋和咬痕，我們派了三個人從早到晚翻查陳年檔案。我在那個該死的案子上花了多少時間簡直算不清。然後我們逮到了這個王八蛋，因為他開著一輛牌照過期的車在北卡羅萊納州晃來晃去。」他頓了頓，眼神變得冷硬，然後說：「當然，那時候瓊斯已經不在了。他沒趕上見到華德爾惡有惡報，眞是他媽的可惜。」

「你把桑尼·瓊斯的事怪到華德爾頭上？」我問。

「嘿，你認為呢？」

「他是你的好朋友。」

「我們是重案組的同事，一起釣魚、打保齡球。」

「我知道他的死給你很大的打擊。」

「是啊，呃，那案子把他拖垮了。全天候工作既不睡覺也從不回家，這當然對他的婚姻毫無幫助。他一直跟我說他受不了了，再後來他就什麼也不跟我說了。直到有一天晚上他決定把槍塞進嘴裡。」

「我很遺憾。」我溫和地說：「但我不確定你應該把這件事怪到華德爾頭上。」

「對我來說是有一筆帳要算。」

「那麼你目睹他處死之後，帳算清了嗎？」

一開始馬里諾沒回答。他瞪著廚房另一端，下巴緊縮。我看著他抽菸，喝乾杯裡的酒。

「我可以再來一杯嗎？」

「唷，有何不可。」

我站起來，再幫他弄了一杯，想著馬里諾所遭遇過的種種不公、不義和失落，使他變成現在這個樣子。他在紐澤西州一個很糟的地方熬過了貧困又無人疼愛的童年，自此始終對比他好命的人抱持著不信任的態度。不久前，他結褵三十年的妻子離開了他，似乎也從來沒人聽說過他獨子的任何事情。儘管他是個忠心執法、紀錄輝煌的優秀警察，但他的體質裡沒有和上級愉快相處的基因。他的生命歷程似乎已經把他放到了一條冷硬的道路上，我怕他到頭來希望得到的並不是智慧或和平，而是報復。馬里諾無時無刻不對某人或某事感到憤怒。

「醫生，我問你。」我回到桌邊時他對我說：「要是那些害死馬克的混帳東西被抓到了，你會有什麼感覺？」

我完全沒料到他會有此一問，我不願去想到那些人。

「你難道不會希望見到那些王八蛋被吊死？」他繼續說：「不想自願參加行刑隊，好親自扣下扳機？」

馬克的死是因爲有顆炸彈裝在倫敦維多利亞車站的垃圾桶裡，爆炸的那一刻他正好走過。我極度震驚和哀傷，根本無心去想復仇。

「對我而言，想像懲罰一群恐怖份子是無意義的行爲。」我說。

馬里諾狠狠地盯著我。「這就是你有名的狗屎答案之一。如果能的話，不收錢你都會願意替那些人解剖，活生生的解剖，而且你會切割得很慢很慢。我有沒有告訴過你羅蘋．納史密斯的家人後來怎麼了？」

我伸手去拿酒。

「她父親是醫生，住在北維吉尼亞州，大好人一個。」他說：「審判過後大約六個月，他得了癌症，兩個月以後就死了。羅蘋是獨生女。她母親搬到德州，出了車禍，從此只能坐在輪椅上，除了回憶之外一無所有。華德爾害死了羅蘋．納史密斯全家人，他毒害了每一條他碰上的生命。」

我想著在農莊上長大的華德爾，他那篇沉思裡的景象在我腦海中漂浮。我彷彿看見他坐在門廊的台階上，大口吃著一顆帶有陽光滋味的蕃茄。不知道他生命的最後一秒腦袋裡在想什麼，不知道他有沒有祈禱。

馬里諾捻熄一根菸，準備離開了。

「你認不認識亨利哥一個叫做特倫的警探？」

「喬．特倫以前在K-9（譯註：一九四二年成立的一個軍方單位，專門訓練狗兒來執行軍事任務。所挑選的狗種包括德國狼犬、羅威納和杜賓狗）待過，兩個月前升了警佐調任探員。他像個緊張兮兮的女人，不過人還不壞。」

「他打電話給我說一個男孩的事——」

他打斷我的話。「艾迪．希斯？」

「我不知道他叫什麼名字。」

「一個白種男孩，十三歲上下，我們在辦這個案子。『好運道』屬於本市的範圍。」

「好運道？」

「就是他最後被人看見的那家便利商店，在北區的錢伯連大道旁邊。特倫特找你做什麼？」

馬里諾皺起眉頭。「人家告訴他希斯沒救了，所以他要來跟你提前預約？」

「他要我去看看那些不尋常的傷口，有可能是遭人故意切除的。」

「老天，我真恨這種事情發生在小孩身上。」馬里諾把椅子往後推，揉著太陽穴。「該死的，每次解決掉一個爛貨，就會出現另一個來替補。」

馬里諾離開後，我疲累地坐在客廳的壁爐旁看著燃燒的煤炭忽明忽滅。我心中湧起一股重創的、難以平撫的悲傷，而我無力將它揮去。馬克的死在我的靈魂上留下了一道沒有癒合的撕裂傷，我完全沒料到我整個生活和我對他的愛會有這麼緊密的關係。

我最後一次看見他是他飛往倫敦的那天，我們在他去杜爾斯機場之前抽出短短的時間一起吃午飯。關於我們相處的那最後一個小時，我記得最清楚的是，我們兩個都不時看錶，天空中烏雲逐漸密布，然後雨點濺在我們座位旁的窗子上。他下巴有一道刮鬍子時不小心割破的小傷口，後來每當我回憶起他的時候，總會看見那道小傷口，而莫名地因之崩潰決堤。

他死在二月，彼時波灣戰爭已接近尾聲。我下定決心遠離傷痛，於是賣掉房子搬到新的地方。結果我只是把自己連根拔起，卻沒有眞正向前邁進，而曾經撫慰我的那些熟悉的植物和鄰居也都沒有了。重新裝潢新家或者重新設計院子都使我倍感壓力。我所做的每一件事都是爲了讓自己分心，可是又讓自己沒時間分心。我可以想像馬克對著我大搖其頭。

「一個這麼講邏輯的人，居然……」他會微笑著這麼說。

「那你又會怎麼做？」有些失眠的夜晚我會在腦海裡對他說：「如果還活著的人是你而不是我，你又到底會怎麼做？」

我回廚房把杯子沖洗乾淨，到書房裡去聽答錄機上有什麼留言。有幾個記者打過電話來，還有我母親和我外甥女露西，另外三通沒留言就掛斷了。

我很想申請一支不列入電話簿上的號碼，但不可能。警方、檢察官，還有全州四百多名派任的法醫都有正當理由需要在下班後找到我。爲了彌補我失去的隱私權，我用答錄機來過濾電話，如果有人留下威脅或猥褻的留言，可以藉由來電號碼顯示的功能加以追蹤。

我按著號碼顯示器上的回轉鈕，一一檢視在那窄小螢幕上出現的號碼。找到我要找的那三通電話時，我感覺困惑又疑慮。這支號碼已經莫名其妙地開始變得熟悉了。近來這個號碼一個星期會在我的顯示器上出現好幾次，對方總是不說話就掛斷。我曾試過回撥這個號碼，想看看接電話的是什麼人，但只聽到像是傳眞機或電腦數據機所發出的尖銳聲音。不管爲了什麼，今晚十點半到十一點之間這個人或這架機器撥了三次我的號碼，那時我正在停屍間等華德爾的屍體。這沒有道理，電腦語音的推銷電話不應該這麼晚了還如此頻繁，而如果某台數據機想連上另一台卻一直撥成我的電話，到現在也該有人想到是他的電腦撥錯號碼了吧？

離清晨只剩幾小時，我睡睡醒醒。屋裡每一個細微的聲響都讓我心跳加速。防盜警報器安裝在我的床對面，控制面板上的紅燈閃爍著不祥的光芒，每當我翻身或拉扯被子，解除了設定的偵測器便靜靜地用閃動的紅眼注視著我。我做了許多怪夢。五點半我打開檯燈，起身穿衣服。

我開車到辦公室的時候天還是黑的，路上幾乎沒有車。隔間後面的停車場一無人跡，地上散落著幾十根小蠟燭，讓人想起摩拉維亞的愛筵（譯註：摩拉維亞是捷克和斯洛伐克中部的一個地區；早年基督徒為象徵友愛而共進盛宴，稱之為愛筵）或者其他的宗教慶典。但這些蠟燭是用來表達抗議的，幾個小時之前還被當作武器拋擲。我上樓弄咖啡，開始翻看費爾丁留下來的文件，我很好奇在華德爾後褲袋裡發現的信封裝著什麼。我想也許是一首詩、另一篇沉思，或者是一封牧師寫給他的信。

然而，我卻發現華德爾認爲「極度機密」而且想要和他一起埋葬的東西是幾張收銀機的收據，這眞令人費解。其中五張是收費站的收據，另外三張是餐廳的收據，包括一頓兩星期前在修尼餐廳裡點的炸雞晚餐。

2

要不是留著鬍子、髮線日退的金髮又已發白的話，喬·特倫警探看起來應該會滿年輕的。他又瘦又高，嶄新防水外套的腰帶繫得緊緊的，鞋子擦得光可鑑人。我們在亨利哥醫院急診室前的人行道上握手、自我介紹，他緊張地眨著眼。看得出來艾迪·希斯的案子令他很不好受。

「你不介意我們在這裡談一會兒吧。」他說，呼出的氣像一陣白霧，「比較隱密。」

我邊發抖邊把雙肘緊靠身側，這時離我們站的地方不遠處有一架醫療用直升機從草坡上的升降區起飛，噪音震耳欲聾。月亮像一彎冰屑融化在深藍灰色的天空中，停車場裡的車被刺骨的冬雨和路上灑的鹽弄得髒兮兮的（譯註：灑鹽具有防滑作用）。這是一個黯淡無色的早晨，寒風凜冽有如掌摑，而我之所以來此的原因使我對這一切格外敏感。就算氣溫突然上升四十度，豔陽高照，我也不認為我會覺得溫暖。

「這個狀況眞的很糟糕，史卡佩塔醫生，」他眨著眼，「我想你會同意我們最好不要讓外界得知細節。」

「關於這個孩子，你能告訴我什麼？」我問。

「我和他父母以及其他幾個認識他的人談過了。就我所查出的東西來看，艾迪·希斯是個普通正常的孩子——喜歡運動，偶爾送報打工，從來沒給警察找過麻煩。他父親在電話公司做事，母親是裁縫。昨天晚上，希斯太太做燉鍋晚餐的時需要一罐奶油蘑菇湯，所以叫艾迪到『好運道便利商店』去買。」

「店離他們家多遠？」我問。

「兩條街，而且艾迪去過好幾次了，櫃檯的職員知道他叫什麼名字。」

「他最後一次被人看到是幾點？」

「下午五點三十分左右。他在店裡待了幾分鐘，然後就離開了。」

「那時候天已經黑了。」我說。

「是的。」特倫直盯著飛走的直升機，遠看像是一隻白色蜻蜓發出模糊的聲音穿越雲層。「大約八點三十分，一名巡邏警員沿著帕特森大道的建築物後方巡邏，看到這個孩子靠坐在垃圾車旁。」

「有照片嗎？」

「沒有，醫生。警員一發現那男孩還活著，第一要務就是請求救援。我們沒有照片，但是那名警員相當詳細地把他觀察到的東西描述出來。男孩光著身子，背靠垃圾車，腿向前伸直，雙臂在身體兩側，頭低垂著。他的衣服算滿整齊地堆在人行道上，旁邊有個袋子，裡面裝著奶油蘑菇湯罐頭和士力架巧克力棒，氣溫只有華氏二十四度（攝氏零下二度）。我們推斷他被留在那裡的時間有可能從幾分鐘到半個小時。」

一輛救護車在我們附近停下。車門砰然關上，救護人員迅速放下擔架的腳發出了一陣金屬的刮擦聲，他們將一名老人推進開啓的玻璃門扇內。我們跟在後面，靜默不語地走過一條明亮、消毒過的走廊，廊上滿是醫療人員，病人則被造成他們來此的不幸給弄得呆若木雞。我們搭電梯上三樓時，我在想不知有哪些蛛絲馬跡已經被刷洗而去，扔進垃圾桶。

「他的衣服呢？有沒有找到子彈？」電梯門開的時候我問特倫。

「他的衣服在我車裡，我今天下午會把衣服和他的個人物品送到化驗室去。子彈還在他腦袋裡，他們還沒動到那裡。我非常希望他們把他好好擦過了。」

小兒科的加護病房在一條潔淨的走道盡頭，兩扇木門對開，門上的玻璃貼著友善的紙恐龍。裡面天藍色的牆上漆著彩虹，病床上方懸吊著動物玩具，八間病房以護理站爲中心排成半圓形。三個年輕女子在監視器後工作著，其中一個在鍵盤上打字，另一個在講電話。在特倫解釋我們的來意之後，一個穿著紅色燈芯絨工作服和套頭毛衣的苗條棕髮女子表示自己是護士長。

「主治醫師還沒有來。」她道歉。

「我們只需要看看艾迪的傷口，不會花多少時間的。」特倫說：「他的家人還在裡面？」

「他們一整夜都陪著他。」

我們跟著她走過柔和的人工燈光，走過儀器推車和綠色的氧氣筒，在正常的世界中這些東西根本不會放在小男孩和小女孩的房間外。我們走到艾迪的病房前，護士進去把門掩上。

「只要幾分鐘就好了。」我聽到她對希斯夫婦說：「我們做一下檢查。」

「這次是什麼專家？」父親問話的聲音在顫抖。

「是一位很了解各種傷口的醫生，她就像是警察部門的外科醫生。」護士很婉轉地避免說出我是法醫，或更糟的講法——驗屍官。

停頓了一下，父親靜靜地說：「哦，是爲了蒐集證據。」

「是的，要不要喝點咖啡？或者吃點東西？」

艾迪．希斯的父母從病房內走出來，兩個人都相當胖，因爲和衣而眠的緣故，衣服皺得很厲害。他們臉上迷茫的表情是無辜單純的人們得知世界就要毀滅時所出現的那種表情。他們疲倦地瞥了我們一眼，我眞希望我能說些什麼改變這一切，或至少讓情況好轉一點點。安慰的話哽在我喉頭，這對夫婦慢慢地走開。

艾迪．希斯躺在床上一動也不動，頭上纏著繃帶，呼吸器將空氣送進他肺裡，點滴流進他靜脈。他乳白色的皮膚光滑無毛，薄薄的眼皮在黯淡的燈光下看來有點發青。我從他淺赤金色的眉毛推測他的髮色。他還沒有脫離青春期之前那個柔弱的階段，這個時候男孩有著豐潤的嘴唇，生得漂亮，唱起歌來比女孩還甜美。他的手臂纖細，蓋在被單下的身體小小的，能顯示出他那正在逐漸發育的性別，只有那雙靜靜放在床上，上面插著靜脈注射管且大得不成比例的手。他看起來不像十三歲。

「她需要看一看他肩膀上和腿上的那兩個傷口。」特倫低聲對護士說。

她拿出兩包手套，一包自己用、一包給我，然後我們把手套戴上。男孩在被單下是赤裸的，皮膚皺折處和指甲都很髒。病人如果情況不穩定，醫院是不能替他們徹底清洗。

護士移除傷口上半乾不溼的包紮，特倫緊繃起來。「老天。」他屏著氣說：「看起來比昨天晚上還糟糕。老天啊。」他搖搖頭退後一步。

要不是傷口邊緣那麼整齊，就算跟我說這孩子是遭到鯊魚攻擊，我也可能會相信。這樣的傷口很明顯是由尖銳、直線型的用具所造成，例如刀子或剃刀。他的右肩和右大腿內側分別被割掉了差不多有護肘那麼大塊的肉。我打開醫務提袋拿出一支尺來測量傷口，但沒有碰觸到它們，然後拍照。

「看到邊緣那些割痕和刮痕了嗎？」特倫指道，「我說的就是那個。好像那人在皮膚上割出了某種圖案，然後把肉整個切下來一樣。」

「肛門是否有裂傷？」我問護士。

「我替他量肛溫的時候沒看到任何裂傷，替他插管的時候也沒發現他的嘴巴或喉嚨有什麼不對勁。我也檢查過舊的骨折和淤傷。」

「刺青呢？」

「刺青？」她問得好像從來沒見過刺青一樣。

「刺青、胎記、疤痕，任何有可能由於某種原因隨皮肉一起被割除的東西。」

「我不知道。」護士懷疑地說。

「我去問他的父母。」特倫擦去額上的汗。

「他們可能到醫院餐廳去了。」

「我去找他們。」他邊說邊走出去。

「醫生怎麼說？」我問護士。

「他的情況很危急，沒有反應。」她不帶感情地陳述了明顯事實。

「我可不可以看看子彈是從哪裡射進去的？」我問。

她鬆開包在他頭上的繃帶，把紗布往上推，讓我看見那個周圍有焦痕的小黑洞。傷口穿透右太陽穴，略微偏前側。

「穿過額葉？」我問。

「是的。」

「做過血管造影了嗎？」

「因爲腫脹，腦部的血液循環受阻。沒有腦波活動，我們從他耳朵灌冷水的時候也沒有熱量活動，沒有引起任何腦電位（譯註：電位是指神經或肌肉運動時所產生的電力）。」

她站在床的那一側，戴著手套的雙手垂在身體兩側，面無表情地繼續敘述他們做過的其他各種檢驗，以及用哪些方式減低顱內壓。我自己也在急診室和加護病房待過很久，清楚知道面對一直不曾清醒的病人時比較容易不帶感情。而艾迪．希斯是永遠也不會醒過來了，他的大腦皮質已經毀損，那些使他之所以爲人、讓他有思想、有感覺的東西已經消失了，不會再回來。剩下的是生命機能，是腦幹。他是一具有呼吸、有心跳的身體，目前由機器維持生命。

我開始尋找抵抗時留下的傷痕。我小心地避免碰到他身上那堆管線，因此沒有意識到我是握著他的手，直到他回捏我的手把我嚇了一跳。這種反射動作在腦死病人身上並不罕見。這就像是小嬰兒抓住你的手指一樣，是一種絲毫無關思想的反射動作。我輕輕地放開他的手，深吸一口氣，等待心痛的感覺退去。

「找到什麼了嗎？」護士問。

「有這麼多管線在這裡，很難仔細看。」我說。

她重新包紮好他的傷口，把被單拉起直蓋到他下巴。我脫下手套丟進垃圾桶，這時特倫警探回來了，眼中帶著些許情緒失控的神色。

「沒有刺青，」他上氣不接下氣地說，彷彿他是狂奔到餐廳再衝回來的。「也沒有胎記或疤痕。」

過了不久，我們已經朝停車場走去。陽光時隱時現，風中飛舞著細小的雪花。我迎風瞇起眼睛，盯著森林大道上的繁忙車流。有些車上裝飾著聖誕花束。

「我想你最好對他的死做好心理準備。」我說。

「要是我早知道這一點的話，就不會麻煩你跑這一趟了。該死的，天氣眞冷。」

「你叫我來是對的，否則再過幾天他的傷口就會變樣了。」

「他們說整個十二月天氣都會像這樣。冷得要命，下一大堆雪。」他低頭瞪著路面。「你有小孩嗎？」

「我有個外甥女。」我說。

「我有兩個兒子，其中一個十三歲。」

我拿出鑰匙串。「我的車在這邊。」我說。

特倫點點頭，跟在我後面。他一言不發地注視我打開我的灰色賓士。在我坐進去扣上安全帶時，車內的皮椅配備種種被他盡收眼底。他把這輛車看了又看，彷彿在打量一個大美女。

「那些被切掉的皮肉呢？」他問：「你有沒有看過類似的情況？」

「這個罪犯可能有吃人肉的傾向。」我說。

我回到辦公室，查看信箱，簽了一疊檢驗報告，倒了一杯咖啡壺底剩下的瀝青狀液體，沒有跟任何人交談。我在辦公桌後坐下的時候蘿絲靜悄悄地出現，要不是她在我桌上放下一張剪報的話，恐怕我要好一會兒才會發現她來了。我同時也注意到，記事本上已經疊了好幾張。

「你看來很累，」她說：「你今天早上幾點來的？我到的時候發現咖啡已經煮好，你也已經出門去了。」

「亨利哥那裡有個很慘的案子，」我說：「那男孩大概會送到這裡來。」

「艾迪．希斯。」

「是的。」我困惑地說：「你怎麼知道？」

「報紙上有登。」蘿絲回答。我注意到她換了一副新眼鏡，讓她那張貴族般的臉看起來比較不高傲。

說？」

「我喜歡你的眼鏡，」我說：「比起原來架在你鼻頭的那副老古董鏡架要好多了。報上怎麼說？」

「沒說多少。只說他身受槍傷在帕特森大道被人發現。如果我的孩子現在還小的話，我絕對不會讓他去送報的。」

「艾迪．希斯不是在送報的時候遭到襲擊。」

「那不重要，反正我就是不會答應，這年頭治安太壞了。」她一隻手指搭在鼻側。「費爾丁在樓上解剖，蘇珊出門去了，送幾個大腦到維吉尼亞醫學中心去徵詢意見。除此之外，你不在的時候沒發生什麼事，除了電腦當機之外。」

「還沒修好嗎？」

「我想瑪格麗特正在努力，應該快修好了。」蘿絲說。

「好，修好之後，我需要她幫我查份東西。查詢的關鍵字包括切割、肢體殘損、食人、咬痕，或許再做一個關於切除、皮膚、肌肉這些詞的自由查詢——這些字詞的各種組合。也可以試試分屍，不過我想我們要找的應該不是這個。」

「在州內的哪些區域，什麼時間？」蘿絲做著筆記。

「全州，過去五年之內。我特別感興趣的是關於兒童的案子，但我們還是不要只限制在這個範圍。叫她也查查創傷紀錄中心有些什麼。我上個月開會的時候跟他們的主任談過，他似乎很樂意讓我們分享資料。」

「你的意思是說也要查活下來的受害者？」

「如果能的話，蘿絲。我們什麼都查，看看能否尋出跟艾迪．希斯相似的案子。」

「我現在就去告訴瑪格麗特，看看她弄好了沒。」我的祕書邊說邊走出去。

我開始翻看她從各早報剪下來的報導。果然，人們對於傳言朗尼．華德爾「眼睛、鼻子、嘴巴都流出血來」的現象大作文章。國際人權組織聲稱這次行刑的不人道程度不下於任何一起凶殺案。一個人權團體的發言人表示電椅「可能失靈，使華德爾遭受極大的痛苦」，並把此事跟佛羅里達首次採用合成海綿墊，導致受刑者頭髮燒起來的那次行刑相提並論。

我把這些剪報夾進華德爾的檔案，試著猜想他的律師尼可拉斯．古魯曼這次又會變出什麼狠戲法。我們雖然很少碰上，但已經有了可以預測的模式。我幾乎認爲他眞正的意圖就是要質疑我的專業能力，讓我自覺愚笨。但最令我煩擾的是，古魯曼一副完全不記得我在喬治城曾當過他學生的樣子。拜他所賜，我十分鄙視自己在法學院第一年的成績，那是我生平唯一的一個B，而且錯過了《法律評論》。我到死都不會忘記尼可拉斯．古魯曼，他似乎也很難會忘得了我。

我在星期四接到他的電話，距我得知艾迪．希斯死亡的消息沒有多久。

「凱．史卡佩塔？」古魯曼的聲音從線路那頭傳來。

「我是。」我閉上隱隱悶痛著的眼睛，知道一場劇烈頭痛正在迅速發展當中。

「我是尼可拉斯．古魯曼。我看了華德爾先生的初步解剖報告，有幾個問題要請教你。」

我什麼也沒說。

「我說的是朗尼．喬．華德爾。」

「有什麼我可以效勞的？」

「就從他這個所謂『幾乎成管狀的胃』開始好了。形容得還真有意思，不知道這是你的黑話還是個眞正的醫學名詞？如果我推論華德爾先生生前不肯吃東西，應該沒錯吧？」

「我不能說他一點東西都沒吃。但他的胃的確縮了，又空又乾淨。」

「或許有人向你報告過，說他可能在絕食抗議？」

「沒人向我報告過這種事。」我抬眼瞥時鐘，眼前一陣閃光刺痛。我的阿司匹靈吃完了，鼻充血緩和劑又放在家裡。

我聽見翻動書頁的聲音。

「這上面說你在他手臂上發現擦傷，左右兩邊的上臂內面都有。」古魯曼說。

「沒錯。」

「這個內面到底又是什麼？」

「手臂內側，在肘前窩上方。」

一陣停頓。「肘前窩。」他驚奇地說：「嗯，讓我看看。現在我把手掌朝上，正看著手肘內側。事實上該說是手臂彎曲的地方。這樣說準確吧？內面就是手臂彎曲的這一側，所以，肘前窩就是手臂彎曲的地方？」

「是的，沒有錯。」

「嗯，嗯，非常好。那麼你認為華德爾先生手臂內面這些傷痕是怎麼造成的？」

「可能是帶子。」我煩躁地說。

「帶子？」

「是的，就是電椅上用來綁犯人的皮帶。」

「你說可能。可能是帶子？」

「意思是你不能肯定嗎，史卡佩塔醫生？」

「人生中鮮少有什麼事是可以肯定的，古魯曼先生。」

「意思是，如果說那些擦傷是被別的東西造成的，這樣猜想也很合理囉？比方說是人造成的？比方說是人手抓握留下來的痕跡？」

「我看到的那些擦傷跟人手所造成的傷痕並不一致。」我說。

「那它們跟電椅上的皮帶所造成的傷痕一致嗎？」

「我的看法是一致。」

「你的看法，史卡佩塔醫生？」

「我又沒有檢查過電椅。」我尖銳地說。

接下來他停了很久沒說話，尼可拉斯．古魯曼這招在課堂上很有名，會更加突顯學生的無能之處。我彷彿看到他巍然站在我面前毫無表情，雙手背在背後，牆上時鐘的滴答聲格外響亮。有一次我在他這凝結了的沉默之下熬了超過兩分鐘，眼神視而不見地拚命掃著攤開在我面前的資料簿。現在，二十多年後，坐在這張厚重核桃木書桌後的我已經是中年的首席法醫，得過的頭銜和證書多到可以拿來糊牆，但我仍感到臉頰開始發燙，重新憶起昔日的那種羞辱和憤怒。

古魯曼一聲「再見」突兀地結束這通電話，這時蘇珊走進我辦公室。

「艾迪．希斯的屍體送來了。」她的手術外套是乾淨的，後面沒綁，臉上一副心不在焉的表情。「他可以等到明天早上嗎？」

「不，」我說：「他不能等。」

男孩在冰冷的鋼桌上看起來比在醫院病床的明亮床單中更小。這個房間裡沒有彩虹，牆壁和窗戶上也沒裝飾著恐龍或色彩來逗孩子開心。艾迪．希斯赤身裸體地被送進來，靜脈注射的針頭、導管、傷口上的包紮都還在。這些東西就像孤伶伶在空中飄蕩的氣球底下垂著的那條線，悲哀地提醒旁觀者，是什麼把他和這個世界維繫住，然後又是什麼把他截斷了，我花了將近一個小時的時間紀錄各處傷口和治療所留下的痕跡，蘇珊則負責拍照及接電話。

我們鎖住了解剖室的門，我可以聽見門外人們走出電梯、在迅速黑下來的天色裡回家的聲音。通往隔間的對講機響了兩次，是殯儀館的人來送或領屍體。艾迪肩膀和大腿上的傷口乾了，呈發亮的暗紅色。

「天啊。」蘇珊瞪著傷口說：「天啊，是誰會做出這種事？看旁邊，還有那麼多小的割痕。看起來像是有人縱橫交叉地切了好幾刀，然後把那一整塊皮都割掉。」

「我認爲應該就是這樣。」

「你想是不是有人在他身上刻出了某種圖形？」

「我想是有人想要去除某種東西。結果沒去除成功，所以他就把整塊皮都割掉了。」

「去除什麼？」

「反正不是他原來身上就有的東西。」我說：「他那兩個地方都沒有刺青、胎記或疤痕。如果不是原來就有，那麼也許是後來才加上去的某種東西。凶手必須除掉它以免成爲證據。」

「像咬痕之類的東西。」

「對。」我說。

屍體還沒完全變僵，猶有餘溫，我開始用棉花棒沾拭著所有擦身布可能遺漏的地方。我檢查腋窩、臀部的折痕、耳後和耳內。我把指甲剪到乾淨的白色信封裡，並在毛髮間尋找纖維和其他碎屑。

蘇珊一直瞥著我，我感覺到她精神很緊繃。最後她問，「你在找什麼特別的東西嗎？」

「乾掉的精液，比如說。」我說。

「在腋窩找？」

「腋窩，皮膚上任何的皺折處，任何開口處，任何地方。」

「通常不會在這些地方找的。」

「通常我也不會想找斑馬。」

「找什麼？」

「這是我們在醫學院裡的一句老話。如果聽到馬蹄聲，就找馬。但在像這樣的案子裡，我知道我們要找的是斑馬。」我說。

我拿著放大鏡開始一吋吋地檢視艾迪的屍體。檢查到手腕的時候，我將他的雙手慢慢翻來覆去地看，研究了很久，久到連蘇珊都停下了她正在做的事。我對照我寫字板上的圖形，把每一個治療痕跡跟我畫下來的那些做比對。

「他的那些圖表呢？」我環顧四周。

「在這裡。」蘇珊從櫃頂上拿下那疊文件。

我翻查著各式圖表，尤其將焦點放在急診室的紀錄和救援小組所填寫的報告。沒有任何內容指出艾迪．希斯的手被綁過。我試著回想特倫警探是怎麼向我描述男孩被發現的情景。特倫不是說艾迪的手放在身體兩側嗎？

「你找到了什麼嗎？」蘇珊終於問道。

「要透過放大鏡才看得到。這裡，他雙手手腕的內側，還有左手這裡，在腕骨左邊。你看到那黏黏的殘留物了沒？黏膠的痕跡？看起來像一抹抹灰灰的泥。」

「勉強看得見，上面好像還黏了些纖維。」蘇珊擠到我肩旁，邊盯著放大鏡邊驚奇地說道。

「而且這裡的皮膚很光滑，」我接著指出，「這一帶的體毛比這裡，還有這裡都少。」

「因爲膠帶撕下來的時候，毛也會跟著被拔掉。」

「一點也不錯。我們採集一些手腕上的毛做樣本。黏膠和纖維可以跟原來的膠帶比對，如果有找到膠帶的話。而如果用來綁他的膠帶找到了，就可以比對追蹤回原來的那一捲膠帶。」

「我不懂。」她直起身來看著我。「他的靜脈注射管線就是用膠帶固定住的。你確定這裡不是這樣嗎？」

「他手腕上這些地方沒有治療後留下來的針孔。」我對她說：「而且你也看到他送進來的時候身上貼著什麼，沒有可以解釋這個像黏膠的東西。」

「的確。」

「我們照些相片，然後把這個黏膠殘留物蒐集起來送到痕跡組去，看看他們能找出什麼。」

「他是被丟在戶外的垃圾車旁，看樣子痕跡組有得頭痛了。」

「不一定，要看他手腕上的這些殘留物有沒有碰到地面。」我用解剖刀輕輕刮下那些殘留物。

「我猜他們沒有用吸塵器徹底搜過那裡吧。」

「嗯，我想一定沒有。但如果我們有禮貌地拜託他們的話，應該還是可以讓他們用掃把掃一掃，反正試試也無妨。」

「他的腳踝看起來沒問題。」蘇珊在桌子的那一頭說：「看不到任何黏膠或者毛被撕掉的地方。沒有傷痕。看起來他腳踝沒有被綁，只有手腕。」

受害者被緊綁之後皮膚上卻沒留下痕跡的案子我只碰過寥寥數件。顯然，用來綑綁的膠帶是直接貼在艾迪的皮膚上。綁久之後越來越不舒服，血液也不流通了，他應該會動來動去，動到他的手。但他沒有反抗，沒有拉扯掙扎，沒有扭動，也沒有試圖脫身。

我想到他外套肩膀上的血滴以及衣領上的煤灰和血點。我再次檢查他的嘴巴，看他的舌頭，翻閱著他的圖表紀錄。即使他的嘴巴曾被塞住，現在也看不出任何跡象，沒有擦傷或瘀血，也沒有膠帶的痕跡。我想像他在酷寒中赤身裸體地靠在垃圾車邊，一旁堆放著他的衣物，沒有疊得一絲不苟，也沒有丟得亂七八糟，而是——就我所聽到的描述——輕鬆隨意地堆著。我試著感受這椿犯罪內含的情緒，卻感覺不出有憤怒、恐慌，或者懼怕的成分。

「他是先被射殺的，對不對？」蘇珊的眼神變得警覺，像你在荒廢黑暗的街上經過的陌生人。「不管是誰幹的，都是先射了他一槍然後才把他的手腕貼起來的。」

「我也是這麼想。」

「可是這樣太怪異了。」她說：「一個頭上被開了一槍的人根本不需要綁啊。」

「我們不知道這個人有些什麼樣的幻想。」鼻竇性頭痛已經發作了，我就像是座被攻陷的圍城。我雙眼淚水汪汪，頭脹痛得厲害。

蘇珊把史特萊克鋸捲起的電線拉開，插上插頭。她給解剖刀裝上新的刀刃，檢查手術推車上的刀。她走進X光室，拿回艾迪的X光片放在燈箱上。她慌慌張張地跑來跑去，然後做了一件她以前從沒做過的事。她狠狠撞上才剛整理過的手術推車，把兩瓶一夸特裝的福馬林撞翻摔碎在地上。

「有沒有濺到你臉上？」我一把抓住她手臂把她朝更衣室拉。

「我想沒有，沒有。哦，天啊。我的腳上和腿上都有。我想手臂上也是。」

「你確定沒有弄到你眼睛或嘴巴裡？」我幫她脫下她的手術衣。

「我確定。」

我衝進淋浴間把水打開，她則幾乎是用撕扯的把衣服脫光。

我叫她站在那微溫的水柱下沖了很久，自己則戴上面罩、護目鏡，以及橡膠厚手套。我用州政府提供用來對付這類生化緊急狀況的福馬林枕，把那有害的化學藥品吸乾淨，掃起玻璃碎片，把所有受到污染的東西裝在雙層塑膠袋裡綁起來。然後我用水管沖洗地板，自己去沖了澡，再換上新的手術衣。蘇珊終於從淋浴間裡走出來，渾身沖洗得發紅，神情有些害怕。

「史卡佩塔醫生，我實在很抱歉。」她說。

「我只關心你有沒有怎麼樣，你還好嗎？」

「我覺得很虛弱，頭有點暈，還是會聞到那股煙霧的味道。」

「我會把這裡的事情料理完。」我說：「你先回家吧。」

「我想我先休息一下，也許我最好上樓去。」

我的實驗袍垂掛在椅背上，我伸手從口袋裡掏出鑰匙。「拿去。」我說著把鑰匙遞給她。「你可以躺在我辦公室的沙發上。要是你頭一直很暈或者越來越不舒服的話，就馬上用對講機通知我。」

約一小時後她重新出現，身上大衣的釦子一路扣到下巴。

「你感覺怎麼樣？」我邊縫合Y型切口邊問。

「有點發抖，但是還好。」

她沉默地注視了我一會兒，然後說：「我在樓上想到一件事。我想這個案子我不應該被列爲證人。」

我驚訝地抬起頭瞥了她一眼。在正式報告上，驗屍時在場的人都得列爲證人，這是例行公事。蘇珊的要求並沒有什麼重大關係，但不尋常就是了。

「我沒有參與驗屍。」她繼續說下去，「我的意思是，我有協助做外部檢查，但你解剖的時候我並不在場。而且我知道這會是一個大案子——如果他們抓得到人、上得了法庭的話。所以我想我還是不要被列爲證人比較好，因爲就像我剛才說的，我其實並不在場。」

「好。」我說：「我無所謂。」

她把我的鑰匙放在櫃檯上，然後離開。

約一小時之後，我開車駛近一個收費站的時候放慢速度，用車上的電話打給馬里諾。他在家。

「你認識春街監獄的典獄長嗎？」

「法蘭克．唐納修。你在哪裡？」

「在車上。」

「我就知道。全州大概有一半的卡車司機都在民用波段上聽我們講話。」

「他們聽不到什麼的。」

「我聽說那孩子的事了。」他說：「你弄完了？」

「嗯，我到家再打給你。同時要請你幫個忙。我需要立刻到監獄去查看一些東西。」

「查看監獄的問題就是那會讓人回頭看。」

「所以我要你跟我一起去。」我說。

就算以前我在那位教授督導下的悲慘兩學期裡一無所獲，但我至少學會了要做好準備。所以星期六下午我和馬里諾到州立監獄去。天空灰濛濛，狂風掃颳著路樹，整個宇宙都在一片冰冷的騷亂之中，彷彿反映著我的心情。

「我個人認為，」我們開車前往的路上馬里諾對我說：「你是讓古魯曼把你弄得團團轉。」

「才沒有。」

「那為什麼每次一有人被處死而他又插手的時候，你就一副團團轉的樣子？」

「要是你，又會怎麼應付這個狀況？」

他按下車上的點菸器。「就跟你一樣。我會去看一眼那該死的死囚室和電椅，把每樣東西都紀錄下來，然後告訴他，說他一派胡言亂語。或者更好的做法是，告訴媒體他一派胡言。」

在這天的早報上，古魯曼說華德爾死前沒有得到充足的營養，而且他身上有我無法解釋清楚的瘀血痕跡。

「話說回來，這到底是怎麼回事？」馬里諾繼續說：「你讀法學院的時候他就在替那些神經病辯護了嗎？」

「沒有。幾年前他接掌喬治城的刑法諮詢中心，從那時候他才開始接死刑案件，替人民服務。」

「這傢伙一定是哪根筋有問題。」

「他非常反對死刑，而且有本事把他的客戶通通變成家喻戶曉的案子，尤其是華德爾。」

「唷，聖人尼可，人渣的守護神。可眞美好啊。」馬里諾說：「你何不寄幾張艾迪．希斯的彩色照片去給他，問問他要不要跟那男孩的家人談一談？看他對犯下那種罪的豬玀又做何感想。」

「沒有什麼東西改變得了古魯曼的意見。」

「他有小孩嗎？老婆呢？任何他關心的人？」

「那也不會有差別的，馬里諾。我想艾迪的案子沒有新進展吧。」

「沒有，亨利哥那邊也沒有。我們拿到了他的衣服和一顆點二二的子彈。也許化驗室在檢查你交過去的東西時會走運發現點什麼。」

「VICAP呢？」我問。VICAP指的是聯邦調查局的「地區暴力罪犯逮捕計畫」，我們這一區的小組成員包括馬里諾和聯邦調查局的嫌犯人格分析專家班頓．衛斯禮。

「特倫在填那些表格，這兩天就會寄出去。」馬里諾說：「昨天晚上我也跟班頓提了這件案子。」

「艾迪是那種會上陌生人車子的孩子嗎？」

「根據他父母的說法，不是。這人要不是突然發動閃電攻勢，就是花了很久的時間博取那孩子的信任才把他抓上車。」

「他有兄弟姊妹嗎？」

「一個哥哥，一個姊姊，都比他大十幾歲。我想艾迪是意外冒出來的。」馬里諾說，這時監獄已經在望。

多年來疏於整修，使這棟建築物的灰泥外牆變成了派普多．比司莫牌胃乳似的粉紅。黑暗窗戶上覆蓋著的厚厚塑膠板業已被風吹得殘破。我們從貝芙德瑞路出口下公路，左轉開上春街，這條破破爛爛的馬路連接了兩個截然不同的區域。過了監獄之後這條路還延伸了幾個街區，然後在甘伯斯丘前終止，那裡有乙烷基總公司的白色磚造建築座落在一片綠茵的草坡上，像是一隻棲息在垃圾掩埋場旁的大白蒼鷺。

我們將車停好下車，先前的細雨綿綿已經變成雨雪紛紛。我跟在馬里諾後面，經過一輛垃圾車來到通往送貨入口的斜坡。那裡蹲著幾隻貓，牠們輕鬆隨意的神態中仍保有野生動物的警覺。大門是單扇玻璃門，當我們走進那應該算是大廳的地方，就已經置身在鐵欄杆後面了。沒有椅子，空氣冰冷不流通。右邊是只有一扇小窗可通的傳達中心，一名穿著警衛制服的壯碩女人慢條斯理地打開了窗。

「有何貴幹？」

馬里諾出示警徽，簡潔地說明我們和法蘭克．唐納修典獄長有約。她叫我們等一下，然後窗戶又關上了。

「那位是『蠻子』海倫。」馬里諾對我說：「我到這裡來都不知道幾次了，她總是一副不認識我的樣子。不過話說回來，我不是她喜歡的那一型。你待會兒就會跟她更『親近』了。」

鐵欄杆門後是一條鋪著黃褐色地磚和空心磚的昏暗走廊，兩邊的小辦公室看起來像籠子。後面接著的是牢房區，一排排漆成制式的綠色，上面布滿鏽跡。裡面是空的。

「剩下的受刑人什麼時候會移監？」我問。

「這個星期之內。」

「還有些什麼人在這裡？」

「一些正牌的維吉尼亞紳士，必須隔離的神經病。他們都用鐵鍊跟床鎖在一起，在那個方向的C牢房裡。」他向西一指。「我們不會經過那裡，所以不用緊張，我不會那樣害你的。那些王八蛋有的好多年沒見到過女人了——那個蠻子海倫不算數。」

一個身高體壯、穿著監獄人員藍色制服的年輕男子出現在走廊盡頭朝我們走過來，隔著欄杆看我們。他有張英俊但嚴峻的臉，下巴線條剛硬，灰色的眼睛很冷淡，紅棕色的鬍子遮住了看起來可能會很殘忍的上唇。

馬里諾介紹我們的身分，並說：「我們是來看電椅的。」

「嗯，我姓羅伯茲，是來帶你們參觀皇宮的。」他開啓沉重的門，鑰匙噹啷地撞擊著鐵欄杆。「唐納修今天請病假。」門在我們身後砰然關上的聲音在四壁間回響。「恐怕我們得先替兩位搜身。請你站到這邊來，女士。」

他拿起裝置掃瞄馬里諾全身上下，這時旁邊一扇柵欄門開了，「海倫」從傳達中心走了出來。她面無笑容，身材像座浸信會教堂，只有那條閃亮的皮帶顯示出她還有腰。她一頭精短的頭髮剪成男人的髮式，染得像鞋油一樣黑，與我短暫對視的時候眼神銳利，那雄壯的胸前別著的名牌顯示她姓「烏」。

「你的袋子。」她命令道。

我把醫事包交給她大肆翻查，然後她粗魯地把我轉來轉去，用金屬探測掃瞄器和她的手在我身上探查拍打。這整個過程不可能超過二十秒，但她很有辦法地搜遍了我每一吋皮膚，像隻又寬又大的蜘蛛把我擠壓在她裝甲堅固的胸前，一面用粗粗的手指摸來摸去，一面大聲用嘴呼吸著。然後她簡慢地點點頭表示我通過檢查，接著就回到她那由鐵條和空心磚構成的虎穴裡。

馬里諾和我跟在羅伯茲後面走過一排又一排的鐵欄杆，穿過一扇扇他打開又重新鎖上的門，寒冷的空氣裡響著金屬鈍鈍的、不友善的叮噹聲。他沒有問任何關於我們的事情，也沒做出任何帶有絲毫友善意味的表示。他似乎只關心他今天下午扮演的角色，至於這角色是導遊還是警衛犬，我就不確定了。

我們向右轉進入牢房區。這是一片冷颼颼的廣大空間，有綠色的空心磚牆和破掉的窗子，四排牢房一層層向上疊，上面是裝有一捲捲帶刺鐵絲網的假天花板。棕色地磚上亂七八糟堆疊著包有塑膠套的狹窄床墊，掃把、拖把，還有破爛的紅色理髮椅四處散落。皮製網球鞋、藍色牛仔褲，以及各式各樣的個人物品亂丟在高高的窗台上，很多牢房裡還留有電視、書本、裝東西的小箱子等。看來犯人移監的時候並沒有獲准帶走所有的東西，也許這就是牆上有很多用奇異筆塗寫髒話的原因。

穿過更多扇門之後我們來到了中庭，一方被醜陋牢房包圍，沒有樹木的發黃草地。牆壁四角矗立著瞭望塔，裡面的人身穿厚重外套，手持來福槍。我們一言不發迅速行走，雨雪迎面撲來刺痛臉頰。走下幾層台階，我們轉到一扇比先前看過都要厚重的鐵門前。

「這是東地下室，」羅伯茲說著將鑰匙插進鎖孔。「沒有人想來的地方。」

我們走進去，走進死囚室。

沿著東面的牆壁有五間牢房，每間都有一張鐵床以及白瓷的洗手台和馬桶。整個大空間中央有一張大書桌和幾張椅子，死囚室裡有犯人的時候，二十四小時輪班的警衛就坐在這裡。

「華德爾關在二號房裡。」羅伯茲指道，「依法死刑犯處決前十五天必須轉送到這裡來。」

「他關在這裡的時候有誰可以見他？」馬里諾問。

「就是可以見死刑犯的那同一批人，律師、牧師，還有死亡小組的成員。」

「死亡小組？」我問。

「由監獄系統的警官和管理人組成，身分保密。犯人一從梅克倫堡送來這裡後他們就加入看守行列，從頭到尾準備每件事。」

「聽起來不像是令人愉快的任務。」馬里諾評論道。

「這不是任務，是自己的選擇。」羅伯茲回答得一副很有男性氣概又神祕莫測的樣子，就像重要比賽後接受訪問的球隊教練一樣。

「你難道不會覺得不舒服？」馬里諾問：「我是說，拜託，我看著華德爾上電椅的。這種事一定也會讓你不舒服吧。」

「一點也不會。我下班回家照樣能喝幾罐啤酒，然後上床睡覺。」他伸手到制服襯衫的口袋裡掏出一包香菸。

「唐納修說，你們想知道整個經過，所以我帶你們從頭到尾走一遍。」他坐在桌子上抽菸。「行刑當天是十二月十三號，華德爾有兩個小時的時間可以跟一等親的家人相處，來看他的是他母親。差不多下午一點鐘，我們給他戴上腳鐐手銬，腰上拴鐵鍊，然後帶他到訪客區。

「五點鐘，他吃最後一餐。他要求的是沙朗牛排、沙拉、烤馬鈴薯，還有胡桃派，食物是我們找『鴻運牛排館』準備的。餐館不是他挑的，犯人沒有這個權力。依照慣例，我們點了兩份一模一樣的食物，犯人吃一份，死亡小組的一個成員吃一份。這是爲了防止有過分熱心的廚師想在菜裡多加點砒霜之類的料，讓犯人早點上路。」

「華德爾有吃嗎？」我邊想著華德爾空洞的胃邊問。

「他不太餓——叫我們幫他留到第二天再吃。」

「他一定是以為諾林州長會赦免他。」馬里諾說。

「我不知道他怎麼想。我只是向你們報告食物端給華德爾的時候他所說的話。之後，七點三十分，管理個人物品的警官到他的牢房裡清點他的東西，問他要怎麼處理。他的東西包括一支手錶、一個戒指、幾件衣物、幾封信、一些書，還有詩。八點鐘，他被帶出牢房，剃頭，刮鬍子，右腳踝的腳毛也被刮掉。有人給他量體重、洗澡，換上他要穿到電椅上的衣服，然後再帶回牢房。

「十點四十五分，在死亡小組的見證下，向他宣讀他的死刑執行令。」羅伯茲從桌上站起來。「然後他在沒有綁銬的情況下被帶到隔壁房間。」

「這時候他的行為如何？」馬里諾在羅伯茲開鎖打開另一扇門的時候問。

「這麼說吧，他的種族膚色不允許他面白如紙，否則他一定就是了。」

這房間比我想像的要小。在光亮棕色地板正中央的就是電椅，離後面牆壁約六呎，由打磨過的深色橡木製成，充滿嚴酷冷硬的意味。用來固定犯人的粗皮帶安裝在板條組成的高高椅背、前面的兩條椅腿，還有扶手上。

「華德爾坐下，第一條綁住的是胸口的皮帶。」羅伯茲繼續用同樣不帶感情的語調說。「然後是手臂，接下來是腹部，然後腿。」他邊說邊用力扯扯正講到的那條皮帶。「綁好他花了一分鐘。他臉上戴上皮製的面罩——我等下就拿給你們看。頭上戴上頭盔，右腿也扣上腿扣。」

我拿出照相機、尺，還有華德爾屍體的圖形。

「十一點過兩分整，第一道電流送進他身體——兩千五百伏特，六點五安培。順帶一提，二安培就足以致人於死。」

「頭盔是連在這裡的。」羅伯茲指向電椅正上方從天花板上一路下來的一條管子，最末端用銅製的翼形螺母鎖住。

我開始從各個角度拍下電椅的照片。

「腿扣則連到這邊的翼形螺母。」

閃光燈不亮了，讓我有種奇怪的感覺。我開始煩躁不安。

「這個傢伙根本就是一大塊電阻。」

「他是什麼時候開始流血的？」我問。

「他一觸電就開始了，女士，而且一直沒停直到完全結束爲止。然後簾子拉下，擋住證人的視線。死亡小組的三個人解開他的襯衫，醫生用聽診器聽過他胸口並摸過頸動脈之後，宣布他死亡。華德爾被放在帶輪推床上送到冷卻室，我們現在就要去那裡。」

「對於那個電椅失靈的傳言你有什麼看法呢？」我說。

「完全是狗屎。華德爾高六呎四吋，重兩百五十九磅。他早在坐上電椅之前就神經緊張得要命，血壓搞不好都高上天了。因爲有流血的關係，副主任還在宣布死亡後特地過來看了他一下。他的眼睛沒有突出，耳鼓也沒有破。華德爾是他媽的流鼻血了，就像大便太用力的時候一樣。」

我在內心同意他的話。華德爾流鼻血是由於伐式實驗的原理，也就是胸內壓突然增加的緣故。尼可拉斯．古魯曼肯定不會高興看到我再次寄去的報告。

「你們做了哪些試驗來確定電椅運作正常？」馬里諾問。

「就是例行的標準測試。首先，維吉尼亞電力公司來檢查設備。」他指著椅子後面牆上一個有著灰色鋼製外蓋的大電路箱。「這裡面有二十個兩千瓦特的燈泡，連接在三夾板上用來做測試。我們在行刑前一星期做一次測試，當天做三次，然後等證人到齊之後又在他們面前做一次。」

「沒錯，我記得。」馬里諾邊說邊瞪著不到十五呎外、隔著玻璃牆的證人席。裡面有十二張黑色的塑膠椅，整齊排成三排。

「當天一切都正常得很。」羅伯茲說。

「一直都是這樣嗎？」我問。

「就我所知，是的，女士。」

「那麼開關呢，在哪裡？」

他指向證人室右側牆上的一個格子。「用鑰匙啟動電路，但按鈕是在控制室裡，由典獄長或指定人選轉動鑰匙然後按下按鈕。你們要看嗎？」

「我想最好還是看一看。」

那只是電椅室正後方緊鄰的一個小房間，沒什麼可看性。房間裡裝著一個大型的奇異公司電路箱，上面有好幾個調整伏特高低的旋鈕，最高可到三千伏特。一排排小燈則顯示設備的運作是否一切正常。

「到了格林斯威爾，一切都會電腦化。」羅伯茲補充道。

一個木櫃子裡裝著頭盔、腿扣，還有兩條粗電纜，他拿起來解釋說，那是「用來連接椅子上方和一側的翼形螺母，然後再連到頭盔頂上的這個翼形螺母和腿扣這裡。」他毫不費力地示範給我們看，「就像接上錄影機一樣。」

頭盔和腿扣是銅質，上面打了很多洞，棉線穿過這些洞把內側的海綿襯墊給固定住。頭盔出乎意料的輕，銅片連接處的邊緣有一層綠鏽。我無法想像這樣一個東西戴到自己頭上的感覺。黑色的皮面罩其實只是一條很寬的粗糙皮帶，在犯人腦後扣起，前面鼻子的部分有一個三角形的小切口。如果這東西放在倫敦塔展示，我也不會懷疑它的眞實性。

我們經過一捲捲電線連到天花板上的變壓器，然後羅伯茲打開了另一扇門。我們踏進另一個房間。

「這是冷卻室。」他說：「我們把華德爾的屍體推進來，放到桌上。」

桌子是鋼製的，接合處有鏽跡。

「我們讓他涼個十分鐘，然後用沙包壓在他腿上，就在那裡。」

沙包堆在桌腳邊的地上。

「每個都是十磅。不管是不是膝蓋的反射動作，總之他的腿彎曲得很嚴重。沙包把它們壓直了。如果犯人灼傷得很厲害，像華德爾那樣，我們就用紗布把傷口包起來。做完這些之後，我們把華德爾放回擔架上，從你們剛剛進來的路抬出去。只不過我們沒有費事去爬那些台階，沒必要害誰弄出疝氣。我們走運食物的電梯，把他抬到門口送進救護車裡。然後我們像往常一樣把他拖到你那裡，我們這裡的孩子們騎了電木馬之後向來如此。」

沉重的門一扇扇砰然關起，鑰匙尖聲碰撞，鎖喀噠扣上。羅伯茲帶我們回大廳的路上仍在吵人地說著話，我是幾乎沒聽，而馬里諾則一言不發。雨雪交雜而下，在草地和牆壁上串出一層冰珠。人行道濕滑，寒意直逼入骨。我覺得反胃想吐，急切需要好好泡個熱水澡、換件衣服。

「羅伯茲這種低等生物只比那些犯人高一級。」馬里諾發動車子時說：「事實上，他們當中有些人跟那些被他們關在裡面的東西不相上下。」

一段路之後他停在紅燈前。擋風玻璃上的水滴像血般閃著光，被雨刷刷去之後又出現更多。包覆著樹木的冰看起來有如玻璃。

「我想給你看樣東西，有時間嗎？」馬里諾用外套袖子擦去擋風玻璃內側凝結的水氣。

「看情形。如果很重要，我想是抽得出時間。」我希望我語調中明顯的遲疑能讓他改變主意載我回家。

「我要帶你重走一遍艾迪．希斯最後的那段路。」他打了方向燈。「尤其是，我想你需要看看他被人發現的地方。」

希斯家住在錢伯連大道東邊，照馬里諾的說法是錯誤的那一邊。離他們家小小的磚造房屋幾個街區，就是一家「金鍋」炸雞店和艾迪走去幫他母親買湯罐頭的那家便利商店。幾輛美國廠牌的大車停在希斯家的車道上，煙從屋頂的煙囪冒出來，消失在灰色的天空裡。屋前的紗門敞開，鋁質的部分閃著鈍鈍的光，一個包裹著黑色大衣的老婦人出現在門邊，然後停下來和屋裡的人說了什麼。她緊抓著扶手走下台階，彷彿這個下午惡劣的天氣會把她掀翻打倒，在這輛白色福特汽車緩緩經過的時候她還茫然地瞥了一眼。

如果我們往東再多開兩哩，就會進入聯邦國宅計畫的戰區。

「這一帶以前住的都是白人。」馬里諾說：「我記得我剛來里奇蒙的時候，這是個很好的住宅區。很多認真工作的好人住在這裡，把院子整理得漂漂亮亮的，星期天上教堂去做禮拜。時代眞是變了。要是我，天黑之後絕對不會讓小孩在這裡走來走去，但人在一個地方住久了也就習慣了。艾迪也習慣在這裡活動，送報紙，幫他母親跑腿。

「事情發生的那天晚上，他從前門走出來，穿過杜鵑街後右轉，就像我們現在走的路線一樣。『好運道』就在我們左邊，在加油站隔壁。」他指著一家燈箱招牌上有著綠色馬蹄鐵標誌的便利商店。「有很多毒蟲喜歡在那邊那個角落混，用現金和騙術交換快克。就算我們抓到這些毒蟲，沒兩天他們又到另一個街角去重施故技了。」

「艾迪有可能牽連在毒品交易裡嗎？」在我剛開始當法醫的時候，這會是個很離譜的問題，但現在已經不是了。如今維吉尼亞州因毒品交易被捕的人裡約有百分之十是青少年。

「目前沒有這樣的跡象，我的直覺也告訴我他沒有。」馬里諾說。

他把車駛進便利商店的停車場，我們坐在車內盯著厚玻璃板上貼著的廣告和雨霧中俗麗閃耀的燈光。櫃檯邊顧客大排長龍，焦頭爛額的職員頭也不抬地猛打收銀機。一個穿著高領上衣和皮夾克的年輕黑人拿著一夸脫的啤酒漫步走出店外，在門旁的一個公用電話裡投下錢幣，同時毫不客氣地瞪著我們車子看。一個牛仔褲上滿是油漆痕跡的紅臉男人，邊扯開香菸的包裝邊快步走回他的卡車。

「我敢說他就是在這裡碰上那個攻擊他的人。」馬里諾說。

「怎麼說？」我說。

「我覺得事情的經過一定簡單得要命。他從店裡出來，那個禽獸就朝他直走過去，編了幾句話得到他的信任。他說了什麼，然後艾迪就跟他一起上了他的車。」

「他的生理證據的確能支持這種假設。」我說：「他身上沒有防禦性的傷痕，沒有任何顯示曾經掙扎抵抗的跡象。便利商店裡沒有人看見他跟任何人在一起？」

「目前為止，我問過的人都沒有。但你也看見這地方有多忙，而且那時候外面又已經天黑了。如果有人看到了什麼，也比較可能是哪個正要進去店裡或者正要回到車上的顧客。我打算透過媒體發布消息，尋找當天晚上五點到六點之間任何可能在這裡停留過的人。電視節目《犯罪剋星》也會播一段關於這案子的東西。」

「艾迪機靈嗎？」

「有些神經病夠聰明，就連機靈的小孩也會被他們騙。以前我在紐約的時候有個案子，一個十歲小女孩走到家附近的店裡去買一磅糖。她正要離開的時候，有個戀童癖的傢伙走過去說她父親叫他來接她。他說她媽媽剛被送到醫院去了，他是要來接她一起去醫院的。她上了他的車，變成犯罪紀錄裡的一個統計數字。」他瞥了我一眼。「好了，白人還是黑人？」

「你指哪一個案子？」

「艾迪．希斯的案子。」

「根據你所說的來判斷，攻擊他的人應該是白人。」

馬里諾倒車，等著車流較少好開回路上去。「作案手法無疑符合白人。艾迪的老爸不喜歡黑人，艾迪也不信任黑人，所以這個騙得艾迪相信他的人不太可能是黑人。而且如果別人看見一個白種男孩跟一個白種男人走在一起——就算那個男孩看起來很不開心——他們會認爲這兩人是兄弟或者父子。」他向右轉，朝西開去。「繼續吧，醫生。還有呢？」

馬里諾很喜歡玩這個遊戲。不管我是否跟他意見一致，或者他認爲我根本大錯特錯，都能讓他得到很大的樂趣。

「如果攻擊者是白人，那麼我的下一個結論會是他不住在國宅那裡，儘管離得很近。」

「除了種族因素之外，何以見得嫌犯不是住在國宅那裡？」

「還是作案手法的問題。」我簡單地說：「朝著某人——甚至是十三歲孩子——的腦袋開槍，這種事在街頭殘殺中並不算前所未有，但除此之外沒有一點符合的。射殺艾迪的是一把點二二，不是九釐米、十釐米，或者大口徑的左輪。他全身赤裸、肢體遭到殘害，顯示這種暴力行爲和性的動機有關。就我們所知，他身上沒有値錢可偷的東西，也不像是過著鋌而走險的生活。」

現在雨下得很大，街上的交通狀況頗爲險惡，一輛輛亮著大燈的車子都開得飛快。我想很多人是要到購物中心去，然後才想到我幾乎沒爲聖誕節做任何準備。

帕特森大道上那家雜貨店就在我們前方左側。我記不得它以前叫什麼名字，招牌也已經拆除了，剩下的只有一個磚房空殼子和幾扇封著木板的窗戶。這地方的照明很差，我猜想要不是左邊還有一排店家在營業的話，警察根本不會費神去巡視這棟建築的後面。我數了數，一共五家：藥房、修鞋、乾洗店、五金行，還有義大利餐館，在某輛車把艾迪．希斯載到這裡丟下來等死的那一夜，這些店都已經關門棄置了。

「你還記不記得這家雜貨店是什麼時候關門的？」我問。

「差不多就在很多店關門的那陣子，波灣戰爭開始的時候。」馬里諾說。

他轉進小巷，車頭遠光燈的光柱掃過一堵堵磚牆。在車子開過凹凸不平、未鋪柏油的路面時，那束光柱也隨之跳動。店後面的菱形粗鋼絲網牆圍出一塊龜裂的柏油空地，後面則是一片樹林，在黑暗中被風吹得簌簌作響。在光禿的樹枝之間，我可以看見遠處的街燈和一個漢堡王的招牌。

馬里諾停下車，車燈直照著一輛棕色的垃圾車，垃圾車上滿是鏽跡和鼓起的油漆，水珠四面流淌。雨滴劈啪敲打著窗玻璃和車頂，無線電調度員則忙著通知員警到各出事現場去。

馬里諾雙手緊壓住方向盤，弓起肩膀並揉捏著頸背。「天，我老了。」他抱怨道，「我行李箱裡有一件長雨衣。」

「你比較需要穿，我不會融化的。」我說著打開這一側的車門。

馬里諾拿出他那件深藍色的警用雨衣，我把衣領豎起來遮到耳朵。雨水刺痛我的臉，冰冷地打在頭上，我的耳朵幾乎馬上就凍麻了。垃圾車在鋼絲網牆附近，靠人行道的邊緣，離雜貨店後面大約二十碼。我注意到垃圾車的開口是在上方而非側邊。

「警方到這裡的時候，垃圾車的門是開著還是關著？」我問馬里諾。

「關著。」他的雨衣連有帽子，所以他看我的時候得轉過上身來。「注意看，這裡沒有踏腳的地方。」他打亮手電筒照著垃圾車四周。「而且車裡是空的。裡面啥也沒有，除了鐵鏽和一隻大得簡直可以當馬騎的死老鼠骨架。」

「能不能把門打開？」

「只能抬起個一、兩吋。大部分這種類型的垃圾車兩邊都有門栓。如果你夠高，可以把蓋子掀起個一、兩吋，再把手塞進去沿著邊緣摸，一點一點把門栓移到位置上，慢慢把蓋子打開，最後就可以開到夠把垃圾袋塞進去的程度。問題是這輛垃圾車的門栓扣不緊。要打開蓋子，得把它整個掀起來翻到另一邊去。如果不站在什麼東西上面是不可能辦得到的。」

「你多高？六呎一、六呎二？」

「嗯。如果我打不開這垃圾車，那他也不能。目前最普遍的說法是，他從車上把屍體弄出來靠在垃圾車旁邊，試著打開蓋子——就像我們會暫時把垃圾袋放下，好空出手來做事一樣。結果他打不開門，就拍拍屁股走了，把那孩子就這麼留在人行道上。」

「他大可把他拖到樹林裡去。」

「有鋼絲網牆擋著。」

「那網牆不是很高，大概五呎吧。」我指出，「最起碼，他也可以把屍體移到垃圾車的後面。像他那樣放，只要有人開車進來就會馬上看見。」

馬里諾沉默地四處探看，用手電筒照向鋼絲網牆的那一面。雨點穿透那道狹窄的光柱，像千百萬根從天而降的小釘子。我的手指快要凍僵，頭髮濕透了，冰冷的雨水沿著我的脖子流下去。我們回到車上，他把暖氣開大。

「特倫和他手下那些人都抓著這個垃圾車的理論不放，又是車門的位置啦，又是什麼的。」他說：「我個人的看法是，這個垃圾車只扮演了一個角色，就是那個神經病把它當作該死的畫架，用來架設陳列他的藝術品。」

我看著車外的雨。

「重點是，」他硬梆梆地繼續說：「他把男孩帶回這裡不是爲了要隱藏屍體，而是要確定屍體會被人發現。但亨利哥的那些人就是看不出這一點。我不但看出了，還感覺它就像是在我脖子後面喘氣一樣的近。」

我繼續瞪著垃圾車看，艾迪．希斯小小的身體靠在那上面的影像是如此鮮活逼眞，彷彿發現他時我也在場似的。電光石火之間，我猛然領悟過來。

「你上一次看羅蘋．納史密斯的檔案是什麼時候的事？」我問。

「不重要，那案子的每一件事我都記得。」馬里諾直視著前方說：「我就等著看你會不會也想到。我第一次到這裡來就冒出了那個念頭。」

3

那晚我升起爐火，坐在壁爐前喝蔬菜湯。屋外冷雨落雪交雜，草地結了一層白霜，山杜鵑的葉子捲得緊緊的，月光襯照出冬季光禿的樹木枝幹。我關了燈，拉上落地玻璃窗前的簾幕。

這一天耗盡了我的氣力，就像有某股貪婪的黑暗力量把我靈魂中的光亮都吸得一乾二淨。我感覺到一個名叫海倫的監獄警衛那雙侵略性的手，聞到那些曾經關著滿心仇恨、毫無悔意之人的小房間裡的臭味。我記得在紐奧良一家酒吧裡拿起幻燈片對著光看，彼時美國刑事鑑識科學學院的年會正在該市召開。羅蘋·納史密斯的凶殺案當時仍未偵破，那些在四旬齋前狂歡節作樂的人群一波波嘈雜湧過，我們同時在旁討論著她的遭遇，這一切讓人有種莫名的可怖之感。

一般認爲她是在自家客廳裡遭到毆打凌虐，然後被刺死。但最令人震驚的還是華德爾在她死後所做出的行爲，他那種不尋常又令人毛骨悚然的儀式。在她死後，他脫下她的衣服。就算他有強暴過她，也找不出任何跡象。他似乎偏好去咬並一再用刀戳刺她身上肉比較多的部位。當羅蘋的同事去她家看她時，她發現羅蘋血肉模糊的屍體靠在電視機旁，頭低垂著，雙臂在身體兩側，腿向前伸直，衣服則是堆在一旁。她看起來就像一個血淋淋如真人大小的洋娃娃，在一場惡魔的遊戲之後被放回原位。

一位精神科醫師在法庭上作證說，華德爾謀殺她之後感到萬分悔恨，可能坐在那裡對著她的屍體講了好幾個小時的話。檢方的一位刑事鑑識心理學家的理論正好相反，認爲華德爾知道羅蘋是電視名人，把她的屍體靠在電視機上是一種具有象徵意義的行爲。他是重新在電視上看著她並幻想著，如何重新把她放回那個讓兩人碰在一起的媒介裡。這樣的分析當然代表了他是有預謀的。隨著時間過去，各式無休無止的分析只讓細節和轉折變得更加複雜。

將那名二十七歲女主播的屍體那樣醜惡地陳列著，就等於是華德爾的特殊簽名。現在，十年之後，一個小男孩死了，而且某人——在華德爾被處決的前一晚——在他的作品上寫下了同樣的簽名。

我煮好咖啡，倒進保溫瓶裡拿進書房。我坐在書桌旁打開電腦，並連上辦公室裡的那一台。我還沒看到瑪格麗特替我搜尋列印出來的結果，不過我懷疑星期五快下班時，這份報告已經塞在我電子信箱那多得令人沮喪的資料裡，但那個檔案一定還存在硬碟裡。我進入UNIX系統（譯註：一種由貝爾實驗室發明的電腦作業系統，能適用於不同型態的硬體），輸入使用者名稱和密碼，接下來就看到閃動的「信件」顯示，表示有郵件，是我的電腦分析師瑪格麗特寄來的。

「去看血肉檔。」上面寫著。

「眞是太糟糕了。」我咕噥著，彷彿瑪格麗特可以聽見似的。

我換到主目錄下，瑪格麗特一向都把資料以及我要的檔案備份放在那裡，我打開她命名爲「血肉」的那個檔案。

檔案相當大，因爲瑪格麗特選取了各種死因的檔案，然後再跟她從創傷紀錄中心找到的資訊通通合在一起。不出所料，大部分電腦挑出來的案件都是意外，死者在車禍中或操作機器的時候失去了手腳或身體組織。有四件是屍體上有咬痕的殺人案，其中兩名受害者被刺死，另兩名被勒斃。受害者中有一名成年男性，兩名成年女性，還有一個才六歲的女孩。我抄下這些案子的編號和ＩＣＤ-9的編碼。

接下來，我掃視螢幕上一個又一個創傷紀錄中心的資料，這些是存活時間夠長到被送進醫院的受害者。我預料這些資訊會是個問題，果然如此。只有在把病人的資料弄得跟手術室一樣消過毒又沒人味之後，醫院才會將其釋出。爲了保密，人名、社會保險號碼，以及其他的身分資料都去掉了，沒有連接點可以供你追蹤某人在救援小組、急診室、警局各部門，以及其他單位之間的文件迷宮內的行蹤。更糟的是，一個受害者可能會同時存在於六個單位的資料庫裡但卻沒有橫向連繫，萬一哪個環節輸入有誤，將會更令人頭痛萬分。所以，我有可能會找到一個引起我興趣的案子，卻很難有機會弄清楚病人是誰，最後是否死亡。

創傷紀錄中心可能會有些有用的紀錄，我做了筆記，然後退出檔案。最後，我輸入一系列指令，看看我的目錄下有沒有什麼舊的資料報告、備忘錄或者筆記是可以刪掉的，以便多釋出一點硬碟上的空間。就在這時候，我看見了一個我不太懂的檔案。

檔案名稱是tty07，大小只有十六位元，日期是十二月十六日，也就是前天，那個星期四，時間是下午四點二十六分。內容只有一行令人警覺的句子：

我找不到它。

我伸手拿起話筒，撥了瑪格麗特家電話的前幾碼又掛斷。主目錄和其中的檔案是保密的，儘管誰都可以換到主目錄下，但若沒有我的使用者名稱和密碼，應該是不能列出或閱讀主目錄裡的檔案。除了我之外，應該只有瑪格麗特知道我的密碼；要是她進入了我的目錄，她找不到的是什麼東西？這句話又是對誰說的呢？

不會是瑪格麗特，我邊想邊緊盯著螢幕上那簡短的一行字。

但是我不確定。我想到了我的外甥女，也許露西懂ＵＮＩＸ。我瞥了手錶一眼，現在是星期六晚上八點多，從某個角度來說，如果發現露西在家我會覺得難過，她應該出門約會，或者跟朋友們在一起。結果她在家。

「嗨，凱阿姨。」她聽起來很驚訝，讓我想起有好一陣子沒打電話給她了。

「我最喜歡的外甥女過得如何？」

「你只有我這一個外甥女，我很好。」

「星期六晚上你待在家裡幹嘛？」我問。

「寫期末報告。星期六晚上你待在家裡幹嘛？」

一時之間我不知如何回答。我這十七歲的外甥女比我認識的任何人都善於提醒我該守的分際。

「我在思考一個電腦的問題。」最後我說。

「那你可就找對人了，」一點也不謙虛的露西說：「等一下，等我把這些書和東西移開，搆到我的鍵盤。」

「不是個人電腦的問題。」我想，「不知道你懂不懂一個叫做ＵＮＩＸ的作業系統？」

「我不會把ＵＮＩＸ叫做作業系統，凱阿姨。這就像把環境叫做天氣一樣，事實上環境包括了天氣和一切的元素跟體系。你用的是ＡＴ＆Ｔ嗎？」

「老天啊，露西，我不知道。」

「唔，你是在什麼東西上跑ＵＮＩＸ的？」

「一台NCR mini。」

「那就是ＡＴ＆Ｔ了。」

「我想可能有人闖進了安全系統。」我說。

「這種事是會發生的，但是什麼讓你這麼想？」

「我在我的目錄底下找到了一個奇怪的檔案，露西。我的目錄和裡面的檔案都是保密的——除非有我的密碼，否則應該沒辦法讀裡面的東西。」

「錯。如果你有root權限（譯註：這是ＵＮＩＸ系統中一種管理等級的帳號，讓人有權複寫及隨意檢視所有的檔案目錄。），簡單說，就是超級用戶，想做什麼、想讀什麼都隨你高興。」

「我的電腦分析師是唯一的超級用戶。」

「或許。但有root權限的用戶可能有好幾個，一些當初跟著軟體來的用戶，你根本就不知道。這個要查很容易，不過先告訴我那個怪檔案的事。檔案叫什麼名字？裡面有什麼東西？」

「叫做tty07，裡面有一個句子寫著：『我找不到它』。」

我聽見打字的聲音。

「你在做什麼？」我問。

「一邊講話一邊做筆記。好。我們從明顯的部分開始。檔案的名稱是個很大的線索，tty07是機器的名稱。換句話說，tty07可能是你辦公室裡某人的終端機，也有可能是一台印表機。但我猜進入你目錄裡的人是想寄一份短信到那個叫做tty07的機器上，結果搞砸了，信沒寄成反而開了一個新檔案。」

「寫信的時候，不就是在開一份新檔案嗎？」我感到困惑。

「如果只是一邊按鍵一邊送出去的話就不是。」

「怎麼做？」

「簡單。你現在在UNIX上嗎？」

「對。」

「你打cat>ttyq——」

「等一下。」

「不用管那個/dev——」

「露西，慢一點。」

「我們是故意漏掉dev那個目錄，我敢說那個人就是這麼做的。」

「cat後面打什麼？」

「好，cat>然後是機器的名稱——」

「請你慢一點。」

「你那台東西應該是四八六的晶片啊，凱阿姨。爲什麼這麼慢呢？」

「慢的不是那個該死的晶片！」

「哦，對不起。」露西誠懇地說：「我忘了。」

忘了什麼？

「再回來說這個問題。」她繼續說：「對了，我是假設你們沒有一台叫做ttyq的機器。你現在打到哪裡了？」

「還在cat。」我挫折地說：「然後是>……該死。是那個尖頭朝右的符號對吧？」

「對。現在按換行鍵，游標會跳到空白的下一行去。然後你就打你想要送到ttyq的螢幕上的東西。」

「看—小—花—在—跑（See Spot run）。」我鍵入。

「按換行鍵，然後按control+C。」露西說。「現在用 ls minus one，再導向到p-g，就會看見那個檔案了。」

我才打下ls，就看到某個東西閃著光飛掠過去。

「我想事情是這樣的。」露西重新開講，「有人進入你的目錄——我們一會兒就會講到這一點。也許他是在找你檔案裡的某個東西，不管是什麼，他沒找到。因此這個人發了一個訊息，或者說試圖發一個訊息，到叫做tty07的那台機器上。但是他忙中有錯，本來應該打cat>/dev/tty07的，卻漏掉了/dev那個目錄，打成cat>tty07。所以他按下的鍵根本沒有送到tty07的螢幕上。換句話說，這個人沒有把訊息送到tty07上，反而不小心開了一個叫做tty07的新檔案。」

「如果那個人打對了指令，把按下的鍵送出去，那麼那個訊息還會不會被存下來？」我問。

「不會。他打的字會出現在tty07的螢幕上，然後一直留在那裡，直到用戶把它清除爲止。但這不會在你的目錄裡或任何地方留下痕跡，也不會有檔案。」

「也就是說，如果指令下達正確的話，別人可能從我的目錄裡發了很多次訊息出去，但我們都不會知道。」

「沒錯。」

「怎麼會有人能夠讀我目錄裡面的東西呢？」我回到那個基本的問題上。

「你確定沒有別人知道你的密碼？」

「除了瑪格麗特之外就沒有別人。」

「她是你的電腦分析師？」

「對。」

「她不會把密碼告訴別人嗎？」

「我很難想像她會這麼做。」我說。

「好吧。如果有root權限的話，不用密碼就可以進去。」露西說：「我們接下來就檢查這個。使用vi這個指令去開啓編輯/etc目錄下rootgrp這個檔案。看看有哪些用戶列在底下。」

我開始打字。

「你看到了什麼？」

「我還沒打完。」我說，無法壓制聲音中的不耐。

她慢慢地把指令再說一遍。

「我在根群組底下看到三個登入的名字。」我說。

「好。把那些名字抄下來，然後打分號、q、砰，就走出群組目錄之外了。」

「砰？」我迷惑地問。

「就是驚嘆號。現在你得vi那個密碼的檔案——是拼成passwd——看看是否有哪些root權限的登入可能沒有密碼。」

「露西。」我說著把手從鍵盤上移開。

「要分辨很容易，因爲在第二欄你會看到那個用戶的密碼以加密的形式出現，這是說如果他有密碼的話。如果第二欄除了兩個分號之外什麼都沒有，那麼那個人就沒有密碼。」

「露西。」

「對不起，凱阿姨。我是不是又說得太快了？」

「我不是UNIX的程式設計師，你說的簡直像是外國話一樣。」

「你可以學啊，UNIX眞的很有趣耶。」

「謝謝，但我的問題在於我現在沒有時間學。有人闖進了我的目錄，那裡有非常機密的文件和資料報告。更不用說，如果有人在讀我私人檔案的同時，他另外還看了什麼？他是誰？又爲什麼這麼做？」

「誰的這部分很簡單，除非那人是用數據機從外面連進去的。」

「但那份短信是寄給我辦公室裡的人——寄給我辦公室裡的機器。」

「這也不表示你們內部的人沒有找外面的人來闖入啊，凱阿姨。也許這個人對UNIX一無所知，需要有人幫忙他闖入你的目錄，所以就去找了一個外面的程式設計師來。」

「這事情很嚴重。」我說。

「可能。別的不提，你們的系統光聽起來就不太安全。」

「你的期末報告什麼時候要交？」我問。

「過完節之後。」

「你寫完了嗎？」

「差不多了。」

「聖誕節假期什麼時候開始？」

「星期一。」

「你想不想來這裡過幾天，幫我這個忙？」我問。

「你是在開玩笑吧。」

「我認眞得很，但別期望太高了。我通常懶得搞太多裝飾，只會弄幾盆聖誕紅，窗邊點幾根蠟燭什麼的。不過，我倒會負責做飯。」

「沒有聖誕樹哦？」

「這會是個問題嗎？」

「我想不會。你們那裡有沒有下雪？」

「事實上，正在下。」

「我從來沒看過雪，沒有親眼看過。」

「最好讓我跟你媽說一下話。」我說。

我唯一的手足桃樂絲幾分鐘之後來接電話，一副過度關切的口吻。

「你還是那麼賣命工作嗎？凱，你比我見過的任何一個人都還要賣命工作。我跟人家說我們是姊妹的時候，他們都一副印象深刻的樣子。里奇蒙的天氣如何？」

「我們很可能可以度過白色聖誕了。」

「眞好，露西這一輩子至少應該過一次白色聖誕。我就一次都沒過過。唔，不對，有一年聖誕我和布萊德利去滑雪。」

我想不起來布萊德利是誰。我這個姊姊的男友和丈夫換了又換，多年前我就不再注意了。

「我很希望露西和我一起過聖誕節。」我說：「有沒有這個可能？」

「你不能來邁阿密嗎？」

「不能，桃樂絲，今年不行。我正在辦好幾個很棘手的案子，而且出庭的日程簡直已經排滿到聖誕夜了。」

「我沒辦法想像過聖誕節的時候沒有露西在。」她很猶豫地說。

「你以前就過過沒有露西的聖誕節了，比方說你和布萊德利到西部去滑雪的時候。」

「對，但那也很難過呀。」她尷尬地說：「每次我們分開過節，我就發誓再也不這麼做了。」

「我了解，也許下次吧。」我說。桃樂絲的這一套令人厭煩之至，我知道她恨不得趕快送露西出門。

「事實上，我的新書快到截稿期限了，反正這個假期我大部分的時間恐怕也會耗在電腦前面。」她很快地又重新考慮了。「也許露西去跟你過會比較好，她跟我在一起會無聊。我有沒有跟你說過我現在有個好萊塢的經紀人？他棒極了，所有的重要人物他全認識。現在他正在跟迪士尼談一份合約。」

「那很好啊，我相信你的書拍成電影會很棒。」桃樂絲是非常優秀的童書作家，得過好幾個重要獎項，只是在做人方面很失敗罷了。

「媽在這裡。」我姊姊說：「她要跟你說話。聽著，跟你聊天眞的很開心，我們實在應該多聊聊的。你要管著露西別讓她只吃沙拉，還有我得警告你，她會一直運動個不停，搞得你瘋掉。我眞擔心她以後會看起來一副很男性化的樣子。」

我什麼都還來不及說，我母親就接過了電話。

「你爲什麼不能到這裡來呢，小凱？這裡陽光普照，你眞該看看葡萄柚長得多好。」

「媽，我沒辦法。眞的很抱歉。」

「這下連露西也不會在家了，是不是？你們剛剛是這麼說的嗎？那我要怎麼辦，一個人吃一隻火雞嗎？」

「桃樂絲會在家。」

「什麼？你在開玩笑啊？她會跟弗瑞德一起過。我受不了他。」

桃樂絲去年夏天又離婚了。我沒有問弗瑞德是誰。

「我想他是伊朗還是哪裡人。他小氣摳門得不得了，而且耳朵裡還有長毛。我知道他不是天主教徒，桃樂絲現在也都不帶露西上教堂了。我看那個孩子是會下地獄去的。」

「媽，她們會聽見的。」

「才不會。我現在一個人在廚房裡瞪著滿滿一水槽的髒碗盤，我就是知道桃樂絲指望我在她家的時候幫她洗。就像她到我那裡的時候一樣，因爲她都不管晚餐的事就等著我來煮。她有沒有說過要帶什麼東西來？她有沒有關心過我是個老女人，而且腿根本就不管用了？也許你可以跟露西講講道理。」

「露西在什麼事情上不講道理？」我問。

「她沒有任何朋友，除了一個怪里怪氣的女孩子。你應該看看露西的房間，看起來簡直像科幻電影一樣，裡面全是電腦啦、印表機啦、這個那個零件啦。一個十幾歲的女孩不應該成天活在自己的腦袋裡，都不跟同年齡的孩子出去玩，那樣不正常。我擔心她，就像以前我擔心你一樣。」

「我長大了也沒出什麼差錯啊。」我說。

「反正你花太多時間在那些科學書上了，小凱。看看你的婚姻搞成什麼樣。」

「媽，我想要露西明天飛過來，如果可能的話。我會從這邊幫她買好機票訂好位子。叫她帶最保暖的衣服來。她沒有的東西，比如說冬天的大衣，我們可以在這裡買。」

「她說不定都可以借你的衣服穿了。你上次見到她是什麼時候？去年聖誕節？」

「我想是有那麼久了吧。」

「嗯，告訴你吧，現在她已經長出胸部來了。結果她怎麼穿衣服的？還有，她把那頭漂亮頭髮剪掉之前，有沒有來問問她外婆的意見？沒有。那她何必浪費時間告訴我說——」

「我得打電話去給航空公司了。」

「我真希望你到這裡來，那樣我們就可以全家團聚了。」她的聲音變得很奇怪，我母親快要哭了。

「我也這麼希望。」我說。

星期天早上近中午的時候我開車到機場去，沿著暗色潮濕的路穿過炫目的玻璃世界。被陽光照得鬆動的冰塊從電話線、屋頂、樹上滑落下來，像從天而降的水晶飛彈。氣象預報說會有另一場暴風雨，雖然會造成不便但我深感高興，因爲我希望和外甥女在爐火前共度靜謐時光。露西正在長大。

她出生好像還是不久之前的事。我永遠不會忘記她那雙大眼睛眨也不眨地看著我，我在她母親屋子裡走到哪她的視線就跟到哪。我也忘不了當我在什麼小事上辜負她的期望時，她那種鬧彆扭而且很悲傷的情緒，令人深感迷惑。露西對我毫不保留地崇拜，既深深觸動我的心又使我感到恐懼，她讓我經歷了一種前所未有的深刻感情。

我說服機場安全人員通融讓我在登機門旁邊等待，我熱切地在空橋走出來的旅客中尋找露西。我找的是一個矮矮胖胖、留著深紅色長髮、戴著牙套的青少年，結果迎著我的視線咧嘴微笑的卻是一個引人注目的年輕女子。

「露西。」我驚呼著，抱了她一下。「我的天，我差點認不出你了。」

她的短髮故意弄得亂亂的，更加襯托出她清澈的綠眼睛和好看的輪廓，這是我以前從未發現到。她嘴裡的牙套不見了，臉上厚厚的眼鏡換成一副輕盈的玳瑁框，讓她看起來像個嚴肅又美麗的哈佛學者。但讓我最吃驚的還是她身材的改變，因爲上次我見到她的時候她還是個粗粗短短的小丫頭，現在卻成了苗條結實、一雙長腿的運動健將，穿著褪色又短了好幾吋的合身牛仔褲、白色襯衫，腰繫一條紅色的編織皮帶，腳上一雙懶人鞋，沒有穿襪子。她背著一個書包，我還瞄到她腳踝上套了一個閃亮的細緻金腳環。我相當確定她沒有化妝，也沒有穿胸罩。

「你的外套呢？」我們邊走向提領行李的地方我邊問。

「今天早上我出發的時候，邁阿密的氣溫是華氏八十度。」

「你出去還沒走到車上，就會凍死了。」

「要我在走到你的車上之前凍死，物理上是不可能的，除非你車停在芝加哥。」

「你行李箱裡總有件毛衣吧？」

「你有沒有注意到你對我講話的方式跟外婆對你講話的方式一模一樣？對了，她認爲我看起來像個『盤克搖滾樂手』。這是她的本月妙語。把盤子和龐克搖滾樂手混在一起，就成了。」

「我有兩件滑雪夾克，燈心絨外套、帽子，還有手套。你想借什麼都行。」

她挽住我的手臂，聞聞我的頭髮。「你還在戒菸中。」

「我還在戒菸中，而且最討厭人家提醒我說我還在戒菸中，因爲那樣我就會想抽菸。」

「你氣色好多了，身上也沒有菸臭味，而且你也沒發胖。天哪，這機場還眞小不隆咚。」露西那電腦般的大腦在負責執行「圓滑委婉」的部分有點問題。「怎麼會叫做里奇蒙國際機場？」

「因爲邁阿密跟外國差不多。」

「外婆爲什麼從來不來看你？」

「她不喜歡出遠門，而且不肯坐飛機。」

「坐飛機可比開車安全。她的髖關節眞的越來越糟了，凱阿姨。」

「我知道。我讓你自己去領行李好了，這樣我可以先去把車開到機場門口。」我們走到提領行李處，我說：「不過我們先來看看是哪個轉盤。」

「這邊一共就三個轉盤，我敢說我可以找得到的。」

我放開她走向戶外清冷的空氣，內心深處很高興能獨處片刻好好想一想。外甥女的改變讓我猝不及防。對於該如何跟她相處，我從來沒這麼不確定過，雖然露西一直就不容易應付。從一開始她就表現出早熟的高度智商和極不成熟的情緒反應，她身上那一股反覆無常的力量，在她母親嫁給阿曼多的時候意外地成了形。我的優勢向來只在體型和年齡上。但現在露西跟我一樣高了，她說話時低沉冷靜的語調也顯示出我們兩人的平等地位。她不會再跑回房間去摔上房門，也不會在發生爭執、吵到最後的時候尖叫著說她恨我，或說她眞高興我不是她媽。我想像著一些我無法預期的情緒和我無法吵贏的爭論，似乎看見她冷靜地開著我的車離開我家。

一路上我們沒說什麼，因爲露西似乎沉迷在冬天的景致裡。四周的一切正在像冰雕一般融化，而又一道冷鋒已經帶著灰色的預兆出現在地平線的那一端。我搬到這裡之後她還沒來過，她瞪大眼睛看著這一帶昂貴的房屋和草坪，看著殖民時期風格的聖誕裝飾和磚鋪的人行道。一個穿得像愛斯基摩人的男子在遛他那隻過胖的老狗，一輛被路上灑的鹽弄得灰撲撲的黑色捷豹緩緩駛過濺起水花。

「今天是星期天。小孩都到哪裡去了，還是這裡都沒有小孩？」露西的語氣彷彿這都是我幹的好事一樣。

「有一些。」我轉彎開進我住的那條街。

「院子裡沒有單車，也沒有雪橇或樹屋，都沒有人出來玩嗎？」

「這一區很安靜。」

「所以你才選擇住這裡？」

「部分原因是。這裡也相當安全，而且在這裡買房子可能會是一筆好投資。」

「私人安全？」

「是的。」我說著，越來越不自在。

她繼續瞪著車外一棟接一棟的大房子看。「我敢說住在這種房子裡，進屋關上門就誰也不理了——也從來不會看見外面有人，除非他們出來遛狗。萬聖節有多少小孩來跟你要糖果？」

「萬聖節過得很安靜。」我避重就輕地說。

事實上，我的門鈴只響過一次，那時候我正在書房裡工作。我從對講機的螢幕上可以看見四個來討糖的小孩站在門廊上，我拿起話筒，正準備跟他們說我馬上出去，卻聽到他們的對話透過對講機傳來。

「沒有啦，裡面沒有死人。」那個迷你型的維吉尼亞大學啦啦隊長說。

「有啦。」扮成蜘蛛人的孩子說：「她一天到晚上電視，因爲她把死人切開一塊塊放在瓶子裡。我爸告訴我的。」

我把車開進車庫停好，對露西說：「先讓你去房間安頓下來，接下來的第一要務就是我去生一爐火，沖一壺熱巧克力。然後我們再想午飯要吃什麼。」

「我不喝熱巧克力，你有沒有濃縮咖啡機？」

「有。」

「那就太完美了，尤其如果你家有無咖啡因的法式烘焙咖啡豆的話。你認識鄰居嗎？」

「我知道他們是誰。來，我提那個袋子，你提這個。我來開門解除安全系統設定。天啊，這袋子好重。」

「外婆堅持叫我帶葡萄柚來。滿好吃的，就是籽太多了。」露西踏進屋內環顧四周。「哇塞，還有天窗。這種建築風格該怎麼稱呼，除了『有錢』之外？」

如果我假裝沒有注意到，也許她的脾氣自己就會改好。

「客房在這邊後面。」我說：「如果你想睡樓上也可以，但我想你或許會喜歡住在樓下，離我近一點。」

「住樓下就可以了，只要我離電腦近就行。」

「電腦在我書房裡，就在你的房間隔壁。」

「我帶來了我的UNIX筆記、書，還有些其他的東西。」她在客廳的落地玻璃窗前頓了頓。「這院子沒有你以前的那個好。」她的口氣彷彿我讓所有認識我的人都失望了。

「我以後多的是時間來打理我的院子，讓我對未來有點期盼。」

露西緩緩掃視四周，最後直直看向我。「你家裡有裝在門上的攝影機，有偵測器、籬笆、安全防護門，還有什麼？砲塔？」

「沒有砲塔。」

「這是你的堡壘，對不對，凱阿姨？你搬到這裡來，是因爲馬克死了，世界上只剩下壞人。」

這句天外飛來的評語以強大的力量擊中我，我眼中立刻湧滿了淚水。我走進客房把她的行李放下，然後到浴室檢查毛巾、肥皀、牙膏有沒有準備好。我回到臥房拉開窗簾，檢查梳妝檯抽屜，重新整理衣櫃並調整暖氣，我外甥女則一直坐在床緣，眼睛跟著我轉。幾分鐘後我能夠重新與她對望了。

「你把東西拿出來安頓一下，然後我告訴你哪個衣櫃裡有你可以翻出來穿的冬天衣物。」

「你始終不同意大家對他的看法。」

「露西，我們需要談點別的。」我打開一盞燈，確定電話線是插好的。

「沒有他你會過得比較好。」她堅定地又加上一句。

「露西……」

「他沒有給你足夠的支持。他永遠不會給你足夠的支持，因爲他就是那種人。而且每次有問題出現，改變的都是你。」

我站在窗前，看著屋外休眠中的鐵線蓮以及凍在格子架上的玫瑰。

「露西，你需要學會溫和婉轉一點，你不能想什麼就說什麼。」

「聽到你說這種話眞奇怪。你總是告訴我你多恨人家不誠實、玩把戲。」

「人都是有感情的。」

「沒錯，包括我。」她說。

「我曾不知不覺地傷了你的感情嗎？」

「你以為那時候我有什麼感覺？」

「我不太明白你的意思。」

「因為你那時候根本就沒想到我，所以你不明白。」

「我一直都有想到你。」

「這樣說就像你很有錢可是卻從來沒給過我一毛錢一樣。你在心裡藏了什麼對我來說又有什麼差別？」

我不知該說什麼。

「你再也不打電話給我了，他死後你一次都沒來看過我。」她聲音中的傷痛是積壓了很久的。「我寫信給你，你不回。然後你昨天打電話給我，叫我來住幾天，因為你有事需要我幫忙。」

「我不是這個意思。」

「就跟媽的行爲一樣。」

我閉上眼睛，額頭抵著冰冷的玻璃。「你對我的期望太高了，露西。我不是完美的。」

「我並不期望你是完美的，我只是以爲你會有所不同。」

「你這樣說，讓我不知道該怎麼替我自己辯護。」

「你沒有辦法替自己辯護！」

我看著一隻灰松鼠沿著院子的圍牆跳躍前進，草地上有鳥在啄食。

「凱阿姨？」

我轉過身去，從來沒看過她的眼神如此失望。

「爲什麼男人永遠比我重要？」

「他們不比你重要，露西。」我低聲說：「我發誓。」

我外甥女要的午餐是鮪魚沙拉和拿鐵咖啡。我坐在爐火前修改著一篇要發表在期刊上的文章，她則在我的衣櫥和梳妝檯抽屜裡東翻西找。我試著不要去想有另一個人正在碰我的衣物，用跟我不一樣的方法折衣服，或者把外套掛錯衣架。露西很有本事讓我自覺像個正在森林裡鏽蝕的錫人。我是不是變成了我在她那個年紀時所討厭的那種刻板、嚴肅的成年人？

「你覺得怎麼樣？」她一點半從我臥室裡冒出來，穿著一套我的網球暖身裝，問道。

「我沒想到你在裡面耗了那麼久，居然只翻出這一樣東西。還有，是的，你穿起來很合適。」

「我另外找到幾件可以穿的東西，你的衣服大部分都太正式了。那麼多套像律師穿的套裝，深藍色和黑色的，細直條紋的、灰色絲質的、卡其色的、喀什米爾羊毛的，還有白色襯衫。你的白襯衫一定超過二十件，領帶也差不多這麼多條。對了，你不應該穿棕色。還有我沒看到什麼紅色的衣服，但是你穿紅色會很好看，襯你的藍眼睛和有點灰的金髮。」

「這叫灰燼金。」

「灰燼就是灰色或白色的啊。你看壁爐裡面就知道了。我們腳的大小不一樣，不過反正我也不會去穿Cole-Haan或者Ferragamo的鞋子。我倒是找到了一件有夠酷的黑色皮夾克。你前輩子是騎重型摩托車的嗎？」

「那是小羊皮，歡迎你穿。」

「還有你那些FENDI的香水和珍珠項鍊呢？你有沒有牛仔褲啊？」

「儘管用。」我開始笑了。「有，我是有一條牛仔褲不曉得放在哪裡，大概在車庫吧。」

「我想要帶你去採購一番，凱阿姨。」

「我還沒發神經呢。」

「拜託嘛？」

「看情況。」我說。

「如果可以的話，我想去你的健身俱樂部運動一下。我坐飛機坐得身體都僵掉了。」

「如果你想在那裡打網球的話，我可以看看泰德有沒有時間和你對打。我的球拍在左邊櫃子裡。我最近才換一個叫威爾森的新教練。你可以打出時速一百哩的球，你一定會喜歡的。」

「不，謝了。我比較喜歡用跑步機、舉舉重，或者慢跑。你何不在我健身的時候叫泰德給你上堂網球課呢，這樣我們就可以一起去了？」

我乖乖拿起電話打到維斯伍運動中心。泰德的時間到十點都排得滿滿的。我告訴露西怎麼走，把車鑰匙給她。她出門後我在爐火前看書，看著看著就睡著了。

我睜開眼睛的時候，聽見煤炭嗶剝燃燒著，落地玻璃窗外的白鑞風鈴被風吹得輕輕作響。大片雪花緩緩飄落，天空的顏色像是沒擦乾淨的黑板。我院子裡的燈已經亮了，屋裡靜得我能察覺到牆上鐘在走的滴答聲。剛過四點鐘，露西還沒從健身俱樂部回來。我撥了車上行動電話的號碼，但沒人接。她從來沒在雪地裡開過車，我焦慮地想著。而且我需要到店裡去買魚來弄晚餐。我可以打電話到俱樂部去請他們幫我廣播。但我告訴自己說我太誇張了，露西不過才去了兩個小時而已。她已經不是小孩了。四點半的時候我又撥了一次車上的電話。五點鐘我打去俱樂部，他們找不到她。我開始慌了。

「你確定她不在跑步機上，或者在更衣室裡沖澡嗎？或者她到你們的燒烤餐廳去了？」我再次問著運動中心的年輕女職員。

「我們已經廣播了四次，史卡佩塔醫生。我也到處去找過了。我再去看看，如果找到她，我會請她馬上打電話給你。」

「你知不知道她到底有沒有去你們那裡？她應該兩點左右就到了。」

「天啊。我四點才剛來的，我不知道。」

我繼續撥我車上的電話。

「您所撥的這個里奇蒙行動電話用戶沒有回應……」

我試著打給馬里諾，他不在家也不在警局。六點鐘，我站在廚房裡瞪著窗外看。蒼白的街燈光芒下雪落紛紛。我的心狂跳著，從一間房間踱到另一間不斷地撥我車上的電話。六點半我決定報警說她失蹤了，這時電話響起。我跑回書房，伸手去拿話筒，卻注意到來電顯示的是那個熟悉的怪異號碼。華德爾被處決的那天晚上之後，就不再有這個號碼打來的電話了，我也沒再想到這件事。我愣住了，停下動作等待對方一如往常地在聽完我答錄機的訊息之後便掛斷。結果接下來有一個我認識的聲音開始說話，令我大吃一驚。

「我眞不願意對你這麼做，醫生……」

我一把抓起話筒，清清喉嚨，不敢置信地說：「馬里諾？」

「對。」他說：「我有壞消息要告訴你。」

4

「你在哪裡？」我質問道，眼睛狠狠盯著螢幕上的號碼不放。

「東區，雪下得他媽的一塌糊塗。」馬里諾說：「我們有個DOA（譯註：「抵達時已死亡」之意）的案子，白種女性。乍看之下像是典型的一氧化碳中毒自殺，車停在車庫裡，排氣管上接了條管子，但狀況有點蹊蹺，我想你最好來一趟。」

「你現在是在哪裡打的電話？」我這麼窮追不捨地問，讓他遲疑了一下。我可以感覺出他很驚訝。

「在死者家裡，我剛到。這又是另一個問題。房子不是完全鎖住的，後門沒鎖。」

我聽見車庫門的聲音。「哦，謝天謝地。馬里諾，等一下。」我說著，大大地鬆了一口氣。

傳來廚房門關上的聲音，還有紙袋的窸窣聲。

我一手按住話筒，叫道：「露西，是你嗎？」

「不是我，是雪人來了。你應該看看外面的大雪！下得眞過癮！」

我伸手拿紙筆，對馬里諾說：「死者的姓名和住址是？」

「珍妮佛．戴頓，依文大道二一七號。」

我不認識這個名字。依文大道在威廉斯堡路旁離機場不遠，但那一區我不熟。

我掛下電話，露西走進書房來。她的臉凍得紅撲撲的，眼睛閃亮著。

「你到底跑哪去了？」我劈頭就是一句。

她的微笑消失了。「去買雜貨。」

「唔，這點我們稍後再談，我得趕去一個現場。」

她聳聳肩，用同樣不耐的語氣回敬我。「這不是司空見慣了嗎？」

「很抱歉，人死的時間不是我能控制的事。」

我抓起外套和手套，匆忙進入車庫，發動引擎，扣上安全帶，調整暖氣，研究了一下該怎麼走，然後才想起來夾在汽車遮陽板上的車庫門遙控器。廢氣塡滿密閉空間的速度快得驚人。

「老天爺。」我狠狠地教訓心不在焉的自己，迅速打開了車庫的門。

汽車排出的廢氣很容易導致中毒死亡。有些年輕情侶開著引擎和暖氣在後座親熱，最後就這麼擁抱著昏迷過去再也醒不來。有些想自殺的人將車子變成小型的毒氣室，把問題留給其他人去解決。我忘記問馬里諾，珍妮佛．戴頓是否獨居。

積雪已有數吋，映亮了夜色。我家附近沒有行車經過，市區公路上也只有寥寥幾輛車。收音機不斷地放著聖誕歌曲，我腦海中飛掠過種種困惑的思緒，逐漸轉爲恐懼。珍妮佛．戴頓打過好多通電話到我家，卻不說一句話就掛斷了，或者是另一個人用她的電話打的。現在她死了。高架道路在市區東端轉了個彎，鐵路在地面上縱橫交叉有如縫合的傷口，鋼筋水泥的立體停車場高過大部分建築物。中央街車站龐然矗立在乳色的天空下，屋頂結了一層白霜，塔上的鐘像獨眼巨人的渾濁眼睛。

我緩慢開在威廉斯堡路上，經過一間廢棄的購物中心，就在快到市區與亨利哥郡交界之處，我找到了依文大道。這裡的房子很小，前面停著小貨車和舊型的美國車。二一七號的車道上和街道兩邊都停著警車，我把車停在馬里諾的福特後面，提著我的醫事包下了車，踏在未鋪柏油的車道上往那間僅能容納一輛車的車庫走去，那裡燈火通明有如一幅耶穌誕生馬槽圖。車庫門高高捲起，幾名警察圍在一輛破舊的淺棕色雪佛蘭旁。我看到馬里諾蹲在駕駛座這一側的後門旁，研究著從排氣管接到開了一條縫的車窗裡的那截綠色澆花水管。車內被黑煙弄得髒髒的，廢氣的味道在濕冷的空氣中仍未散去。

「車子的引擎還發動著。」馬里諾對我說：「是汽油用完了。」

死去的女人看來有五、六十歲，坐在駕駛座上向右歪倒著，露在衣服外的頸部和手部皮膚呈鮮粉紅色，頭下黃褐色的椅套上沾有乾掉的血跡。從我站的地方看不見她的臉。我打開醫事包取出化學溫度計來量車庫內的溫度，然後戴上外科手套。我請一名年輕的警員幫我打開車子的前門。

「我們正準備採指紋。」他說。

「那麼我等好了。」

「強森，先採門把怎麼樣，這樣醫生就可以進車子裡了。」他深色的拉丁眼睛望著我。「我叫湯姆·路瑟羅，這裡的情況有點湊不到一塊兒。首先，前座上的血跡就讓我覺得很不對勁。」

「有好幾種可能的解釋。」我說：「比方說死後排泄。」

他稍稍瞇起眼睛。

「就是肺裡面的壓力迫使體液從口鼻流出。」我解釋道。

「哦，一般來說，這種情況要到屍體開始腐爛之後才會出現，對不對？」

「一般來說是這樣。」

「據我們所知，這位女士死了大概二十四小時，而且這裡冷得像停屍間的冰箱一樣。」

「沒錯。」我說：「但如果她開著暖氣再加上灌進去的那些熱的廢氣，就會使車裡的溫度上升，一直保持得相當溫暖直到車子沒油爲止。」

馬里諾透過被黑煙弄得模糊不清的窗玻璃朝裡面窺看，「看起來暖氣是開到最大的樣子。」

「另外一種可能是，」我繼續說道：「她失去意識的時候身體垮倒下來，臉撞到方向盤、儀表板、椅子；她可能鼻子流血，咬到了舌頭，或者扯破了嘴唇。我要等到檢查過後才知道。」

「好吧，可是她穿的衣服又怎麼說呢？」路瑟羅說：「她走到寒冷的屋外進到冷冰冰的車庫裡，接上水管後坐進寒冷的車裡，身上卻只穿著一件睡袍。你不覺得有點不尋常嗎？」

那件淺藍色的長袖睡袍長及腳踝，質料看起來是薄薄的人造纖維。要自殺是沒有什麼衣著規定的。這樣一個冬夜裡，珍妮佛．戴頓在走到天寒地凍的戶外之前先穿上外套和鞋子是比較合邏輯沒錯，但如果她已計畫要自殺，那麼她會知道自己過不久就不會再感覺冷了。

鑑識組的警員完成了車門部分的工作。我收起化學溫度計，車庫裡的溫度是華氏二十九度。

「你們什麼時候到的？」我問路瑟羅。

「大概一個半小時之前。在我們開門之前這裡面當然比較暖，但也暖不了多少。這車庫沒有暖氣，而且車子的引擎蓋是冷的。我猜這車子在我們接到報警電話前的幾小時汽油就用光、電瓶也沒電了。」

車門打開，我先拍了一系列照片，再繞到駕駛座旁的前座去看她的頭。我做好心理準備，或許會突然認出什麼、看見什麼喚醒沉睡多年的記憶。但什麼也沒有，我不認識珍妮佛．戴頓，這輩子從來沒見過她。

她的頭髮染成淡色，但髮根是黑的，頭上緊緊上著粉紅色小髮捲，其中有幾個掉了。她非常、非常胖，但從她細緻的五官看來，要是她年輕一點、瘦一點可能相當漂亮。我觸摸她的頭部和頸部，沒有發現骨折之處。我用手背抵住她的一邊臉頰，然後奮力把她轉過來。她又冷又硬，靠在椅子上的那一側臉是蒼白的，且因熱起了水泡。看起來她死後屍體並沒有被移動過，皮膚壓下去也沒有變白。她至少死了十二個小時。

一直到我準備用袋子把她的手包起來的時候，才注意到她右手食指的指甲裡有東西。我用手電筒照著仔細看，然後取出裝證物的塑膠封套和一副鑷子。指甲下的皮膚裡有一小片金綠色的東西。聖誕節的裝飾品，我想。我也找到了金色的纖維，而且每檢查一隻手指就看到更多。我把棕色紙袋套在她手上，用橡皮筋在手腕處綁緊，然後繞到車子的另一邊。我要看看她的腳。她的腿已經完全僵硬非常難擺弄，但我仍努力把腿拉著繞過方向盤放在椅子上。我檢查她深色厚毛襪的底部，發現沾有跟指甲裡類似的纖維。然而沒有灰塵、泥巴，或者草葉。我腦中響起了警報聲。

「找到什麼有意思的東西嗎？」馬里諾問。

「這附近沒找到室內拖鞋或者鞋子？」我說。

「沒有。」路瑟羅回答，「我說了，在這麼冷的晚上她就這麼走出屋外是很不尋常的事，身上只穿著——」

我打斷他的話，「這兒有個問題，她的襪子太乾淨了。」

「可惡。」馬里諾說。

「我們需要把她送到市區去。」我從車旁退開。

「我去叫救援小組。」路瑟羅自告奮勇。

「我想看看她家裡面。」我對馬里諾說。

「嗯。」他已經脫下手套，正在對著手呵氣。「我也想請你去看一看。」

等待救援小組抵達的時候我在車庫裡繞了繞，小心不踩到任何東西、不妨礙別人的工作。車庫裡沒多少可看的，就是一般院子裡需要用到的工具，還有一些沒別的地方可放的零碎東西。我的視線掃過一堆堆舊報紙、籐籃、滿是灰塵的油漆罐，還有一個看來多年沒用過的生鏽烤肉架。角落雜亂地捲著一條澆花用水管，看起來像沒頭的綠蛇，接到汽車排氣管上的那截水管就是從這上面切下來的。我跪下來細看切割過的那一頭，但並沒有去摸它。塑膠的邊緣看起來不像是被鋸割過，而是被重重一下砍斷並形成一個角度。我看到旁邊的水泥地上有一條痕跡。我站起身來檢視掛在木板上的各式工具。有一把斧頭和一把劈圓木用的V形斧，兩把都滿是鏽跡和蜘蛛網。

救援小組的人帶著擔架和屍袋來了。

「你們有沒有在她家裡找到可能用來切斷水管的東西？」我問路瑟羅。

「沒有。」

珍妮佛．戴頓不想從車裡出來，死亡的力量抗拒生者伸出的手。我到乘客座位的那一側去幫忙。我們有三個人緊抓住她腋下，另一個人則推她的腿。等將她裝進屍袋拉上拉鍊並放上擔架扣好繫帶之後，救援小組抬著她走進雪花紛飛的夜色，我則跟路瑟羅沿著車道艱苦前進，心中後悔怎麼沒在出門前換上靴子。我們從通往廚房的後門進入那棟農場式的磚造平房。

屋裡看起來似乎新近整修過，黑色家電用品，白色櫥櫃台架，壁紙是細緻的藍底上有東方味道的柔色花朵。路瑟羅和我朝人聲交談的方向走，穿過鋪有硬木地板的狹窄玄關，在一間臥室的門前停下，馬里諾和一名鑑識組的警員正在裡面翻查梳妝檯抽屜。我花了好一段時間環顧四周，看著展現出珍妮佛．戴頓個性的不尋常裝潢。她的臥室看來有如一間太陽能室，供她在其中吸收能量並將之轉化爲魔力。我再度想起近來接到的那些掛斷電話，恐慌的感覺大幅增加。

牆壁、窗簾、地毯、床單，以及籐製家具都是白色。怪的是，在凌亂的床上，離立起靠在床頭的那兩個枕頭不遠處，有一塊金字塔型的水晶壓在一張空白的白色打字紙上，梳妝檯上和桌子旁邊還有更多塊水晶，比較小塊的則垂掛在窗框上。我可以想像，當陽光照進來的時候，房間裡一定滿是折射的光芒和舞動的彩虹。

「很古怪對不對？」路瑟羅問。

「她是靈媒什麼的嗎？」我問。

「這麼說吧，她自己經營生意，大部分在這裡進行。」路瑟羅走向床邊一張桌子上的答錄機。訊號燈一閃一閃，發著紅光的數字是三十八。

「從昨天晚上八點到現在足足有三十八通留言。」路瑟羅補充道：「我大略聽了其中幾通。這位女士是研究星座的。看樣子別人會打電話來問她今天運勢如何啦、會不會中彩券啦，或者聖誕節過後付不付得清帳單之類的。」

馬里諾打開答錄機的蓋子，用小刀將錄音帶挑出來，放進裝證物用的塑膠封套裡封好。我對那張床邊小桌上另外幾樣東西也很感興趣，於是走過去看。在筆記本和筆旁邊放著一個玻璃杯，裡面裝了一吋高的透明液體。我彎下腰去聞，沒有味道。是水吧，我想。旁邊有兩本平裝書，彼得·德克司特的《巴黎鱒魚》（*Paris Trout*）和珍·羅伯茲的《賽特之言》（*Seth Speaks*）。臥室裡沒看到別的書。

「我想看看那兩本書。」我對馬里諾說。

「《巴黎鱒魚》。」他尋思著，「這本書的內容是什麼，講在法國釣魚的嗎？」

很不幸，他這句話是認眞的。

「或許可以在書裡找到一些關於她死前心態的線索。」我補充道。

「沒問題，我會叫文件組檢查上面的指紋，然後把書交給你。我想我們最好叫文件組也看看那張紙。」他指的是床上那張白紙。

「對啊。」路瑟羅搞笑地說：「說不定她用隱形墨水寫了遺書。」

「來。」馬里諾對我說：「我想給你看幾樣東西。」

他帶我走進客廳，一棵人造聖誕樹縮在客廳一角，被大量俗氣的裝飾品壓彎了，上面還密不透風地纏繞著金箔、燈泡、細絲。樹底下堆著一盒盒糖果和起司，泡泡浴的沐浴精，裝著看來像是花果茶的一個玻璃瓶，還有一個眼睛亮藍、角鍍金的瓷製獨角獸。我懷疑那張金色的絨毛粗呢毯就是珍妮佛．戴頓襪底和指甲裡那些纖維的來源。

馬里諾從口袋裡掏出一支小手電筒，蹲了下來。

「你看。」他說。

我在他旁邊蹲下，看著光柱照在樹底地毯上，那裡有金屬製的晶亮小飾品和一條細細的金色繫繩。

「我到這裡的第一件事就是察看她樹底下有沒有放禮物。」馬里諾說著關掉手電筒，「她顯然早早就把禮物拆開了。包裝紙和卡片就丟在那邊的壁爐裡——裡面全是紙灰，還有一些沒燒完的亮面碎紙片。住對街的女士說，昨天天黑之前她看到煙囪裡有煙冒出來。」

「打電話報警的就是這個鄰居嗎？」我問。

「對。」

「為什麼？」

「這我就不清楚了，我得去跟她談談。」

「你跟她談的時候，看看能不能問出一些關於這個女人的病史，比方說她有沒有精神疾病等等。我想知道她的醫生是誰。」

「我再過幾分鐘就要過去那邊。你可以跟我一起去，自己問她。」

我一面想著在家裡等我的露西，一面繼續觀察屋內的細節。我眼睛停在房間正中央，地毯上的四個正方形小壓痕上。

「我也注意到了。」馬里諾說：「看起來像是有人搬了一張椅子進來這裡，大概是從飯廳搬的。飯桌旁有四張椅子，椅腿都是正方形的。」

「另外有件事或許值得一做，」我邊想邊說：「就是檢查她的錄影機，看看她有沒有設定要預錄什麼節目。說不定也能得到一些關於她的線索。」

「好主意。」

我們離開客廳走過小小的飯廳，裡面有一張橡木桌和四張直椅背的椅子。硬木地板上的編織地毯要不是新的就是很少有人在上面走過。

「看起來她差不多把時間都花在這個房間裡。」馬里諾說著，我們穿過玄關進入看來應該是她辦公室的房間。

房間裡塞滿了經營小公司所需要的種種設備，包括傳眞機。我立刻過去檢查了一下，傳眞機是關著的，線路插進牆上的單一插座。我環顧四周越來越感到迷惑。書桌和另一張桌子上滿滿放著個人電腦、郵戳機、各式表格、信封，書架上排列著關於靈學、星象學、黃道十二宮，以及東西方各宗教的好幾部百科全書。我注意到有好幾種譯本的聖經，還有幾十本標有日期的分類帳簿。

郵戳機旁邊有一疊看起來像是訂購表格的東西，我拿起一張來看。一年付三百元，你就可以每天打一通電話給珍妮佛·戴頓，她會花三分鐘的時間，「根據個人資料，包括你出生那一刻各星球的排列位置」來告訴你今日星座運勢如何。再加兩百元，她會提供一份「每週運勢預測」。付費之後，訂戶會收到一張上面有識別碼的卡片，只要持續付年費識別碼就會繼續有效。

「眞是一大堆狗屎。」馬里諾對我說。

「我想她是一個人住吧。」

「目前爲止看來是這樣。一個女人單獨經營這種生意——他媽的眞是吸引怪人上門的好方法。」

「馬里諾，你知不知道她家有幾條電話線？」

「不知道，幹嘛？」

我告訴他我這陣子常接到無聲電話，他則死命瞪著我看，越聽嘴巴張得越大。

「我需要知道她的電話和傳眞是不是用同一條電話線。」我做結論道。

「老天爺。」

「如果是，而我撥來電顯示器上那個號碼的那天晚上她又剛好把傳眞機打開了的話，」我繼續說：「那就可以解釋我所聽到的聲音了。」

「我的老天爺。」他說著從外套口袋裡一把抓出無線電對講機。「你幹嘛不早講啊？」

「我不想在別人在場的時候提。」

他把無線電湊近嘴邊。「七——十。」然後他對我說：「如果你擔心那些無聲電話，爲什麼幾個星期前不說呢？」

「那時候我沒那麼擔心。」

「七——十。」調度員的聲音帶著雜訊傳了回來。

「十——五，八——二十——一。」

調度員呼叫八二一，這是探長的代號。

「有個號碼請你撥一下。」馬里諾和探長通上話時說：「你的手機在手上嗎？」

「十——四。」

馬里諾把珍妮佛．戴頓的號碼給了他，然後打開傳眞機。沒一會兒傳眞機就響起了一串鈴聲、嗶聲和其他亂七八糟的聲音。

「這回答你的問題了嗎？」馬里諾問我。

「回答了一個問題，可是不是最重要的那個。」我說。

報警的那個對門鄰居叫做麥拉．克蕾瑞。我跟馬里諾一起到她那棟貼著鋁片的小房子去，門前的草地上有塑膠製、亮著燈的聖誕老人，黃楊木上掛著串串燈泡。馬里諾才剛按下電鈴，前門就打開了，克蕾瑞太太沒問我們是誰就請我們進去。我想，她大概已經從窗口看見我們走來了。

她把我們引進一間陰沉沉的客廳，她丈夫在電爐旁縮成一團，瘦巴巴的腿上蓋著毯子，眼神空洞地盯著電視上一個正用去除體味的肥皂在身上搓出泡沫的男人。多年來疏於維護的痕跡處處可見。家具上的布面和人體長期接觸摩擦的地方都又髒又綻了線，木材被一層一層的蠟弄得模模糊糊，牆上落滿灰塵的玻璃底下的照片都已發黃。空氣中充滿了幾千幾萬遍在廚房燒好、在客廳吃掉的飯菜所累積下來的油膩味。

馬里諾解釋我們的來意，克蕾瑞太太則緊張兮兮地四處移動，撿起沙發上的報紙，調低電視的音量，把晚飯的髒碗盤拿到廚房去。她丈夫仍躲在自己的世界裡，頭在細脖子上微微顫動著。巴金森氏病就像機器在故障之前瘋狂地搖晃著，彷彿是知道接下來會發生什麼事，於是用它唯一能夠的方式在抗議。

「不用了，不需要。」克蕾瑞太太問我們要不要吃什麼或喝什麼的時候馬里諾說：「坐下來，試著放輕鬆點，我知道這一整天對你來說不好受。」

「他們說她坐在車子裡把廢氣吸進去了。哦，天哪。」她說：「我看到窗子被煙燻得有多黑，看起來像是車庫失過火一樣。那時候我就知道大事不好了。」

「他們是誰？」馬里諾問。

「警察。我打電話報警之後，就一直看他們來了沒。他們車一停好，我就馬上過去看看珍妮怎麼樣了。」

馬里諾和我坐在沙發上，克蕾瑞太太在我們對面的單人沙發上坐得很不安穩。她頭上灰髮梳成的髻已經散開，滿是皺紋的臉看起來像一顆乾掉的蘋果，眼神既充滿了好奇又閃動著恐懼。

「我知道你稍早已經跟警察談過了。」馬里諾說著把菸灰缸拿過來，「但我要你仔仔細細跟我們說一遍，從你最後一次看到珍妮佛·戴頓開始講起。」

「我前兩天看到她——」

馬里諾打岔，「哪一天？」

「星期五。我記得電話響了，我到廚房去接，從窗口看見她正在車道上準備停車。」

「她總是把車停在車庫裡嗎？」我問。

「對。」

「昨天呢？」馬里諾詢問道：「你昨天有沒有看見她或她的車？」

「沒有，不過我有去外面查看信箱。郵差來得很遲，這個時候通常都是這樣。三、四點了，還是沒有信來。後來差不多是五點半或再晚一點的時候吧，我想起來再去看一次信箱。那時候天已經快黑了，我注意到珍妮家的煙囪有煙冒出來。」

「你確定嗎？」馬里諾問。

她點頭。「很確定。我記得我那時候還想，今天晚上很適合生一爐火。但生火以前都是吉米在做。是這樣的，他從來沒教過我要怎麼生火。只要他拿手的事情就都歸他管了，所以後來我就不用壁爐改裝了電爐。」

吉米．克蕾瑞看著她。我在想不知道他聽不聽得懂她在說什麼。

「我喜歡烹飪。」她繼續說：「這個季節我會烤很多東西。我會烤蛋糕送給鄰居。昨天我想拿一個給珍妮，但我習慣先打電話確定一下，因為你很難看出別人在不在家，尤其是他們把車停在車庫裡的話。要是把蛋糕放在門口，搞不好就被附近的狗給吃掉了。所以我打電話給她，結果是答錄機。我打了一整天她都沒接電話，老實說，我有點擔心。」

「為什麼？」我問：「她健康有什麼問題嗎，還是你知道有什麼其他的問題？」

「膽固醇太高，超過兩百很多什麼的，還有高血壓。她曾告訴過我，她說她們家的人都是這樣。」

我在珍妮佛．戴頓家裡沒有看到任何處方藥品。

「你知道她的醫生是誰嗎？」我問。

「我不記得了，但珍妮相信自然療法。她告訴我說，她不舒服的時候就靜坐冥想。」

「聽起來你們兩個滿熟的嘛。」馬里諾說。

克蕾瑞太太雙手像過動兒一樣揪著裙子。「除了去店裡買東西的時候，我整天都待在這裡。」她瞥了一眼丈夫，他又轉回去盯著電視了。「有時候我會過去看看她，你知道，鄰居嘛，也許拿點什麼我做的東西去給她。」

「她這人友善嗎？」馬里諾問：「有沒有很多人來找她？」

「呃，你們也知道她在家裡工作。我想她大部分的公事都是在電話上處理的。不過我偶爾會看到有人進去。」

「有你認識的人嗎？」

「就我記得是沒有。」

「你有沒有注意到昨晚有沒有人來見她？」馬里諾說。

「我沒有注意。」

「你出去拿信，看到她家煙囪裡有煙冒出來的那時候呢？你有沒有感覺她家可能有客人？」

「我沒有看到別的車，或是什麼看起來像是她家有客人的東西。」

吉米．克蕾瑞睡著了，流著口水。

「你說她在家工作，」我說：「你知不知道她做些什麼？」

克蕾瑞睜大眼睛直望著我。她傾身向前，壓低了聲音。「我知道別人怎麼說的。」

「怎麼說？」我問。

她緊抿著嘴，搖搖頭。

「克蕾瑞太太，」馬里諾說：「你說的任何事情對我們都可能會有幫助。我知道你想幫我們的忙。」

「兩條街外有一間美以美教派（譯註：基督教的宗派之一）的教堂。你們可以看得見。那座尖塔是整夜亮著燈的，從三、四年前教堂蓋好之後就一直是這樣。」

「我開車來的時候看到了那間教堂。」馬里諾回答，「那跟這有什麼——」

「嗯，」她插口道：「珍妮搬來這裡時，我想是九月初吧。我一直沒想通那是怎麼回事——那個尖塔的燈。開車回家的時候就會看到。當然……」她頓了頓，臉上出現失望的神色。「也許現在已經不會了。」

「不會什麼？」馬里諾說。

「燈光忽明忽滅的。我從來沒看過這麼奇怪的事情。剛才還亮著，然後你從窗子再看出去的時候燈就滅了，好像教堂不在那裡似的。然後你再從窗子看出去，尖塔又亮了就跟平常一樣。我算過時間。一分鐘燈亮著，之後熄掉兩分鐘，然後又亮個三分鐘。有時候會連亮上一個小時。完全沒有固定的模式。」

「那燈光跟珍妮佛．戴頓有什麼關係？」我問。

「我記得她剛搬來不久，就在吉米中風前幾個星期。有天晚上很冷他在生火，我在廚房洗碗，透過窗子看見那個尖塔和平常一樣亮著。他進來拿酒喝，我說：『你知道聖經上是怎麼說喝烈酒而不是喝葡萄酒喝醉的。』他說：『我才不要喝葡萄酒，我要喝波本。聖經從來沒說過波本什麼。』然後，就在他還站在那裡的時候，尖塔的燈就熄了。看起來像教堂消失了一樣。我說：『你看吧，上帝說話了。這就是他對你和你的波本的看法。』

「他笑的樣子好像是我發瘋了一樣，不過他沒有再沾過一滴酒了。他每天晚上都站在廚房水槽旁，看著窗外尖塔的燈一下亮一下暗。我隨吉米去揣測那是不是上帝的意思——只要能讓他不碰酒就好。戴頓小姐搬來對街之前，那間教堂從來沒有那樣子過。」

「最近那燈光還是忽明忽滅的嗎？」我問。

「昨天晚上都還有，我不知道現在怎麼樣。老實說，我還沒去看。」

「所以你的意思是，她對教堂尖塔的燈光有某種影響力。」馬里諾溫和地說。

「我的意思是，這條街上不少人在滿久以前就已經認定她了。」

「認定她什麼？」

「是巫婆。」克蕾瑞太太說。

她丈夫打起鼾來，發出很大聲有如脖子被掐住的聲音，但她似乎沒有注意到。

「在我聽來，戴頓小姐搬來之後你丈夫就開始生病了，教堂的燈也開始作怪。」馬里諾說。

她看起來吃了一驚，「哎，就是這樣。他是在九月底中風的。」

「你有沒有想過這之間可能有關聯？也許珍妮佛·戴頓跟這有關，就像你覺得她跟教堂的燈有關一樣？」

「吉米一直不喜歡她。」克蕾瑞太太說話的速度越來越快了。

「你的意思是他們兩個處不好。」馬里諾說。

「她剛搬來沒多久的時候，來過一、兩次請吉米去她家裡幫忙，男人的事。我記得有一次她家門鈴在屋裡發出很可怕的滋滋聲，她害怕會電線走火就跑到我們家門口躲避。所以吉米就過去幫她看看。我想還有一次是她的洗碗機冒出水來。吉米一向都很會修東西。」她悄悄瞥一眼在打鼾的丈夫。

「你還沒說清楚他為什麼跟她處不好。」馬里諾提醒道。

「他說他不喜歡到那裡去。」她說：「他不喜歡她屋子裡面的樣子，到處都是水晶什麼的，電話又響個不停。但最讓他發毛的是，她說她專門替人算命，如果他願意繼續幫她修理家裡的東西，她就免費幫他算命。接下來他說的話我記得一清二楚，就像昨天的事一樣，他說：『謝謝，不用了，戴頓小姐。我的未來掌握在麥拉手上，每分每秒都計畫好了』。」

「不知道你曉不曉得有什麼人和珍妮佛．戴頓處得非常不好，不好到會希望她出事或者用某種方式傷害她的地步。」馬里諾說。

「你認為她是被殺死的？」

「目前我們還有很多不知道的事。我們需要檢查每一個可能性。」

她把手臂交抱在下垂的胸部下。

「那麼她的心情呢？」我詢問道：「你有沒有看過她沮喪的樣子？你知不知道她有沒有什麼無法解決的問題，尤其是最近？」

「我跟她沒有那麼熟。」她避開我的視線。

「你知不知道她有沒有去看過醫生？」

「我不知道。」

「親近的家屬呢？她有親人嗎？」

「我不曉得。」

「她的電話呢？」然後我說：「她在家的時候是會接電話，還是都讓答錄機接？」

「就我的經驗，她在家的時候會接電話。」

「所以今天稍早的時候你打電話給她她沒接，就讓你很擔心。」馬里諾說。

「就是這樣。」

麥拉·克蕾瑞發現自己講錯話的時候已經太遲了。

「有意思。」馬里諾評論道。

她的臉從脖子慢慢紅上去，雙手停下動作。

馬里諾問，「你怎麼知道她今天在家？」

她沒有回答。她丈夫一口氣沒喘上來開始咳嗽，眼睛眨巴眨巴地睜開。

「我想我是就這樣以爲吧。因爲我沒有看到她開車出來……」克蕾瑞太太的聲音越來越小。

「也許你今天白天去過她家？」馬里諾一副想幫忙的口氣，「送蛋糕過去，或者去打個招呼，想到她的車在車庫裡？」

她輕拭眼淚。「我整個早上都在廚房裡烤東西，一直沒看到她出來拿報紙或者開車出門。所以我上午出門的時候就過去按了按電鈴。她沒有來應門。我朝車庫裡瞄了一下。」

「你是說你看到那些窗子全給煙燻黑了，卻沒想到有什麼不對勁？」馬里諾問。

「我不知道那是怎麼回事，也不知道該怎麼辦。」她的聲音提高了好幾個八度。「上帝，上帝啊，我眞希望當時我就報警或什麼的，也許那時候她——」

馬里諾插口。「我不知道她那時是不是還活著，或者是否可以救得活。」他別有深意地看著我。

「你往車庫裡看的時候，有沒有聽到引擎運轉的聲音？」我問克蕾瑞太太。

她搖頭，擤鼻子。

馬里諾站起身，把筆記本塞回外套口袋裡。他看起來很氣餒，彷彿克蕾瑞太太的沒膽量和不說眞話令他萬分失望。我現在對他所扮演的每一種角色都瞭如指掌。

「我應該早點報警的。」麥拉．克蕾瑞這句話是對著我說的，聲音顫抖著。

我沒有回答，馬里諾盯著地毯看。

「我覺得不舒服，得去躺一躺。」

馬里諾從皮夾中抽出一張名片遞給她，「要是你還想起什麼覺得應該讓我知道的事情，就打電話給我。」

「好的，警官。」她虛弱地說：「我會的。」

「你今晚驗屍嗎？」前門關上後馬里諾問我。

雪已經積到腳踝了，而且還在下。

「明天早上。」我說著從外套口袋裡掏出鑰匙。

「你認爲怎麼樣？」

「我認爲她這種不尋常的職業很容易引來不該上門的人。另外照克蕾瑞太太的描述，她生活得很孤立，而且她似乎又提早拆開了聖誕禮物，很容易讓人覺得她是自殺的。但她的襪子很乾淨，這是個大問題。」

「一點也沒錯。」他說。

珍妮佛．戴頓的房子燈火通明，一輛輪胎上裝著鍊子的卡車倒車開上車道。忙碌人群的吵雜聲隔著雪聽來有些模糊，街上的每輛車都被雪結結實實地堆得又白又厚。

我順著馬里諾的視線望向戴頓小姐家屋頂的上方。幾條街外，珍珠灰的天空映襯著那棟教堂，尖塔的古怪形狀像女巫的帽子。拱廊上的弧形像悲傷空洞的眼睛回盯著我們，突然之間燈光閃著閃著亮了起來。整個空間和表面的壁畫都罩上一層赭色的光，拱廊像沒有笑容但溫和的臉龐浮在夜空中。

我瞥了一眼克蕾瑞家的房子，看見廚房窗子的窗簾動了動。

「老天，我要閃人了。」馬里諾朝對街走去。

「你要我提醒尼爾斯關於她車子的事嗎？」我朝他喊。

「嗯。」他叫回來。「好啊。」

我回到家的時候屋裡已經亮起燈光，廚房飄出食物香味。爐火熊熊，壁爐前的餐桌已經擺好了兩人份的用具。我把醫事包往沙發上一放，環顧四周聆聽著。走廊對面的書房傳來微弱的快速打字聲。

「露西？」我邊叫邊脫下手套、解開外套。

「我在這裡。」鍵盤的聲音繼續響著。

「你煮什麼？」

「晚飯。」

我走進書房，看見外甥女目不轉睛地盯著電腦的顯示器。我注意到井字號的提示符號，大爲震驚。她在UNIX上，不知怎麼地連上了我辦公室的那台電腦。

「你怎麼做到的？」我問，「我沒有告訴你撥接的命令、使用者名稱或密碼什麼的啊。」

「你不用告訴我。我找到了檔案可以告訴我批次命令是什麼。而且，你這裡有些程式是把你的使用者名稱和密碼都內建在裡面的，這樣就用不著問你。很省事，但也很危險。你的用戶名稱是Marley（馬爾立），密碼是brain（大腦）。」

「你這人眞危險。」我拉把椅子過來坐下。

「馬爾立是誰？」她繼續在打字。

「我們在醫學院裡得按照座位坐。馬爾立．史凱茲在實驗室裡坐我隔壁坐了兩年。現在他在什麼地方當神經外科醫生吧。」

「你是不是跟他談過戀愛？」

「我們沒有約會過。」

「他是不是愛上你了？」

「你問太多了，露西。你不能對別人想問什麼就問什麼。」

「我當然能，他們又不一定要回答。」

「這樣很不禮貌。」

「我想我搞清楚別人是怎麼闖進你的目錄裡的了，凱阿姨。記不記得我跟你說過有些用戶是跟著軟體一起來的？」

「記得。」

「有一個叫做demo的有root權限，但是沒有編排密碼給它。我猜那個人就是用了這個，現在我讓你看看當時的情況大概是什麼樣子。」我們交談的時候她的手指絲毫沒有停頓，繼續在鍵盤上飛速打著。「我現在是進入系統管理員的選單去檢查登入的清單。我們要尋找一個特定的用戶，就是根用戶。現在我們按g，好啦。就在這裡。」她手指劃過螢幕上的一行字。

「十二月十六號，下午五點零六分，有人從一台叫做tty14的機器上登入。這個人有root權限，我們假設他就是進到你目錄裡的那個人。我不知道他看了些什麼。但二十分鐘之後，五點二十六分，他試著送那份『我找不到它』的短信到tty07上去，結果不小心開了一個新檔案。五點三十二分他登出，所以在上面的時間總共是二十六分鐘。對了，看起來不像列印過什麼東西。我看了一下印表機佇列的紀錄，那上面有列印出來的檔案名稱，沒看到什麼特別值得注意的。」

「讓我確定一下我是不是聽懂了。有人試著從tty14發一封短信到tty07去。」我說。

「對。而且我也查過了，這兩台機器都是終端機。」

「我們怎麼樣才能找出這些終端機是在誰的辦公室裡？」我問。

「我很驚訝這裡面居然沒有一張列表。至少到目前為止我還沒找到。如果其他的辦法都行不通，你可以去看連到終端機的那些纜線。通常上面都會有標籤。還有，如果你對我個人的意見有興趣的話，我不認爲這個間諜是你的電腦分析師。首先她原本就知道你的使用者名稱和密碼，不會需要用demo來登入。而且我假設這台mini是在她辦公室裡，因此也就假設她用的是系統終端機。」

「沒錯。」

「你們系統終端機的機器名稱是ttyb。」

「對。」

「另外一個找出這人是誰的方法，是趁別人已經登入但人不在的時候溜進他們的辦公室。你只要進UNIX，打who am I（我是誰），系統就會告訴你了。」

她把椅子向後一推，站起來。「我希望你餓了。我們有雞胸肉和冰鎮的野生米沙拉，裡面放了腰果、青椒、麻油，還有麵包。你的烤架管用嗎？」

「現在十一點多了，外面還下著雪耶。」

「我不是建議要到屋外去吃飯，我只是想用烤架來烤雞胸而已。」

「你在哪裡學會做菜的？」

我們正往廚房走去。

「反正不是跟媽學的。你以爲我以前爲什麼會是個小肥子？就是吃她買回來的那些垃圾。零食啦、汽水啦，還有吃起來像紙箱的披薩。我身上有這輩子都不會善罷干休的脂肪細胞，都是媽害的，我永遠也不會原諒她。」

「我們需要談談今天下午的事，露西。要不是你那時候剛好到家，警察就會到處找你了。」

「我運動了一個半小時，然後沖個澡。」

「你去了四個半小時。」

「我要買雜貨，還有一些別的事要辦。」

「你爲什麼不接車上的電話？」

「我想那是別人要找你的，而且我從來沒用過車上的電話。我不是十二歲小孩了，凱阿姨。」

「我知道，可是你不住在這裡，也從來沒在這裡開過車，我很擔心。」

「對不起。」她說。

我們在壁爐旁吃飯，兩個人都坐在餐桌旁的地上。我關上了燈。火焰跳躍，光影舞動，彷彿在慶祝我和外甥女生命中神奇的一刻。

「你聖誕節想要什麼禮物？」我邊說邊伸手去拿酒杯。

「學射擊。」她說。

5

露西熬夜打電腦弄到很晚，星期一一大早我被鬧鐘叫醒時沒聽到她有半點動靜。我拉開臥房的窗簾，看著細小的雪片在曬進院子的陽光下旋舞。雪積得很深，這一帶看不到任何在動的東西。我喝完咖啡快速翻看了一下報紙，就換衣服出門。走到門邊我又繞了回來。不管露西是不是已經不止十二歲了，我還是要先去看看她再出門。

我輕輕走進她房間，看見她側睡在縐成一團的床單裡，被子有一半在地上。她身上穿著從我抽屜裡翻出來的一件運動服，這讓我有些感動。我從來沒碰到過有人想穿著我的任何東西睡覺。我把被子拉直，小心不吵醒她。

開車進城的路上交通糟透了，我眞嫉妒那些辦公室因雪關閉的人。我們這些沒有意外假可放的人在州際公路上慢慢往前爬，輕輕一踏煞車就打滑，還得湊近雨刷刷不乾淨的擋風玻璃往外看。不知道我該怎麼跟瑪格麗特解釋，我那十幾歲的外甥女認爲我們的系統不安全。誰進入了我的目錄？珍妮佛·戴頓又爲什麼打了好幾通電話給我又掛掉？

八點半我才抵達辦公室，走向停屍間的半路我困惑地停下腳步。一台帶輪推床在不鏽鋼冰箱門前隨意停放著，上面蓋著床單的屍體腳趾上掛著珍妮佛·戴頓的名牌。我四下張望，辦公室和X光室裡都沒人。我打開解剖室的門，看見穿著手術袍的蘇珊在撥電話。她迅速掛上電話，緊張地對我說聲「早安」。

「很高興你來了。」我解開外套的扣子，好奇地端詳著她。

「班讓我搭便車。」她說的是我那位擁有一部四輪傳動吉普車的行政人員。「目前爲止，只有我們三個人到。」

「費爾丁還沒影子？」

「他幾分鐘之前打電話來，說他出不了車道。我告訴他我們目前只有一個案子，但如果有更多送進來的話，班可以去載他。」

「你知道我們的那個案子正停放在路中間嗎？」

她遲疑著，臉紅了。「我正要推她去照X光，結果電話就響了，對不起。」

「你量過她身高體重沒？」

「還沒。」

「那就先做那個吧。」

我還沒來得及再多說什麼，她就匆匆出了解剖室。在樓上實驗室裡工作的那些祕書和科學家離開這棟建築的時候都會經過停屍間，因爲走這裡離停車場近些。維修的工人也常常進進出出的。把一具屍體就那麼丟在走廊上很不像話，而且要是一連串證據在法庭上遭到質疑的話，甚至可能危害到案子的進行。

蘇珊推著推床回來，我們動手工作。腐肉的臭味令人作嘔。我從架子上拿下手套和塑膠圍裙，在寫字板上夾上各式表格。蘇珊既安靜又緊張。她伸手到控制台上去重設電腦化的平面比例尺時，我注意到她的手在抖，也許是因爲害喜的關係。

「你還好嗎？」我問她。

「只是有點累。」

「你確定？」

「肯定，她體重一百八十磅整。」

我換上手術服，接著和蘇珊一起把屍體移進X光室再從推床搬到桌上。我掀開床單在屍體脖子下墊了一塊東西，使頭不下垂。她喉嚨部分的皮肉很乾淨沒有煙灰或灼傷，因爲她發動引擎坐在車裡的時候下巴是低下來抵住胸口的。我沒有看到明顯的外傷，沒有瘀血或斷裂的指甲，鼻骨也沒斷。她嘴唇內側沒有傷痕，舌頭也沒有咬痕。

蘇珊照完X光把片子放進處理機，我則拿著放大鏡檢視屍體正面。我收集了一堆幾乎看不見的白色纖維，可能是從床單或她床上的被褥來的，也找到一些跟她襪底那些纖維類似的纖維。她沒有戴首飾，睡袍底下也沒穿東西。我想起她床上縐亂的被單，立起靠在床頭的枕頭，還有桌上的那杯水。她死的那天晚上她換下了衣服又上了髮捲，說不定還在床上看了一會兒書。

蘇珊走出沖片室，雙手撐著腰靠在牆上。

「這位女士有什麼故事？」她問：「她結婚了嗎？」

「看起來她是一個人住。」

「她有工作嗎？」

「她在家裡經營生意。」我眼睛瞄見一樣東西。

「什麼樣的生意？」

「大概是算命之類的。」那根羽毛很小，被煙灰弄得很髒，沾在珍妮佛·戴頓睡袍上左大腿的部位。我伸手拿起一個小塑膠袋，試著回憶是否在她家看到過任何羽毛類製品。也許她床上的枕頭裡塞的是羽毛。

「有沒有發現什麼證據顯示她有超自然力量？」

「她的一些鄰居似乎認爲她是個巫婆。」我說。

「理由是？」

「她家的附近有一棟教堂。據說自從她幾個月前搬來之後，教堂尖塔上的燈就開始忽明忽滅。」

「你在開玩笑吧。」

「我自己離開現場的時候也看到了。尖塔本來是暗的，然後突然間亮起燈來。」

「怪事。」

「是很怪。」

「也許是定時器控制的。」

「不太可能，燈光一直開開關關的不會省電。要說燈眞的是一整夜開開關關的話，我卻只看到一次。」

蘇珊什麼也沒說。

「可能是電線短路。」事實上，我邊繼續工作邊想，我要打電話到那間教堂去。他們可能還不知道這個問題。

「她屋裡有什麼怪東西嗎？」

「水晶，一些不尋常的書。」

沉默。

然後蘇珊說：「我眞希望你早告訴我。」

「對不起，你說什麼？」我抬頭瞥她一眼。她臉色蒼白很不自在地瞪著屍體。

「你確定你沒事嗎？」我問。

「我不喜歡這種東西。」

「哪種東西？」

「就像某人有愛滋病什麼的，應該事先就告訴我，尤其是現在。」

「這女人不太可能有愛滋病或者——」

「應該告訴我，在我碰她之前。」

「蘇珊——」

「我以前學校裡就有一個女孩子是女巫。」

我停下手邊的動作。蘇珊全身僵硬地靠著牆，雙手壓在肚子上。

「她叫朵琳，是一個女巫集會的一員。我們高三的時候她對我雙胞胎妹妹茱蒂下了咒。畢業前兩個星期，茱蒂出車禍死了。」

我萬分不解地盯著她。

「你知道我有多怕這種超自然的東西！就像兩個月以前警察拿來的那條牛舌頭，上面戳了一堆針，外面還用一張寫滿了死人名字的紙包著，放在墳墓上。」

「那是惡作劇。」我平靜地提醒她，「牛舌是在店裡買的，紙上的那些名字沒有意義，只是從墓碑上抄下來而已。」

「不管是不是惡作劇，都不應該拿撒旦開玩笑。」她的聲音顫抖著，「我對邪惡就像對上帝一樣，都很認眞看待。」

蘇珊是牧師的女兒，但她很久以前就不信教了。我從來沒聽她提過半點關於撒旦的東西，說上帝也只有在感嘆句裡。我從來沒見她有半點迷信或者被什麼東西嚇到過。現在她快哭了。

「這樣吧。」我靜靜地說：「既然今天看起來人手會不夠，你就上樓接電話，樓下的事情我來處理。」

她眼裡湧滿淚水，我立刻走向她。

「沒關係的。」我手臂環在她肩上，帶她走出房間。「好了。」她靠在我身上啜泣，我溫和地說：「要不要班送你回家？」

她點點頭，小聲說道：「對不起，對不起。」

「你只要休息一下就沒事了。」我扶她在辦公室的椅子坐下，伸手去拿電話。

珍妮佛．戴頓沒有吸入任何一氧化碳或者煙灰，因爲她被放進車裡的時候已經沒有呼吸了，很明顯是死於他殺。整個下午我留了好次話給馬里諾，叫他回我電話。我試著打了好幾次電話想知道蘇珊怎麼樣了，但沒有人接。

「我有點擔心。」我對班．史蒂文司說：「蘇珊沒有接電話。你送她回家的時候，她有沒有說要去哪裡？」

「她說她要上床睡覺。」

他坐在辦公桌旁，看著電腦列印出來一頁又一頁的東西。書架上一台收音機輕聲放著搖滾樂，他喝著橘子口味的礦泉水。史蒂文司年輕、聰明，有一種男孩式的英俊。他工作努力，聽說在單身酒吧裡玩得也很努力。我相當肯定他不會在這裡當太久的行政人員，要不了多久他就會找到更好的職位。

「也許她把電話插頭拔下來了，想好好睡一覺。」他說著轉向計算機。

「也許吧。」

他開始再度更新我們那悲慘的預算表。

下午天色漸晚的時候，史蒂文司按了我的電話。

「蘇珊打過電話來，說明天不來上班。現在有一個叫做約翰．戴頓的人在線上。他說他是珍妮佛．戴頓的哥哥。」

史蒂文司把電話轉過來。

「喂，他們說是你替我妹妹解剖的。」一個男人含糊不清地說：「呃，珍妮佛．戴頓是我妹。」

「請問你大名是？」

「約翰．戴頓，我住在南卡羅萊納州的哥倫比亞。」

我瞥見馬里諾出現在我辦公室門口，比手勢要他坐下。

「他們說她拿水管接在車上自殺了。」

「誰說的？」我問：「還有可不可以請你大聲一點？」

他猶豫著，「我不記得名字了，應該寫下來的，但我太震驚了。」

這男人聽來並不震驚。他的聲音很低、很模糊，我幾乎聽不見他在說什麼。

「戴頓先生，很抱歉。」我說：「但你如果想知道關於她死因的任何資訊，都必須用書面文件申請。同時我也需要你在信中附上相關証明，表明你是她血緣關係最近的親人。」

他沒回答。

「喂？」我問：「喂？」

回答我的是嘟嘟聲。

「怪了。」我對馬里諾說：「你知道有個自稱是珍妮佛．戴頓的哥哥，叫做約翰．戴頓的這號人物嗎？」

「剛才是他打來的？可惡。我們一直在找他。」

「他說已經有人通知他說珍妮佛死了。」

「你知道他是從哪打來的嗎？」

「據說是，南卡羅萊納的哥倫比亞，他掛斷了。」

馬里諾看來不感興趣的樣子。「我剛從范德的辦公室來。」他說的是尼爾斯．范德，指紋檢驗室主任。「他檢查了珍妮佛．戴頓的車，還有她床邊的那些書，和其中一本裡面夾著的一首詩。至於她床上的那張白紙，他還沒進行到那裡。」

「目前為止有什麼發現嗎？」

「他弄出了一些，如果有必要會用電腦來查。大部分的指紋應該都是她的。」他把一個小紙包放在我辦公桌上，「祝你讀得愉快。」

「我想你會要他馬上去查那些指紋。」我黯淡地說。

馬里諾眼中掠過一抹陰影，他按摩著太陽穴。

「珍妮佛．戴頓絕對不是自殺。」我告訴他，「她的一氧化碳含量不到百分之七，呼吸道裡沒有煙灰。她皮膚呈現鮮粉紅是因為暴露在冷空氣裡，而不是一氧化碳中毒。」

「老天。」他說。

我在面前的文件裡翻出一份屍體圖解遞給他，然後打開一個信封，拿出珍妮佛·戴頓頸部的拍立得照片。

「你可以看得出來，」我繼續說：「沒有外傷。」

「那車子座位上的血跡呢？」

「是死後排泄的現象，那時候她已經開始腐爛了。我沒有找到任何擦傷、挫傷，也沒有指尖瘀血。但這裡——」我給他看一張解剖時照的頸部照片，「她胸鎖乳突肌兩邊都有不規則的出血，舌骨的右角也有斷裂。她是窒息致死，由施加於頸部的壓力所造成——」

馬里諾很大聲地打斷我的話，「你是說她是被掐死的？」

我給他看另一張照片，「她臉上也有些瘀斑，也就是點狀出血。這些發現都符合被掐死的癥狀，沒錯。這是件他殺案，我會建議我們盡可能不要讓這消息太早見報。」

「你知道，我真的不需要再多一件了。」他抬起充滿血絲的眼睛看著我，「現在我辦公桌上已經有八件還沒破的殺人案。艾迪·希斯的案子亨利哥那邊連個屁都沒查到，那孩子的老爸幾乎每天都打電話來找我，更不用說摩司比巷那裡正在進行毒品大戰了。眞他媽的聖誕快樂，我眞的不需要再加一件了。」

「珍妮佛·戴頓也不需要這個，馬里諾。」

「說下去，你還發現了什麼？」

「她的確有血壓高的毛病，跟她的鄰居克蕾瑞太太說的一樣。」

「唔。」他說著把眼睛從我身上轉開，「你怎麼知道？」

「她左心室肥大，也就是說她心臟的左側肌肉變得比較厚。」

「高血壓會造成這樣？」

「對，我應該會在她的腎微血管裡找到擬纖維蛋白的變化，也就是說早期腎硬化。我猜腦部也會顯示高血壓的變化，在腦部小動脈血管的部分，但我要等用顯微鏡看過才能確定。」

「你的意思是說高血壓會害死腎臟和腦部的細胞？」

「可以這麼說吧。」

「還有什麼嗎？」

「沒什麼特殊的了。」

「胃裡的東西呢？」

「肉和一些蔬菜，消化了一部分。」

「酒精和藥物呢？」

「沒有酒精，藥物篩檢正在做。」

「沒有強暴的跡象？」

「沒有傷痕或其他遭到性侵害的跡象。我用棉花棒在她身上找過精液，但那些化驗報告要等一陣子才會出來。不過就算結果出來了，也還是不能打包票。」

馬里諾臉上的表情難以解讀。

「你想找什麼？」我終於問。

「嗯，我在想這件事是怎麼安排的。有人費了很大的勁想要讓我們以為她是灌廢氣自殺的，可是他還沒把這位女士弄進車裡她就已經死了。我在考慮的是，他原本可能沒打算要在屋子裡把她弄死。你知道，他用手卡住她脖子，結果力氣太大弄死她了。所以也許他不知道她的健康情況很差，才會造成這種情形。」

我搖頭，「她的高血壓跟這沒有關係。」

「那你解釋一下她怎麼死的。」

「假設攻擊她的人慣用右手，他用左手臂繞過她脖子前面，然後用右手把左手腕往裡拉。」我示範給他看。「這對她的頸部造成離心的壓力，導致她舌骨右角斷裂。她的上呼吸道受阻，頸動脈也受到壓迫，這樣會使她缺氧。有時候對頸部施加壓力會造成心跳減緩，使得受害者心律不整。」

「從她的解剖結果，能不能看出攻擊者一開始是用手卡住她脖子，結果卻把她勒死了？換句話說，他原本只是要制服她，可是用力過猛？」

「從醫學上的發現我沒辦法告訴你這些。」

「但是有可能。」

「是在可能的範圍之內。」

「拜託，醫生。」馬里諾惱火地說：「你現在不在證人席上，好不好？這間辦公室裡除了你和我之外還有別人嗎？」

沒有別人，但我很不安。今天我的工作人員大部分都沒來上班，蘇珊的舉止又很怪異。珍妮佛·戴頓這個陌生人試過打好幾次電話給我最後卻遭殺害，而一個自稱是她哥哥的男人剛才又掛我電話，更不用說馬里諾的心情很差。當我感到事情不受我控制的時候，我講話的措辭就會變得非常客觀。

「聽著，」我說：「他的確有可能用手卡住她脖子想制服她，結果卻用力過猛不小心把她勒死了。事實上，我甚至還想提出另一個可能性，就是他以爲自己只是將她勒昏，在把她弄進車裡的時候凶手根本不知道她已經死了。」

「所以這傢伙是一個大蠢材。」

「我不會做出這種結論。不過如果他明天早上起床看到報紙上說珍妮佛·戴頓遭到謀害，很可能會大吃一驚倒是眞的，他會開始想自己到底是哪裡出了錯，所以我才建議不要讓媒體知道這一點。」

「我也不反對。對了，你雖然不認識珍妮佛·戴頓，但這並不表示她不認識你。」

我等著他解釋。

「我一直在想你接到的那些無聲電話。你常上電視、報紙，也許她知道有人要找她麻煩，但不知道該向誰求援，結果就想找你幫忙。她因爲太害怕了，所以不敢在你答錄機上留言。」

「這樣想眞令人沮喪。」

「我們這地方所想的每一件事都很令人沮喪。」他從椅子裡站起來。

「幫我個忙，」我說：「檢查她的屋子。告訴我有沒有找到任何羽毛枕頭、羽絨夾克、雞毛撢子，任何跟羽毛有關係的東西。」

「爲什麼？」

「我在她睡袍上找到一小根羽毛。」

「沒問題，我會通知你的。你要走了嗎？」

我聽到電梯門開了又關的聲音，朝他身後瞥了一眼，「那是史蒂文司嗎？」我問。

「嗯。」

「我回家前還有幾件事要做。」我說。

馬里諾進電梯之後，我到走廊盡頭的窗邊往下面的停車場看。我要確定班．史蒂文司的吉普車已經開走了。那車的確開走了。我看著馬里諾從樓下走出，在街燈照耀下的碎雪堆中繞行。他辛苦地走到車邊停下來，像踩到水的貓一樣狠狠地抖掉腳上的雪，然後坐進駕駛座。他的車子就像私人的小密室，不能讓任何東西污染了裡面經過濾淨的空氣及一切。我在想，不知他聖誕節有沒有計畫，我很洩氣地發現自己居然沒想到邀請他來晚餐。今年是他和桃麗斯離婚後的第一個聖誕。

我沿著空無一人的走廊往回走，一路上鑽進每個辦公室去察看電腦終端機。不幸的是，沒有人已經登入，而且只有費爾丁那台的纜線上有標籤寫著機器號碼，但既不是tty07也不是tty14。我很挫折地打開瑪格麗特辦公室的門鎖，開亮燈光。

這裡一如平常看起來像有狂風狠狠颳過，把紙張吹得她滿桌都是，書架上的書也東倒西歪，還有些掉在地上。一疊疊連在一起的印表紙像手風琴一樣因堆得太高而散開了，牆上和終端機螢幕上到處貼著鬼畫符似的小紙條和電話號碼。那台小型電腦像電子昆蟲一樣發出低低的嗡嗚聲，架子上一排數據機的小燈閃動著。我在系統終端機前的椅子上坐下，拉開右手邊的抽屜，開始迅速翻尋檔案標籤。我找到幾個看起來滿有希望的檔案，比如說「用戶」和「網路」，但細看之下沒有任何我需要的資料。我邊想邊環顧四周，注意到電腦後面有一捆粗粗的纜線沿著牆壁往上延伸，消失在天花板後面。每一條纜線上都有標籤。

tty07和tty14都直接接在電腦上。我先拔掉tty07的線，然後一台一台終端機去看哪個被切掉了。班．史蒂文司辦公室裡的終端機不動了，在我重新插上纜線之後又恢復正常。接下來我開始四處尋找tty14，卻很困惑地發現拔掉那條纜線似乎沒造成任何反應。我這些工作人員辦公桌上的終端機都運作得好好的。然後我想起了蘇珊，她的辦公室是在樓下的停屍間那裡。

我打開她辦公室的門鎖，一進去馬上注意到兩件事。一是完全沒有看到任何私人物品，像是照片、小擺飾之類的東西，二是在辦公桌上方的書架上有好幾本ＵＮＩＸ、ＳＱＬ，甚至還出現了WordPerfect的使用指南。我依稀想起蘇珊去年春天去上了好幾門電腦課。我打開她的顯示器試著登入，結果驚訝地發現系統有反應。她的終端機還連著，所以不可能是tty14。然後我省悟到一件實在太明顯的事，要不是它那麼令我受到驚嚇的話，我一定會大笑起來。

我回到樓上，站在我的辦公室門口往裡看，彷彿在這裡工作的是我從來不認識的人。我桌上的工作檯旁堆滿了化驗報告、電話單、死亡證明，還有一頁頁散裝的校對清樣，那是一本我正在編輯的刑事鑑識病理學教科書；放顯微鏡的地方看起來也好不到哪去。牆邊有三個高高的檔案櫃，對面放著一張跟書架隔著相當距離的長沙發，這樣要繞到後面去拿底層的書才不會造成困難。我椅子的正後方有一個橡木書櫥，那是我多年前在公家的倉庫裡找到的。它的抽屜上有鎖，很適合存放我的手提包和正在進行又特別敏感的案件檔案。鑰匙我放在電話底下。我又想起了上星期四我解剖艾迪．希斯時，蘇珊打破了好幾瓶福馬林。

我不知道我這台終端機的號碼，因爲以前從來沒有知道的必要。我在桌前坐下，拉出鍵盤，試著登入但打下去的字卻沒有得到反應。拔掉tty14就是拔掉了我的終端機。

「該死，」我全身發涼，小聲說：「該死！」

我沒有送過任何短信到我行政人員的終端機上，打出「我找不到它」的人不是我。事實上，上星期四傍晚時分這個檔案意外留下記錄的時候，我人正在停屍間裡，但蘇珊不在。我把我的鑰匙串給了她，叫她在我的沙發上躺一躺，直到她從福馬林的傷害中恢復過來爲止。她有可能不只闖進了我的目錄，也翻找過我桌上的檔案和文件？她有沒有試著送一封短信給班．史蒂文司，因爲她找不到他們感興趣的那樣東西？

樓上痕跡組的分析員之一突然出現在我門外，嚇了我一跳。

「嗨。」他咕噥一聲，翻找著一堆文件。他的實驗室外套直扣到下巴。他抽出一份好幾頁的報告，走過來交給我。

「我本來是要把這個放進你信箱的。」他說：「不過既然你還沒走，我就直接交給你吧。你從艾迪．希斯手腕上弄下來的黏性殘餘物質，我已經分析完了。」

「建築材料？」我掃視報告的第一頁，問道。

「沒錯，油漆、石膏、木材、混凝土、石綿、玻璃，通常這種碎片會在竊盜案中找到，在嫌犯的衣物上，比如袖口、口袋、鞋子等等。」

「那艾迪．希斯的衣物上呢？」

「他衣物上也有些相同的碎片。」

「油漆呢？告訴我是怎麼回事。」

「我找到五種不同來源的油漆，其中三種是層疊的，表示某樣東西上了漆之後又再漆過好幾次。」

「那些來源是車輛還是住宅？」我詢問。

「只有一個是車輛，一種壓克力漆，通用汽車生產的車子最上面一層烤漆就是用這種。」這可能來自劫走艾迪．希斯的那輛車，我想，但也可能來自任何地方。

「顏色呢？」我詢問。

「藍色。」

「層疊的嗎？」

「不是。」

「發現屍體的那塊地上的碎片呢？我叫馬里諾把掃到的東西送過去給你們，他答應了。」

「沙子、泥土、鋪路用的材料，還有在垃圾車附近會發現一些雜七雜八，玻璃、紙張、灰、花粉、鐵鏽、工廠物質。」

「跟他手腕上黏著的東西不一樣？」

「對。照我看來，那膠帶應該是在別的地方貼上然後撕掉的，那裡有建築材料的碎片還有鳥。」

「鳥？」

「報告的第三頁。」他說：「我找到很多羽毛碎屑。」

我回家的時候露西一副坐不住而且相當煩躁的樣子，顯然她白天沒什麼事情可做，就擅自重新整理了我的書房，雷射印表機換了個位置，還有數據機和我所有的電腦書籍也是。

「你幹嘛這麼做？」我問。

她坐在我的位子上背對著我，回答的時候沒有轉身，在鍵盤上打字的手指也沒慢下來。「這樣比較有道理。」

「露西，你不能隨便進到別人的辦公室然後把東西搬來搬去。要是我對你這麼做，你會有什麼感覺？」

「你不會有理由重新整理我的任何東西的，因爲我的東西都擺得很有道理。」她停止打字把椅子轉了個圈面對我，「看，現在你不用從椅子上站起來就可以搆到印表機。你的書放在這裡也一伸手就拿得到，數據機也完全不會妨礙到你。還有，你不應該在數據機上放書、咖啡杯，或者其他東西的。」

「你整天都在這裡？」我問。

「不然還能去哪裡？你把車開走了，我在附近慢跑了一段。你有沒有試過在雪裡跑步？」

我拉過一張椅子來坐下，打開公事包，拿出馬里諾給我的那個紙包。「你的意思是說你需要車。」

「我覺得好像被困住了一樣。」

「你想去哪裡？」

「去你的健身俱樂部。我不知道還有哪裡，我只是希望能有選擇。袋子裡是什麼？」

「兩本書和一首詩，馬里諾給我的。」

「他什麼時候變成文人了？」她站起來伸伸懶腰。「我要去泡杯花草茶。你要不要？」

「咖啡，謝謝。」

「咖啡對你的健康不好。」她說著離開房間。

「哦，要命。」我把書和詩從袋子裡拿出來，結果螢光紅的粉末灑了我滿手滿身，我不高興地咕噥了一聲。

尼爾斯·范德一如往常做了詳細的檢查，而我忘記了他熱愛的那個新玩具。幾個月前他弄到了另一種光源，從此便把雷射束之高閣。范德每次提到這個叫做Luma-Lite的東西，都會充滿愛意地描述它有著「尖端科技的三百五十伏特高強度藍色加強金屬蒸汽電弧燈」，把肉眼完全不能見的毛髮和纖維照成鮮橘紅色。精液污漬和街頭毒品的殘餘會明顯得像熊熊火焰，而且最棒的是，這種燈能照出用以前的方式無法看到的指紋。

范德把珍妮佛·戴頓這兩本平裝小說檢查得非常徹底。先將書本放在玻璃箱內用「超級膠」的蒸汽薰過，其中的氰基丙烯酸酯會跟人類皮膚上汗水的成分起反應。然後范德在光滑的書皮上灑滿螢光紅的粉末來採指紋，這些粉現在弄得我一身。最後，他用Luma-Lite那很酷的藍光仔細檢查，並用二氫茚三酮把書頁也變紫了。我希望他這麼一番辛苦能有報償。我的報償則是進浴室去用濕毛巾把身上擦乾淨。

我翻翻《巴黎鱒魚》，沒有什麼發現。這本小說是講一個黑人女孩被冷酷謀殺的故事，就算和珍妮佛·戴頓自己的故事有任何關聯，我也想像不出原因來。《賽斯之言》有點令人發毛，是說某個據稱來自另一個世界的人透過作者跟別人溝通。戴頓小姐既然對靈異事物有著愛好，她會看這本書也就不太令人驚訝了。不過，我最感興趣的是那首詩。

詩句打在一張被二氫茚三酮沾染出紫色污漬的白紙上，裝在塑膠袋裡：

〈珍妮〉

珍妮親吻連連
溫熱了那枚銅錢
用一條棉線
套牢在她脖子上。
那是在春天裡
他在草地旁
滿是灰塵的車道上
發現那枚銅錢
並送給了她。
沒有說過激情的話。
他以它為象徵愛著她。
現在草地枯黃
長滿了荊棘。
他已遠離。
沉睡的銅錢
冷冰冰

深深沉在
樹林中的
許願池裡。

沒有日期也沒有作者的名字。紙上有四折的痕跡。我起身走進客廳，露西已經把咖啡和茶擺在桌上，並低身在翻動爐火。

「你不餓啊？」她問。

「事實上，餓得很。」我說著再看了一次那首詩，想著它可能有的涵義。「珍妮」就是珍妮佛．戴頓嗎？

「你想吃什麼？」

「信不信，我想吃牛排。不過要很好吃，而且那些牛沒有被餵過一堆化學藥品才行。」露西說：「你可不可能從上班的地方另外開一輛車回來，這樣我這個星期就可以用你的車了？」

「我通常不把公家的車開回來，除非我正在值勤。」

「昨天晚上照理說你沒有值勤，可是你還是到犯罪現場去了。你總是在值勤的，凱阿姨。」

「好吧。」我說：「就這麼辦。我們到城裡最好的一家牛排館去，然後我們繞到辦公室去一下，我去把那輛箱形車開回來，你開我的車。路上有些地方還是有結冰，你得答應我要非常非常小心。」

「我從來沒看過你的辦公室。」

「如果你要，我可以帶你去看。」

「才不要，我不要晚上去。」

「死人不會害你的。」

「會。」露西說：「爸死的時候就害了我，他把我留給媽撫養。」

「穿外套吧。」

「爲什麼每次我提到任何跟我們那個糟糕的家庭有關的事，你就要改變話題？」

我走到臥室拿外套，「你要不要穿我的黑色皮夾克？」

「你看，你又來了。」她尖叫道。

我們一路爭吵到茹絲葵牛排館，停好車的時候我已經開始頭痛了，而且對我自己厭惡之至。露西激得我大吼大叫，而除了她之外唯一總是能辦到這一點的人是我母親。

「你爲什麼這麼難相處？」侍者帶我們到桌邊的時候我在她耳邊說。

「我想跟你談話，你卻不讓我談。」她說。

馬上就有一個侍者過來問我們要喝什麼。

「德渥士（譯註：一種蘇格蘭威士忌）加蘇打水。」我說。

「氣泡礦泉水加檸檬。」露西說：「你要開車就不應該喝酒。」

「我只喝一杯而已。不過你說的對，不喝是比較好。你看你又在批評人了，你這樣對別人說話，怎麼能指望交得到朋友？」

「我不指望交到朋友。」她瞪著別處，「指望我交朋友的是別人。也許我不想要朋友，因爲大多數的人都讓我覺得很無聊。」

絕望之感壓上我心頭。「我認爲你比我認識的任何一個人都想要朋友，露西。」

「我確定你是這樣認爲的，你八成也認爲我兩年之內就應該結婚。」

「一點也不。事實上，我誠心希望不要這樣。」

「我今天在你的電腦裡溜達的時候，看到一個叫做『血肉』的檔案。你爲什麼會有一個叫做這種名字的檔案？」我外甥女問。

「因爲我正在辦一個很棘手的案子。」

「那個叫艾迪．希斯的小男孩？我在案件檔案裡看到他的紀錄。他被發現的時候沒穿衣服，被丟在垃圾車旁邊。有人切掉了他身上的一些皮膚。」

「露西，你不應該去看案件的紀錄。」我正說著，呼叫器響了。我從裙腰上把它拿下來，瞥了一眼上面的號碼。

「失陪一下。」我說著從桌旁起身，這時我們的飲料正好送到。

我找到一台公用電話，時間是晚上將近八點。

「我需要跟你談談。」尼爾斯．范德還在辦公室。「你或許該帶著朗尼．華德爾的指紋卡過來一趟。」

「爲什麼？」

「我們碰上了一個前所未有的問題，我也正要打電話給馬里諾。」

「好吧，叫他半小時之後在停屍間跟我碰頭。」

我回到桌邊，露西光看我臉上的表情就知道我又要毀掉一個晚上了。

「眞的很對不起。」我說。

「我們要去哪裡？」

「去我辦公室，然後到『海岸大樓』去。」

「海岸大樓有什麼？」

「不久前，血清學、DNA，還有指紋的實驗室都搬到那裡去了。馬里諾要跟我們碰面，」

我說：「你很久沒見到他了。」

「像他那種爛人，時間過再久也不會改變或變好。」

「露西，這麼說太不厚道了，馬里諾不是爛人。」

「上次我來的時候他就是。」

「你那時對他也沒有多客氣。」

「我可沒罵他是自作聰明的小鬼頭。」

「據我記得，你罵了他一些別的話，而且不斷糾正他的文法。」

半個小時之後，我把露西留在停屍間的辦公室，自己則匆忙跑上樓。我打開書櫥的鎖，拿出華德爾的檔案，才剛進電梯就聽到隔間的對講機在響。馬里諾穿著牛仔褲和深藍色的厚運動夾克，髮絲日漸稀少的頭上則戴了一頂里奇蒙勇士隊的棒球帽保暖。

「你們兩個還記得對方吧？」我說：「露西來和我一起過聖誕節，正在幫我解決電腦的問題。」我們走進寒夜中，我解釋著。

海岸大樓跟停屍間後面的停車場隔街相對，和中央街車站的正面成對角線。衛生部的舊大樓正在拆除石綿，就把行政辦公室遷到這裡。中央街車站塔樓上的大鐘像一輪狩獵月（譯註：hunter's moon指中秋滿月後的第一個滿月）高高懸在空中，高樓大廈頂上的紅燈緩緩閃動，對低飛的飛機發出警告。黑暗中有一列火車在軌道上轟隆隆前進，地面吱嘎作響地震動著，像一艘行駛在海上的船。

馬里諾走在我們前面，他抽著的香菸不時發出紅光。他不希望露西在這裡，我知道她也感覺得到。南北戰爭前後，補給物資就是在這幢海岸大樓裝上貨車。他走到門前，我按下電鈴。范德幾乎立刻就出現了，開門讓我們進去。

他沒有跟馬里諾打招呼，也沒問露西是誰。就算有外星生物跟著他信任的人一起來，范德也不會問任何問題或者指望有人來介紹彼此認識。我們跟著他爬上二樓，古老的走廊和辦公室都已經重新粉刷成深淺不同的各種鐵灰色，新裝潢了櫻桃木貼面的辦公桌和書架，還有藍綠色布面的椅子。

「你這麼晚在處理什麼？」我問，這時我們走進裝有簡稱AFIS的「自動指紋辨識系統」

的房間。

「珍妮佛．戴頓的案子。」他說。

「那你要華德爾的指紋卡做什麼？」我不解地問。

「我要確定你上個星期解剖的人確實是華德爾。」范德突兀地說。

「你在講什麼啊？」馬里諾驚愕地看著他。

「我馬上就準備給你們看。」范德坐在那台看起來跟尋常電腦一樣的遠端輸入終端機前。它透過數據機跟州警的電腦連線，那裡的資料庫有超過六百萬筆的指紋。他按了幾次鍵，啓動雷射印表機。

「完美的指紋是少之又少，但我們在這裡找到一個。」范德打起字來，螢幕上出現一個亮白色的指紋。「右手食指，單純的螺紋。」他指著玻璃後面那些線條的漩渦處。「在珍妮佛．戴頓家裡找到的，這個不完整的指紋清楚得很。」

「在她家的哪裡？」我問。

「在餐廳的一張椅子上。一開始我想是不是哪裡搞錯了，但顯然不是。」他繼續瞪著螢幕，然後邊說邊重新打起字來。「這個指印追回到朗尼．喬．華德爾身上去。」

「不可能的。」我震驚地說。

「任誰都會這麼想。」范德回答得很抽象。

「你們有沒有在珍妮佛．戴頓家裡找到什麼顯示她認識華德爾的東西？」我邊問馬里諾邊打開華德爾的檔案。

「沒有。」

「如果你手上有華德爾在停屍間的指紋紀錄，」范德對我說：「我們就可以拿來跟自動指紋辨識系統上的做比較。」

我一抽出兩個棕色牛皮紙封套就覺得不對勁，因爲兩個都不厚重。我打開封套發現裡面除了該在的照片之外什麼都沒有。我的臉開始發燙。裝著華德爾十指指紋卡的信封不在裡面。我抬起頭，每個人都在看我。

「我不懂這是怎麼回事。」我說著，感覺到露西不自在地盯著我看。

「你沒有他的指紋卡？」馬里諾不敢置信地問。

我把檔案重新翻找一遍，「不在這裡面。」

「這通常是蘇珊在做的，對吧？」

「對，一向都是她在做。她應該準備兩份，一份給獄方，一份給我們。也許她把指紋卡交給費爾丁，然後費爾丁忘記拿給我了。」

我拿出通訊本，伸手拿電話。費爾丁在家，但對指紋卡的事一無所知。

「沒有，我沒注意她有沒有替他印指紋，但樓下有一半的人在做什麼我都沒注意。」他說：「我只是以爲她把指紋卡拿給你了。」

接下來我撥了蘇珊家的號碼，同時試著回憶有沒有看到她拿出湯匙和卡片，或者拿著華德爾的指頭壓在印泥上。

「你記不記得有沒有看到蘇珊給華德爾蓋指印？」蘇珊的電話仍在響，我問馬里諾。

「我在那裡的時候她沒有做。如果有，我一定會問她要不要我幫忙。」

「沒人接。」我掛上電話。

「華德爾是火化的。」范德說。

「是的。」我說。

我們沉默了一陣。

然後馬里諾帶著不必要的粗魯對露西說：「你出去好不好？我們需要單獨談一談。」

「你可以到我辦公室裡坐，」范德對她說：「走廊盡頭，右邊最後一間。」

她離開之後，馬里諾說：「華德爾被關了十年，我們從珍妮佛·戴頓椅子上採到的指紋絕不可能是十年以前留下的。幾個月以前她根本不住在南區的那棟房子裡，而且餐廳的家具看起來都是新的。另外，客廳地毯上的印子看起來像是某張餐椅曾經被搬到那裡去，說不定就是她死亡的那天晚上。所以我才會要他們採椅子上的指紋的。」

「有一個詭異的可能性。」范德說：「此時此刻，我們無法證明上個星期被處決的那個人就是朗尼·喬·華德爾。」

「也許有別的解釋可以說明華德爾的指紋怎麼會出現在珍妮佛·戴頓家的椅子上。」我說：「比方說，監獄裡有製造椅子的木工坊。」

「他媽的太不可能了。」馬里諾說：「別的不提，死刑犯是輪不到做木工或打造車牌的。就算他們做了，一般的公民家裡也不會出現犯人製造的椅子。」

「不管怎麼說，」范德對馬里諾說：「追查看看她餐廳裡的家具是從哪買來的，應該會有點意思。」

「別擔心，這會是首要任務。」

「華德爾過往完整的逮捕紀錄，包括他的指紋在內，聯邦調查局那邊應該都收在同一份檔案裡。」范德又說：「我會弄一份他們那裡的指紋拷貝來，同時調出羅蘋．納史密斯案子的大拇指指紋照片。華德爾還在哪裡被捕過？」

「沒別的地方。」馬里諾說：「唯一會有他的紀錄的地區應該就只有里奇蒙。」

「這個在餐廳椅子上找到的指紋是目前爲止唯一比對出來的？」我問范德。

「當然了，採到的指紋裡有不少都是珍妮佛．戴頓的。」他說：「尤其是她床邊的那兩本書上和那張折過的紙——那首詩。還有，可以料想得到，在她車上有兩個不知是誰的不完整指紋，說不定是幫她把買好的雜貨放進車上，或者替她加油的人。目前爲止就這樣。」

「艾迪．希斯那裡也沒好消息？」我問。

「沒有什麼能檢查的東西。紙袋、湯罐頭、巧克力棒，我用Luma-Lite在他鞋子和衣服上試過，沒有好消息。」

稍後，他帶我們穿過隔間，那裡的冷凍庫裡存放著重大罪犯的血液，人數之多足以塡滿一個小城市，這些樣本是等著要輸入全州的ＤＮＡ資料庫裡的。門前停著的是珍妮佛·戴頓的車，看起來比我印象中還要可憐兮兮的樣子，彷彿自從主人被殺之後，這車的狀況就突然迅速惡化。兩旁的金屬因爲長期被其他的車門碰撞而凹凸不平，有些地方的烤漆鏽掉了，有些則被刮過或穿了孔，乙烯樹脂製的車頂也快要剝落。露西停下腳步朝燻黑的車窗裡看。

「喂，不要亂碰東西。」馬里諾對她說。

她一言不發地看了他一眼，然後我們就全都走到外面去。

露西開我的車，一到家就直接進門完全不理馬里諾和我。我們走進屋裡的時候，她已經在書房裡把門關上了。

「看得出來，她的人緣還是那麼好。」馬里諾說。

「你今天晚上的表現也不怎麼樣。」我拉開壁爐前的小屛風，加進幾根柴火。

「我們剛才說的事她不會講出去吧？」

「不會，」我疲倦地說：「當然不會。」

「是啊，唔，我知道你信任她，因爲你是她阿姨，但我不確定讓她聽到那麼多是個好主意，醫生。」

「我的確很信任露西，她對我很重要，你也是，我希望你們兩個能變成朋友。想喝什麼酒儘管說，或者要我煮咖啡也可以。」

「咖啡好了。」

他坐在壁爐邊上，拿出他的瑞士刀。我煮咖啡的時候，他用刀削指甲，把削下來的碎屑丟進火裡。我再試一次蘇珊的電話號碼，還是沒有人接。

「我不認爲蘇珊有給他印指紋。」我用托盤把咖啡端出來放在餐桌上的時候，馬里諾說：「你在廚房裡的時候我一直在想。我知道那天晚上我在停屍間的時候她沒有做，而我大部分的時間都在那裡。所以除非屍體一送進來就印了指紋，否則門兒都沒有。」

「沒有，」我說著，越來越不安，「屍體一送來，監獄的人幾分鐘之內就離開了。整個情況都很令人心煩意亂，當時很晚了大家都很累。蘇珊忘了做，我又忙著手上的事沒有注意到這一點。」

「你希望她是忘了。」

我伸手拿咖啡。

「從你告訴我的那些事情聽來，她有點不對勁，我不太信任她。」他說。

現在我也不信任。

「我們需要跟班頓談。」他說。

「你也看到華德爾在解剖桌上了，馬里諾，你看著他被處死的。我不敢相信我們沒辦法說那個人就是他。」

「就是沒辦法。我們可以比較警局檔案裡的照片和你們在停屍間照的照片，但還是沒辦法百分之百確定。從他被逮到之後，我已經超過十年沒看過他了。他們帶出來送上電椅的那傢伙差不多重了八十磅。他的鬍子和頭髮都剃掉了。當然，還是有足夠的相似之處讓我認爲那就是他，但我沒辦法發誓說一定是。」

我回想起那天露西走下飛機時的情景。她是我外甥女，我一年前才見過她，但我差點就認不出她來了，我很清楚肉眼的辨識有多不可靠。

「如果說有人調換了囚犯，」我說：「如果說華德爾現在自由了，被處死的是另外一個人，請告訴我爲什麼。」

馬里諾用湯匙舀了很多糖加進他的咖啡裡。

「看在老天的份上，總要有個動機吧。馬里諾，動機會是什麼？」

他抬起頭來，「我不知道。」

就在這時候我書房的門開了，我們兩個都轉過身去。露西走進客廳坐在壁爐邊。馬里諾坐在壁爐的另一邊，背對爐火雙肘撐在膝蓋上。

「你能告訴我多少關於自動指紋辨識系統的事？」她問我，樣子像是馬里諾根本不在這裡一樣。

「你想知道什麼？」我說。

「程式語言，還有它是不是在主機上跑的。」

「我不知道這些技術性的細節。幹嘛？」

「我可以去看檔案有沒有被人更動過。」

我感覺到馬里諾直盯著我看。

「你不能闖進州警的電腦系統，露西。」

「我想我能，但我並不是說非要那麼做不可，可能有其他的方法可以存取資料。」

馬里諾轉向她，「你的意思是說，你可以分辨得出華德爾的檔案在自動指紋辨識系統裡有沒有被人改過？」

「是的。我的意思是說，我可以分辨得出他的檔案有沒有更改過。」

馬里諾下巴的肌肉緊繃起來，「照我看來，如果有人精明到可以做出這種事，應該也就精明到能預防被某個電腦怪胎逮著。」

「我不是電腦怪胎，我不是任何一種怪胎。」

他們沉默下來，一人盤踞在壁爐的一邊，像兩個不搭調的書擋。

「你不能進到自動指紋辨識系統裡面去。」我對露西說。

她無動於衷地看著我。

「不能獨自進去，」我又說：「得要有安全的方式去存取資料才行。而且就算有，我想我也寧願不要把你牽扯進去。」

「我不認爲你眞的那麼想。如果有東西被動過手腳，你知道我會找出來的，凱阿姨。」

「這小孩以爲自己是上帝。」馬里諾從壁爐邊站起來。

露西對他說：「你能不能射中那堵牆上時鐘的十二點？如果你現在馬上掏槍瞄準的話？」

「我沒有興趣射爛你阿姨的房子，只爲了對你證明什麼。」

「你能不能從你現在站的位置射中十二點？」

「一點也不會偏。」

「你肯定。」

「對，我肯定。」

「這警官以爲他自己是上帝。」露西對我說。

馬里諾轉過去對著爐火，但我已經瞥見他臉上的一抹笑意。

「尼爾斯．范德有的就是工作站和印表機而已，」露西說：「他透過數據機跟州警的電腦連線，情況一直都是這樣的嗎？」

「不是。」我回答，「他搬到那棟大樓之前，用的設備比現在多很多。」

「描述一下。」

「嗯，有好幾個不同的組件，但電腦本身比較像瑪格麗特辦公室裡用的那個。」我想起露西沒到過瑪格麗特的辦公室裡，於是補充道：「是一台mini。」

火光在她臉上投射出搖擺不定的影子。「我敢說自動指紋辨識系統是一台不是主機的主機。它應該是一系列的mini串在一起，用UNIX或其他多用戶、多功能的環境把它們通通連接起來。如果你幫我弄到進入系統的許可，我說不定在你家的電腦上就可以進行了，凱阿姨。」

「我不要任何東西追回到我身上。」我當眞地說。

「不會有什麼東西追回到你身上的。我會撥接進你們辦公室裡的電腦，然後經過一連串的通訊聞，建立一套非常複雜的連結。到時候該說的、該做的都已完成，要追蹤到我很難的。」

馬里諾朝浴室走去。

「他一副把這裡當他自己家的樣子。」露西說。

「不盡然。」我回答。

幾分鐘之後，我送馬里諾出去。草地上硬硬的積雪彷彿散發著光芒，冰冷的空氣吸入肺中就像吸進第一口薄荷香菸一樣。

「如果你能來和我跟露西一起吃聖誕晚餐，我會很高興。」我在門邊說。

他遲疑了一下，看著他停在街邊的車。「你能邀請我眞的是很好心，但我沒辦法，醫生。」

「我眞希望你不是這麼討厭露西。」我說，覺得受傷。

「我受夠了她把我當成鄉下來的笨蛋大老粗。」

「有時候你的行爲還眞像是鄉下來的笨蛋大老粗，而且你也沒費心做過什麼事讓她尊重你。」

「她是個被慣壞的邁阿密小鬼頭。」

「她十歲的時候是個邁阿密小鬼頭，」我說：「但從來沒有被慣壞過。我要你們兩個好好相處，這是我要的聖誕禮物。」

「誰說我要送你聖誕禮物了？」

「你當然要送，你要送我我剛才要求的東西，而且我完全知道該怎麼做。」

「怎麼做？」他懷疑地問。

「露西想學射擊，你又剛剛才告訴她說你能射中時鐘的十二點，你可以給她上一、兩堂課。」

「休想。」他說。

6

接下來三天是假期來臨前的典型情況。聯絡事情的時候找不到人，也沒有人回電話，停車場多出很多空位，午餐時間拉長，人們出門洽公的路上也會偷偷到商店、銀行、郵局辦點私事。從實務的角度看來，整個州已經在假期正式開始之前就都打烊了，但尼爾斯·范德不管用什麼標準來看都不是個典型的人。他在聖誕節前一天打電話給我，對今夕何夕以及身在何方顯然毫無感覺。

「我在這裡正準備開始做影像強化的工作，我想你可能會有興趣。」他說：「珍妮佛·戴頓的案子。」

「我馬上到。」我說。

我走過走廊，差點撞上從男廁所出來的班·史蒂文司。

「我要去見范德，」我說：「應該不會太久，而且我的文件都拿到了。」

「我正要去找你。」他說。

我猶豫地停下腳步，聽他準備說什麼。我在想不知道他是否感覺得出來我很難若無其事地面對他。露西繼續從我家的終端機注意有沒有人再次試圖進入我的目錄，目前爲止還沒有。

「我今天早上和蘇珊說過話。」史蒂文司說。

「她還好嗎？」

「她不回來上班了，史卡佩塔醫生。」

我不意外，但她竟不肯親自告訴我，讓我覺得被刺了一下。我至少打過六、七次電話去找她，不是沒人接，就是她丈夫編藉口解釋蘇珊爲何無法接聽電話。

「就這樣？」我問他，「她就說不回來上班了？理由呢？」

「我想她懷孕比原本預期的要辛苦，我猜這工作現在對她來說負擔太重了。」

「她必須寄辭職信來。」我無法控制聲音中的怒氣。「人事部門方面的細節我就交給你了，我們需要立刻開始找接替的人。」

「現在預算凍結，沒辦法僱人。」我走開的時候他提醒我。

戶外，被剷在道路兩旁的雪已經凍成一堆堆髒兮兮的冰丘，既不能在上面停車也走不過去。厚重的雲層後透出蒼白的陽光。一輛市區電車載著一個小型銅管樂隊開過去，我在他們漸行漸遠的〈全世界都快樂〉樂曲聲中爬上花岡岩台階，上面灑的鹽踩起來像砂子。一名法警讓我進入海岸大樓，我在一間有著彩色顯示器和紫外線燈的房間裡找到范德。他坐在影像處理器的工作站前，一邊操作滑鼠一邊緊緊盯著螢幕上的某些東西。

「不是空白的，」他連句「你好嗎」都沒說就直接切入主題：「有人在這張紙的前一張或前幾張紙上寫了些東西。如果用力看，可以隱約看出一些痕跡。」

然後我開始明白了。他左邊的燈桌中央放著一張乾淨的白紙，我俯下身去仔細看。痕跡非常淺，簡直難以確定我究竟是眞的看見了還是想像出來的。

「珍妮佛．戴頓床上的水晶底下找到的那張紙？」我問，開始感到興奮。

他點頭，繼續移動滑鼠並調整灰色調。

「這影像是現在正在拍攝的嗎？」

「不是，攝影機已經把影像拍下來了，然後存在硬碟裡。不過不要碰那張紙，我還沒有檢查過上面的指紋。快點，快點。」他這是在跟影像處理器講話，「我知道攝影機看得很清楚，你可要幫我們的忙呀。」

電腦化的影像強化方式是對比和謎題的功課。攝影機可以分辨出兩百種以上不同的灰色，肉眼只能分辨出不到四十種。看不見的東西並不表示就不存在。

「謝天謝地，處理紙的時候不用擔心背景的雜色。」范德一面工作一面繼續說：「這樣速度可以快很多。前幾天有個遺留在床單上的血印可把我害慘了。因爲有纖維的編織紋路，你知道，不久之前那樣的印子還一點用都沒有哩。好了。」他處理的那一塊區域罩上了另一層灰。「現在有點苗頭了，看到沒？」他指著螢幕上半邊出現的纖細幽影。

「勉強可以。」

「我們在這裡試著加強的是陰影和痕跡的對比，因爲這紙上面並沒有什麼寫下又擦掉的東西。光線斜照在紙張的平面和凹痕上的時候，陰影就產生了——至少攝影機很清楚地抓到了陰影。我們不靠幫忙是看不見的。來試試看把垂直部分再加強一點。」他移動滑鼠。「把水平部分調暗一點點。好，有了。二—○—二，後面一橫槓。這是個電話號碼。」

我拉過一把椅子，在他旁邊坐下。「那是華盛頓特區的區域號碼。」我說。

「我看到了一個四和一個三。還是那是個八？」

我瞇起眼睛。「我想是三。」

「這樣比較清楚。你說得沒錯，絕對是三。」

他繼續努力了一陣，螢幕上可以看見越來越多的數目和字。然後他嘆口氣說，「可惡，最後一個數字弄不出來。它就是不在那裡，不過看看特區區域號碼前的這個。『致』，接著是冒號，然後底下是一個『傳自』，接著又有冒號和另一個號碼，八—○—四，這是本地的。這個號碼很不清楚，一個五還有好像是一個七，還是九？」

「我想那會是珍妮佛．戴頓家的號碼，」我說：「她的傳真和電話用的是同一條線——她的辦公室裡有一台傳真機，可以用普通打字紙一張張傳出去的那種。看起來她是在這張紙上方寫了一封傳真。她傳了什麼出去？另一份文件嗎？這底下沒有寫東西。」

「我們還沒弄完呢。現在看到的像是日期，是十一嗎？不對，那個字是七。十二月十七號。現在往下移。」

他移動滑鼠使螢幕上的箭頭往下滑。他按下一個鍵將他要調整的區域放大，然後慢慢地從一片空無之中抓出字句來，這裡一撇，那裡一點，那裡又再一槓。范德一言不發地進行著，我們幾乎沒眨眼，大氣不出一聲。我們就這樣坐了一個小時，字漸漸變得比較清楚，不同色調的灰互相對比，一點點一滴滴地完成。他用要求、哄騙把那些字變了出來，眞是不可思議，全都出現了。

整整一星期前，在珍妮佛．戴頓被殺不到兩天之前，她傳眞了如下列的一封信到華盛頓特區的一個號碼去。

是的，我會合作，但是已經太遲了，太遲了，太遲了。最好還是你過來這裡，這一切都大錯特錯！

范德按下列印鍵。我終於把頭從螢幕上抬起來，覺得一陣暈眩。我的視線暫時模糊了，腎上腺素激增。

「這個要立刻給馬里諾看。希望我們能找出這是誰的傳眞，這個華盛頓的號碼。就差最後一個數字了。除了最後一個數字之外和這個號碼一模一樣的傳眞在華盛頓還會有幾支？」

「從〇到九的數字，」范德在印表機的噠噠聲中提高了聲音。「最多也只會有十支。十支號碼，不管是不是傳眞，除了最後一個數字之外和這個號碼一模一樣。」

他給我一份列印出來的結果，「我會把它再弄清楚一點，稍後再印一份比較好的給你。」他說：「還有一件事。我試著調朗尼．華德爾的指紋來，就是納史密斯案子裡那個沾血大拇指指紋的照片，可是一點進展也沒有。我每次打電話到檔案處去，他們都說還在找他的檔案。」

「要記得現在快放假了，我敢說那裡現在幾乎沒人上班了。」我說著，卻揮不去一種預感。

我回到辦公室，找到馬里諾，把影像處理器發現的結果解釋給他聽。

「該死，電話公司那邊是不用想了，」他說：「我在那裡接頭的人已經度假去了，聖誕節前一天也不會有人幫你做個屁的。」

「我們或許可以自己找出收到她傳眞的是誰。」我說。

「我不知道有什麼辦法，除非我們發一封傳眞過去上面寫著『你是誰？』，然後希望能夠接到一張傳回來的傳眞上面寫著『嗨，我是殺死珍妮佛．戴頓的人』。」

「這要看那個人的傳眞機有沒有設定辨識標記。」我說。

「辨識標記？」

「比較精密的傳眞機可以讓你把自己的名字或者公司名稱設定在系統裡，你傳出去的所有東西上面都會印有這個辨識標記。更重要的是，接收傳眞的那個人的辨識標記也會顯示在發傳眞的這台機器上。換句話說，如果我發一份傳眞給你，我在這裡的傳眞機上就會看見『里奇蒙市警局』出現在我剛撥的號碼上面。」

「你找得到這麼高級的傳眞機嗎？我們隊上這一台爛透了。」

「我辦公室裡就有一台。」

「唔，到時候告訴我結果。我得上街去了。」

我很快列出了十個電話號碼，前面六碼是范德和我從珍妮佛．戴頓床上的那張紙上辨認出來的，最後一碼分別從〇、一、二、三等等依序排列。然後我一個一個試，其中只有一個號碼接通後傳來的是非人類的尖銳響聲。

傳眞機放在我電腦分析師的辦公室裡，所幸瑪格麗特也早早就開始放假了。我關上她辦公室的門，在她桌旁坐下來邊聽著小型電腦的嗡嗡聲、看著數據機的小燈閃動，邊思索著。辨識標記的作用是雙向的。要是我開始傳送，我辦公室的辨識標記就會出現在我撥過去的那台傳眞機上。我必須迅速切斷，不讓傳送過程完成。我希望等到有人過去看傳眞機是怎麼回事的時候，「首席法醫辦公室」和我們的號碼已經消失了。

我在送紙盤裡放進一張白紙，撥了那個華盛頓的號碼等著傳送。字幕顯示窗上什麼也沒有。該死，我撥的這台傳眞機沒有辨識標記。就到此爲止了。我切斷傳送，挫折地走回我的辦公室。

我剛在辦公桌前坐下，電話就響了。

「史卡佩塔醫生。」我接起來。

「我是尼可拉斯·古魯曼，你剛剛不曉得傳什麼東西，沒傳過來。」

「對不起，你說什麼？」我愣住了。

「我這邊什麼都沒收到，只有一張空白的紙，上面印著你辦公室的名稱。哦，上面說錯誤代碼〇〇一，『請重傳』。」

「是這樣。」我說著感覺到手臂上汗毛直豎。

「也許你是要傳一份訂正過的紀錄來？我知道你去看過電椅了。」

我沒回話。

「非常有始有終，史卡佩塔醫生。或許你對我們討論過的那些傷痕有了新的認識，那些華德爾先生手臂內面的擦傷？在肘前窩那裡？」

「請再給我一次你的傳眞號碼。」我靜靜地說。

他唸給我聽。號碼和我列出的一致。

「古魯曼先生，這台傳眞機是在你的辦公室裡，還是你跟別的律師合用一台？」

「就在我辦公桌旁邊。不需要特別標明是給我的，把東西傳過來就好了——而且拜託你快一點，史卡佩塔醫生，我本來已經打算要回家了。」

過沒多久我就離開了辦公室，是被挫折感趕出門的。我找不到馬里諾，而且也沒什麼是我可以做的了。我覺得自己陷入一個錯綜複雜的古怪網絡裡，對於共同點在哪裡一點概念也沒有。心血來潮之下，我開進西卡瑞街旁的一塊空地，那裡有個老人在賣花環和聖誕樹。他就坐在他那小型森林中央的板凳上，看起來像寓言故事裡的樵夫，空氣中充滿長青樹的香味。或許我終於躲避不了聖誕節的氣氛，又或許我只是需要分分心。拖到這麼晚，沒有太多可供選擇的餘地，那些樹都已經不行了，沒了形狀或即將枯萎。我想除了我挑的那棵之外，其他的大概都注定要過氣了吧。這棵樹要不是脊椎側彎的話，應該會很可愛的。裝飾的過程比較像是困難的整型手術而非假日的例行公事，但等我將裝飾品和燈串有技巧地掛上去，用鐵絲調整好有問題的地方之後，這棵樹驕傲地站在我的客廳裡。

「你看，」我退後幾步欣賞成果，對露西說：「你覺得怎麼樣？」

「我覺得你突然在聖誕節前一天決定買樹，是件很怪異的事。你上次買聖誕樹是什麼時候？」

「我想是我結婚的時候。」

「那些裝飾品就是這麼來的嗎？」

「那時候我對聖誕節是很費心準備的。」

「所以你現在就不這麼做了。」

「我現在比那時候要忙得多。」我說。

露西拉開壁爐屏風，用撥火棒調整柴火的位置。「你和馬克有沒有一起過過聖誕節？」

「你不記得了嗎？我們去年聖誕去看你了啊。」

「才沒有，你們是聖誕節之後三天才來的，而且新年第一天就飛回家了。」

「他聖誕節是和他家人一起過的。」

「他們沒有邀請你去？」

「沒有。」

「爲什麼？」

「馬克的家庭在波士頓是望族，他們有他們的傳統。你決定今晚穿什麼了沒？我的夾克跟那條黑絲絨的項鍊配嗎？」

「我什麼都沒試穿，我們爲什麼要去那些地方？」露西說：「我又不認識半個人。」

「沒那麼糟啦。我只是要送一份禮物去給一個懷孕的同事，她可能要辭職了。另外我需要到這附近的一個派對去一下，我接受他們邀請的時候還不知道你會來，你當然不必一定要跟我去。」

「我寧願待在這裡。」她說：「我眞希望能開始弄自動指紋辨識系統的東西。」

「有耐心點。」我告訴她，雖然我自己一點都不覺得有耐心。

近傍晚的時候，我又留了一次話給無線電調度員，想著要不是馬里諾的呼叫器壞了，就是他太忙了沒時間去找公用電話。鄰家窗戶搖曳著燭光，一輪橢圓形的明月高掛樹梢。我放起帕華洛帝和紐約愛樂合作的聖誕音樂，一邊努力調整心情，一邊洗澡換衣服。我要去參加的那個派對要到七點才開始，讓我有充足的時間可以去把禮物送給蘇珊並跟她談一談。

我很意外她居然接了電話。我問她我可不可以過去一趟，她的語氣遲疑而緊張。

「傑森不在家。」她說，彷彿這有什麼重要性似的，「他到購物中心去了。」

「嗯，我有一些東西要給你。」我解釋說。

「什麼東西？」

「聖誕節的東西。我要去參加一個派對，所以不會待很久的。可以嗎？」

「大概吧。我是說，那太好了。」

我忘記她住在南區了，那裡我很少去，而且容易迷路。交通比我所擔心的還要糟，密德羅申高速公路上擠滿了趕在最後一分鐘購物的人，爲了採買他們快樂假期的必需品，把你撞到路旁邊也無所謂。停車場裡滿是車子，商店和購物中心的裝飾燈光亮得足以刺瞎眼睛。蘇珊住的那一帶很暗，有兩次我都得停在路邊，打開車內小燈研究她給我的方向指示。東繞西繞了很久之後，我終於找到她家那棟牧場式的小小平房，夾在左右兩棟看來跟它一模一樣的房子中間。

「嗨。」我說，從懷裡抱著的粉紅色聖誕紅的枝葉間看著她。

她緊張地鎖上門轉身帶我走進客廳，推開茶几上的書本和雜誌，把那盆聖誕紅放在上面。

「你感覺怎麼樣？」我問。

「好一點了。你要不要喝點什麼?來，讓我幫你把外套掛起來。」

「謝謝，喝的不用了，我一下子就走。」我遞給她一個包裹。「一點小東西，我去年到舊金山的時候買的。」我在長沙發上坐下。

「哇塞，你的準備開始得還眞早。」她不肯直視我的眼睛，蜷起腿在一張單人沙發坐下。

「你要我現在拆嗎？」

「隨你高興。」

她用大拇指的指甲小心地劃穿膠帶，把絲帶完整地解下來。她把拆開的包裝紙撫平整放在膝上，彷彿要留著以後再用似的，然後打開黑色的盒子。

「哦。」她低聲說著展開那條紅色的絲巾。

「我想配你那件黑外套應該很好看。」我說：「不知道你怎麼樣，但我自己是不喜歡羊毛貼著皮膚的感覺。」

「好漂亮。史卡佩塔醫生，你這份禮物眞用心，從來沒有人從舊金山帶東西給我過。」

她臉上的表情令我一陣心疼，突然之間四周的景象變得更清晰銳利。她穿著一件袖口起了毛球的黃色毛圈織品睡袍，腳上那雙黑襪子我猜是她丈夫的。廉價的家具上有磨損的痕跡，家飾布面也都泛著油光。放在小電視旁的人造聖誕樹上沒什麼裝飾品，甚至還缺了好幾根樹枝，底下的禮物也寥寥無幾。一張嬰兒床折疊起來靠在牆邊，很明顯是二手的。

蘇珊發現我在環顧四周，顯得十分不自在。

「一切都乾淨無瑕。」我說。

「你知道我這個人的，強迫性的偏執狂。」

「幸好。如果可以形容停屍間看起來很棒的話，我們的停屍間就是了。」

她小心地折起絲巾，放回盒子裡，然後把身上的睡袍裹得更緊，一言不發地盯著聖誕紅看。

「蘇珊，」我溫和地說：「你想不想談談這是怎麼回事？」

她沒有看我。

「那天早上你那麼生氣激動，這不像你。你沒有來上班，然後連通電話都不打給我就說要辭職，這也不像你。」

她深吸一口氣。「眞的很對不起。這陣子我好像就是沒辦法好好處理事情，總是會有很激烈的反應，就像讓我想到茱蒂的那天一樣。」

「我知道你妹妹的死對你來說一定是很大的打擊。」

「我們是雙胞胎，異卵雙胞胎。茱蒂長得比我漂亮多了。問題就出在這裡，朵琳嫉妒她。」

「朵琳就是那個自稱是女巫的女孩？」

「對，很抱歉。我實在不想接近那一類的東西，尤其是現在。」

「也許這件事會讓你好過一點。我打電話到珍妮佛．戴頓家附近的那間教堂去，他們說照明尖塔的鈉燈好幾個月前就開始故障了，顯然沒人注意到燈沒有完全修好。這似乎就是那裡的燈光會忽明忽滅的原因。」

「我在教堂長大的時候，」她說：「教友裡面有聖靈降臨派的，他們相信驅魔的事情，相信人被附身之後會用不同的聲音或語言說話。我記得有個男人來家裡吃晚飯的時候講到他撞邪的經驗，說晚上躺在床上聽見黑暗中有呼吸聲，還有書從架子上飛起來在房間裡撞來撞去。我怕死這種東西了，連《大法師》上演的時候我都不敢去看。」

「蘇珊，我們工作的時候必須客觀清醒，不能讓我們的成長背景、想法或恐懼干擾到我們。」

「因爲你不是出生在牧師家庭。」

「但我是在天主教家庭中長大的。」

「沒有什麼能比得上當一個基本教義派牧師的女兒。」她挑釁地說，眨眼睛忍住淚水。

我沒有跟她爭論。

「我以爲已經擺脫了以前的東西，結果它又跑回來掐住我的脖子。」她艱難地繼續說。「就好像我裡面有另一個人在亂擺布我一樣。」

「怎麼樣亂擺布你？」

「有些東西被毀掉了。」

我等著她做進一步解釋，但她不肯。她低頭瞪著自己的手看，眼神慘澹。「壓力實在太大了。」她喃喃地說。

「什麼東西壓力太大了，蘇珊？」

「工作。」

「工作跟以前有什麼不一樣的地方嗎？」我以爲她會說懷了孕一切就都不一樣了。

「傑森認爲這工作對我不健康。他一直都這麼認爲。」

「是這樣。」

「我回家之後會告訴他工作上的情形，而他會很受不了。他會說：『你難道不明白這有多糟糕嗎？對你不可能有好處的。』他說得對，我再也不能就這麼把它拋在腦後了。我受夠了腐爛的屍體，受夠了人們被強暴、切割、射殺，我受夠了看見死掉的嬰孩和死在車裡的人。我再也不想接觸到暴力了。」她看著我，下唇顫抖著。「我再也不想接觸到死亡了。」

我想著要找人來接替她會有多麼困難。新人加入後有很多東西得學，工作的進度會變慢。更糟的是得跟應徵者面談，刷掉那些怪裡怪氣的傢伙，熱中於在停屍間工作的人並非個個都是正常的模範生。我喜歡蘇珊，因而感覺受到傷害且非常困擾。她沒有跟我說實話。

「還有沒有什麼別的事你願意跟我談？」我說著，視線仍定在她身上。

她瞥了我一眼，我看見她的恐懼。「我想不出還有什麼了。」

我聽見關門聲。

「傑森回來了。」她勉強地說。

我們的對話結束了，我站起身來靜靜地對她說：「蘇珊，如果你有什麼需要的話，請跟我聯絡，要我寫推薦信或者只是談談都好。你知道怎麼找我。」

我出去的時候跟她丈夫只有很簡短地說了幾句話。他是個健壯的高個子，有著棕色鬈髮和漠然的眼神。雖然他的態度有禮，但我看得出來他並不高興看到我在他家裡。我開車過河的時候，想到這一對奮力維生的年輕夫婦會怎麼看我，不禁感到心頭一緊。我是穿著名牌套裝的上司，在聖誕夜開著賓士車來送些禮物意思意思。蘇珊對我不再忠心，這件事碰到了我最深的不安全感，我對自己的人際關係以及別人對我的看法已經不再感到確定了。我怕馬克死後我沒能通過某項考驗，彷彿我對於失去他所產生的反應，有著能解答我周遭人們生活中某些問題的答案。畢竟我應該比任何人都能應付死亡的啊，凱．史卡佩塔首席法醫。反之，我卻退縮了，而且我知道其他人也能感覺得到我的某種冷淡，不論我試著表現得多麼友善或體貼，我手下的工作人員不再跟我談知心話了。現在看來，連我辦公室裡的安全系統都遭到侵入，而蘇珊也辭職了。

我在卡瑞街出口下公路，左轉進我住的那一帶，開向地方法院法官布魯斯．卡特的家。他住在離我家幾條街的蘇格蕾夫街上，突然之間我似乎又變成了邁阿密的一個小孩，瞪大眼睛盯著那些當時在我看來都像豪門巨宅的房子。我記得推著滿滿一車的柑橘挨家挨戶地走，知道那些優雅地伸手出來施捨零錢的人是屬於高高在上的階級，那些人充滿憐憫。我記得口袋裡滿是零錢回到家，聞到垂死父親房間裡疾病的味道。

「溫莎農莊」的富有屬於不招搖的那種，一棟棟喬治國王時期和都鐸時期形式的房子整齊排列在有著英國名字的街道旁，地產上都有樹蔭遮蔽，並有蜿蜒的磚牆圍繞。私人保全系統充滿戒心地保衛著有錢有勢的人，對他們來說，防盜警鈴就像草坪上的灑水器一樣司空見慣。不成文的慣例比白紙黑字的規定還要有脅迫力；你不會掛起一根繩子來晾衣服，不會沒事先通知就跑去別人家，因爲這樣你的鄰居會不高興；你不一定非開捷豹不可，但如果你的交通工具是生鏽的卡車或者是停屍間的箱形車，你會把它停在車庫裡不讓別人看到。

七點一刻，我把車停在一長串車子後面，一棟有著石板屋頂、漆成白色的磚造房屋前。懸在黃楊木和雲杉上的白色燈光像星星一樣，紅色的前門上掛著新鮮清香的花環。南西．卡特帶著華美的微笑迎接我，伸出手把我的外套接過去。她不停說著話，蓋過人群七嘴八舌的交談聲，身上紅色長禮服的亮片閃爍著。這位法官夫人五十幾歲，由金錢雕琢成一件教養良好的藝術品。我猜想她年輕的時候並不漂亮。

「布魯斯在裡面什麼地方……」她四處瞥視，「吧台在那邊。」

她引導我進入客廳，赴宴賓客光鮮亮麗的衣著跟那一大張色彩鮮明的波斯地毯配合得天衣無縫，我懷疑這張地毯比我剛剛在河對岸造訪過的那棟房子還值錢。我看見法官在跟一個我不認識的人交談。我掃視人群認出幾個醫生和律師、一個政治公關活動人員，還有州長的參謀。不知怎麼地，後來我手中多了一杯蘇格蘭威士忌加蘇打，身旁有個我從沒見過的男人碰碰我的手臂。

「史卡佩塔醫生？我是法蘭克．唐納修。」他大聲自我介紹，「祝你聖誕快樂。」

「也祝你聖誕快樂。」我說。

馬里諾和我去參觀監獄那天因病沒出現的典獄長是個小個子，五官粗糙，一頭濃密的頭髮灰白了不少。他的打扮像是在戲仿英國的宴會主持人，穿著鮮紅色的燕尾服和有摺邊的白色襯衫，紅色的領結上有小小的電燈泡在閃爍。他向我伸出手來，另一隻手上拿著的那杯純威士忌則危險地傾斜著。

他靠到我耳邊說：「你們來的那天我不能帶你們參觀，我覺得很可惜。」

「你們的一位警官把我們照顧得很好，謝謝。」

「我想那是羅伯茲吧。」

「我想他是叫這個名字沒錯。」

「唔，不幸你還得費那麼多事跑去。」他的視線在屋內四處遊蕩，向我身後的某個人眨了眨眼。「那裡就只是一大團狗屎而已。唔，華德爾以前就流過幾次鼻血，血壓也很高。他總是在抱怨這裡那裡不舒服，頭痛啦、失眠啦等等。」

我低下頭，努力想聽清他的話。

「那些死刑犯是一等一的騙人高手。老實說，華德爾是其中最糟糕的。」

「那我就不知道了。」我說著抬起眼睛來看他。

「麻煩就在這裡了，沒人知道。不管怎麼說，除了我們這些成天和那些傢伙相處的人之外沒人知道。」

「我想一定是這樣。」

「華德爾據說洗心革面了，變成那麼一個小可愛。哪天有空讓我來跟你說說，史卡佩塔醫生，說說他以前多喜歡跟其他犯人吹噓他對那個可憐的納史密斯女孩做了什麼。他屌得不得了，因爲他做掉了一個名人。」

屋裡空氣稀薄，溫度也太高了。我可以感覺他的眼神在我身上游移。

「的確，唐納修先生。沒有什麼事會讓我太驚訝的。」

「當然啦，我想大概也沒有什麼事會讓你太驚訝的就是了。」

「老實說，我眞不知道你怎能每天面對你的工作。尤其是每年的這個時候，人們不是互相殺害就是自殺，就像那天晚上那個早早拆完聖誕禮物之後在車庫裡自殺的可憐女士一樣。」

他的話像是出其不意用手肘在我肋骨上捅了一下。珍妮佛．戴頓的死在晨報上有過一段簡短的報導，其中說到警方表示她看來似乎提早拆了聖誕禮物。這也許有暗示她是自殺的意味，但沒有任何陳述是眞正這麼說的。

「你說的是哪一位女士？」我問。

「不記得名字了。」唐納修啜一口酒，臉色發紅，眼神發亮四處轉動，「可憐，眞是可憐。嗯，你一定要找一天到我們格林斯威爾的新家來看看。」他大大地咧開嘴一笑，接著便轉移陣地到一位穿著黑衣、胸前偉大的太太那裡。他在她嘴上親了一下，然後他們兩個都開始大笑。

我一逮到機會就早早告退，回家看見一爐熊熊烈火，外甥女躺在長沙發上看書。我注意到聖誕樹下多了好幾份禮物。

「如何？」她打著呵欠問。

「你留在家裡是明智之舉。」我說：「馬里諾有沒有打電話來？」

「沒。」

我再試他的號碼，鈴響四聲之後他不耐煩地接起來。

「希望我現在找你不會太晚。」我道歉。

「我也希望如此。又有什麼不對勁了？」

「很多事情都不對勁。今天晚上我在一個派對上遇見了你的朋友唐納修先生。」

「眞令人興奮啊。」

「的確不怎麼樣，而且，也許是我神經過敏，但他提起了珍妮佛．戴頓的死，讓我覺得很怪。」

沉默。

「另外一個小小的意外是，」我說下去，「看來珍妮佛．戴頓在她死前不到兩天曾經傳過一封信給尼可拉斯．古魯曼。她信裡的語氣很煩亂，我的感覺是他要見她，她建議他到里奇蒙來。」

馬里諾還是沒說話。

「你還在嗎？」我問。

「我在想。」

「很高興聽你這麼說。但也許我們應該一起想。明天的事你真的不改變主意了？」

他深吸一口氣，「我很想去，醫生。但是我……」

後面有個女性的聲音說：「在哪個抽屜裡？」

馬里諾顯然是把手蓋在話筒上，咕噥了一句什麼，然後他清了清喉嚨。

「對不起。」我說：「我不知道你有客人在。」

「欸。」他頓了頓。

「你明天可以帶你朋友一起過來吃晚飯，我會很高興的。」我邀請道。

「喜來登飯店有個自助餐，我們是打算要去那裡啦。」

「嗯，我的聖誕樹底下有份東西是要給你的。要是你改變主意的話，明天早上打個電話給我。」

「我不敢相信。你居然投降去買了棵樹？一定又小又醜。」

「它可是眾人羨慕的焦點呢，多謝你的稱讚。」我說：「替我向你朋友說聲聖誕快樂。」

7

第二天早上我醒來時教堂鐘聲悠揚，窗簾透著明亮的陽光。雖然前一晚我酒喝得很少，卻有宿醉的感覺。賴在床上重新入睡，夢見了馬克。

等到我終於爬起來的時候，廚房裡充滿了香草和柳橙的香味。露西在磨咖啡豆。

「你要把我寵壞了，那以後我該怎麼辦呢？聖誕快樂。」我在她頭上親了一下，注意到流理台上有一包不常見的穀類早餐。「這是什麼？」

「契夏什錦果麥，特別招待。我把我自己買的帶來了。這個配原味優格最好吃，不過你家沒有原味優格，所以只好用脫脂牛奶加香蕉來代替了。另外，我們還有現榨的新鮮柳橙汁和無咖啡因的法式香草咖啡。我想我們該打個電話給媽和外婆吧。」

我用廚房裡的電話撥給我母親，露西則到書房聽分機。我姊姊已經在我母親家了，沒一會兒我們四個就都在電話上，聽我母親滔滔不絕地抱怨天氣有多糟。邁阿密正有一場猛烈的暴風雨，她說，從聖誕節前夕就開始刮狂風，下起傾盆大雨，到早上則是一陣又一陣的閃電照亮了天空。

「雷雨的時候不該講電話的。」我對她們說：「我們晚一點再打來。」

「你太神經過敏了，凱。」桃樂絲不客氣地說：「不管是什麼事情，你都從它可能怎麼害死人的角度去看。」

「露西，告訴我你收到了什麼禮物。」我母親插話進來。

「外婆，我們還沒拆禮物。」

「哇塞，那一下可眞近啊。」桃樂絲在嘈雜的靜電干擾聲中喊道：「連燈光都閃了一下。」

「媽，我希望你沒有開著一個檔案在電腦上。」露西說：「否則的話，你剛剛可能已經損失一段工作成果了。」

「桃樂絲，你有沒有記得把奶油帶來？」我母親問。

「該死，我就知道有什麼……」

「我昨天晚上至少提醒過你三遍了。」

「媽，我告訴過你，在我寫東西的時候打電話來說的事我沒辦法記住。」

「你能想像嗎？聖誕夜，你肯不肯跟我去望彌撒呢？不肯。你就待在家裡寫書，然後又忘記帶奶油來。」

「我出去買。」

「你倒是說說看聖誕節早上會有什麼店開門？」

「會有就是了。」

我抬起頭看見露西走進廚房。

「我眞不敢相信。」她小聲對我說，我母親和我姊姊仍然在爭執不休。

掛上電話之後，露西和我走進客廳，一切又回復到維吉尼亞州的寧靜冬日早晨，光禿禿的樹木文風不動，影蔭下的處處積雪潔白無瑕。我想我是不可能再回邁阿密去住了。四季更迭就像月亮的盈虧，對我來說是一股能影響我、移轉我觀點的力量。我需要每一個分明季節所帶來的新意，需要季節轉換之際的微妙變化，經歷寒冷的短暫白晝之後才更能感受春天早晨的美。

露西從外婆那裡得到的禮物是一張五十元的支票。桃樂絲送的也是錢，我相當慚愧地看著露西拆開我送的那個封套，又拿出另一張支票來。

「送錢好像很沒誠意。」我抱歉地說。

「對我來說不會沒誠意，因爲我就是想要錢。你等於幫我的電腦又添購了記憶體。」她遞給我一個沉重的小禮物，用紅銀相間的包裝紙包著，我打開盒子、撥開一層層薄襯紙之後，臉上的表情讓她忍不住欣喜之意。

「我想你可以用它來記你出庭的日程。」她說：「跟你那件機車夾克很配。」

「露西，這眞是太漂亮了。」我摸著行事曆黑色的小羊皮封套，手指撫過打開乳白色的內頁。我想到她來的那個星期天，我讓她開我的車去健身俱樂部，結果她在外面待到很晚。這個小滑頭一定是去買禮物了。

「這邊還有一個禮物，只是通訊錄部分和明年日曆的補充頁。」她把另一份更小的禮物放在我膝上，這時電話響了。

馬里諾祝我聖誕快樂，說他要過來把「禮物」送給我。

「叫露西最好穿暖一點，不要穿緊身的東西。」他煩躁地說。

「你在說什麼？」我丈二金剛摸不著腦袋。

「不要穿緊身牛仔褲，否則她會沒辦法把彈匣放進口袋或者拿出來。你不是說她想學射擊。第一堂課就是今天午飯前。要是她沒辦法上，那是她自己的問題。我們幾點吃飯？」

「一點半到兩點之間。我還以爲你另外有事。」

「是啊，唔，現在沒事了。我大概二十分鐘後到，跟那個小鬼說外面冷得要死。你要不要一起來？」

「不了，我要待在家裡做飯。」

馬里諾來我家的時候，脾氣還是沒好到哪裡去，大費周章地檢查我那把橡膠握柄的點三八魯格左輪槍。他壓下拴扣，推開彈巢慢慢地轉，朝每個彈膛裡瞧。他拉下扳機朝槍管裡看，然後試扣扳機。露西一言不發好奇地看著他，他則對我用的溶劑所造成堆積的殘餘物大發議論，並表示我的魯格可能有「突起」需要剷平。然後他就開著他的福特車把露西載走了。

他們幾個小時之後回來，臉被凍得紅撲撲的，露西驕傲地展示她扣扳機的指頭上磨出了一個血泡。

「她表現得怎麼樣？」我邊問邊在圍裙上擦擦手。

「還不壞。」馬里諾說著望向我身後，「我聞到炸雞的味道。」

「才不是。」我接過他們的外套，「你聞到的是肉醬麵的味道。」

「我表現得不只『還不壞』而已，」露西說：「我只有兩次沒射中靶。」

「拿空槍繼續練習，到你不會猛拍扳機爲止，記住要讓板機慢慢向後。」

「我身上的煙灰比爬過煙囪的聖誕老公公還多。」露西興高采烈地說：「我要去洗個澡。」

在廚房裡我幫馬里諾倒咖啡，他則研究著流理台上擺滿的瑪薩拉起司、剛磨碎的帕美森起司、煙燻五香火腿、白松露、嫩煎過的火雞肉片，還有其他各種即將組成我們午飯的東西。我們走進客廳，屋裡爐火熊熊。

「你這麼做實在是太好心了。」我說：「你眞的不知道我有多感激。」

「一堂課是不夠的，也許她回佛羅里達之前我還可以再給她上兩次課。」

「謝謝你，馬里諾，我希望你沒有爲改變計畫做太大的犧牲。」

「小事一件。」他簡慢地說。

「顯然你不打算去喜來登吃飯了，」我刺探道：「你也可以帶你朋友一起來啊。」

「另外有事。」

「她總有個名字吧？」

「坦妲。」

「這名字眞有意思。」

馬里諾的臉變成豬肝色。

「坦妲是什麼樣子的人？」我問。

「你想聽老實話的話，她根本不值一提。」他突然站起來，通過走廊向浴室走去。

關於馬里諾的私人事務，除非他想談，否則我一向很謹慎不多問，但這次我實在是忍不住。

「你跟坦妲是怎麼認識的？」他回來的時候我問。

「在官辦的聯誼舞會上。」

「這樣很好啊，出去玩玩，多認識些新朋友。」

「這樣爛透了，如果你眞想知道的話。我三十多年沒交過半個女朋友了，就像李伯醒過來發現自己在另一個世紀似的。現在的女人跟以前不一樣。」

「怎麼說呢？」我試著控制住笑容，馬里諾顯然不覺得這有什麼有趣的。

「不像以前那麼單純。」

「單純？」

「對，就像桃麗斯，我們兩個的關係就不複雜。結果三十年之後她突然要分手，我只好一切從頭開始。我去這個鳥舞會是因爲幾個同事說服了我，我沒招惹任何人，然後坦妲就坐到我這一桌來了。兩瓶啤酒下肚，她就問我要電話號碼，如果你相信的話。」

「你把號碼給她了嗎？」

「我說：『嘿，如果你想聚聚，就把你的號碼給我，我來打電話。』她問我是從哪個動物園裡跑出來的，然後約我一起去打保齡球，事情就這樣開始了。事情的結束則是她告訴我說她兩個星期前從後面撞上了別人的車，被控駕駛不愼，她想要我幫她擺平。」

「眞遺憾。」我從聖誕樹下拿來了他的禮物。「不知道這能不能幫助你改善社交生活。」

他拆開禮物，是一副聖誕紅色的吊帶和一條搭配的領帶。

「很棒，醫生，老天。」他站起身很不高興地嘟噥著，「該死的利尿劑。」就又上廁所去了。幾分鐘後，他回到壁爐旁。

「你上次健康檢查是什麼時候的事？」我問。

「兩個星期以前。」

「結果呢？」

「你說呢？」

「我說你有高血壓。」

「可不是嗎。」

「你的醫生是怎麼跟你說的？」我問。

「說是一百五跟一百一，還有該死的攝護腺變肥大了。所以我才得吃這些利尿劑。我老得跑廁所，總覺得想尿尿，可是有一半的時間都尿不出來。他說如果情況沒有改善，就得給我割一刀。」

所謂的割一刀就是對攝護腺做經由尿道切除術。不是什麼嚴重的手術，不過也沒什麼好玩的就是了。我很擔心馬里諾的血壓，他是中風和心臟病的絕佳候選人。

「而且，我的腳踝會腫。」他繼續說。「腳痛，頭也他媽的會痛。我得戒菸、戒咖啡，減肥四十磅，還有減輕工作壓力。」

「沒錯，這些你都得做。」我堅定地說：「可是看起來你一樣也沒做。」

「就是啊，這只不過是要我整個改變我的人生而已，你還說我咧。」

「我又沒有高血壓，而且我戒菸已經整整兩個月又五天了。更何況，要是我減肥四十磅的話，就看不見了。」

他狠狠瞪著爐火瞧。

「這樣吧，」我說：「我們可以一起進行啊。我們兩個都開始少喝咖啡，定時做運動。」

「我已經看見你在跳有氧舞蹈了。」他沒好氣地說。

「我打網球就好了，有氧舞蹈讓你去跳。」

「要是有誰膽敢在我附近秀出韻律褲，他就死定了。」

「你這樣很不合作哎，馬里諾。」

他不耐煩地換了個話題，「你手上有沒有你跟我提到的那份傳眞？」

我走進書房拿出我的公事包，啪地打開來把范德用影像強化找到並列印出來的那段訊息遞給他。

「這東西是出現在我們從珍妮佛．戴頓床上找到的那張紙上，對吧？」他問。

「對。」

「我還是想不通她爲什麼要在床上放一張白紙，上面還用塊水晶壓住。把這些東西放在那裡幹嘛？」

「不知道。」我說：「她答錄機上的內容呢？有什麼發現嗎？」

「我們還在查，有一大堆人得偵訊。」他從襯衫口袋拿出一包萬寶路，然後大嘆一口氣。「該死。」他把那包菸往茶几上一拍。「從現在開始，我每點一根菸你就要嘮叨一次了，對吧？」

「不會，我只會瞪著看，但是我一個字都不會說。」

「你還記不記得兩個月以前你在公視接受訪問？」

「印象不太清楚了。」

「珍妮佛．戴頓把那節目給錄了下來就在錄影機裡，我們拿來一放就看見你。」

「什麼？」我愕然地說。

「當然，那集節目裡不是只有你一個人。另外有一堆關於考古挖東西的屁話，還有一部在這附近拍的好萊塢片子。」

「她錄我幹什麼呢？」

「這又是一個跟其他東西都還湊不上的問題，除了從她家打出來的電話——那幾通掛斷的電話。看起來，戴頓被幹掉之前有想到你的事。」

「你們還找到什麼關於她的線索？」

「我眞的得抽菸了，你要我去外面抽嗎？」

「當然不用。」

「事情越來越古怪。」他說：「我們搜查她辦公室的時候，找到一張離婚證書。看來她是一九六一年結的婚，兩年後離了，改回她的本姓戴頓，然後她從佛羅里達搬到里奇蒙來。她前夫叫做威利．崔佛斯，他是那種健康狂——你知道，追求全什麼的健康。要命，我想不起來那個名字。」

「全體論醫學（譯註：一種以人為機能整體保健系統，強調注意個人整體之重要性，包括生理狀態、營養、情緒表現、精神狀態、生活價值觀和環境等）？」

「就是這個。他還住在佛羅里達，麥爾司堡海灘。想從他那裡多問出幾句話簡直難上了天，但我還是有一些發現。他說他和戴頓小姐分手之後還是很好的朋友，事實上，他們仍然繼續見面。」

「他到這裡來？」

「崔佛斯說她會到佛羅里達去看他。他們聚在一起，照他的說法，是『爲了重溫往日時光』。她上一次去那裡是十一月，在感恩節前後。我也從他那裡擠出了一點關於戴頓的哥哥和妹妹的事情。她妹妹比她小很多，已婚，住在西岸。她哥哥是老大，差不多五十四、五歲，開雜貨店的。他前兩年得了喉癌，把喉頭給切了。」

「等一下。」我說。

「是啊。你知道那聽起來會是什麼樣子。只要聽過就會知道。打電話到你辦公室的那個傢伙不可能是約翰．戴頓，是另外一個爲了某種原因對珍妮佛．戴頓的驗屍結果感興趣的人。他知道得夠多，能把名字說對，也知道該假裝是從南卡羅萊納的哥倫比亞打電話來。但他不知道真正的約翰·戴頓有什麼樣的健康問題，不知道他講話的聲音應該像透過機器發出來的一樣。」

「崔佛斯知道他前妻是死於他殺嗎？」我問。

「我告訴他說法醫還在檢查。」

「她死的時候他人在佛羅里達？」

「據說是。我倒很想知道她死的時候，你那位朋友尼可拉斯·古魯曼人在哪裡。」馬里諾說。

「他從來就不是我朋友。」我說：「你打算用什麼方式去找他？」

「我暫時還不會去找他。要對付像古魯曼這種人，只有一次機會。他幾歲？」

「六十幾吧。」我說。

「個子大嗎？」

「我從法學院之後就沒再見過他了。」我起身撥火，「那時候古魯曼滿苗條的，可以說是瘦。他的身高我想算中等吧。」

馬里諾什麼也沒說。

「珍妮佛·戴頓重一百八十磅。」我提醒他，「照情況看來，凶手是先勒住她，然後把她抱到車上的。」

「好啦，也許古魯曼是幫凶。你想聽離譜的劇本嗎？那就試試這個。古魯曼是朗尼·華德爾的律師，那傢伙活著的時候可不是手無縛雞之力的，或者我們該說他現在也還是這樣。珍妮佛．戴頓家裡發現了華德爾的指紋。也許古魯曼的確去見了她，而且不是單獨去的。」

我瞪著爐火看。

「對了，我沒在珍妮佛．戴頓的屋子裡看到任何可能是羽毛來源的東西。」他補充說：「你要我查的那羽毛。」

就在這時，他的呼叫器響了起來。他把它從腰帶上拿下來，瞇眼看著窄窄的螢幕。

「該死。」他抱怨著走到廚房去用電話。

「怎麼回……什麼？」我聽到他說：「哦，老天啊，你確定？」他沉默了一會兒，然後他聲音很緊繃地說：「不用麻煩了。我就站在離她十五呎的地方。」

馬里諾闖過西卡瑞街和溫莎道交叉口的紅燈向東行駛。這輛白色福特汽車裡小燈耀眼閃爍，無線電傳來沙沙聲，我想起蘇珊蜷縮在單人沙發裡的模樣，她把毛圈織品的睡袍緊緊裹在身上，抵禦跟室內溫度高低無關的一股寒意。我記得她臉上的表情像浮雲一樣不斷移轉，眼神沒有透露出任何祕密。

我在發抖，感覺喘不過氣來，心臟狂跳著像是要蹦出喉嚨。警方發現蘇珊的車停在草莓街旁的一條小巷子裡，她坐在駕駛座上早已氣絕身亡。目前還不知道她到那一帶做什麼，也不知道凶手的動機爲何。

「你昨晚去跟她談的時候她說了什麼？」馬里諾問。

腦海裡沒有浮出任何有特殊意義的東西。「她繃得很緊，」我說：「有事讓她煩心。」

「什麼事？你能不能猜猜？」

「我不知道是什麼事。」我用顫抖的雙手撥弄著醫事包，再次檢查袋裡的東西。相機、手套，以及其他一切必需品。我記得蘇珊曾經說過要是有人想綁架或強暴她，除非先把她殺了。

有很多個日子我們工作到很晚，只剩下我們兩個人在清理，塡表格。我們曾有過很多親密的深談，談身爲女人，談我們愛的男人，談做母親會是什麼感覺。有一次我們談到死亡，蘇珊承認她很害怕死亡。

「而且我指的不是地獄裡硫磺烈火什麼的，像我父親傳教的那一套——我怕的不是這個。」她頑強地說：「我只是害怕就那樣什麼都沒有了。」

「不會就這樣什麼都沒有的。」我說。

「你怎麼知道？」

「有些東西不見了，只要看看他們的臉就會知道。他們的能量離開了，但精神沒有死，死的只是肉體。」

「可是你怎麼知道呢？」她又問。

馬里諾放鬆離合器，轉進草莓街。我瞥向我這一側的後視鏡，看見後面有另一輛警車，車頂上的燈條閃著紅色和藍色的光。我們經過幾間餐廳和一家小雜貨店，所有的商家都沒開門，路上僅有的幾輛車停在一旁讓我們通過。在草莓街咖啡館附近，窄窄的街道上排滿了巡邏車和其他便衣警探的車，一輛救護車擋住了一條巷子的入口，兩部電視台的採訪車停在再下去一點的地方。記者在黃色膠帶圍出的警戒線外擾攘地走來走去。馬里諾停下車，車門一打開立刻就有相機湊了上來。

我看著馬里諾的腳步，緊跟在他後面。快門閃動，膠卷轉動，麥克風高舉。馬里諾不曾稍停地大步向前，也不回答任何問題，我把臉轉開。我們繞過救護車，從黃膠帶底下鑽過。那輛酒紅色的豐田舊車車頭朝裡停在窄小的巷道中央，圓石路面上的積雪殘亂骯髒。兩側醜陋的磚牆擋住了斜照的夕陽。警察在拍照、交談、四處張望。屋頂和生鏽的防火梯上有水滴緩緩落下來，垃圾味飄浮在潮濕擾動的空氣中。

那個用手提無線電在講話的拉丁裔年輕警官，應該是最近我才剛見過的那位。湯姆．路瑟羅邊注視著我們邊咕噥了些什麼結束通話。從我站的地方，只能看見左大腿和一條手臂。我狠狠打了個哆嗦，認出她的黑色羊毛外套、金色結婚戒指，還有黑色的塑膠手錶，擋風玻璃和儀表板之間夾著她的紅色法醫證件。

「牌照是傑森．史多瑞的，我想那是她丈夫吧。」路瑟羅對馬里諾說：「她的皮包裡有證件，駕照上的姓名是蘇珊．道森．史多瑞，二十八歲，白種女性。」

「錢呢？」

「皮夾裡有十一塊錢，還有兩張信用卡。目前爲止沒有搶劫的跡象。你認得出她嗎？」

馬里諾俯向前去看個清楚。他下顎的肌肉鼓了起來。「嗯，我認得出她。車被發現的時候就是這樣？」

「我們打開了車門，就這樣而已。」路瑟羅說著把無線電塞進口袋。

「引擎沒發動，車門沒鎖？」

「對。我在電話上跟你說了，弗里茲巡邏的時候看到了這輛車。呃，當時差不多是下午三點，他注意到車窗上有法醫的證件。」他瞥了我一眼。「如果你走到前座乘客的那一側朝裡面看，會看見她右耳一帶有血。這人幹得很乾淨俐落。」

馬里諾退開看著凌亂的積雪。「看起來我們在足跡鑑識上是沒多大指望了。」

「一點也沒錯。雪融得像冰淇淋一樣，我們到的時候就這樣了。」

「有找到彈匣嗎？」

「沒。」

「通知家屬了嗎？」

「還沒，我想你們會想先來處理這個案子。」路瑟羅說。

「他媽的，一定要確定在通知家屬之前不能讓媒體知道她的身分和工作地點，老天爺。」馬里諾把注意力轉到我身上。「你打算在這裡做些什麼？」

「我不想碰車裡的任何東西。」我喃喃說著，邊打量環境邊拿出照相機。我很警醒，思路也很清晰，但雙手就是抖個不停。「讓我看一下，然後把她抬上擔架。」

「你們弄好了，可以讓醫生看了嗎？」馬里諾問。

「可以了。」

蘇珊穿著褪色的牛仔褲和磨損的繫帶皮靴，黑色的羊毛外套一直扣到下巴。我注意到她領口露出那條紅絲巾，心裡感到一陣揪痛。她戴著太陽眼鏡躺靠在駕駛座上，就像是在舒服地小睡。她頸後的淺灰色椅套染成了紅色。我走到車子的另一側，看見路瑟羅提到的血跡。我開始拍照的時候停了下來，靠近她的臉，聞到了一股顯然是男用古龍水的淡淡香味。我注意到她的安全帶是解開的。

我沒有碰她的頭，直到救援小組來到，將蘇珊的屍體放在擔架上抬進救護車。我爬進車裡，花了好幾分鐘的時間找子彈造成的傷口。我在右太陽穴找到一個，在脖子後面的凹陷處、緊接著髮線的地方又找到一個。我用戴了手套的手指耙梳她栗色的頭髮，沒有再找到其他的血跡。

馬里諾爬進救護車來。「她被射了幾槍？」他問我。

「我找到兩個傷口。沒有子彈射出來的彈孔，不過在她左太陽穴的骨頭和皮膚之間我摸到一顆子彈。」

他緊繃地瞥了一眼手錶。「道森家住得離這裡不遠，在葛蘭布尼。」

「道森家？」我剝下手套。

「她父母，我得立刻去通知他們。不能等到哪個混蛋把消息洩漏出去，讓他們在該死的收音機或者電視上聽到這個消息。我會叫制服警察開車送你回去。」

「不。」我說：「我跟你一起去。我想我應該去。」

我們開走的時候街燈正逐漸亮起。馬里諾拚命瞪著路看，臉漲成危險的通紅。

「該死！」他突然冒出一句，一拳捶在方向盤上，「該死的東西！竟然朝她的頭開槍，朝一個孕婦開槍。」

我直直望向窗外，破碎的思緒裡滿是零落扭曲的影像。

我清清喉嚨，「找到她丈夫沒？」

「他們家電話沒人接。也許他在她父母家。天，我真恨這個工作。老天爺，我真不想這麼做。他媽的聖誕快樂，我敲敲你家的門，你就完了，因爲我要告訴你一件會毀了你人生的事情。」

「你沒有毀掉任何人的人生。」

「是啊，嗯，準備好吧，因爲我馬上就要這麼做了。」

他轉上艾伯馬利街。大型垃圾桶已經推到街旁來，旁邊堆滿了鼓漲著聖誕垃圾的袋子。家家戶戶的窗子透出溫暖的光芒，其中有些還充滿了彩色的聖誕燈光。一個年輕的父親拉著一個在人行道上左右搖擺的雪橇，他年幼的兒子坐在上面，我們經過的時候他們微笑著跟我們揮手。葛蘭布尼這一帶住的是中產家庭，包括年輕的專業人士，有單身的，有已婚的，也有同性戀。在天氣暖和的時候，人們會坐在前廊上，偶爾在院子裡做飯。他們會開派對，在街上彼此打招呼。

道森家樸素的房子是都鐸式的，看來飽經風霜而舒適安全。屋前的長青樹修剪得很整齊，樓上樓下的窗子都亮著燈，人行道旁停著一輛舊箱形車。

來應門的女人隔著門傳出聲音來，「誰呀？」

「道森太太嗎？」

「什麼事？」

「我是里奇蒙警局的馬里諾警探，我必須跟你談談。」他大聲地說，並將警徽舉到門上的窺孔前。

門鎖咔噠一聲開了，我的脈搏也隨之加速。我在醫界各種崗位服務的經歷中，曾經碰過病人痛苦地尖叫著哀求我不要讓他們死；我曾經虛偽地向他們保證「你會沒事的」，然後看著他們緊握著我的手死去；我曾經對病人焦急絕望的近親好友說過「很抱歉」，看著他們待在那些待室悶窄小到連牧師也會深感迷失的房間，但我從來不曾在聖誕節當天把死訊送到別人家門口。

我只看得出道森太太和她女兒一個相像之處，就是她們下巴的堅硬曲線。道森太太身形非常單薄，一頭花白的短髮，體重絕對不超過一百磅，讓我想起受驚的鳥兒。馬里諾介紹我身分的時候，她眼中充滿了恐慌。

「發生了什麼事？」她好不容易說出一句話。

「恐怕我有非常不好的消息要通知你，道森太太。」馬里諾說：「是你的女兒蘇珊，她遇害了。」

另一個房間裡傳來小腳步聲，一個小女孩出現在我們右邊的走道上，她停下來瞪大了藍眼睛看著我們。

「海莉，爺爺呢？」道森太太的聲音顫抖著，臉色變得死灰。

「在樓上。」海莉是個男孩樣的小女孩，穿著看來是全新的皮質運動鞋和藍色牛仔褲。她的金髮閃閃發亮，戴著眼鏡矯正有點斜視的左眼。我猜她最多不超過八歲。

「去叫他到樓下來。」道森太太說：「你和查理待在樓上等我。」

小女孩在走道上遲疑著，把兩隻手指塞進嘴裡，她警戒地盯著馬里諾和我。

「海莉乖，快去。」

海莉突然充滿活力地跑開了。

我們和蘇珊的母親一起坐在廚房裡。她的背挺得直直的沒有哭，直到她丈夫幾分鐘後踏進廚房。

「哦，邁克。」她用虛弱的聲音說：「哦，邁克。」她開始啜泣。

他把她拉近用手臂環住她。聽到馬里諾的解釋，他的臉色變得蒼白，嘴巴緊緊閉著。

「是的，我知道草莓街在哪裡。」蘇珊的父親說：「我不知道她去那裡做什麼。就我所知，她平常很少去那一區，今天也不會有店開門。我不知道。」

「你知道她丈夫傑森·史多瑞在哪裡嗎？」馬里諾問。

「他在這裡。」

「這裡？」馬里諾環顧四周。

「在樓上睡覺。傑森身體不舒服。」

「孩子是誰的？」

「湯姆和瑪莉的。湯姆是我兒子，他們來和我們一起過節，今天下午很早就出門了。到潮水鎭去，看朋友。他們應該快回來了。」他伸手握住妻子的手。「米麗，這些人有很多問題要問，你最好去把傑森找來。」

「這樣吧，」馬里諾說：「我比較希望和他單獨談一下，可不可以請你帶我去找他？」

道森太太點點頭，臉埋在手掌中。

「我想你最好去看看查理和海莉。」她丈夫對她說：「看看能不能打電話找到你姊姊，也許她可以過來。」

他淡藍色的眼睛看著妻子和馬里諾離開廚房。蘇珊的父親很高，骨架纖細，有一頭濃密的深棕色頭髮，白髮很少。他的動作很簡潔，情緒內斂。蘇珊長得像他，或許性情也像他。

「她的車很舊了，也沒有什麼値錢的東西可偷，而且我知道她不會和毒品或什麼東西有牽扯。」他的眼睛搜索著我的臉。

「我們不知道這件事爲什麼會發生，牧師先生。」

「她懷有身孕。」他的話卡在喉頭，「怎麼會有人狠得下心？」

「我不知道，」我說：「怎麼會發生這種事？」

他咳嗽。「她沒有槍。」

一時之間我不知道他是什麼意思。然後我明白過來，向他保證，「沒有，警方沒有找到槍，沒有證據說她是自殺。」

「警方？你不是警察？」

「不是，我是首席法醫，凱．史卡佩塔。」

他木然地盯著我。

「你女兒在我手下做事。」

「哦，對了，很抱歉。」

「我不知道能怎麼安慰你。」我艱難地說：「我自己也還不能接受這個事實，但我希望你知道，我會盡一切力量查明真相。」

「蘇珊提過你，她一直想當醫生。」他轉開視線，眨眼忍住淚水。

「我昨晚見過她。時間很短，在她家。」我遲疑著，不想刺探他們生命中敏感的地方。「蘇珊看起來有心事，而且最近她在工作上的表現也很不像她。」

他吞嚥口水，手指緊緊抓住桌緣。他的指節都白了。

「我們需要祈禱。你願不願意和我一起祈禱，史卡佩塔醫生？」他伸出一隻手。「謝謝你。」

當他堅定地握住我的手，我不由自主地想起蘇珊很明顯地輕視她父親，並且不信任他所代表的事物。基本教義份子也會嚇到我。我焦慮地閉著眼和邁克．道森牧師握著手，聽他感謝那個我看不出哪裡慈悲的天主，並訴說著那些如今要實現已經太遲了的允諾。我睜開眼把手抽回，一時之間感到不安，害怕蘇珊的父親會感覺到我的懷疑，質疑我的信念，但我靈魂是否能得救，目前並非他最關注的事情。

樓上傳來很響的說話聲，模糊地在抗議著什麼，我聽不出來。一把椅子刮過地面。電話鈴響個不停，說話聲又傳來了，變成憤怒痛苦的原始叫喊。道森閉上眼睛，輕聲咕噥了一句滿奇怪的話。我聽到他說的好像是，「待在你的房間裡。」

「傑森一直都待在這裡。」他說，我可以看見他太陽穴的血管在猛跳。「我明白他可以自己交代行蹤，但我只是想先跟你說。」

「你提到他身體不太舒服。」

「他起床的時候覺得有感冒前兆。午飯後蘇珊替他量體溫，勸他上床休息。他怎麼也不可能會傷害……唔。」他又咳了起來。「我知道警方必須問這些問題，必須考慮家庭狀況，但這次的情形不是這樣的。」

「牧師先生，蘇珊今天是幾點離開家的，她說要去哪裡？」

「她是吃完飯在傑森睡了之後出門的，我想那時候大概是一點半、兩點左右。她說她要去朋友家。」

「哪個朋友？」

他瞪向我身後某處。「一個高中同學，叫黛安．李。」

「黛安住在哪裡？」

「北區，學校附近。」

「蘇珊的車是在草莓街那裡發現的，不是北區。」

「我想如果有人……她最後是有可能在任何地方出現的。」

「如果我們能知道她有沒有去黛安家，還有這次見面是誰的主意，會很有幫助。」我說。

他起身翻找廚房的抽屜，打開第三個的時候才找到電話簿。他用發抖的手翻頁，撥通號碼，清了好幾次喉嚨說要請黛安聽電話。

「是這樣，你說什麼？」他聽了一會兒。「不，不。」他的聲音顫抖著，「事情不太好。」

我靜靜坐著聽他向對方解釋，想像多年前他面對另一個女兒茱蒂死的時候是如何祈禱與講電話。他坐回桌邊，證實了我所害怕的事。蘇珊下午沒有去拜訪朋友，之前也不曾跟人家說好，她朋友甚至不在城裡。

「她在北卡羅萊納跟婆家一起過節。」蘇珊的父親說：「已經去了好幾天了。蘇珊爲什麼要說謊呢？沒有這個必要啊。我一向跟她說，無論如何都沒有必要說謊。」

「看來她似乎不想讓任何人知道她去哪裡見誰。我知道這樣講會讓人有不愉快的猜測，但我們必須面對這種可能性。」我溫和地說。

他低頭盯著手看。

「她跟傑森處得好嗎？」

「我不知道。」他努力要恢復冷靜自持的態度。「老天，又來了。」他再一次令人費解地耳語道：「回你房間去，拜託。」然後他抬起滿是血絲的眼睛看著我。「她有個雙胞胎妹妹茱蒂，在她們上高中的時候死了。」

「出車禍，蘇珊曾跟我說過，真令人難過。」

「她始終沒從那件事裡恢復過來。她怪上帝，也怪我。」

「她倒沒有給我這樣的印象。」我說：「如果說她怪任何人的話，那似乎是一個叫做朵琳的女孩。」

道森抽出一條手帕，安靜地擤擤鼻子。「誰？」他問。

「一個據稱是女巫的高中同學。」

他搖頭。

「據說她對茱蒂下了詛咒？」但再解釋下去也是白費唇舌，我看得出道森不知道我在說什麼。海莉走進廚房，我們都轉過頭去。她懷裡抱著一個棒球手套，眼神充滿恐懼。

「你手上拿的是什麼，親愛的？」我問她，試著擠出一個微笑。

她走到我旁邊。我可以聞到新的皮製品的味道。手套用一條繩子綁住，掌心夾著一個壘球，像是牡蠣殼裡的一顆珍珠。

「蘇珊姑姑給我的。」她小小聲說：「新的手套要先弄軟一點才能用。我得把它壓在床墊底下。蘇珊姑姑說得放一個星期。」

她祖父伸手把她抱到膝上緊擁著她，鼻子埋在她髮間，「甜心，你先回房間一下子，讓我辦些事情好不好？一下下就好了。」

她點頭，眼睛仍然盯著我不放。

「奶奶和查理在做什麼？」

「不知道。」她從他膝頭滑下來，遲疑地走開。

「你剛剛也說過那句話。」我對他說。

他一臉迷惑。

「你叫她回房間去。」我說：「剛才我聽你說過那句話，低聲說回你房間之類的。那是在跟誰說話？」

他垂下眼睛。「那個是『自我』。自我的感受很強烈，會哭，會控制不了情緒。有些時候最好叫『自我』回房裡去，就像我叫海莉回房一樣。回房去掌握住自己，這是我學到的一招。小時候學的，那時我必須學會；我哭的話我父親會有很不好的反應。」

「你可以哭的，牧師先生。」

他眼中充滿了淚水。我聽見馬里諾下樓的腳步聲。然後他走進廚房，這時道森痛苦地、悄聲地把那句話又說了一次。

馬里諾迷惑地看著他。「我想你兒子回來了。」

屋外黑暗的冬夜中響起關車門的聲音，笑聲從門廊傳來。蘇珊的父親悲不可遏地開始哭泣。

聖誕大餐就此報銷，我整個晚上都在屋裡走來走去講電話，露西則關著門待在我書房裡。蘇珊的命案讓辦公室陷入危機之中，我必須做種種安排。案情必須先封鎖，不能讓知道她的人看見照片。警方必須搜索她的辦公室和衣物櫃，必須偵訊我手下的工作人員。

「我沒辦法趕過去。」我的副主任費爾丁在電話上告訴我。

「我明白。」我說著感到喉頭一陣哽塞。「我並不期待、也不希望有誰過來。」

「那你呢？」

「我必須去。」

「老天爺，我眞不能相信發生了這種事，實在不能相信。」

我在諾福克的副主任萊特博士很好心地答應第二天一大早就開車到里奇蒙來。因爲是星期天，整棟大樓裡除了帶著Luma-Lite幫忙的范德之外沒有別人。就算情緒上可以承受得起，我也會拒絕爲蘇珊驗屍。要不然到時候辯方律師很可能質疑我身爲專家證人的客觀性和判斷力，只因爲我剛好是她上司；要是因爲這樣而破壞了這個案子，那我就是在幫蘇珊最大的倒忙了。所以我坐在停屍間的桌旁，等待萊特完成工作。在使用不鏽鋼器具和開水龍頭的聲音之間，他不時會把情況講給我聽，我則盯著空心磚砌成的牆壁看。我沒有碰任何文件，連替試管貼標籤都沒有，也不曾轉過頭去看一眼。

過程中我問他，「你有沒有在她身上或衣服上聞到什麼東西？古龍水之類的？」

他停下手邊的動作，我聽見他走了幾步。「有，尤其是她外套的領口和圍巾上。」

「你覺得聞起來像不像男用古龍水？」

「嗯，我想是。對，我覺得這應該是男用香水。也許她丈夫有用古龍水的習慣？」萊特已經接近退休年齡，頭髮日漸稀疏，挺著個大肚子，說話有西維吉尼亞的口音。他是優秀的刑事鑑識病理學家，完全知道我此刻在想什麼。

「好問題。」我說：「我會叫馬里諾去查。但她丈夫昨天生病，吃完午飯就上床了。這並不表示他就沒擦古龍水，也不表示她哥哥或者父親沒有擦古龍水，在抱她的時候沾到她身上。」

「看起來像是小口徑的，沒有出口傷。」

我閉上眼睛聽他說。

「她右太陽穴上的傷口是十六分之三吋，有半吋的硝煙——痕跡不完整。有少許斑點和一些火藥粉末，但大部分都消失在她頭髮裡了。顳肌裡有些火藥粉末，骨頭和硬膜裡都沒有什麼東西。」

「彈道？」我問。

「子彈射進右前葉的後面，穿到底神經節，撞上左顳骨，停在皮膚底下的肌肉裡。而且這是一顆普通的鉛彈，呃，鍍了銅，但沒有加彈殼。」

「也沒有碎裂？」我問。

「沒有，然後是頸背這裡的第二處傷口，黑色的，邊緣有灼傷和擦傷，還有槍口的痕跡。周邊有大約十六分之一吋的細小裂傷。枕骨裡有大量火藥粉末。」

「緊迫接觸？」

「對。我看來像是這人拿槍管用力抵住她的脖子。子彈從枕骨大孔和頸椎的連接處進入，破壞了頸髓接合處，一路直上腦橋。」

「角度呢？」我問。

「上揚滿多的。我想如果她被射這一槍的時候是坐在車裡的話，可能是趴倒向前的姿勢，或者是那人把她的頭往下按。」

「她被發現的時候不是那樣。」我說：「是向後靠在椅子上。」

「那我猜是那人把她放成那樣的。」萊特說：「在開槍之後，而且我想穿透腦橋的這一槍是後來才開的。她被射第二槍的時候可能已經動彈不得了，也許趴倒在方向盤上。」

我可以斷續應付一段時間，彷彿我們談的是一個我不認識的人，但接著我就會全身顫抖，眼淚幾乎奪眶而出。其間有兩次我必須走到外面，站在寒冷的停車場上。當他解剖到她子宮裡那個十週大的胎兒——是個女孩——我躲回我樓上的辦公室去。依照維吉尼亞州的法律，未出生的孩子不算是一個人，所以不能說她被殺害，因爲你是沒辦法殺「非人」。

「買一送一。」馬里諾稍後跟我通電話的時候恨恨地說。

「我知道。」我邊說邊從皮包裡翻出一瓶阿斯匹靈。

「在法庭上，陪審團根本就不會知道她懷了孕，因爲不准告訴他們。這人殺了一個孕婦可是卻沒差。」

「我知道。」我又說一次，「萊特快弄完了。外部檢驗沒發現什麼特別的東西。沒有什麼痕跡，沒有顯得突兀的東西。你那邊進行得怎麼樣了？」

「蘇珊絕對是碰上了什麼事情。」馬里諾說。

「和她丈夫之間有問題？」

「照他說，她是和你之間有問題。他說你做了一堆怪異的狗屎事，一天到晚打電話去騷擾她等等。還說她有時候下班回家之後像發瘋了一樣，彷彿有什麼東西把她嚇得魂不附體。」

「蘇珊和我之間沒有問題。」我用一口冷咖啡送下三片阿斯匹靈。

「我只是把那傢伙的話轉述給你聽而已。另外有件事——我想你會覺得這點很有意思——我們好像又碰上羽毛了。醫生，我不是說這樣這個案子就跟戴頓的案子有關聯，我也不見得這麼認爲。但去他的，也許這是一個戴羽絨手套或者穿羽絨夾克的神經病。我不知道，反正很不尋常就是了。其他我唯一碰過找到羽毛的案子是一個打破窗子闖空門的癟三，玻璃碎片割破了他的羽絨夾克。」

我的頭痛得好厲害，痛到想吐。

「我們在蘇珊車裡找到的很小——細細的一小片白絨毛。」他繼續說：「黏在乘客座位那一邊的車門上。在內側，靠近車底，離扶手下兩吋的地方。」

「可不可以把它送過來給我？」我問。

「行，你要做什麼？」

「打電話給班頓。」

「我已經打過好多次了，該死。我想他和他太太出城去了。」

「我需要問他小毛能不能幫我們的忙。」

「你說的是一個人還是衣物柔軟精？」

「聯邦調查局實驗室，研究毛髮和纖維的小毛。他最擅長羽毛分析。」

「而他眞的就叫小毛？」馬里諾難以置信。

「眞的。」我說。

8

聯邦調查局行爲科學組的電話響了很久很久。它在聯邦調查局位於匡提科學院的地下層，我可以想像出那些迷宮一般的黯淡走道，各辦公室裡混亂地堆滿了像班頓．衛斯禮等身經百戰探員的戰利品。據說他去滑雪了。

「事實上，現在這裡只有我一個人在。」接電話的那位探員有禮貌地說。

「我是凱．史卡佩塔醫生，有緊急事件需要聯絡他。」

班頓．衛斯禮幾乎是立刻回了我的電話。

「班頓，你在哪裡？」靜電干擾的雜音吵得不得了，我提高了聲音。

「在車上，」他說：「康妮和我到夏洛斯維爾去跟她家人一起過聖誕節。現在我們剛離開那裡，朝西邊往熱泉走。我聽說了蘇珊．史多瑞的事。天啊，眞是很遺憾，我本來打算今晚打電話給你的。」

「你的聲音越來越不清楚，我幾乎完全聽不見了。」

「等一下。」

我焦急地等了漫長的一分鐘，然後他回來了。

「好多了，剛剛我們在地勢比較低的地方。聽著，你需要我幫什麼忙？」

「我需要調查局的人幫忙分析一些羽毛。」

「沒問題，我會打電話給小毛。」

「我需要談談。」我說的時候非常猶豫，因為我知道這樣會讓他為難，「而且可能要越快越好。」

「等一下。」

這一次的停頓不是由於靜電干擾，他在和太太商量。

「你滑不滑雪？」他的聲音再度出現。

「要看你問的是誰。」

「康妮跟我正要到公地開墾國家保護區去待幾天，我們可以在那裡談。你走得開嗎？」

「我拚了命也會去，而且我會帶露西一起去。」

「這樣很好，我們談事情的時候，她跟康妮可以結伴四處跑跑。我們到旅館辦住宿登記的時候會順便幫你們安排房間。你能帶些東西來讓我看看嗎？」

「可以。」

「包括你手上任何關於羅蘋．納史密斯那件案子的資料，我們來把所有的要點都討論一番，不管是實際的還是想像的。」

「班頓，謝謝你。」我感激地說：「請你也幫我謝謝康妮。」

我決定立刻離開辦公室，並且不做太多解釋。

「去玩玩會對你有幫助的。」蘿絲邊說邊抄下我在公地開墾國家保護區的聯絡電話，她不明白我的目的並不是要去五星級度假勝地放鬆身心。我請她向馬里諾轉告我的去處，這樣一來，如果蘇珊的案子有任何新發展的話，他就可以馬上聯絡我。聽了我的話，她眼中一時泛出淚光。

「除此之外，請不要把我的行蹤透露給任何人。」我補充道。

「剛剛二十分鐘內有三個記者打過電話來。」她說：「其中一個是《華盛頓郵報》的記者。」

「此刻我不跟任何人討論蘇珊的案子。跟平常一樣，告訴他們說我們還在等化驗結果。就說我出城了，聯絡不上。」

朝西駛向山脈的路上，我腦海中充滿了揮之不去的影像。我看見蘇珊穿著寬鬆的手術袍，看見她母親和父親聽馬里諾說他們女兒死了時臉上的表情。

「你還好嗎？」露西問。我們出發以來，她每隔一分鐘就看看我。

「只是在想事情。」我邊回答邊把注意力集中在路上，「你會喜歡滑雪的，我有預感你會滑得很好。」

她一言不發地凝視擋風玻璃外。淡藍的天像褪色的牛仔褲，遠處聳立的群山上積雪處處。

「對不起，情況變成現在這樣子。」我又說：「好像你每次來看我，都會發生什麼事讓我不能專心陪你。」

「我不需要你專心陪我。」

「以後你就會了解了。」

「未來我的工作態度或許也會是這樣。事實上，我可能是跟你學的。以後我大概也會跟你一樣有成就。」

我的心沉重得像鉛塊一樣，還好我戴著太陽眼鏡，我不想讓露西看見我的眼睛。

「我知道你愛我，這是最重要的。我知道我媽不愛我。」我外甥女說。

「桃樂絲愛你，盡她所能地愛。」

「你說得一點也沒錯，盡她所能。不過她的所能很有限，因爲我不是男人。她只愛男人。」

「不，露西，你媽媽並不眞的只愛男人。她只是執迷不悟地要找一個能讓她生命完整的人，而那些男人就是這個過程所顯現出來的症狀。她不明白只有她才能讓自己的生命完整。」

「唯一『完整』的是她的紀錄，每次挑上的都是爛人。」

「我同意她的打擊率是不怎麼好。」

「我不會像她那樣過日子，我不要跟她一樣。」

「你跟她不一樣。」我說。

「我在宣傳手冊裡看到我們要去的地方有飛靶射擊。」

「那裡有各式各樣的東西。」

「你有沒有帶左輪槍來？」

「射飛靶是不用左輪的，露西。」

「從邁阿密來的人就會用。」

「你要是再不停止打呵欠，我就會被你傳染了。」

「你爲什麼不帶槍？」她還在追問。

那支魯格在我行李箱裡，但我不打算告訴她。「你幹嘛這麼擔心我有沒有帶槍？」我問。

「我想要成爲高手，想射的時候就可以射中時鐘的十二點。」她帶著睡意說。

她把夾克捲起來當枕頭用，令我感到心疼。她躺在我旁邊睡了，頭頂著我的大腿。她不知道此時此刻我有多強烈的衝動想把她送回邁阿密。但我看得出來，她能感覺得到我的恐懼。

公地開墾國家保護區位於阿利根尼山脈，範圍包括了一萬五千英畝的森林和溪流。旅館主要是暗紅色的磚造建築，走廊上排列著白色柱子。白色的小圓屋頂上四面都有時間一致的鐘，從很遠的地方就能看見。網球場和高爾夫球場覆蓋著厚厚的積雪。

「你運氣很好。」穿著灰色制服的親切男士走向我們的時候，我對露西說：「滑雪場的狀況一定很棒。」

班頓．衛斯禮兌現了他的承諾，我們到櫃檯的時候已經有預定好的房間在等著我們。他替我們訂了一間雙人房，穿過玻璃門走到陽台上可以俯視賭場，桌上還有他和康妮送的花。「到山坡上跟我們碰頭。」卡片上寫著，「我們替露西安排了一堂三點半的課。」

「我們得趕快了。」我們掀開行李箱，我對露西說：「四十分鐘後，你就要上你的第一堂滑雪課。試穿看看。」我扔一條紅色滑雪褲給她，接著夾克、襪子、手套、毛衣也一一飛過空中降落在她床上。「別忘了你的臀墊，其他的東西我們就得等會再弄了。」

「我沒有滑雪用的太陽眼鏡。」她邊說邊套上一件鮮藍色的高領毛衣。「我會雪盲的。」

「你可以用我的護目鏡，不過反正太陽也快下山了。」

等到我們搭上專車去到山坡、替露西租好裝備、在滑雪運送機那裡把她交給老師的時候，已經三點二十九分了。滑雪者像色彩鮮豔的小點向山下移動，直到接近的時候才看得清人形。我穿著滑雪靴身體向前傾，滑雪板穩穩地抵住坡度，手遮在眼睛上掃視升降機和各個坡道。太陽落到樹梢，積雪反射出耀眼的光芒，但陰影已經逐漸拉長，氣溫也在迅速下降。

我看見了他們夫婦，完全是因為那一男一女並肩滑雪的姿態太優美了，雪杖像羽毛般輕盈揚起，如鳥兒高飛轉身的時候幾乎沒有濺起多少雪片。我認出班頓的銀色頭髮，向他舉起手。他回頭對康妮喊了一句什麼，便加速像刀鋒般直線快速滑下山坡，滑雪板緊緊併攏，看起來中間連張紙都插不進去。

他在雪花飛濺中停了下來，把護目鏡往後推，這時我突然想到就算我不認識他，也會一直盯著他看。黑色的滑雪褲緊緊貼在結實的肌肉上，以前我從來不知道他藏在樣式保守的西裝褲底下的雙腿是這樣的。他外套的顏色讓我想起基韋斯特島上的夕陽。寒風中他的臉色煥發，眼神明亮，使他銳利的五官看起來沒那麼令人生畏，而是更有吸引力。康妮放慢速度在他身旁停下來。

「你來了真好。」衛斯禮說。我每次看到他或聽到他的聲音都會讓我想到馬克。他們是同事，也是最好的朋友，如果說他們是兄弟大家也會相信。

「露西呢？」康妮問。

「我們說話的這時候，她正在征服滑雪運送機呢。」我伸手指道。

「我希望你不介意我替她安排滑雪課。」

「介意？你們這麼細心，我感激都還來不及呢。她玩得可開心了。」

「我想我就站在這裡看她一下好了。」康妮說：「然後我要去喝點熱的，我想她也會想喝。班，你好像還沒滑夠的樣子。」

衛斯禮對我說：「你要不要去滑個幾趟？」

我們排隊前進的時候說了些無關痛癢的事情，然後沉默地等著升降機轉過來讓我們坐上去。衛斯禮放下橫桿，升降機順著纜繩緩緩把我們送上山頂。空氣冷得令人發麻但清新無比，四周都是滑雪板滑過以及鈍鈍地拍擊厚硬積雪的安靜聲響。造雪機噴出的雪像煙一樣飄過山坡間的樹林。

「我跟小毛通過電話了。」他說：「他可以和你在總部碰面，看你多快能趕過去。」

「這是好消息。」我說：「班頓，你聽說了多少？」

「馬里諾跟我通了幾次電話。看起來你們現在有好幾個案子在進行，沒有什麼共同證據把它們連在一起，而是時間上有奇特的巧合。」

「我想我們碰上的不只是巧合而已。你知道朗尼．華德爾的指紋出現在珍妮佛．戴頓的屋子裡吧。」

「知道。」他盯著好幾棵長青樹，陽光從樹後映照。「我跟馬里諾說了，我希望關於華德爾的指紋怎麼會出現在那裡能有合乎邏輯的解釋。」

「合乎邏輯的解釋很可能就是他在某個時候去過她家。」

「那麼我們就是在應付一個怪異得根本無法描述的狀況了，凱。一個死刑犯又回到街上去殺人，而且這樣一來，我們也必須認定十二月十三日有另外一個人代替他上電椅。我想這種事不會有太多人自願吧。」

「可不是嗎。」我說。

「你對華德爾的前科知道多少？」

「很少。」

「我好幾年前訪談過他，在梅克倫堡。」

我感興趣地瞥了他一眼。

「首先我要說，他當時並不太合作，因爲他不肯討論羅蘋．納史密斯的凶殺案。他宣稱就算人是他殺的，他也不記得了。不過這倒也沒有多不尋常，絕大部分我訪談過的暴力罪犯要不是宣稱記性不好，就是否認曾經犯下那些案子。你來之前我已經找人幫我把華德爾的評估調查書傳眞了一份過來，我們晚飯後可以一起看。」

「班頓，我眞的很高興我來了。」

他直直盯著前方，我們的肩膀微微挨著對方。我們在沉默中前進了一會兒，升降機下方的坡度變陡了。然後他說：「你好嗎，凱？」

「比較好了。有些時候還是……」

「我知道，那些時候總是會有的。但會越來越少，希望如此，也許可以有連著好幾天都沒感覺。」

「是的。」我說：「有些日子我已經沒有感覺。」

「關於下手的那個團體，我們找到了很有力的線索。我們應該已經知道炸彈是誰放的了。」

我們翹起滑雪板的前端，俯身向前，讓升降機把我們緩緩送出來，就像雛鳥被輕推出巢。這一路坐上來，我的腿又僵又冷，陰影中的滑道上似乎結了危險的冰。衛斯禮的白色滑雪板消失在雪中，同時也像是燃起了光芒。他飛舞似地滑下山坡，掀起一陣陣如鑽石般耀眼的冰雪，他不時暫停下來往回看，我微微揚起一根雪杖示意他繼續向前，自己則是有氣無力地順著同一條坡道左轉右繞，飛越雪坡。滑到坡度一半的時候我的身體已經變得靈活溫暖，思緒自由飛揚。

天色漸暗時我回到房裡，發現馬里諾留言說他會在總部待到五點半，要我盡快回電。

「怎麼了？」他接電話時我說。

「沒有能讓你比較好睡的事。首先，傑森．史多瑞到處去對任何願意停下來聽他講的人說你的壞話——包括記者。」

「他的憤怒總得發洩。」我說，情緒又低落下來。

「唔，他做的事很不好，但還不是我們最糟的問題。我們找不到華德爾的那十張指紋卡。」

「哪裡都找不到？」

「答對了。我們查過他在里奇蒙警局、州警，還有聯邦調查局的檔案，也就是每一個應該有那些指紋的司法單位都查過了，就是找不到。然後我聯絡監獄的唐納修，看看能不能追到華德爾的個人物品，像書、信件、梳子、牙刷——任何可能帶有指紋的東西。結果你猜怎麼著？唐納修說華德爾的母親只把他的手錶和戒指要了回去，其他的東西獄方通通都毀掉了。」

我沉重地坐在床緣。

「我把最精彩的留到最後講，醫生。槍械組挖到了意外的寶礦，你聽了不會相信的。從艾迪．希斯和蘇珊．史多瑞身上發現的子彈是從同一把槍發射的，一支點二二。」

「我的天。」我說。

樓下的俱樂部裡有樂團在演奏爵士樂，但觀眾不多，音樂聲也不至於大到讓人無法交談。康妮帶露西去看電影了，留下衛斯禮和我坐在舞池無人的一角。我們兩個都啜著干邑白蘭地。他看起來身體不像我這麼疲倦，但臉上已再度出現了緊繃的神色。

他伸手到後面沒有人坐的一桌把一根蠟燭拿過來，放在之前他取用的另外兩根旁邊。燭火搖曳，但光線已經夠亮了，何況別的客人雖然沒有一直瞪著我們，也還是有些人瞥了我們好幾眼。我想在這裡談公事的確有些奇怪，但大廳和餐廳都不夠隱密，謹慎的衛斯禮更是不會建議我們在他或我房間碰面。

「看起來似乎有好些疑點相互衝突。」他說：「但人類的行爲不是一成不變的。華德爾坐了十年的牢。我們不知道他可能變了多少。艾迪．希斯遇害的案子我會歸類成性犯罪，至於蘇珊．史多瑞的死乍看之下則像是處決，殺人滅口。」

「表面看來凶手似乎是不同的兩個人。」我邊說邊撫弄著酒杯。

他傾身向前隨意翻動羅蘋．納史密斯一案的檔案。「有趣的是，」他說的時候沒有抬起頭，「我們一天到晚在談作案手法，說罪犯有他獨特的『簽名』。他總是會挑上這一類的受害者，選那一類的地點，或者偏愛用刀之類的。但事實上事情並不總是這樣，犯罪的情緒因素也不見得總是很明顯。我說蘇珊．史多瑞的死乍看之下沒有性的動機，但我越想越相信其中的確有性的成分存在。我想這個凶手有切割狂的偏好。」

「羅蘋．納史密斯被刀戳了好多下。」我說。

「是的，她的遭遇可以說是教科書上的典型案例。沒有證據顯示有強暴行爲——當然這並不表示強暴沒有發生。但是沒有精液，刀子一再地戳進她腹部、臀部和胸部，等於是代替了陽具的穿刺，明顯的切割狂。咬的動作就比較不明顯，跟性行爲中牽涉到嘴巴的部分完全沒關聯，但我仍然認爲那是代替了陽具穿刺。牙齒咬進血肉，食人癖，就像內布拉斯加的約翰．朱伯特殺死那些送報童一樣。然後是子彈。一般是不會把子彈和切割狂連在一起的，除非仔細想一想。然後某些案例中的行動就變得很清楚了。『山姆之子』就搞這一套。」

「珍妮佛．戴頓的死沒有切割狂的證據。」

「的確。這就回到我剛才說的，不見得總是有很清楚的模式。自然，我們手上的這些案子就是沒有清楚的模式，但在艾迪．希斯、珍妮佛．戴頓和蘇珊．史多瑞的凶案中有一個相同點。我會說這些罪行都是有組織的。」

「珍妮佛．戴頓的案子就不怎麼有組織。」我指出，「看起來凶手似乎想把她的死僞裝成自殺，但是沒有成功。或者他也許根本就沒打算殺死她，只是勒住她的時候用力過猛。」

「她在被人放進車裡之前就死了，原先的計畫可能不是這樣。」衛斯禮同意道：「但事實上，這案子看起來的確是有計畫的。而且接到汽車排氣管上的澆花水管是用某個銳利的工具切割的，這個工具卻始終沒找到。要不是凶手自己帶了工具或武器到現場去，就是他在她家找到某個東西，用完之後就把它扔了。這就是有組織的行爲。但在我們講得太遠之前，我要提醒你在珍妮佛．戴頓的案子裡沒有點二二的子彈，或者其他任何可以跟小男孩希斯或者蘇珊的死扯上關係的證據。」

「我想是有的，班頓。在珍妮佛．戴頓家飯廳的椅子上發現了朗尼．華德爾的指紋。」

「我們不知道殺另外兩個人的是不是朗尼．華德爾。」

「艾迪．希斯的屍體擺放的形狀讓人想起羅蘋．納史密斯。這男孩是在朗尼．華德爾行刑的那天晚上遭到攻擊。你不認爲這之間有某種怪異的關聯嗎？」

「這樣說吧。」他說：「我不去想它。」

「我們都不想。班頓，你的直覺是什麼？」

他比手勢要女侍再各給我們一杯干邑，燭光照亮了他左顴骨和下巴的俐落線條。

「我的直覺？好吧。我對這一切有種非常不好的直覺。」他說：「我相信朗尼·華德爾是這些事情的最大公分母，但我不知道這意味著什麼。在最近犯罪事件的現場找到一枚隱藏的指紋經辨識後確認是他的，但我們卻找不到他的指紋卡或任何可以讓人證實指認的東西。他在停屍間也沒有採印指紋，而那個似乎忘記採他指紋的人則被殺了，用的是殺艾迪·希斯的同一把槍。華德爾的律師尼可拉斯·古魯曼顯然認識珍妮佛·戴頓，事實上，看來她被殺的幾天前還曾發過一份傳眞給他。最後，是的，艾迪·希斯和羅蘋·納史密斯兩人的死之間的確有某種微妙而異常的相似之處。老實說，我忍不住要想，艾迪·希斯遭到的攻擊也許是爲了某種因素而做出的象徵性行爲。」

他等我們的酒送來放好之後，才打開附在羅蘋·納史密斯檔案上的一個牛皮紙封套。這個小動作觸發我想起了一件之前沒想到的事。

「我是從檔案處把她的照片調出來的。」我說。

衛斯禮戴上眼鏡，瞥了我一眼。

「像這麼久的案子，書面紀錄都拍成微縮膠片了，你手上拿的是微縮膠片列印出來的結果。原始的檔案已經銷毀了，但原來的照片則還保留著，存在檔案處。」

「檔案處是什麼？在你們大樓裡的一個房間嗎？」

「不是的，班頓。是州立圖書館附近的一間倉庫——刑事鑑識科學局也把舊案子的證據存放在那裡。」

「范德還沒找到華德爾留在羅蘋．納史密斯屋裡的那個大拇指血印？」

「沒有。」我說著迎視衛斯禮的眼神，我們都知道范德永遠也不會找到了。

「老天爺。」他說：「是誰幫你把羅蘋．納史密斯的照片拿出來的？」

「我的行政人員，」我答道：「班．史蒂文司。他在華德爾行刑前大約一個星期到檔案處去了一趟。」

「為什麼？」

「在上訴過程的最後階段會問很多問題，我習慣把牽涉到的檔案放在手邊以供隨時取用，所以去檔案處是例行的步驟。我們談到的這次有點不一樣的是，我沒叫史蒂文司去檔案處拿照片，他自願要去。」

「這一點不尋常嗎？」

「回想起來，我必須承認那是不太尋常。」

「意思是，」衛斯禮說：「你的行政人員之所以自願跑一趟，可能是因為他對華德爾檔案裡的東西深感興趣——或者，說得更明確一點，他是對檔案裡應該有的那張大拇指血印的照片感興趣。」

「我能確定的是，如果史蒂文司想亂弄檔案處裡的某份檔案，他是辦不到的，除非他有正當理由可以去檔案處。比方說，如果讓我知道他在沒有其他法醫要求之下卻跑到那裡去了，這舉動看來就會不太對勁。」

接著我告訴衛斯禮我辦公室裡電腦安全系統遭到侵入的事，並解釋狀況是發生在我和史蒂文司的兩台終端機之間。我邊說衛斯禮邊做筆記。等我說完之後，他抬頭看著我。

「聽起來他們不像是找到了他們要的東西。」他說。

「我也是懷疑他們並沒有。」

「於是問題就很明顯了，他們在找什麼？」

我緩緩轉動酒杯，燭光中干邑白蘭地看起來像液體的琥珀，每啜一口都感到它熨暖宜人地滑進胃裡。

「也許是跟艾迪·希斯的死有關的東西。當時我在找有沒有其他案子裡的受害人身上也有咬痕或者食人癖類型的傷口，目錄裡存了一個相關的檔案。除此之外，我想不出任何人會想在裡面找什麼。」

「你有沒有習慣把跨部門的備忘錄存在你的目錄底下？」

「在文書處理的子目錄裡。」

「存取那些文件的密碼也一樣？」

「是的。」

「在文書處理裡面，你存的是驗屍報告和其他關於案件的文件？」

「對。但我的目錄被入侵的當時，檔案裡並沒有什麼我覺得算是敏感的東西。」

「但入侵的人不見得知道這一點。」

「顯然如此。」我說。

「那朗尼．華德爾的驗屍報告呢，凱？你的目錄被入侵的時候，他的報告在不在電腦裡？」

「應該在。他是十二月十三號處決的，那天是星期一。入侵是發生在星期四下午將近傍晚的時候，那天是十二月十六號，我正在解剖艾迪．希斯。蘇珊打翻福馬林之後則在樓上我辦公室裡，照理說是躺在沙發上休息。」

「眞叫人想不通。」他皺眉，「假設入侵你目錄的人是蘇珊，她怎麼會對華德爾的驗屍報告有興趣呢——如果祇是爲了這件事的話？替他驗屍的時候她也在場啊。你的報告裡會有什麼不是她已經知道的東西？」

「我想不出來。」

「嗯，讓我換個方式問。關於那天晚上他的屍體送來驗屍時，有什麼是她在場卻無法得知的？或者我該說是某具屍體被送進驗屍間的那天晚上，因爲我們已經不確定那個人是華德爾了。」他悶悶不樂地補充道。

「她沒有閱讀化驗報告的權限。」我說：「但目錄被闖進去的時候，實驗室那邊的工作還沒有完成，比方說毒品和愛滋病的篩檢就要花上好幾個星期。」

「這點蘇珊也知道。」

「當然。」

「你的行政人員也是。」

「絕對的。」

「一定有什麼其他的東西。」他說。

是有，但它出現在我腦海中的時候我想像不出那會有什麼意義。「華德爾——或者不管那個囚犯是誰——牛仔褲的後口袋有一個信封，他要求跟他一起埋葬。費爾丁要等到解剖結束，拿著文件資料上樓去的時候才會打開那個信封。」

「所以蘇珊那天晚上在停屍間無法知道信封裡裝著什麼？」衛斯禮頗感興趣地問。

「對，她無法知道。」

「那這個信封裡有沒有裝什麼重要的東西？」

「裡面除了幾張餐廳和公路收費站的收據之外，什麼也沒有。」

衛斯禮皺起眉頭。「收據？」他覆述道：「他拿那些收據到底要幹嘛？你這裡有那些收據嗎？」

「在他的檔案裡。」我拿出影印本。「日期都是同一天，十一月三十日。」

「也就差不多是他從梅克倫堡被轉到里奇蒙的時候。」

「對，他是在處決前十五天移監的。」我說。

「我們需要查查這些收據上的條碼，看它們來自什麼地方。這可能很重要，非常重要，從我們目前的想法來看。」

「就是說華德爾還活著？」

「是的。就是說他不知怎麼地被人掉了包、放走了。也許那個坐上電椅的人死前把這些收據放進口袋，就因爲他想告訴我們些什麼。」

「他這些收據會是哪裡來的呢？」

「也許是在從梅克倫堡移監到里奇蒙的路上，那時候要搞鬼太適合了。」衛斯禮答道，「也許他們送了兩個人出來，華德爾和另外一個人。」

「你是說他們半路停下來吃東西？」

「死刑犯移監的時候，警衛不管怎麼樣都不應該半路停下來的。但如果這背後牽扯到某種陰謀，那什麼事都可能發生。也許他們停下來買外帶的食物，華德爾就是在這個空檔被放走的。然後另外那個囚犯就被帶到里奇蒙去，關在華德爾的牢房裡。想想看，春街監獄那些警衛或任何人怎麼可能知道送來的人不是華德爾？」

「他可能說過他不是，但這不表示那些人會聽他的話。」

「我想他們是不會聽的。」

「那華德爾的母親呢？」我問。「據說她在處決之前幾小時去看過他。她當然會知道看到的那個犯人是不是她兒子。」

「我們需要查明她是否眞的去看過他。但不管她有沒有去，合作完成任何計謀對華德爾太太來說只有好處。我不認爲她會希望兒子死掉。」

「那麼你是相信他們處決錯人了。」我遲疑地說，因為目前我最不希望證實的就是這個理論。

他的回答是打開裝著羅蘋．納史密斯照片的封套，把那厚厚一疊我不管看了多少次都還是會受到震驚的彩色照片倒出來。他慢慢地看過一張又一張呈現她慘死情況的照片。

然後他說：「考慮這三件最近發生的殺人案，華德爾不太符合這個類型。」

「你是什麼意思，班頓？是說他坐牢十年之後人格改變了嗎？」

「我只能說我聽過有組織的凶手慢慢會失手、失控然後開始犯錯。比方說邦迪，到最後他根本抓狂了。但一般來說不會看到沒有組織的人朝反方向發展，從精神異常變成有條理、有理性——變得有組織。」

當衛斯禮說到如邦迪和山姆之子這類凶手的時候，他的口氣是理論的、客觀的，彷彿他的分析和理論都是透過二手資料而形成的。他不自吹自擂，不會列出一大堆名字，不會顯出他跟這些人有過直接接觸的樣子。因此，他的態度是有意誤導別人的。

事實上，他曾經長時間跟西奧多．邦迪、大衛．伯寇維茲、舍韓．舍韓、理查．史沛克、查爾斯．曼森等人相處，還有其他一些不這麼有名但也吸去了世上光明的黑洞人物。我記得馬里諾有次告訴我說，衛斯禮每次從那些最高警戒的監獄訪談回來，都會顯得蒼白、疲倦之至。吸收那些人釋放出來的毒素，忍受他們不可避免對他產生的依賴感，使他生理上幾乎真的生起病來。近代史上某些罪大惡極的虐待狂會定時寫信、寄聖誕卡給他，還向他家人問好。難怪衛斯禮看起來像是背負著重擔又經常保持沉默。爲了換取資料，他做了一件我們沒人願意做的事，他讓那些怪物和他有所連結。

「華德爾被判定精神異常嗎？」我問。

「他被判定在謀害羅蘋．納史密斯的時候是心智健全的。」衛斯禮抽出一張照片，在桌面上朝我推過來。「但老實說，我不認爲如此。」

是那張我印象最鮮明的照片，我細看著它，不敢想像一個不知情的人赫然走進這樣的命案現場時的狀況。

羅蘋．納史密斯的客廳沒有太多家具，只有幾張放著深綠色椅墊的桶狀靠背椅和一張巧克力色的皮質長沙發。拼花地板上鋪著一張小的巴卡拉地毯，牆是寬木板組成，還貼了貼皮以便看起來像櫻桃木或桃花心木。靠牆而放的電視正對著前門，讓人一進門就能一目瞭然地看見朗尼．喬．華德爾的可怖作品。

羅蘋的朋友打開鎖，邊叫著她名字邊推開門的那一剎那，看見的是一具赤裸的屍體背靠著電視坐在地上，乾涸在皮膚上的血跡多到讓人一直要到驗屍的時候才辨識得出傷口的類型。照片中，羅蘋臀部底下凝結的血池看起來像色澤偏紅的瀝青，旁邊扔著好幾條沾滿血跡的毛巾。凶器始終沒有找到，不過警方在搜查之後發現廚房裡掛著的刀組中似乎少了一支德國製的不鏽鋼牛排刀，而該種刀鋒的特點和她的傷口相符。

衛斯禮打開艾迪．希斯的檔案夾，抽出一張現場示意圖，是由亨利哥郡那名在空雜貨店後發現重傷男孩的警官畫的。衛斯禮把圖放在羅蘋．納史密斯的照片旁。我們兩人的眼神在此二者之間來回巡視了好一會兒，一句話也沒說。其間的相似之處比我想像得還要明顯，從他們垂在兩旁的手到堆疊在他們赤腳旁的衣服，陳屍的方式簡直一模一樣。

「我得承認，這眞是怪透了。」衛斯禮說：「艾迪．希斯案子的現場看起來簡直就像是這個的倒影。」他碰碰羅蘋．納史密斯的照片。「屍體被擺成布偶的樣子，靠在箱子類的東西上。一台大電視，一輛棕色的垃圾車。」他像發牌一樣把更多照片攤在桌上，從中又抽出一張。這張是羅蘋的屍體在停屍間的特寫，左乳房和左大腿內側都有一圈圈明顯的人齒咬痕。

「又是一個驚人的相似之處。」他說：「這裡和這裡的咬痕跟艾迪．希斯肩膀和大腿上缺了皮肉的部分很接近。換句話說──」他摘下眼鏡看著我──「艾迪．希斯可能也被咬過，凶手把他的皮肉切下來以湮滅證據。」

「那麼凶手至少對刑事鑑識證據多少有些熟悉。」我說。

「幾乎所有坐過牢的重刑犯都熟悉刑事鑑識證據。就算華德爾殺害羅蘋．納史密斯的時候不知道咬痕可以用來辨識身分，他現在也一定知道了。」

「你這樣說得又好像他就是凶手了。」我指出，「剛剛你才說他跟這個類型不符合。」

「十年前，他不符合。我能確定的就這麼多。」

「你手上有他的評估調查書，可以拿出來談談嗎？」

「當然可以。」

調查書是一份四十頁的聯邦調查局問卷，在獄中跟暴力罪犯面談的時候塡寫。

「你先自己看一看。」衛斯禮把華德爾的調查書推到我面前，「我想在尙未進一步補充資料的情況下聽聽你的想法。」

衛斯禮對朗尼．喬．華德爾的面談是六年前在梅克倫堡郡的死囚室進行。調查書一開始是意料之中的描述性資料。華德爾的舉止、心理狀況、習性，以及說話方式都顯現出他情緒是激動而且困惑的。然後衛斯禮給他機會問問題，華德爾只問了一個，「我們經過窗戶的時候我看見白色的小碎片。是在下雪，還是焚化爐飄出來的灰？」

我注意到，調查書上的日期是八月。

關於當初可能怎麼樣預防凶案發生這一點，什麼也沒有問出來。如果是在人口稠密的地區，華德爾會殺死被害者嗎？如果有目擊者在場，他會殺死她嗎？有沒有什麼東西可能阻止他殺死她？他認爲死刑有沒有嚇阻作用？華德爾說他不記得殺死「電視上的那個小姐」。他不知道當初有什麼可能可以阻止他，因爲他根本不記得犯案的過程。他唯一記得的是感覺「黏黏的」，就像做春夢醒過來一樣。但朗尼．華德爾所感到黏黏的東西並不是精液，而是羅蘋．納史密斯的血。

「這裡所列出他的問題聽起來都滿平常的。」我邊想邊說：「頭痛，極度害羞，明顯的白日夢，還有十九歲離家。這裡看不出有什麼一般可能認爲是警訊的東西。沒有虐待動物、放火、攻擊別人之類的。」

「看下去。」衛斯禮說。

我繼續瀏覽了好幾頁。「毒品和酒精。」我說。

「要是他沒被關起來，就會死於毒品或者在街上被人射殺。」衛斯禮說：「有意思的是，他的癮頭是成年之後才開始的。我記得華德爾告訴我說，他二十歲遠離家鄉之前從來沒有喝過酒。」

「他是在農場上長大的？」

「在蘇福克一個相當大的農場，種花生、玉米、大豆。他全家人都住在那裡，替農場主人工作。他們家裡有四個孩子，朗尼．喬是老么。母親是非常虔誠的教徒，每個星期天都帶小孩上教堂，不許喝酒、說粗話、抽菸。他的成長背景很受呵護，從來沒有眞正離開過那個農場，直到他父親死後朗尼才決定要走。他搭巴士來到里奇蒙，因爲力氣很大不愁找不到工作，做一些用手提鑿岩機鑿開柏油路、抬很重的貨物之類的差事。我的理論是，當他終於面對誘惑的時候完全無法抗拒。一開始是啤酒和葡萄酒，然後是大麻。不到一年他已經沾上了古柯鹼和海洛因，既買也賣，而且什麼都偷。」

「我問他做過多少沒被逮到的案子，他說數不清了。他承認一直在竊盜，打破人家車子偷東西──換句話說是跟財物有關的各種罪案。然後他闖進羅蘋．納史密斯的家，而她不幸在那時候回來了。」

「裡面沒有形容他很暴力，班頓。」我指出。

「是的，他一直都不符合所謂典型暴力罪犯的類型。辯方宣稱他是因爲酒精和毒品的影響而暫時精神失常。老實說，我覺得事情應該就是這樣。他殺害羅蘋．納史密斯之前不久，開始嗑起天使塵。華德爾碰上納史密斯的時候有可能已經完全神智不清了，所以後來才不記得對她做了什麼事。」

「你記不記得他有沒有偷什麼東西？」我問：「我在想，不知道有沒有清楚的證據顯示他闖進屋裡的意圖是偷竊。」

「那地方被翻得亂七八糟。我們知道有首飾不見了，櫃子裡的藥品都被一掃而光，她的皮夾也是空的。除此之外很難知道還有什麼被偷，因爲她是一個人住。」

「沒有比較重要的交往對象？」

「這點非常有趣，」衛斯禮看向別處，盯著一對隨著薩克斯風沙啞樂聲懶懶跳著舞的老人。「床單和床罩上有找到精液的痕跡。除非羅蘋很久才換一次床單，否則那痕跡一定是新弄上去的，而且我們知道那不是華德爾的精液，血型不符。」

「認識她的人當中都沒有人提到過她有情人？」

「一個也沒有。顯然當時警方很想找出這個人是誰，但他始終沒跟警方聯絡，因此他們猜測她可能是外遇對象，也許是某個已婚的同事或知名人士。」

「可能吧。」我說：「但那個人不是凶手。」

「不是，殺她的是朗尼．喬．華德爾。我們來看一看。」

我打開華德爾的檔案，給衛斯禮看十二月十三號晚上被處決、由我驗屍的那個犯人的照片。

「你能不能看得出這是不是你六年前面談過的那個人？」

衛斯禮面無表情地研究一張一張的照片。他看著臉部和後腦的特寫，也瞥了瞥上半身和雙手的照片。他從華德爾的評量調查書上取下一張檔案照片開始比對，我則在一旁觀看。

「看起來有相像的地方。」我說。

「我們差不多也只能這麼說了。」衛斯禮答道：「這張檔案照片是十年前的。華德爾當時有留鬍子，肌肉非常發達，但是身材結實，臉也瘦瘦的。這個人」——他指著其中一張停屍間的照片——「毛髮都剃掉了，而且重了很多。他的臉圓多了。從這些照片來看，我沒辦法說這是同一個人。」

我也不能。事實上，我想到我的一些舊照片，別人看到了一定根本認不出來是我。

「關於我們要如何解決這個問題，你有沒有什麼建議？」我問衛斯禮。

「我可以提幾件事。」他說著把照片收成一疊，在桌面上攏齊。「你那位老友尼可．古魯曼在這整件事裡一定參了一腳，我一直在想該怎麼對付他，才不會對我們不利。如果馬里諾或者我去跟他談，他馬上就會知道有什麼不對勁了。」

我知道他接下來要說什麼，於是試著打岔，但衛斯禮不讓我講下去。「馬里諾提過古魯曼給你找麻煩，說他會打電話給你，把你弄得團團轉。當然，還有過去的事，你在喬治城讀書的那幾年。也許你該和他談一談。」

「我不想跟他談，班頓。」

「他可能會有華德爾的照片、信件，或者其他文件，某些有華德爾指紋的東西。或許他在跟你交談的過程中會說出什麼有線索的話。重點是，如果你願意的話，你的例行活動可以和他扯得上關聯，我們其他人則沒辦法。而且你反正要去華盛頓特區見小毛。」

「不要。」我說。

「只是個想法。」他把眼光從我身上轉開，比手勢叫女侍拿帳單來。「露西要在你那裡住多久？」他問。

「她要到一月七日才開學。」

「我記得她滿懂電腦的。」

「不只是滿懂而已。」

衛斯禮微微一笑。「馬里諾告訴我了。他說她認爲自己可以在自動指紋辨識系統的事情上幫忙。」

「我知道她很想試試看。」我突然再度想要保護她，卻又很矛盾。我想把她送回邁阿密，可是又不想。

「不知道你還記不記得，米雪在刑法部做事，而幫州警運作自動指紋辨識系統的就是刑法部。」衛斯禮說。

「我想你現在應該有點擔心這件事了吧。」我喝乾杯中的白蘭地。

「我這輩子沒有一天不擔心的。」他說。

次日早晨飄著小雪，我和露西穿上鮮明得從瑞士都可以看見的滑雪裝。

「我看起來像個路障圓椎筒一樣。」她邊說邊瞪著鏡子裡黯橘色的影像。

「沒錯，要是你在滑雪道上迷路了，要找你就不會太難。」我用迷你吧的氣泡礦泉水送下維他命和兩片阿斯匹靈。

我外甥女瞄瞄我身上幾乎跟她一樣霹靂的衣服，搖搖頭。「就你這麼保守的品味而言，你運動時的這套打扮還眞像霓虹孔雀裝。」

「我盡量不要一副泥巴堆裡的樹枝樣。你餓不餓？」

「餓死了。」

「班頓和我們約了八點半在餐廳見。如果你不想等的話，我們現在就可以下去。」

「我準備好了。康妮要跟我們一起吃嗎？」

「她會在山坡上和我們碰頭，班頓想先談公事。」

「我想她一定很討厭被撇在一旁。」露西說：「不管什麼時候他要跟別人談事情，她好像都被排拒在外。」

我鎖上房門，我們走過安靜的走廊。

「我覺得康妮可能也不想參與其中。」我低聲說：「知道她丈夫工作的每個細節，對她來說只會是負擔。」

「所以他就跟你談。」

「談案子，是的。」

「談工作，而且工作對你們兩個人來說都是最重要的事。」

「工作的確占據了我們生活最大的一部分。」

「你和衛斯禮先生是不是要外遇了？」

「我們是要吃早餐了。」我微笑。

飯店的自助早餐內容典型地豐盛之至。鋪著桌布的長桌上擺滿了維吉尼亞州燻製的培根和火腿，各種想像得到做法的蛋、糕餅、麵包，還有烤薄餅。露西對這些誘惑無動於衷，逕直朝早餐穀類和新鮮水果走去。有她這麼一個榜樣，再加上我才剛對馬里諾說要他注意健康，讓我慚愧地決定表現好一點，於是避開了所有我想吃喝的東西，包括咖啡。

「大家都在盯著你看，凱阿姨。」露西小聲地說。

我以爲是我們的服裝引人注目，結果打開當天早上的《華盛頓郵報》卻震驚地發現自己出現在頭版。頭條的標題是「停屍間命案」，內容冗長地報導蘇珊遇害的新聞，配上一張我神情非常緊繃地到達現場的照片，放在十分明顯的位置。記者的主要資料來源顯然是蘇珊心亂如麻的丈夫傑森，據他的說法，他妻子是在就算不說可疑也很奇怪的狀況下離職的，而不到一個星期後就慘遭殺害。

比方說，報導中斷言蘇珊最近和我起了衝突，因爲我試圖把她列爲某個遇害小男孩一案的證人，儘管驗屍過程中她並不在場。在一次「福馬林潑灑出來」的事件之後，蘇珊病了沒有來上班，結果我不停地打電話到她家，害她根本不敢接電話，然後我「在她遭到殺害的前一天晚上出現在她家門口」，帶著一盆聖誕紅，語焉不詳地表示要給她好處。

「我買完聖誕節的東西回到家，發現首席法醫在我家客廳裡。」記者引述蘇珊丈夫的話。「她——『史卡佩塔醫生』立刻就離開了，而門一關上蘇珊就開始哭。有什麼事讓她非常害怕，但她不肯告訴我。」

儘管傑森．史多瑞的公開詆毀令我心煩意亂，但更糟的是報導裡揭露了蘇珊最近財務進出的情形。據報她在死前兩星期在活期存款戶頭裡存進了三千五百元，然後還付清了超過三千元的信用卡帳單。這筆意外之財的來源不明。她丈夫秋天被裁員了，蘇珊自己的年薪則不到兩萬元。

「衛斯禮先生來了。」露西說著拿開我面前的報紙。

衛斯禮穿著黑色滑雪褲和套頭毛衣，腋下夾著一件鮮紅色的夾克。從他臉上的表情和下巴堅硬的線條，我看得出他已經知道這個消息了。

「之前《郵報》有沒有試著跟你聯絡過？」他拉開椅子坐下。「我不敢相信他們沒給你半個回應的機會，就把這篇該死的東西登出來了。」

「昨天我準備離開辦公室的時候有個《郵報》的記者打電話來。」我回答道：「他想就蘇珊的命案問我一些問題，我選擇不跟他談。我想那就是他們給我的機會吧。」

「所以你完全不知道，事前沒人對這偏頗的東西給你一點預警。」

「我直到拿起報紙之前都毫無概念。」

「所有新聞都在報導這事，凱。」他直視我的眼睛。「我今天早上也在電視裡聽到了。馬里諾打過電話來，說里奇蒙的媒體正報得不亦樂乎。報導中暗示法醫辦公室可能跟蘇珊的命案有關——暗示你可能牽連在內，所以突然出城了。」

「這太荒謬了。」

「報導的內容有多少是眞的？」他問。

「事實完全被扭曲了。蘇珊沒來上班，我的確打過電話到她家。我想確定她沒事，之後則是需要問她是不是忘了在停屍間給華德爾印指紋。我在聖誕夜的確有帶著禮物和聖誕紅去看她。我想我答應給她的好處應該是，在她告訴我要辭職後，我說如果需要寫推薦信，或者有什麼我可以幫上忙的話，儘管來找我。」

「那她不想被列爲艾迪．希斯那個案子的證人又是怎麼回事？」

「那天下午她打破了好幾瓶福馬林，躲到樓上我的辦公室裡。在解剖過程中，助手和技術人員被列爲證人是例行公事。這一次蘇珊只有在做外部檢查的時候在場，她堅持不要我把她的名字列在艾迪．希斯的驗屍報告上。我覺得她的要求和舉止有些怪異，但我們兩個並沒有發生衝突。」

「這篇文章說得好像你在付錢收買她似的。」露西說：「如果我不知道內情，讀到這篇報導之後我就會這麼想。」

「我當然沒有付錢收買她，但看起來有別人這麼做。」我說。

「這樣就比較有點道理了。」衛斯禮說：「如果關於她財務情形的部分是眞的，那麼蘇珊就是收到了數目不小的一筆錢，這表示她一定幫某人做了什麼事。差不多就在這個時候，你的電腦遭到入侵，而蘇珊的性格也變了。她變得緊張又不可靠，還盡可能地避開你。我想她是無法面對你，凱，因爲她在做背叛你的事。」

我點點頭，努力想保持冷靜。蘇珊捲入了一件她不知該如何脫身的事情，我想到這可能是她逃避艾迪．希斯和珍妮佛．戴頓驗屍工作的眞正原因。她的情緒失控跟巫術沒有任何關係，也不是因爲接觸到福馬林的有毒氣體後覺得暈眩，而是她慌了。她不想目睹那兩個案子。

「有意思。」我講出這個理論之後，衛斯禮說：「如果問蘇珊．史多瑞有什麼有價值的東西可以賣，答案就是資訊。如果不目睹解剖過程，她就沒有資訊了。不管跟她買這個資訊的是誰，很可能就是她聖誕節當天去見的那個人。」

「有什麼資訊會重要到讓人願意出好幾千塊來買，之後還因此謀殺一個懷孕的女人？」露西直率地問。

我們不知道，但我們有所猜測。再一次，其中的最大公分母似乎是朗尼．喬．華德爾。

「不管被處死的是華德爾，還是其他人，蘇珊並不是忘了給他印指紋。」我說：「她是故意的。」

「看起來是這樣。」衛斯禮同意，「有人要她故意忘記給他印指紋，或者如果你或你手下的其他人替他印了的話，她就要負責把指紋卡弄丟。」

我想到了班．史蒂文司，這個王八蛋。

「這就回到我們昨天晚上的結論了，凱。」衛斯禮繼續說：「我們需要回到華德爾照理說應該被處決的那天晚上，搞清楚被綁上電椅的人是誰，其中一個可以著手的地方就是自動指紋辨識系統。我們要知道那些紀錄有沒有被動過手腳，如果有，又是怎麼被亂動過的。」現在他是在對露西說話了。「我已經安排好讓你去查那些紀錄磁帶了，如果你願意的話。」

「我很願意。」露西說：「你要我什麼時候開始？」

「你想什麼時候開始就可以開始，因爲第一個步驟只會用到電話。你得打電話給米雪。她是刑法部的一位程式分析師，在州警總部工作。她的工作內容涉及自動指紋辨識系統，她會跟你仔細解釋系統運作的情形。然後她會把紀錄磁帶準備好，供你取用。」

「她不介意我這麼做？」露西警覺地問。

「正好相反，她高興極了。紀錄磁帶只是些查核日誌，記錄了自動指紋辨識系統資料庫裡所做的改變。換句話說，是沒有辦法讀的。我想米雪把它稱做『十六傾印』（譯註：dump是將記憶體中的內容轉移到印表機或者磁碟儲存媒介上），也許你聽得懂那是什麼意思。」

「十六進位的內儲資料，也就是以十六爲單位的程式語言。換句話說跟象形文字一樣難懂。」露西說：「這表示我必須解讀資料，寫一個程式來找出任何違反你們感興趣的那些資料的識別碼的東西。」

「你能做嗎？」衛斯禮問。

「等我搞清楚編碼和紀錄配置之後就可以。你認識的這個分析師為什麼不自己做呢？」

「我們希望盡可能的謹慎小心。如果米雪突然放下工作不做，一天花十個小時在紀錄磁帶上，會引起別人的注意。你可以在你阿姨家不為人知地進行這項工作，用她的電腦撥接進一條診斷線。」

「只要露西撥接進去的時候不會被追蹤到我家就好。」我說。

「不會的。」衛斯禮說。

「難道沒有人會發現外面有人進入州警的電腦，在磁帶裡翻來找去的嗎？」我問。

「米雪說她會安排得毫無破綻。」衛斯禮拉開滑雪夾克的拉鍊，抽出一張名片遞給露西。

「這裡有她辦公室和家裡的電話。」

「你怎麼知道可以信任她？」露西問：「如果有人在裡面搞鬼，你怎麼知道她沒有份？」

「米雪從來不善於說謊。打從小時候開始，她一說謊就會盯著腳看，臉變得通紅。」

「你在她小時候就認識她了？」露西不解地說。

「我認識她比那還早。」衛斯禮說：「她是我的大女兒。」

9

爭辯半天之後，我們決定了一個看起來比較合理的計畫。露西將在公地開墾國家保護區跟衛斯禮夫婦一起待到星期三，好讓我有一小段時間可以應付我的問題，不用分神擔心照顧她。吃完早餐，我在小雪中開車回家，等到抵達里奇蒙時，小雪變成了雨。

到了下午接近傍晚時分，我已經去過辦公室和實驗室了。我跟費爾丁及其他幾位刑事鑑識科學家商談過，也避開了班．史蒂文司。記者打來的電話我一通都沒回，也不去看我的電子郵件，即使衛生部特派員有寫信給我，我也不想知道裡面說了些什麼。四點半，我正在果園大道上一家加油站加油的時候，一輛白色福特汽車停在我後面。我看著馬里諾下車，拉拉褲子走進男廁。過了一會兒他回來了，祕密兮兮地四下瞥視，彷彿擔心有人在監視他上廁所的行動。然後他往我這裡走來。

「我開過去的時候看到你。」他說著把雙手塞進他藍色運動外衣的口袋裡。

「你的外套呢？」我動手開始清擋風玻璃。

「在車裡，我嫌它太礙事了。」他縮起肩膀對抗冰冷刺骨的空氣，「如果你還沒有想該怎麼停止那些謠言的話，那你最好開始想想了。」

我煩躁地把橡皮刮板放回裝清潔劑的容器裡。「那你建議我怎麼做，馬里諾？打個電話給傑森．史多瑞，告訴他說我很遺憾他太太和未出生的孩子都死了，但可不可以請他把他的悲傷和憤怒發洩到別的地方去？」

「醫生，他把事情都怪到你頭上。」

「看過《郵報》那些引述他的話之後，我猜有太多人都在怪我了，他把我形容成一個精明狡猾的賤女人。」

「你餓嗎？」

「不餓。」

「唔，你看起來很餓的樣子。」

我看著他，好像他瘋了一樣。

「而且如果有什麼東西在我看起來是某個樣子，我的職責就是把它查清楚。所以我讓你選，醫生。我可以去那邊的自動販賣機買些零食汽水來，然後我們站在這裡吸進一大堆廢氣又凍個半死，同時還妨礙其他可憐的王八蛋來用自助式的加油槍；或者我們可以閃到菲爾去。兩種選擇都是我請客。」

十分鐘之後，我們已經坐在一個角落的包廂裡翻看著印有精美插圖的菜單，上面列出的食物從義大利麵到炸魚一應俱全。馬里諾面對暗色玻璃的門，我則能清楚看見廁所。他在抽菸，我們四周大部分的人也在抽，這讓我又想起了戒菸的痛苦。事實上他選的這個地點再理想不過了。菲爾歐陸酒吧在這一帶有著悠久的歷史，顧客都是畢生的老友了，時常來這裡享受豐盛的食物和瓶裝啤酒。這裡的顧客大都是好脾氣、善交際的人，不太可能會認出或者在乎我是誰，除非我的照片常常出現在報紙的體育版上。

「事情是這樣的。」馬里諾合起菜單說：「傑森．史多瑞認爲，如果蘇珊換份工作的話，現在就會還活著，而且他說得大概沒錯。此外，他是個不成材的傢伙——是那種自我中心的爛人，相信所有的事情都是別人的錯。事實上，他搞不好比任何人都該爲蘇珊的死負責。」

「你的意思總不會是說他殺了她吧？」

女侍出現，我們點了菜。馬里諾要一份烤雞飯，我要一份正宗的辣熱狗，再加上一人一杯健怡汽水。

「我不是說傑森射殺了他太太。」馬里諾安靜地說：「但不管導致她被殺害的是什麼事情，都是他害她捲入的。付帳單是蘇珊的責任，她財務上的壓力非常大。」

「這不令人意外。」我說：「她丈夫剛失業啊。」

「不幸的是，他還維持著昂貴的品味。我指的可是Polo的襯衫，『喬治城男褲』的長褲，還有眞絲領帶。這混蛋被遣散兩星期之後還跑去買了七百塊的滑雪裝備，然後到冬青鎭去度週末。之前則買了一件兩百塊的皮夾克和一輛四百塊的腳踏車。所以蘇珊在停屍間做牛做馬，回到家還要面對跟她薪水不成比例的帳單。」

「我一點都不知道。」我說著，突然心痛地想起蘇珊坐在辦公桌前的樣子。她每天都會待在辦公室裡吃午飯，有時候我會去找她聊天。我想起了她的雜牌玉米片和罐子上貼著特價標籤的汽水。她好像從來沒吃喝過不是從家裡自己帶來的東西。

「傑森這種亂花錢的習慣，」馬里諾繼續說：「讓他現在給你找這一堆狗屎麻煩。他拚了命地跟任何願意聽的人說你的壞話，因為你是個醫生兼律師兼印地安酋長，開賓士車又住在『溫莎農莊』的大房子裡。我想那個蠢材是以為如果他能把他太太的事情怪到你頭上，或許他就可以得到一點補償。」

「隨便他去使盡吃奶的力氣這麼嘗試好了。」

「他會的。」

我們的健怡飲料端來了，我換個話題。「我明天早上要去跟小毛見面。」

馬里諾的視線飄向吧台上方的電視。

「露西動手開始弄自動指紋辨識系統的東西，然後我還得對付班·史蒂文司。」

「你該想辦法甩掉他。」

「你知不知道要開除州政府的雇員有多困難？」

「聽說開除耶穌基督還容易些。」馬里諾說：「除非這個雇員是派任的，不列在一般階級之內，而你就是這一類。你還是該找個法子把那王八蛋踹開。」

「你跟他談過了沒？」

「哦，可眞是談過了。根據他的說法，你傲慢自大、野心勃勃、性情怪異，在你手下做事是倒了八輩子的楣。」

「他真的這麼說？」我不可置信地問。

「大意是這樣。」

「我希望有人去查查他的財務狀況。我倒很有興趣知道他最近有沒有存進大筆存款。蘇珊不是單獨惹上麻煩的。」

「我同意。我想史蒂文司知道得很多，正在拚了老命掩飾自己。順帶一提，我去蘇珊的銀行查過了。有一個出納記得她那筆三千五百塊的存款是用現金存的。她皮包裡裝著二十、五十和一百塊的鈔票。」

「史蒂文司是怎麼說蘇珊的？」

「他說他跟她真的很不熟，不過他的感覺是你和她之間有些過節。換句話說，他是在強化新聞裡說過的東西。」

食物送上來，我費了九牛二虎之力才吃下一口，因爲我實在太生氣了。

「費爾丁呢？」我說：「他認爲在我手下做事很要命嗎？」

馬里諾又瞪著別的地方看。「他說你有工作狂，他從來就摸不清你這個人。」

「我不是雇用他來摸清我的，而且跟他比起來，我當然是工作狂了。費爾丁對刑事鑑識醫學的熱情早就冷卻，他這個樣子已經好幾年了。他大部分的精力都消耗在健身房裡。」

「醫生——」馬里諾直視我的眼睛——「你跟任何人比起來都是工作狂，而且大部分的人都摸不清你。你並不算是一根腸子通到底的人。事實上，你給人一種冷硬無情的印象。對不了解你的人來說，要了解你簡直太困難了，有時候看起來好像什麼東西都不能打動你一樣。其他的警察、律師會問我你是什麼樣的人。他們想知道你眞正的樣子，他們想知道是怎麼一回事——你怎麼能每天面對你的工作。還有，他們把你看成一個不跟任何人接近的人。」

「那他們問的時候你怎麼說？」

「我他媽的什麼也不說。」

「你幫我心理分析完了沒，馬里諾？」

他點起一根菸。「聽著，我要對你說句不中聽的話。你一直都是這麼一副內斂的專業女士德性——要花很長的時間才會信任別人，不過一旦那個人被你接納，那就是被你接納了。他會是你一輩子的朋友，你會爲他兩肋插刀。但過去這一年，你變了，馬克死後你築起了大概一百座牆。對我們這些在你身旁的人來說，就好像在一間以前是七十度的房間裡，然後氣溫突然降到五十五度。我想你自己甚至沒有察覺到這一點。

「所以現在沒有人對你有多深厚的感情，說不定他們還有點憎恨你，因爲他們覺得被你忽視或者看不起，也許他們從來就沒喜歡過你，也許他們不在乎。人就是這樣，不管你是坐在釘床上也好、熱鍋上也好，他們都會利用你的位置謀取自己的利益。如果你和他們之間沒有什麼凝聚力，那他們就更容易努力爲自己占點好處，一點都不用關心你會怎麼樣。你現在的處境就是這樣，許多人已經等了很久要看你流血了。」

「我不打算流血。」我推開餐盤。

「醫生——」他噴出一口煙——「你已經在流血了。根據常識判斷，如果你跟鯊魚一起游泳的時候開始流血，那你最好趕快從水裡爬起來。」

「我們可不可以偶爾不要用這麼老套的比喻？」

「喂，就算我用葡萄牙文或中文來說，你也不會聽的。」

「如果你講葡萄牙文或中文的話，我發誓我一定會聽。事實上，如果你哪天決定說英文了，我發誓我也一定會聽的。」

「這種評語不會讓人喜歡你的。我說的就是這個意思。」

「我說的時候可是帶著微笑的。」

「我看過你切開屍體的時候也帶著微笑。」

「才不，我總是用手術刀。」

「有時候這兩者之間沒有多大分別。我看過你的微笑讓律師流血。」

「如果我是這麼糟糕的人，那我們爲什麼是朋友？」

「因爲我蓋起的牆比你還多。事實上，到處都有神經病，而且水域裡滿是鯊魚，他們都想把我們大卸八塊。」

「馬里諾，你太疑神疑鬼了。」

「答對了，所以我才希望你能避一陣子風頭，醫生，眞的。」他說。

「我沒辦法。」

「老實跟你說，照現在的情況看起來，你只要插手這些案子都會顯得有利益衝突，別人對你的觀感會更差。」

我說：「蘇珊死了，艾迪．希斯、珍妮佛．戴頓都死了。我辦公室裡有人搞鬼，而且我們連前幾個星期上電椅的人究竟是誰都不確定。你是建議我一走了之，直到這一切都神奇地自行水落石出？」

馬里諾伸手拿鹽，但我搶在他前面。「不行，不過你可以愛灑多少胡椒就灑多少。」我說著把胡椒罐往他推過去。

「這套狗屎的養生理論會害死我的。」他警告道：「因為總有一天我會火大到把所有的事情都一口氣做了。同時抽五根菸，一隻手拿一杯波本，另一隻手拿一杯咖啡，牛排和烤馬鈴薯上堆滿了奶油、酸酪、鹽巴，然後我就會把所有的保險絲全都燒斷。」

「不，你才不會這麼做。」我說：「你會好好對待自己，至少跟我活得一樣久。」

我們沉默了一陣子，撥弄著盤裡的食物。

「醫生，我無意冒犯，可是你到底想在那些該死的羽毛碎片上找出什麼？」

「希望能找出它們的來源。」

「我可以省下你的麻煩，它們是從鳥身上來的。」他說。

將近七點的時候我跟馬里諾分開，回到城區。氣溫回升到四十度以上，黑夜中一陣陣狂驟的大雨襲來，足以阻斷交通。停屍間後面隔間的門是關著的，停車場空無一車，鈉蒸汽燈看起來像一圈圈暈黃的漬痕。我走進樓內沿著照明充足的走廊經過解剖室走向蘇珊的辦公室，心跳隨之加速。

我打開門鎖的時候並不知道自己預期找到什麼，但自然而然地以她的檔案櫃和辦公室抽屜爲目標，翻看每一本書和每一通舊的電話留言。一切看來都跟她死前一樣。馬里諾相當有技巧，搜尋過別人的私人空間之後並不會破壞事物本來雜亂無章的自然模樣。電話仍然歪放在辦公桌的右角，電話線扭得像條麻花。綠色的吸墨紙上放著剪刀和兩枝筆尖折斷的鉛筆，她的工作外套搭在椅背上。她的電腦顯示器上還貼著一張提醒自己跟醫生預約好什麼時間去看病的紙條，我盯著她彎幅不大、微微傾斜的工整字跡，心裡感到顫抖。她是在哪裡走錯路的？是當她嫁給傑森．史多瑞的時候嗎？或者她的毀滅是更早就已註定了的，在她還是嚴謹牧師的年幼女兒、失去了雙胞妹妹而獨活的時候？

我坐在她的椅子裡朝檔案櫃移近，動手把檔案一個個抽出來看看內容。我看到的大部分都是關於停屍間裡會用到的外科器材和其他零碎東西的宣傳手冊等印刷資料。我沒注意到有什麼奇怪的地方，直到我發現她簡直把費爾丁寫給她的每份備忘便條都存檔起來，卻沒有半張班．史蒂文司或者我的，而我知道我們兩人都寫過不少備忘便條給她。我再在抽屜裡和書架上搜尋，也沒有找到任何關於史蒂文司或我的檔案，於是我推斷是有人把它們拿走了。

我的第一個念頭是馬里諾帶走的。然後我突然驚覺到一件事，於是連忙上樓去。我打開我辦公室的門，直奔我放日常行政文件的抽屜，那裡面包括了電話單、備忘便條、列印出來寄給我的電子郵件，還有預算編列和長期計畫的草稿。我在找的那個厚厚檔案就叫做「備忘錄」，裡面有這幾年來我寫給我手下員工和其他幾個相關機構工作人員的每一張備忘便條的影本。我去蘿絲的辦公室裡找，又仔細地再檢查一次我的辦公室。那個檔案不見了。

「你這個王八蛋。」我一面憤怒地走過走廊一面低聲說：「你這個該死的王八蛋。」

班·史蒂文司的辦公室整潔無瑕，裝設仔細的程度看起來像是特價家具店裡的展示區。他的辦公桌是一張桃花心木貼片、裝有明亮黃銅把手的威廉斯堡式複製品，另外還有一盞暗綠燈罩的黃銅立燈。地板上鋪著一張機器製的波斯地毯，牆上掛著一幅幅大張的圖片，裡面有阿爾卑斯山上的滑雪者、騎馬奔馳著揮舞馬球桿的男人、在驚濤駭浪中競速的賽船選手。我首先抽出蘇珊的人事檔案，裡面該有的工作性質描述、履歷表，以及其他文件都在。不見了的是幾份褒獎她的備忘資料，是我在雇用她之後寫過並自己加進她檔案裡的。我動手把辦公桌的抽屜一一打開，在其中發現了一個乙烯樹脂材質的棕色包包，裝有牙刷、牙膏、刮鬍刀、刮鬍膏和一小瓶古龍水。

也許是門被悄悄拉開一點點的時候造成一股幾乎感覺不到的氣流，或者也許我只是以動物本能感覺到別人的存在。我坐在班·史蒂文司的辦公桌邊把一瓶「紅色」古龍水瓶蓋蓋回去的時候，抬起眼睛正好看見他站在門口。在冰冷凝結的這一刻，我們四目相接一語未發。我不覺得恐懼，也一點都沒有因爲他逮到我在做這些事而覺得憂慮，我只覺得憤怒。

「你的工作時間眞是晚得不尋常啊，班。」我拉起他梳洗用品包的拉鍊，放回抽屜。我把手指輕搭在吸墨紙上，動作和講話的速度都從容而緩慢。

「我最喜歡加班的一點，就是辦公室裡都沒有別人在。」我說：「不會讓人分心。不必冒著有人走進來打斷你做事的風險。沒有衆多耳目的牽制，沒有聲音，除了警衛偶爾晃過去的時候。而且我們都知道這種事很少發生，除非有什麼東西引起了他的注意，因爲他不管什麼時候都很討厭進到停屍間裡來。我從來沒碰過不討厭進停屍間的警衛。清潔工也是一樣。他們甚至不肯到樓下去，就連樓上這裡也是能打混少做就盡量少做。不過這一點不相干，對不對？現在已經快九點了，清潔工一向都是七點半以前就離開了。

「我好奇的是，自己怎麼沒有早一點猜到。我連想都沒想過。也許這顯示了我近來對周遭事物有多視而不見，眞的很可悲。你告訴警方說你跟蘇珊不熟，但你常常讓她搭你的便車上下班，就像我解剖珍妮佛．戴頓的那個下大雪的早上一樣。我記得蘇珊那天非常魂不守舍，她把屍體放在走廊上不管，我走進解剖室時她正在撥電話，一看到我就趕快掛上。我不認爲她是在聯絡公事，因爲那時候是早上七點半，何況那天天氣太差，大部分的人根本連家門都不打算出。而且那時辦公室裡也沒有人可以找——大家都還沒來上班，除了你之外。如果她是在打電話給你，爲什麼需要躲躲藏藏不讓我知道？除非你不只是她的直接上司而已。

「當然，你跟我之間的關係也一樣令人好奇。我們好像處得不錯，然後突然之間你宣稱我是全世界最爛的上司。這讓我懷疑跟記者大放厥詞的可能不只傑森．史多瑞一個人。眞是令人驚訝啊，我像是突然多了一重人格。這種神經兮兮的暴君形象，似乎說明了我應該爲我手下員工的慘死負責。蘇珊和我在工作上的關係非常融洽，而且，班，直到最近爲止，我和你也是。但這一點是死無對證了，尤其是現在，任何可能對我的說法有所紀錄的資料都已經很方便地消失了。而且我猜你已經對某人透露過，說辦公室裡有些重要的個人檔案和備忘錄不見了，也許你還暗示是我把那些文件拿走的。既然檔案和備忘錄都消失了，那裡面的內容是什麼就隨你說了，對不對？」

「我不知道你在說什麼。」班．史蒂文司說。他從門邊移開，但沒有朝辦公桌走來，也沒有在椅子上坐下。他的臉漲得通紅，眼裡滿是冷硬的恨意。「我不知道少了什麼檔案或備忘錄的事，但如果這是眞的，那我也不能向有關單位隱瞞這個事實，就像我也不能隱瞞今晚我到辦公室來拿忘記的東西時，正好撞見你在翻我抽屜這件事。」

「你忘了拿什麼，班？」

「我沒有必要回答你的問題。」

「事實上，你有必要。你在我手下工作，如果你晚上很晚跑來辦公室，又剛好讓我知道了，那麼我就有權詢問你。」

「那就停我的職啊，你開除我試試看。現在這麼做可眞會讓你好看。」

「你眞是隻烏賊，班。」

他瞪大眼睛，舔舔嘴唇。

「你這麼努力要打垮我，只是像在水裡噴了一大堆墨汁一樣，因爲你慌了，想要讓人把注意力從你身上轉到我身上。是不是你殺了蘇珊？」

「你他媽的瘋了。」他的聲音在抖。

「她聖誕節剛過中午就離開家，據說是要去見一個女性朋友。事實上她是去見你，對不對？你知不知道她死在車裡的時候，她外套的領子和圍巾上有男性古龍水的味道，就像你抽屜裡放的那瓶，就是你在下班後、去酒吧混之前噴兩下的那瓶『紅色』一樣？」

「我不知道你在說什麼。」

「誰在付錢給她？」

「也許就是你。」

「這樣說太荒唐了。」我冷靜地說：「你和蘇珊參與了某種賺錢的計謀，我猜一開始是你把她拖下水的，因爲你知道她的弱點在哪裡。先前她可能跟你談過她的私事。你知道要怎麼說服她同流合污，而且老天知道你可需要用錢了，光是你在酒吧裡喝的那些酒就足以毀掉你的預算了。玩樂是很昂貴的，而我也知道你一個月薪水多少。」

「你什麼也不知道。」

「班，」我壓低了聲音。「趕快脫身吧，趁還來得及的時候，告訴我幕後是誰主使的。」

他不肯直視我的眼睛。

「有人送命，這件事的賭注就太高了。如果蘇珊是你殺的，你認爲你可以逃得過嗎？」

他什麼也沒說。

「如果殺她的是別人，你認爲你就可以逃得過，同樣的事難道不會發生在你身上嗎？」

「你這是在恐嚇我。」

「胡說。」

「你沒辦法證明你在蘇珊身上聞到的古龍水是我的，這種東西沒辦法檢驗，氣味是不能裝進試管存起來的。」他說。

「現在我要請你離開了，班。」

他轉身走出他的辦公室。我聽見電梯的門合上，便立刻走到走廊底從俯視大樓後停車場的窗戶向下窺看。一直到班．史蒂文司開車離開，我才離開，走到我的車子旁。

聯邦調查局大樓是一棟鋼筋水泥的碉堡，位在華盛頓特區中心的第九街和賓州大道交叉口。次日早上我到達的時候，前面有一大群至少上百個吵鬧的小學生。他們讓我想起露西在這個年紀時候的樣子，他們會乒乒乓乓地跑上樓，橫衝直撞地奔向長凳，鬧不下來地群聚在巨大的灌木叢和盆栽樹木之間。露西一定會很喜歡參觀這些實驗室的，突然之間我好想念她。

孩童尖細的嘈雜聲像被風吹走一般離我遠去，我步伐快速穩定地前進，因為我來過這裡好幾次，已經知道該往哪走了。我朝大樓中心走去，依序經過庭院、限相關人員使用的停車場、一名警衛，然後才到了那扇單扇玻璃門前。門裡的大廳擺設著黃褐色的家具、幾面鏡子，還有國旗。一面牆上有總統的照片在微笑，另一面牆上則貼著全國十大通緝要犯的海報。

我向警衛台邊的一名年輕探員出示我的駕照，他的態度就像他的灰西裝一樣暗沉不討喜。

「我是凱．史卡佩塔醫生，維吉尼亞州的首席法醫。」

「你來這裡是要見誰？」

我告訴他。

他比對我和我的照片，確定我沒有攜械並打了一通電話，然後給我一張訪客證。總部這裡和匡提科的學院不一樣，有一種彷彿會使人身心僵硬的氣氛。

我從來沒見過小毛探員，不過他這個頗爲諷刺的名字已經讓我形成了一些先入爲主的印象。他會是個娘娘腔的瘦弱男人，全身上下都長著淡金色的體毛，但是頂上卻無毛。他的眼神會很無力，皮膚鮮少接觸陽光，當然他也會無聲無息地進出各個地方，從不惹人注意。我的想像自然是錯誤的。當一個只穿襯衫沒有穿西裝外套的結實男人出現，直直看向我的時候，我從椅子裡站起身。

「你一定是毛先生了。」

「史卡佩塔醫生。」他和我握手，「叫我小毛就好。」

他最多四十歲，有副學者式的英俊相貌，戴著無框眼鏡，一頭修剪整齊的棕髮，打著一條褐紅色和深藍色條紋的領帶。他渾身散發出一種全神貫注而高度知性的氣息，這一點只要是度過研究所艱苦課程的人馬上就會注意到，因爲我印象中喬治城或約翰霍普金斯學院的教授，沒一個不是成天跟不尋常事物打交道以致覺得無法跟凡夫俗子溝通的。

「爲什麼研究羽毛呢？」我們走進電梯時我問。

「我有個朋友是史密森自然歷史博物館的鳥類學家。」他說：「政府管飛航的官員漸漸開始找她幫忙鳥擊事件，讓我也很感興趣。你知道，鳥會被吸進航空器的引擎裡，當你檢視地面機體殘骸的時候會發現一些羽毛碎片，就會想知道是哪一種鳥造成問題的。換句話說，不管被吸進去的是什麼，都差不多變得稀爛了。一隻海鷗就可以造成一架B－1轟炸機失事，而一架載滿乘客的大型客機碰上鳥擊，損失一個引擎，這問題也夠大了。或者再舉個例子，曾經有隻潛鳥撞穿一架噴射機的擋風玻璃，駕駛的頭當場被撞斷。所以這就是我工作的一部分，我研究飛鳥吸入的問題。我們用丟雞進去的方式測試渦輪和扇葉，看飛機能不能經得起一隻或兩隻雞的考驗？

「但各種事情裡都會處理到鳥。嫌犯鞋底沾的鳥糞裡有鴿子的細絨毛——嫌犯到底有沒有去過屍體被發現的那條巷子裡？還有那個闖進人家家裡行竊的小偷偷走了一隻鳥，我們在他車裡發現羽毛碎片，檢驗後發現就屬於被偷走的那隻鳥。還有一個被姦殺的女人身上發現了細羽絨，她的屍體裝在一個國際牌立體聲喇叭的箱子中，丟在垃圾車裡。我認爲那是小白野鴨的羽絨，跟嫌犯床上羽絨被裡的羽毛一樣。那個案子是靠一根羽毛和兩根人的體毛而成立的。」

三樓是一整層實驗室，檢驗人員在裡面分析犯罪中所使用的或者在犯罪現場蒐集到的爆裂物、油漆碎屑、花粉、工具、輪胎、殘餘物等等。氣體層析偵測器、顯微分光光度計，以及電腦主機日夜不停地運轉，房間裡充滿了汽車油漆種類、膠帶、塑膠的參考大全。我跟著小毛穿過白色走廊，經過DNA分析實驗室，然後進入他工作的毛髮纖維組。他的辦公室同時也是實驗室，深色木製家具、書架與電腦及顯微鏡共存。牆壁和地毯是淡棕色的，幾張用大頭釘釘在告示板上的蠟筆圖畫告訴我這位享譽國際的羽毛專家已為人父。

我打開一個牛皮紙封套，取出三個較小的透明塑膠封套。其中兩個分別裝著在珍妮佛．戴頓和蘇珊．史多瑞凶殺案中找到的羽毛，另一個則裝著艾迪．希斯手腕上黏性碎屑的載玻片。

「看起來這是最完整的一個。」我邊說邊指著我從珍妮佛．戴頓睡袍上取下來的那片羽毛。

他把它從封套中取出，說，「這是羽絨——長在胸部或背部的羽毛。上面有滿大一叢的。好，找到的羽毛越多，越好進行分析。」他用鑷子從羽軸上拔了幾根像分岔小樹枝的「羽枝」下來，坐到立體顯微鏡前，在一片載玻片上滴了薄薄一層二甲苯，把那些羽枝放在上面。這樣可以浮撐開它們細小的結構，等到每一根羽枝都清楚地攤成扇形令他滿意之後，他用綠色吸墨紙的一角吸去多餘的二甲苯。然後他加上固定液Flo-Texx，再蓋上蓋玻片，把載玻片放在連接著攝影機的比對顯微鏡下。

「首先我先解釋一下，所有鳥的羽毛基本結構都是一樣的。」他說：「有中央的羽軸，羽枝，羽枝又再分岔成像頭髮一樣的羽小枝，還有比較寬的底部，頂上有一個毛孔。羽枝這些細線讓羽毛看起來有羽毛的樣子，而放大來看之後可以發現它們本身其實就像一根有羽軸的迷你羽毛。」他轉向顯示器，「這就是一根羽枝。」

「看起來像蕨類。」我說。

「在很多情況下，是很像。現在我們再把它放大一點，好仔細看看那些羽小枝，因為能供辨識的是羽小枝的特徵部分。說得更明確一點，我們感興趣的是羽小枝的結。」

「讓我看看我是不是搞懂了。」我說：「結是羽小枝的一部分，羽小枝是羽枝的一部分，羽枝是羽毛的一部分，然後羽毛是鳥的一部分。」

「對，每一種鳥又有其特殊的羽毛結構。」

我在顯示器螢幕上看到的東西很不顯眼，像用單一線條畫出的雜草或昆蟲腿。線條由三度空間的三角形結構連接在一起，小毛說那就是結。

「關鍵在於結的大小、形狀、數目、色素形成，還有它們是如何沿著羽小枝排列。」他耐心地解釋，「比方說，星形的結表示是鴿子，圈形的結是雞和火雞，凸緣比較大、在結前有隆起的是杜鵑。這些——」他指向螢幕——「很明顯是三角形的，所以我馬上就知道你這是鴨子或鵝的羽毛，但這也不是什麼令人驚訝的結果就是了。在竊盜、強暴、凶殺的案子裡找到的羽毛通常都來自枕頭、被子、背心、夾克、手套等等，一般這些東西的塡塞物包括了剁碎的鴨毛和鵝毛，如果是便宜貨的話，則是雞毛。

「但你這個羽毛則絕對可以排除雞毛的可能性，而且我想也不是鵝毛。」

「爲什麼？」我問。

「呃，如果有一整根羽毛的話，就會很容易看出差別。羽絨比較棘手。但根據我現在看到的這個樣子，平均來說結太少了。此外，它們也不是分布在整根羽小枝上，而是比較末稍，也就是說比較偏向於長在羽小枝的末端。這是鴨毛的特性之一。」

他打開一個櫃子，抽出好幾個抽屜的載玻片。

「我看看。我這裡差不多有六十片鴨毛的載玻片。爲了保險起見，我每一片都要看，一邊看一邊刪除不符合的。」

他把載玻片一片一片放到比對顯微鏡下，基本上那是兩個複顯微鏡連接在一起成爲一組雙眼顯微鏡。錄影顯示器上有一個圓形的光亮區域，中間由一條細線劃分爲二，已知的羽毛樣本放在一邊，需要辨識的羽毛則在另一邊。我們很快地看過野鴨、美洲家鴨、丑鴨、黑鳧、棕硬尾鴨、美國赤頸鳧等等幾十種羽毛。這些小毛都不需要看太久，就知道我們要找的這種鴨很不好認。

「是我的想像力作祟，還是這根羽毛比其他的細緻？」我說的是這根問題羽毛。

「不是你的想像力作祟。這根羽毛是比較細緻，比較流線。這些三角形的結構沒有那麼向外突張，看到了沒？」

「是了，被你這麼一說就很明白。」

「而這給了我們關於這種鳥的重要提示。大自然造物眞的各有原因，我在懷疑會有這根羽毛的原因是爲了絕緣保暖。羽絨的功用在於留住空氣，而羽小枝越細、結越流線或越逐漸變細、還有結的位置越末稍，羽絨就能越有效地留住空氣。如果能保住空氣不使它流通，就像在一間不通風的絕緣小房間裡一樣，會很溫暖。」

他把另一片載玻片放到顯微鏡的鏡台上，這次我看得出來很接近了。這根羽毛的羽小枝很細緻，結逐漸變細，而且位於末稍。

「這是什麼鳥？」我問。

「我把最有嫌疑的留到最後。」他看起來很滿意。「是海鴨，而且我們的主要嫌疑犯是綿鳧。我們把倍數調到四百看看。」他轉動接物鏡，調整焦距，然後我們又看了另外好幾片載玻片。「不是王綿鳧或者斑點綿鳧。我想也不是星紋綿鳧，因爲結的底部偏棕色。你這根羽毛就沒有，看到了沒？」

「看到了。」

「所以我們試試普通的綿鳧。好了，染色情形很一致。」他非常專注地盯著螢幕說。「來，再看看，羽小枝上平均有兩個結分布在末稍。此外還有保暖功能絕佳的流線型——如果得在北極海裡游泳的話，這可是很重要的。我想就是牠了，學名是*Somateria mollissima*的綿鳧，產於冰島、挪威、阿拉斯加，還有西伯利亞海岸一帶。我會用ＳＥＭ再檢查一次。」他補充道，指的是掃瞄電子顯微鏡檢查。

「要掃瞄什麼東西呢？」

「鹽的結晶體。」

「當然了。」我入迷地說：「因爲綿鳧是海鳥。」

「沒錯，而且是種很有趣的海鳥，會有很特別的利用。在冰島和挪威，牠們的棲息地受到保護，不讓掠食者或其他動物擾亂侵入，這樣人們才好蒐集母鳧用來鋪在巢裡和蓋在蛋上的羽絨。然後他們把羽絨清理乾淨賣給工廠。」

「什麼工廠？」

「一般是製造睡袋和被子的工廠。」他一面說一面固定幾根從蘇珊・史多瑞車理發現的羽絨上拔下的羽枝。

「珍妮佛・戴頓家裡沒有這一類的東西。」我說：「沒有任何填塞羽毛的東西。」

「那麼它的來源可能是二手或三手的轉移，凶手身上沾到羽毛，然後又轉移到被害人身上。你知道，這眞是很有意思。」

那個樣本現在出現在顯示器上了。

「又是綿梟。」我說。

「我想是。再來試試那片載玻片，這是從那男孩身上採下來的？」

「是的。」我說：「從艾迪・希斯手腕上膠帶的殘餘物中採下來的。」

「乖乖。」

顯微鏡下的碎屑在顯示器上出現了一堆令人入迷的不同色彩、形狀、纖維，還有熟悉的羽小枝跟三角形結。

「唔，這給我個人的理論戳出了一個大洞。」小毛說：「如果這是三件發生在不同時間、不同地點的凶殺案的話。」

「事情就是這樣子。」

「要是這些裡面只有一個是綿梟，我會考慮雜質的可能性。你知道，有些衣服的標籤上寫著百分之一百丙烯酸糸纖維，結果是百分之九十的丙烯酸糸纖維加百分之十的尼龍。標籤會說謊。

比方說，如果工廠在製造你的丙烯酸糸纖維毛衣之前剛製造過一大批尼龍夾克，那麼緊接著生產的第一批毛衣裡就會有尼龍雜質摻在裡面。等到製造出的毛衣越來越多之後，雜質就漸漸消失了。」

「換句話說，」我說：「如果有人穿著一件羽絨夾克或者有一床羽絨被是製造時摻有綿鳧羽毛的雜質，那麼這個人的夾克或被子幾乎不可能只會漏出綿鳧羽毛。」

「就是這樣。所以我們推測這樣東西一定是塡塞了百分之百的鳧絨，這就非常奇特了。通常送到這裡的案子，我看到的都是普通商場的廉價外套、手套、被子，裡面塡的是雞毛，也許是鵝毛。用鳧絨塡塞的背心、夾克、被子，或者睡袋是很高級的，不太容易漏毛——而且貴得讓人買不下去。」

「你以前有沒有碰過做爲證據送來的鳧絨？」

「這是第一次。」

「爲什麼它這麼有價值？」

「它的保暖性非常好，我剛剛形容過，不過美感也是重要因素之一。普通綿鳧的羽絨是雪白的，大部分的羽絨都是髒兮兮的。」

「如果我買一個鳧絨塡塞的特製產品，我會不會知道它裡面塡塞的是這種雪白的羽絨，還是標籤只會說『鴨絨』？」

「我很確定你會知道的。」他說：「標籤上八成會有『百分之百鳧絨』之類的標示，因爲得要有理由來解釋那東西爲什麼那麼貴啊。」

「你能不能用電腦查一查羽絨製品供應商？」

「當然可以。但事實上，如果沒有原來的那件衣物或者那樣東西的話，沒有哪個供應商能告訴你說你找到的那個鳧絨是他們家生產的。很不幸，一根羽毛是不夠的。」

「這可不一定，」我說：「說不定夠。」

不到中午，我已經走了兩條街到我停車的地方，坐進車裡把暖氣大開。我離紐澤西大道太近了，近得讓我覺得自己像受月亮引力影響的潮汐。我繫上安全帶，轉了轉收音機，兩次伸手去拿電話又改變了主意。光是考慮跟尼可拉斯·古魯曼聯絡，這個念頭本身就太瘋狂了。

反正他也不會在，我邊想邊再次伸手去拿電話撥了號。

「古魯曼。」對方的聲音說。

「我是史卡佩塔醫生。」我在暖氣風扇的噪音中提高了聲音。

「唔，哈囉，我前兩天才剛讀到你的新聞。你聽起來像是在車裡打的電話。」

「的確是的，我人現在正好在華盛頓。」

「我眞是太受寵若驚了，你經過我們這窮鄉僻壤時還會想到我。」

「你們這裡根本不能算是窮鄉僻壤，古魯曼先生，而且我打這通電話也不是爲了社交目的。我是想你我應該討論一下朗尼·喬·華德爾的事。」

「我明白了，你離法律中心有多遠？」

「十分鐘。」

「我還沒吃午飯，我想你應該也沒有。我叫外送三明治到辦公室裡來吃，你覺得如何？」

「可以。」我說。

法律中心離大學的主要校區約三十五條街遠，我還記得多年前，當我發現我的學生生活並不包括走過高地的古老樹蔭街道、坐在優美的十八世紀磚造建築物裡上課時，感到多麼沮喪。反之，我那漫長的三年是花在特區裡最吵雜、最緊湊繁忙的一帶，一棟毫無魅力可言的全新建築裡。然而我的失望感並沒有持續很久，在離美國國會咫尺之遙的地方研讀法律自有其令人興奮之處，更別提種種方便了。但或許更具意義的是，我在這裡念書沒多久就遇見了馬克。

我們第一年的第一個學期，我和馬克·詹姆斯最早的一些接觸當中，我記得最清楚的是他引發的生理反應。一開始，我發現只要一看見他就令我慌亂不安，儘管我不知道為什麼。然後，等我們認識之後，他的出現則會造成我血液裡腎上腺素激增。我的心會開始狂跳，突然發現自己對他不管再尋常無奇的一舉一動都注意得不得了。幾個星期之內，我們像著了魔一般談到深夜清晨，我們說出的話語彷彿不是字句，而是某個祕密樂章裡的音符，旋律不可避免地越來越強，在某個晚上像一場不可預知的意外般帶著令人目眩神迷的力量達到高潮。

這麼多年來，法律中心的規模已經擴充改變了不少。刑法諮詢中心在四樓，我走出電梯時沒有看見任何人，經過的辦公室看來也都空空蕩蕩的。現在畢竟還在放假，只有閒不住或太絕望的人才會有心工作。四一八室的門開著，祕書的桌子空著，古魯曼辦公室的門開了一條縫。

我不想嚇到他，於是一邊叫著他的名字一邊朝他辦公室走去。他沒應聲。

「哈囉，古魯曼先生？你在嗎？」我把他的門稍微推開了一點，又喊一次。

他的辦公桌埋在圍繞著電腦形成的好幾吋深的混亂之下，案件檔案和抄本沿著擁擠的書架下方堆在地上。辦公桌左邊的桌子上有一台印表機和一台正忙著送東西出去的傳眞機。我靜靜地站著環顧四周，電話響了三聲又停了。辦公桌後方的窗子拉上了窗簾，可能是爲了減少電腦螢幕的反光，窗台上則放著一個傷痕累累的破舊棕色皮公事包。

「抱歉。」我後面傳來一個聲音差點讓我驚跳起來。「我剛剛出去了一下，本來是希望能在你到達之前回來的。」

尼可拉斯．古魯曼沒有伸出手要跟我握，也沒有說半句問候的話。他似乎一心想著回到他的座位上，拄著一根銀杖頭的手杖緩緩走到椅子旁。

「我沒辦法請你喝咖啡，因爲艾芙琳不在的時候沒人煮。」他邊說邊坐進他那張法官椅。「但熟食店馬上就會把我們的午餐跟飲料送來，希望你能等。還有請坐，史卡佩塔醫生。一個女人居高臨下看著我，會讓我緊張。」

我拉過一張椅子在他桌前坐下，很驚奇地發現古魯曼本人並不是我學生時代記憶中的那個怪物。首先他看起來似乎縮小了，不過我懷疑可能是我自己的想像力把他放大到巨人的程度。現在我看到的他是一個瘦小的白髮男人，歲月在臉上刻下了誇張且令人注目的紋路。他仍然穿西裝背心、打領結、抽菸斗，他注視我的眼神也仍然像手術刀一樣善於分析，但我不覺得他的眼神冰冷。他的眼神只是不動聲色，我自己的眼神大部分時間也是這樣。

「你走路怎麼一拐一拐的？」我大膽地問他。

「痛風，獨裁者的疾病。」他說的時候不帶微笑，「不時會發作。請饒了我，不用給我什麼好建議或對策了。你們這些醫生快要把我逼瘋了，從失靈的電椅到我可悲的飲食內容應該排除哪些食物和飲料，什麼事情都要不請自來地發表意見。」

「那張電椅沒有失靈，」我說：「並不像你所暗示的那樣。」

「你根本不可能知道我在暗示什麼，當年你在這裡的短短一段時間之內，我似乎不止一次告誡過你不要發揮你妄下推斷的天分。很遺憾你沒有聽我的話，你現在還是妄下推斷，雖然這次你妄下的推斷事實上是正確的。」

「古魯曼先生，你還記得我是你的學生令我受寵若驚，但我來這裡不是爲了要回憶我在你課堂上度過的悲慘時光。同時，我也不是來這裡參與你似乎運用得出神入化的心理戰術。把話挑明了說，我認爲你是我受三十多年正式教育中所遇過最厭憎女人、最傲慢自大的教授。我必須感謝你把我應付王八蛋的本事調教得那麼好，因爲這世界上充滿了王八蛋，而我每天都必須應付他們。」

「我相信你每天都應付他們，不過你的本事好不好就很難說了。」

「我對你在這個問題上的意見完全不感興趣，我只希望你能多告訴我一點關於朗尼·喬·華德爾的事。」

「除了最終結局是不正確的這個明顯事實之外，你還想知道什麼？你喜歡讓政治來決定你的生死嗎，史卡佩塔醫生？哎，就拿你現在的情況來說吧。你最近被報紙寫得那麼不堪，難道背後沒有一丁點政治動機嗎？每個在裡面摻一腳的人都有自己的目的，都想從公開詆毀你這個行動中得到某種好處，這跟公平或者眞理都一點關係也沒有。所以只要想像一下，如果有一批同樣有權力的人奪走你的自由甚至你的性命，會是什麼光景。

「朗尼是被一個不理性、不公平的制度給五馬分屍了。不管引用了什麼先前的判例，也不管在直接的或從屬的再審中有沒有顧及他的權利，都沒有差別。在這個案子裡，不管我舉出什麼議題都沒有差別，因爲在你們那可愛的地區，人身保護令並不是用來防止濫權，以確保政治案件的審問和受理的法官都能本著良心力求審理過程符合已確立的憲法原則。根本沒有半個人關心是否有違憲的行爲阻撓了我們對法律某個領域的思考發展。我爲了朗尼奮戰的這三年，簡直是馬耳東風，白費力氣。」

「你指的是什麼違憲行爲？」我問。

「你有多少時間？不過我們就先從檢方的斷然反對（譯註：peremptory challenges，指反對某人參加陪審團之正式申訴）很明顯是有種族歧視開始說好了。朗尼受平等保障條款所保障的權利徹底被侵犯了，檢方的不當處置明目張膽地侵害了他的第六修正案權利，讓他無法得到一個在社群裡平均採樣而組成的陪審團。我想你應該沒看過朗尼受審的過程，可能知道得也很少，因爲那是九年多以前的事了，你當時不在維吉尼亞。當地媒體的報導勢力強大得不得了，但是審理地點卻沒有改變。陪審團由八個女人和四個男人組成，其中六女兩男是白人。那四個黑人陪審團員分別是汽車業務員、銀行出納、護士和大學教授。白人陪審團員的職業什麼樣都有，有一個退休的鐵路扳閘工人仍然把黑人叫做『黑鬼』，還有一個有錢的家庭主婦，她和黑人接觸的唯一經驗就是在新聞裡看到他們又在國宅計畫區裡射殺了某人。這樣的陪審團絕不可能讓朗尼得到公平的審判。」

「你的意思是說，華德爾案子裡像這樣或其他的違憲錯誤都是政治動機所造成的？把朗尼．華德爾處死的政治動機會是什麼？」

古魯曼突然朝門瞥了一眼。「除非我的耳朵騙了我，我相信我們的午餐來了。」

我聽見輕快的腳步聲和紙的沙沙聲，然後一個聲音喊道：「嘿，尼可，你在嗎？」

「進來吧，喬。」古魯曼坐著沒有起身。

一個穿著藍色牛仔褲和網球鞋、活力充沛的年輕黑人出現，把兩個紙袋放在古魯曼面前。

「這個袋子裡面裝的是飲料，這個裡面是兩個水手三明治、馬鈴薯沙拉，還有醃酸黃瓜。一共十五塊四毛。」

「不用找了。還有，喬，我眞的很感激你送東西來。他們都不放你假的嗎？」

「人們吃東西可是不放假的，老兄。我得走了。」

古魯曼把食物和餐巾分成一人一份，我則拚命想著該怎麼做才好。我發現自己越來越被他的舉止和言談打動了，因為他一點也不陰險狡猾，也沒有什麼讓我感覺他不誠懇或自以為高人一等的地方。

「什麼樣的政治動機？」我拆開三明治的包裝紙，又問了他一次。

他打開一罐薑汁汽水，掀開他那份馬鈴薯沙拉的容器蓋子。「幾個星期前，我以為我就快找出這個問題的答案了。」他說：「但是本來可以幫助我的那個人後來卻突然被人發現死在她的車子裡。我相當確定你知道我說的是誰，史卡佩塔博士。珍妮佛．戴頓的案子是你經手的，雖然沒有公開聲稱她是死於自殺，但報導給人製造的印象是這樣。我認為她的死就算不到令人心寒的地步，也稱得上是時機很巧。」

「這麼說來你認識珍妮佛．戴頓？」我盡可能語調平淡地問。

「是也不是。我沒見過她，也只通過很少幾通很簡短的電話。是這樣子，我是在朗尼死後才跟她聯絡上的。」

「那這麼說來她認識華德爾了。」

古魯曼咬了一口三明治，伸手去拿薑汁汽水。「她和朗尼絕對認識。」他說：「你一定知道，戴頓小姐提供星座服務，對靈學之類的東西很有興趣。唔，八年前，朗尼被關在梅克倫堡死囚室的時候，在某份雜誌上看到了她的廣告。他寫信給她，一開始是希望她能替他看看未來。說得更確切點，我想他是想知道自己會不會死在電椅上，這也不是什麼很不尋常的現象——囚犯是會寫信給靈媒或看手相算命的人去問自己的未來，或者聯絡神職人員，請他們替他祈禱。朗尼這件事之所以比較不尋常的是，他和戴頓小姐顯然展開了一段持久且親密的通信關係，一直到他死前幾個月才停止。然後她寫給他的信突然就中斷了。」

「你是不是在懷疑她的信可能被攔截了？」

「這點是毫無疑問的。我和珍妮佛．戴頓通電話的時候，她說她仍繼續寫信給朗尼。她也說她已經好幾個月都沒有收到他的信了，我很懷疑這是因為他的信也被攔截了。」

「你為什麼等到行刑之後才跟她聯絡？」我不解。

「因為之前我並不知道有她這個人存在。朗尼一直到我們最後一次談話的時候才談起她，在我和所有我代表過的囚犯談過的話當中，那也許是最怪的一次了。」古魯曼把三明治撥弄了一陣，然後推到一旁，伸手去拿菸斗。「我不知道你曉不曉得這一點，史卡佩塔博士，但最後是朗尼放棄我的。」

「我不懂你的意思。」

「我最後一次跟朗尼談話是在他從梅克倫堡移監到里奇蒙的一星期前。那時候，他表示他知道自己會被處死，不管我做什麼都不會有所改變。他說即將發生在他身上的事是從一開始就已經啓動了的，他已經接受了難逃一死的事實。他說他期待死亡，說我最好停止爭取聯邦政府的人身保護令，然後他要求我再也不要打電話給他或者去看他。」

「但他沒有解雇你。」

古魯曼點火塞進他那石南木根製成的菸斗，吸著菸斗嘴。「沒有，他只是拒絕見我，拒絕跟我講電話。」

「這樣應該就足以申請緩刑，來裁定他的行爲能力。」

「我試過了，我試過引用所有的東西，從『海斯對莫菲』一案到主禱文。法庭很天才地裁決說朗尼並沒有要求被處決，他只是表示他期待死亡，所以我的訴求被駁回了。」

「要是你在朗尼．華德爾行刑前的幾個星期都沒有跟他接觸，那你是怎麼知道珍妮佛．戴頓的？」

「我最後一次跟朗尼談話的時候他對我做了三個要求。第一是要我負責讓他寫的一篇沉思在他死前幾天登在報紙上。他把東西給了我，我跟《里奇蒙時報─快訊》談好了。」

「我有讀到。」我說。

「他的第二個要求──我照他的話說──是『別讓我朋友出事』。我問他指的是哪個朋友，他說，我這是照他原話說的，『如果你是好人，就替她留心。她從來沒傷害過別人』。他告訴我她的名字，叫我等他死後再跟她聯絡。叫我到時候打電話給她，告訴她說她對他有多重要。嗯，我當然沒有完完全全照他的意思做。我馬上就試著聯絡她，因爲我知道我快失去朗尼了，我感覺到有些非常不對勁的事情。我希望這個朋友或許能幫上忙。比方說，既然他們一直在通信，也許她能指點我一下。」

「那你有沒有找到她？」我問，想起馬里諾告訴過我說感恩節的前後珍妮佛．戴頓在佛羅里達待了兩星期。

「電話一直沒人接。」古魯曼說：「我斷斷續續地試了好幾個星期，然後，老實說，由於跟訴訟步調相關的時機問題和健康突發狀況，又是放假又是一次痛風大發作，我的注意力就轉移到其他的事情上去了。我一直等到朗尼死後才再想起要打電話給珍妮佛．戴頓，並遵照朗尼的要求去告訴她說她對他很重要等等。」

「你早先試著跟她聯絡的時候，」我說：「有沒有在她的答錄機上留言？」

「答錄機沒開，事後想起來這也有道理。她可不希望度完假回來還得面對五百通不參考星座圖就不能做決定的人所留下的留言。如果她在答錄機上留言說她要出城去兩個星期的話，這簡直是在邀請小偷上門。」

「那麼你終於跟她聯絡上之後，發生了什麼事？」

「她透露說他們通了八年的信，而且兩人相愛。她宣稱實情永遠不會有人知道。我問她這是什麼意思，但她不肯告訴我就掛了電話。最後我寫了封信給她，懇求她跟我談一談。」

「你這封信是什麼時候寫的？」我問。

「我看看。處決後的那一天，我想就是十二月十四日了。」

「她有回信嗎？」

「有，頗有意思的是她是用傳眞回信的。之前我並不知道她有傳眞機，但我的信紙上有印傳眞號碼。我這裡有她傳來的內容，如果你想看的話。」

他在桌上一疊疊厚重的檔案夾和其他文件中撥來撥去，找到了他要的那份檔案，一頁頁翻看，抽出那張傳眞。我一眼就認出來了。「是的，我會合作，」上面寫道，「但是已經太遲了，太遲了，太遲了。最好還是你過來這裡。這一切都大錯特錯！」我在想，要是古魯曼知道她傳來的這封信已經在尼爾斯．范德的實驗室裡用影像強化處理使它重新顯現出來了，不知會作何反應。

「你知不知道她是什麼意思？什麼太遲了，什麼又大錯特錯？」我問。

「顯然要阻止朗尼被處死是太晚了，因爲那是四天前就已經發生的事。我不確定她認爲大錯特錯的是什麼，史卡佩塔博士。你知道，我已經好一段時間感到朗尼的案子裡面有些不尋常的地方。他跟我之間一直沒有建立起什麼友善的關係，這一點本身就很奇怪。一般來說，客戶跟我都會變得很親近。我是這個要置你於死地的系統中唯一替你說話的人——在一個不爲你服務的系統裡唯一一個替你服務的人。可是朗尼對他的第一個律師非常冷淡，使那個人認爲這個案子沒希望因而放棄。然後等到我接手的時候，朗尼還是很疏遠，這實在讓人挫折得不得了。每次我覺得他開始信任我了，立刻就又會豎起一道牆來。他會突然撤退到沉默之中，然後開始流汗。」

「他看起來害怕嗎？」

「害怕、沮喪，有時候生氣。」

「你的意思是說，他的案子牽扯到某種陰謀，而他可能告訴了他的朋友，或許在早先寫給她的信裡說到過？」

「我不知道珍妮．戴頓知道什麼，但我懷疑她知道某些事。」

「華德爾稱她爲『珍妮』嗎？」

古魯曼又伸手去拿打火機。「是的。」

「他有沒有跟你提過一本叫做《巴黎鱒魚》的小說？」

「有意思。」他看起來很驚訝。「這件事我很久沒想起了，但好幾年前在我跟朗尼的頭幾次會面中，我們談到了書和他的詩。他喜歡看書，建議我讀《巴黎鱒魚》。我告訴他我已經讀過那本小說了，但是很好奇他爲什麼推薦它。他很安靜地說：『因爲事情就是這樣子，古魯曼先生，不管怎麼樣都不可能改變任何事情。』那時候我把這話的意思解釋爲他是一個被放在白人系統敵對位置的南方黑人，不管我在司法上訴過程中用了聯邦政府的人身保護令也罷，還是什麼魔法也好，都不會改變他的命運。」

「你現在還是這麼解釋嗎？」

他深思地盯向一片迷離的煙霧。「我相信是。你爲什麼會對朗尼的推薦書單感興趣？」他直視我的眼睛。

「珍妮佛．戴頓床邊有一本《巴黎鱒魚》，裡面夾著一首詩，我懷疑是華德爾寫給她的。這不重要，我只是好奇而已。」

「這當然重要，否則你就不會問了。你心裡想的是朗尼推薦這本小說給她看可能跟他推薦給我看是同樣的理由。在他心中那個故事在某種意義上也就是他的故事。這又帶我們回到原來的問題，就是他向戴頓小姐透露過多少。換句話說，她帶了什麼祕密進墳墓？」

「你認爲是什麼，古魯曼先生？」

「我認爲其中隱藏了某個非常惡劣的輕率行爲，爲了某種原因，朗尼也是裡面的一部分。也許這跟監獄裡發生的事情有關，也就是說獄政系統的腐敗貪污。我不知道，但我眞希望我知道。」

「但既然他快死了，又何必隱藏任何事呢？爲什麼不乾脆孤注一擲，把事情說出來？」

「就是啊，這才是最理性的做法，不是嗎？現在，既然我已經這麼耐心而慷慨地回答了你種種探測的問題，史卡佩塔博士，也許你就可以比較了解我爲什麼對朗尼可能在行刑前遭受到的任何虐待產生不止一點關切了。也許你也可以比較了解我爲何如此激烈地反對死刑，這是一種殘忍而異常的制度。不必有瘀血、擦傷或流鼻血，它就是如此。」

「沒有證據顯示有生理上的虐待。」我說：「我們也沒有檢測出任何藥物，你已經收到我的報告了。」

「你這是在顧左右而言他。」古魯曼邊說邊把菸斗裡的菸絲敲出來。「你今天來，因爲你想從我這裡得到些什麼。在這段我根本沒有必要進行的對話當中，我已經給了你很多資訊了。但我這麼做是心甘情願的，因爲我永遠追求公平和眞實，不管你把我看成什麼。而且還有另一個原因是，一個我以前的學生現在碰上麻煩了。」

「如果你指的是我，那麼容我提醒你自己的格言，不要妄下推斷。」

「我相信我並沒有妄下推斷。」

「那麼我必須表示強烈的好奇心，爲什麼你突然對一個以前的學生表現出你所謂的慈善態度。事實上，古魯曼先生，在我腦海裡慈善這個詞從來就沒跟你有過任何關聯。」

「那麼，也許你不懂這個詞眞正的意思。善意的行動或感覺，是施予有需要的人。慈善是給某個人他所需要的東西，而不是你想要給他的東西。我一向都給你你所需要的東西。你是我學生的時候，我給了你所需要的東西，今天我也在給你你所需要的東西，雖然表現的方式很不一樣，因爲你當時和現在的需要也不一樣。

「現在我已經老了，史卡佩塔博士，也許你認爲我已經不太記得你在喬治城的那些日子。但你也許會很驚訝我其實非常清楚地記得你，因爲你是我教過最有前途的學生之一。你不需要我給你安撫和掌聲，你的危險不在於你會對自己和自己的優秀心智失去信心，而是你會失去你自己，就這樣。你以爲我不知道你在我的課堂上爲什麼看起來那麼筋疲力竭、魂不守舍？你以爲我不知道你全副心思都放在馬克．詹姆斯身上，順帶一提，就你的標準而言他似乎只能算是平庸之輩吧？如果我看起來對你很凶、很苛刻，那是因爲我想要吸引你的注意力，我要你生氣，要你在法律中感到自己活著，而不是只想著談戀愛。我怕你會拋開大好的機會，只因爲你的賀爾蒙和感情太過氾濫。你知道，人是會在某天醒來突然懊悔自己以前做出某些決定的。我們會在空空的床上醒來，前面有空空的一天在等著我們，除了空空的一星期又一星期、一個月又一個月、一年又一年之外，沒有什麼值得期待的東西。我下定決心不讓你浪費你的天賦，放棄你的力量。」

我驚愕不已地瞪著他，臉開始灼熱起來。

「我對你的侮辱和不禮貌從來都不是眞心的。」他繼續用他那在法庭上令人畏懼的肅穆與準確聲量說：「那些都是策略。我們律師擅於施展策略是有名的，那是我們的旋轉球和變化球，用不同的角度和速度製造出某種必要的效果。在那一切之下，我很眞心而熱切地想要讓我的學生變得強悍，並祈禱他們能在我們這個千瘡百孔的世界裡做出一些有意義的事。我對你一點也不失望，你或許是我最明亮的星星之一。」

「你現在爲什麼要跟我說這些？」我問。

「因爲在你人生中的這個時候，你需要知道這些事。你碰上麻煩了，這點我已經說過。你只是太驕傲，不肯承認而已。」

我一言不發，腦海裡進行著一場激烈的辯論。

「我可以幫助你，如果你允許的話。」

如果他說的是實話，那麼我必須要投桃報李。我朝他辦公室開著的門瞥了一眼，想像要闖進這裡是多容易的事。我想像他搖搖擺擺地走向他的車時，要攻擊他是多麼容易的事。

「比方說，如果報紙繼續登一些羅織你入罪的報導，你有必要擬出一些策略——」

我打斷他的話。「古魯曼先生，你最後一次見到朗尼．喬．華德爾是什麼時候的事？」

他頓了頓，望向天花板。「我最後一次當面見到他至少是一年以前了。我們大部分的交談都是在電話上進行的。要不是他不准的話，我會一直陪他到最後，這點我已經提過了。」

「那麼當他照理說是在春街監獄裡等待行刑的時候，你完全沒有見過他或跟他說過話。」

「照理說？你這個說法很奇特，史卡佩塔博士。」

「我們無法證明十二月十三日晚上被處死的人是華德爾。」

「你一定是在開玩笑吧。」他露出驚異的表情。

我解釋了一切，包括珍妮佛．戴頓是死於他殺，而華德爾的指紋出現在她家飯廳的一張椅子上。我告訴他艾迪．希斯和蘇珊．史多瑞的案子，以及有證據顯示有人亂搞過自動指紋辨識系統裡的紀錄。等我說完之後，古魯曼坐得直挺挺的，眼睛用力盯著我不放。

「我的老天。」他咕噥說。

「警方始終沒有找到你寫給珍妮佛．戴頓的信。」我繼續說：「警方搜她房子時候既沒發現你的信，也沒找到她傳給你那份傳眞的原稿。也許是有人拿走了，也許凶手那天晚上殺死她之後就在她家的壁爐裡把那些東西給燒了，或許是她自己處理掉的，因爲她感到害怕。我眞的相信她被殺害是因爲她知道些什麼。」

「那麼蘇珊．史多瑞被殺也是這個原因了？因爲她知道些什麼？」

「當然有這個可能性。」我說：「我的重點是，目前爲止兩個跟朗尼．華德爾有關的人都被殺害了。要講到可能知道華德爾很多事情的人，你會是個機率很高的人選。」

「所以你認爲下一個可能輪到我。」他帶著歪扭的笑容說：「你知道，也許我對上帝最大的不滿就是生死之隔常是時機的問題。你的警告我聽到了，史卡佩塔博士。但我也沒傻到會認爲，要是有人打算射殺我的話我可以成功躲得過。」

「你至少可以試一試。」我說：「你至少可以採取預防措施。」

「我會的。」

「或許你可以和你太太去度個假，離開這裡一陣子。」

「貝佛麗三年前死了。」他說。

「我很遺憾聽到這事，古魯曼先生。」

「她病了好多年——事實上，我們在一起的大部分時間她都病著。現在沒有人依賴我了，我就放任自己的惡習。我是個無可救藥的工作狂，想要改變世界。」

「如果有人有可能改變這世界的話，我想或許就是你了。」

「這種看法完全沒有事實根據，但我還是很感激。我也要向你表達我對馬克之死的哀悼之意。他在這裡的時候我對他並不了解，但他看來人不錯。」

「謝謝。」我站起身穿上外套。花了好些時間才找到我的車鑰匙。

他也站起身。「我們接下來要怎麼做，史卡佩塔博士？」

「我想你這裡大概沒有朗尼．華德爾的信件或其他任何東西，值得拿去檢驗有沒有他的指紋？」

「我沒有他的信，任何他簽過的文件也都經過好幾個人的手了。你想試試的話，我不反對。」

「如果我們沒有別的方法可想的話，我會通知你的。不過還有一件事我一直想問。」我們在門口停下腳步，古魯曼撐著他的手杖。「你提到最後一次跟華德爾談話的時候，他提出了三項遺願。一項是刊登他的沉思，另一項是打電話給珍妮佛．戴頓，第三項呢？」

「他要我邀請諾林到行刑現場去。」

「你邀了嗎？」

「嗯，當然邀了，」古魯曼說：「你們那位州長甚至連回函表示出席與否的禮貌都沒有。」

10

下午近傍晚，里奇蒙的建築輪廓已然在望，我打電話給蘿絲。

「史卡佩塔醫生，你在哪裡？」我的祕書聲音聽來很慌亂。「你在車上嗎？」

「對，我差不多再五分鐘就可以到市區了。」

「呃，你繼續開下去吧，現在別到這裡來。」

「什麼？」

「馬里諾副隊長在找你。他說如果我跟你聯絡上的話，叫你在做任何事情之前先打電話給他。他說事情非常、非常緊急。」

「蘿絲，你到底在說什麼啊？」

「你有沒有聽新聞？有沒有看到晚報？」

「我一整天都在華盛頓，什麼新聞？」

「法蘭克．唐納修今天下午被人發現死掉了。」

「那個典獄長？那個法蘭克．唐納修？」

「對。」

我握著方向盤的手緊繃起來，眼睛死盯著路面。「怎麼回事？」

「他是被射殺的，被發現死在他的車裡，跟蘇珊一樣。」

「我馬上就到。」我說著換到左側車道並加速。

「眞的先不要來這裡比較好。費爾丁已經開始解剖他了。請打電話給馬里諾，你需要看一看報紙，他們知道子彈的事。」

「他們？」我說。

「記者，他們知道子彈顯示出艾迪．希斯的案子和蘇珊的案子有關聯。」

我撥了馬里諾的呼叫器，告訴他我正在回家的路上。把車停進車庫之後，我馬上就走到前門台階去拿晚報。

在報紙的折疊處上方，有一張法蘭克．唐納修微笑的照片。頭條標題寫著，「**州立監獄典獄長慘遭殺害**」。底下是另一則報導，上面有另一個州政府公務員的照片——我。報導中說在希斯男孩和蘇珊身上找的子彈是由同一把槍發射的，而好些怪異的跡象顯示這兩起凶殺案都跟我有關。除了在《郵報》上登過的那些暗示之外，這篇報導更增加了惡毒許多的內容。

我驚愕地讀到，警方在蘇珊家裡找到一個裝著現金的信封，上面有我的指紋。我對艾迪．希斯的案子顯得「異常感興趣」，在他死前出現在亨利哥醫院去檢查他的傷口。後來我解剖他，那時蘇珊便拒絕做這個案子的證人，並據稱逃離了停屍間。不到兩個星期之後她被謀殺，我趕到現場，之後又沒有預先通知就立即出現在她父母家，還堅持在蘇珊的解剖過程中在場。

報上沒有直接編派給我一個對任何人心懷惡意的動機，但他們對於蘇珊的案子所暗示的東西已經夠令人目瞪口呆、火冒三丈了。我可能在工作上犯過了什麼大錯。朗尼．華德爾的屍體送到停屍間的時候，我忽略了給他印指紋。最近我曾把一個凶殺案受害者的屍體放在走廊中央，就在人進人出的電梯門口，因此嚴重危及證據的完整性。我被形容爲疏遠而難以預料，據同事觀察自從情人馬克．詹姆斯死去之後我的人格就逐漸變了。也許每天跟我共事的蘇珊掌握了能毀掉我職業生涯的內情，也許我付錢給她是要她保持沉默。

「我的指紋？」馬里諾一出現在門口我便對他說：「這到底是怎麼回事，我的指紋？」

「冷靜點，醫生。」

「我乾脆提出控告好了，這實在已經太過分了。」

「我想你現在最好什麼也別提出。」他拿出香菸，跟著我走到廚房，晚報就攤在桌上。

「這都是班．史蒂文司搞的鬼。」

「醫生，我想你應該先聽聽我要說的事情。」

「把子彈的事情洩漏出去的一定是他──」

「醫生，該死的，閉嘴啦。」

我坐下來。

「我自己也火燒屁股了。」他說：「我和你一起查這些案子，結果你現在突然變成了案情的一部分。是的，我們的確在蘇珊家裡找到了一個信封，在梳妝檯的抽屜裡，放在衣服底下，裡面有三張百元鈔。范德處理那個信封，找到好幾個隱藏的指紋，其中有兩個是你的。你的指紋就像我和其他很多調查人員的指紋一樣，都存在自動指紋辨識系統裡，以便萬一我們做了把指紋留在犯罪現場這種蠢事的時候，可以把我們排除在外。」

「我沒有在任何犯罪現場留下指紋。這件事有合理的解釋，一定有的。也許我什麼時候在辦公室或者停屍間碰過那個信封，然後蘇珊把它拿回家去。」

「那絕對不是公家的信封。」馬里諾說：「它比一般標準信封寬了差不多一倍，是用亮面的硬黑紙做的，上面沒有寫任何東西。」

我突然想到了，不敢置信地看著他。「我送她的那條圍巾。」

「什麼圍巾？」

「我送了蘇珊一條我從舊金山買回來的圍巾當聖誕禮物，你剛剛描述的就是裝那條圍巾的封套，一個亮面的黑色信封，用卡紙或硬紙做的，封口的地方有一個小小的金封印。禮物我是自己包的，上面當然會有我的指紋。」

「那三百塊錢呢？」他說的時候避開我的眼神。

「錢的事我一點也不知道。」

「我是說，錢爲什麼會在你給她的信封裡？」

「也許是因爲她想把錢藏在什麼東西裡面，那個信封剛好可以用。也許她不想把那個信封丟掉。我不知道。她要拿我給她的東西做什麼，我不能控制。」

「有沒有人看見你給她那條圍巾？」他問。

「沒有，她拆開我送的禮物時，她丈夫不在家。」

「唔，嗯，就旁人所知，你似乎只送了一盆粉紅色的聖誕紅給她。蘇珊對你送她圍巾的事大概沒提半個字吧。」

「拜託，她被射殺的時候身上就圍著那條圍巾啊，馬里諾。」

「那也不能說明它是從哪裡來的。」

「你是準備好要上指控席了是吧。」我火了。

「我沒有指控你任何事情。你不懂嗎？事情就是這個樣子，該死的。你要我把你當個小寶寶，拍拍你的手，好讓其他警察衝進這裡用這些問題來轟炸你？」

他站起身開始在廚房裡踱步，眼睛瞪著地板，雙手插在口袋裡。

「告訴我唐納修的事。」我靜靜地說。

「他是在路上被射殺的，可能是今天大清早的時候。他太太說他差不多六點十五分離開家。今天下午大概一點半的時候，有人發現他的那輛雷鳥停在深水總站，而他陳屍在車裡。」

「這些我在報上差不多都讀到了。」

「聽著，這件事我們談得越少越好。」

「爲什麼？記者會暗示說他也是我殺的嗎？」

「你今天早上六點十五分的時候在哪裡，醫生？」

「我正準備出門開車去華盛頓。」

「你有沒有證人可以證明你那時候絕不可能在深水總站附近？那裡離首席法醫辦公室不遠，你知道，大概兩分鐘車程吧。」

「這太荒唐了。」

「習慣就好。這才剛開始而已，等到派特森咬住你的時候你就知道了。」

羅伊．派特森競選總檢察官之前，曾是本市最好戰、最自我中心的刑事律師之一。他向來不太欣賞我的證詞，因爲在大部分的案子裡，法醫的證詞並不會讓陪審團對被告產生好印象。

「我有沒有告訴過你派特森有多恨你？」馬里諾繼續說：「他擔任被告律師的時候你讓他出過醜。你穿著精明幹練的套裝坐在那裡，冷靜得跟隻貓一樣，讓他看起來像個白癡。」

「是他讓自己看起來像個白癡的，我只是回答他的問題而已。」

「更別提你的老情人比爾．鮑士是他最要好的朋友之一，我想這點根本不用我多說了。」

「我希望你不要多說。」

「我不用想就知道，派特森一定會對你窮追猛打。狗屎，我敢說他現在一定樂得很。」

「馬里諾，你的臉紅得像蝦子一樣。看在老天的份上，別在我面前中風啊。」

「我們再來談談你說你送給蘇珊的那條圍巾。」

「『我說』我送給蘇珊的？」

「你在舊金山買圍巾的那家店叫什麼名字？」他問。

「我不是在店裡買的。」

他銳利地瞥了我一眼，繼續踱步。

「那是街上的市集，有很多攤子在賣藝術品和手工做的東西，就像倫敦的科芬園。」我解釋道。

「你有收據嗎？」

「我沒有理由要把收據留下來。」

「所以你不知道那個攤子叫什麼名字，也沒有辦法證明你跟某個有藝術氣息的人買了那條圍巾，而他用的是那種亮面的黑色信封。」

「我沒辦法證明。」

他繼續踱步，我瞪著窗外。雲朵飄過橢圓形的月亮，黑暗的樹影在風中搖動。我起身拉上窗簾。

馬里諾停下了步子。「醫生，我需要看你的財務紀錄。」

我什麼也沒說。

「我需要證明你最近幾個月沒有提領過大筆現金。」

我保持沉默。

「醫生，你沒有吧？」

我從桌邊站起來，脈搏重重跳著。

「你可以跟我的律師談。」我說。

馬里諾離開之後，我上樓去打開存放我私人文件的那個松木櫃子，開始整理銀行單據、退稅單，以及各種會計紀錄，一邊想著里奇蒙大概有哪些辯護律師會很高興看見我下半輩子被關起來或者被放逐。

我正坐在廚房裡，在記事簿上做筆記的時候，門鈴響了。我開門讓班頓．衛斯禮和露西進來，他們的沉默讓我立刻知道用不著說明發生了什麼事。

「康妮呢？」我疲憊地問。

「她要留在夏洛斯維爾跟她家人一起過新年。」

「我到你書房去了，凱阿姨。」露西沒有擁抱我也沒有微笑，說完就提著行李走開了。

「馬里諾要看我的財務紀錄。」衛斯禮跟著我走進客廳，我對他說：「班．史蒂文司在陷害我。辦公室裡有些人事檔案和備忘錄不見了，他希望看起來像是我拿走的。還有，根據馬里諾的說法，羅伊．派特森這幾天可樂了。以上就是這一小時內的最新消息。」

「你把蘇格蘭威士忌放在哪裡？」

「我的好酒放在那邊那個櫃子裡，玻璃杯在吧台。」

「我可不想把你的好酒給喝掉。」

「唔，但是我想。」我開始生火。

「我開車來的路上打過電話給你的副主任。槍械組已經檢查過唐納修腦袋裡的子彈了。溫徹斯特一百五十喱（譯註：一喱等於○．○六五公克）的鉛彈，沒有彈殼，點二二的口徑，一共兩顆。一顆從他左頰射進去，往上射穿腦殼，另一顆則是緊貼在他頸背上發射的。」

「跟殺死另兩人的是同一把槍？」

「對，你要冰塊嗎？」

「要，謝謝。」我拉上擋火屏風，把撥火棒放回架子上。「我想在唐納修陳屍的地方大概沒有發現羽毛吧。」

「就我所知是沒有。很明顯兇手是站在車外，從駕駛座這一側開著的窗戶射殺他。這並不表示先前這個人沒有和他一起坐在車內，不過我想應該是沒有。我的猜測是，唐納修和某人約在深水總站的停車場見面，這個人到的時候，唐納修搖下車窗，然後就被解決了。你在小毛那裡運氣如何？」他把酒遞給我，在長沙發上坐下。

「在另外三個案子裡找到的那些羽毛碎片，看起來是普通綿鳧的羽毛。」

「海鳥？」衛斯禮皺眉。「那種羽絨用在什麼地方，滑雪外套、手套什麼的？」

「很少。綿鳧的羽絨非常非常貴，一般人是不會有什麼用它塡塞的用品。」

接下來，我把一整天的事情都告訴衛斯禮，也鉅細靡遺地承認了我和尼可拉斯．古魯曼相處了幾個小時，並且不認爲他跟任何陰謀有半點關係。

「我很高興你去見了他。」衛斯禮說：「我本來就希望你去。」

「你聽到事情是這個樣子，驚訝嗎？」

「不，這個樣子是合理的。古魯曼的困境和你的有點像。珍妮佛．戴頓傳過一份傳真給他，看起來很可疑，就像你的指紋在蘇珊梳妝檯抽屜裡的一個信封上被發現一樣可疑。當暴力發生在離你很近的地方時，你就會被濺到，會被搞髒。」

「我不只被濺到，我覺得我是快淹死了。」

「目前情況看起來的確是這樣，也許你應該跟古魯曼談談這件事。」

我沒回答。

「要是我，會希望他站在我這邊。」

「我不曉得你認識他。」

衛斯禮啜著酒，冰塊發出輕輕的撞擊聲，壁爐上的黃銅鏡邊在火光中閃亮著。木柴劈啪作響，火星一陣陣沖上煙囪。

「我知道古魯曼的事。」他說：「我知道他是哈佛法學院第一名畢業的，是《法律評論》的編輯，而且學校要聘他教書，但他太太貝佛麗不想搬離華盛頓，他不得不拒絕了，這讓他傷心欲絕。她顯然有很多問題，其中很大的一個是他太太在前一次婚姻裡生的女兒，古魯曼認識貝佛麗的時候，那個女兒已經住進了聖依莉莎白醫院，後來他搬到華盛頓去。那個女兒幾年以後死了。」

「你查過他的背景了。」我說。

「算是吧。」

「從什麼時候開始的？」

「從我聽說珍妮佛．戴頓傳眞給他開始。無論如何，他看起來是乾淨的，不過還是需要有人去跟他談談。」

「你建議我去跟他談，不只是爲了這個原因吧？」

「那是一個重要的原因，不過不是唯一的，我認爲你應該回去那裡。」

我深吸一口氣。「謝謝你，班頓。你是個好人，一片好心。」

他把杯子湊到唇邊，盯著爐火看。

「請不要插手。」

「那不是我的風格。」

「當然是，你是這方面的行家。如果你想在幕後靜靜地操控、推動，或拆某個人的台的話，你知道該怎麼做的。你可以丟出許多障礙、炸掉許多橋樑，像我這種人能找得到路回家就算運氣好了。」

「馬里諾和我在這些事件裡參與的程度很深，凱。里奇蒙市警局參與其中，聯邦調查局也參與其中。要不是有個本來應該被處死的神經病如今正逍遙法外，就是有人似乎一心要讓我們以爲有個本來應該被處死的神經病如今正逍遙法外。」

「馬里諾一點也不要我參與。」我說。

「他的處境非常困難。他是市警局凶殺組的頭號探員，又是聯邦調查局暴力罪犯逮捕計畫的成員，然而卻也是你的同事和朋友。他必須查清楚你是怎麼回事，你辦公室裡又發生了什麼事，但他自己是想保護你的。試著站在他的角度去想想。」

「我會的，但他也需要站在我的角度想想。」

「這很公平。」

「班頓，從他說的話聽來，你會覺得這世界上一半的人都跟我積怨已深，會很樂意看見我被燒死。」

「也許沒有世界上一半的人那麼多，但是除了班．史蒂文司之外，另外也有別人拿著火柴跟汽油站在一旁。」

「還有誰？」

「我沒辦法指名道姓，因爲我並不知道。而且，不管背後指使的人是誰，我也不認爲毀了你的職業生涯會是他們的主要任務，但我想這的確也是目標的一部分。就算不管其他理由，光是讓你辦公室出來的證據都顯得有污點的話，也就足以嚴重危及這些案子了。更不用說少了你，州政府就少了一個非常有力的專家證人。」他迎視我的眼睛，「你需要考慮你的證詞現在還有多少價值。如果此時此刻你站上證人席，你對艾迪．希斯的案子是會有幫助還是會造成傷害？」

這句話刺到我心裡去了。

「此時此刻，我對他的案子不會有多少幫助。但如果我不出庭，這對他或任何人又會有多少幫助？」

「這是個好問題。馬里諾不希望你再受更多傷害了，凱。」

「那或許你可以讓他知道，面對這麼不合理的情況，唯一合理的反應就是我讓他去做他該做的事，他也讓我去做我該做的事。」

「我可以再來一杯嗎？」他站起身，把整瓶酒都拿了過來。我們沒再費神去弄冰塊了。

「班頓，我們來談談這個凶手。看到發生在唐納修身上的事，你現在怎麼想？」

他放下酒瓶撥動爐火。有一段時間，他背對我站在壁爐前，雙手插在口袋裡。然後他坐在壁爐前，手臂搭在膝蓋上。我很久沒有看過衛斯禮這麼煩擾不安了。

「老實跟你說，凱，這個禽獸讓我很害怕。」

「他跟你追蹤過的其他凶手有什麼不一樣？」

「我想他一開始的時候用的是一套規則，然後決定加以改變。」

「規則是他訂的還是別人訂的？」

「我想一開始訂規則的不是他。不管在釋放華德爾這個陰謀背後的主使人是誰，首先做決定的是那個人。但這傢伙現在有他自己的規則了，或者應該說現在已經沒有規則了。他很狡猾而且謹慎。目前爲止，情勢在他掌控之中。」

「動機呢？」我問。

「這問題就很難了。或許我應該用任務或使命的方式來談。我懷疑這個人的瘋狂有某套規律，但是這種瘋狂使他興奮。玩弄別人的心理，讓他覺得飄飄欲仙。華德爾被關了十年，突然間他以前那場罪案的惡夢又重演了。在他處決的那天晚上一個男孩被謀殺，手法有性虐待的意味，令人想起羅蘋．納史密斯的案子。接下來又陸續死了好幾個人，通通都是跟華德爾有某種關聯的。珍妮佛．戴頓是他朋友。蘇珊似乎跟這樁不管內情爲何的陰謀至少有所牽扯。法蘭克．唐納修是典獄長，十二月十三日的處決應該是由他監督的。這會讓其他的關係人作何感想？」

「我想，任何跟朗尼．華德爾不管在法律上還是其他方面有關聯的人，都會感到很大的威脅。」我回答。

「對，如果有個專殺警察的凶手到處肆虐，而你是個警察，那麼你就知道下一個可能就會輪到你。說不定今晚我從你家走出去，這傢伙就在暗處等著要射殺我。他可能在什麼地方坐在他的車裡，到處找馬里諾或者試圖找到我家。他可能正在幻想怎麼解決古魯曼。」

「或者我。」

衛斯禮站起來，又開始翻動爐火。

「你覺得我是不是應該把露西送回邁阿密？」我問。

「天啊，凱，我不知道該怎麼說。她不想回家，這是很明顯的。如果她今晚就回邁阿密，你可能會感覺好一點。說到這一點，如果你跟她一起走，我可能也會感覺好一點。事實上，如果所有的人——你、馬里諾、古魯曼、范德、康妮、米雪、我——都離開，那麼我們可能也會感覺比較好一點。但這樣的話還會剩下誰？」

「會剩下他。」我說：「不管他是誰。」

衛斯禮瞥一眼手錶，把酒杯放在茶几上。「我們大家都不應該插手彼此的事。」他說：「我們負擔不起。」

「班頓，我必須洗刷我的名譽。」

「這也是我想要做的。你想從哪裡著手？」

「羽毛。」

「請解釋。」

「這個凶手有可能去買了一樣鳧絨填塞的東西，但我想更有可能是他偷的。」

「這裡論說得通。」

「除非有標籤或者其他能追溯到廠商的東西，否則我們無法找到那樣東西。但或許有其他方法，也許可以在報上登篇報導。」

「我想我們不會希望讓凶手知道他在到處漏羽毛吧，這樣他一定會把那樣東西給丟掉。」

「我同意。但你可以找個跟你熟的記者，捏造一篇關於珍貴綿鳧羽毛的小小專題報導，說鳧絨製品非常昂貴，現在已經變成小偷下手的熱門目標了。也許可以把這篇東西跟滑雪季或什麼的連在一起。」

「什麼？希望有人會打電話進來，說他的車窗被打破，他的鳧絨夾克被偷了嗎？」

「是的。如果記者引述某個據說正在處理這類竊案的警探的話，這就給了讀者一個可以打電話去找的對象。你知道，人們常常在讀完報導以後會說，『我也碰過這種事情。』他們會有想幫忙的念頭，於是就會拿起電話。」

「我得考慮一下。」

「我承認這是繞遠路。」

我們開始朝門口走去。

「我離開公地開墾國家保護區之前跟米雪短暫地通過電話。」衛斯禮說：「她和露西已經開始討論了。米雪說你的外甥女相當嚇人。」

「她從一出生開始就令人頭疼萬分。」

他微笑，「米雪不是這個意思，她說露西的智力很嚇人。」

「有時候我擔心那個脆弱的容器可能承擔不了這麼強烈的電力。」

「我可不確定她是不是眞的那麼脆弱。別忘了，我才剛跟她相處過兩天，露西在很多方面都令我印象深刻。」

「你可別動腦筋要把她招進你們局裡。」

「我會等到她念完大學再說。那會花她多少時間？一整年嗎？」

直到衛斯禮開車離開之後，露西才從我的書房出來，我正把杯子拿到廚房去洗。

「你玩得開心嗎？」我問她。

「當然。」

「嗯，我聽說你跟衛斯禮夫婦處得很好。」我關上水龍頭，在放著我記事簿的桌旁坐下。

「他們人很好。」

「聽說他們也覺得你人很好哦。」

她打開冰箱，隨意朝裡面看了看。「剛才彼德爲什麼來這裡？」

聽別人用馬里諾的名字稱呼他，感覺有點奇怪。我想他帶露西去練射擊之後，他們之間的冷戰狀態已經緩和下來了。

「你怎麼會說他來過？」我問。

「我進門的時候聞到煙味，就斷定他來過，除非你又開始抽菸了。」她關上冰箱門，走到桌邊。

「我沒有開始抽菸，他是在這裡短暫地待了一會兒。」

「他來幹嘛？」

「問我一大堆問題。」我說。

「什麼問題？」

「你爲什麼需要知道細節？」

她的眼神從我的臉移到那疊財務資料，再移到寫滿我難以辨認字跡的記事簿。「我的理由不重要，因爲你顯然不想告訴我。」

「事情很複雜，露西。」

「你想把我關在外面的時候，總是說事情很複雜。」露西說著轉身離開。

我覺得我的世界正在四分五裂，身邊的人像乾掉的種子般隨風四散。我看見帶著子女的父母時總是很驚奇他們之間輕鬆寫意的互動，私心害怕那是一種我缺少而且學不來的本能。

我走進書房，看見外甥女坐在電腦前。螢幕上有一排排數字和英文字母，我猜是資料的片段。她拿鉛筆在紙上計算，我走到旁邊的時候她沒有抬頭看我。

「露西，你母親帶過很多男人在你們家進進出出，我知道這讓你有什麼感覺。但這裡不是你們家，我也不是你母親。你不需要覺得受到我男性同事和朋友的威脅。你不需要一天到晚尋找有哪個男人來過的證據，或是沒有根據地懷疑我和馬里諾或衛斯禮或任何人的關係。」

她沒有反應。

我把手放在她肩上。「我雖然無法像我所希望的那樣一直在你生活中陪伴你，但你對我非常重要。」

她擦掉一個數字，把橡皮屑從紙上掃掉，說：「你會不會被控訴罪名？」

「當然不會，我沒有犯任何罪。」我俯身靠近顯示器。

「你現在看到的就是十六傾印。」

「你說得沒錯，這是跟象形文字一樣。」

露西手指敲打鍵盤，一面移動游標一面解釋，「我現在想要找出ＳＩＤ號碼的確切位置，就是『州識別碼』，是獨一無二的指標。每個人在這個系統裡都有一個ＳＩＤ號碼，包括你在內，因爲你的指紋也在自動指紋辨識系統裡。在第四代的語言比如說ＳＱＬ裡，我可以用行列的名稱去查詢。但十六進位的語言是技術化、數學化的，沒有行列名稱，只有在紀錄配置裡的位置。換句話說，如果我想到邁阿密去，在ＳＱＬ裡面我只要告訴電腦說我要去邁阿密就可以了。但在十六進位裡，我必須說我要到北緯幾度、東經幾度的這個位置去。

「所以繼續用地理的比喻來說，我正在找ＳＩＤ號碼的經度和緯度，還有那個顯示紀錄類別號碼的經緯度。然後我就可以寫一個程式來找所有第二類的ＳＩＤ號碼，那表示刪除，或者第三類，那表示更新。我會用這個程式來找每一卷紀錄磁帶。」

「你是假設說如果某筆資料被人動過手腳，被改變的會是ＳＩＤ？」我問。

「這樣說吧，在ＳＩＤ號碼上動手腳比去實際弄亂光碟紀錄裡的指紋圖像要容易得多了。事實上自動指紋辨識系統就是這麼一回事——ＳＩＤ號碼以及對應的指紋。人的姓名、歷史，以及其他個人資料是放在『電腦化前科紀錄』裡，這些紀錄則是放在『犯罪紀錄交換中心』裡。」

「就我所知，犯罪紀錄交換中心裡面的紀錄是用ＳＩＤ號碼跟自動指紋辨識系統裡的指紋對應的。」

「一點也沒錯。」

我上床的時候露西還在工作。我立刻就睡著了，但凌晨兩點又醒了過來，一直到五點才迷迷糊糊睡去，然後不到一個小時就被鬧鐘叫醒。我在黑暗中開車到城裡去，聽著本地電台的新聞播報員報導最新消息。他說警方已經偵訊過我，而我拒絕透露關於我財務紀錄的消息。他接著又提醒大家說，蘇珊．史多瑞被殺前幾個星期才剛在她的活期存款帳戶裡存進三千五百元。

我到了辦公室，才剛脫下外套就接到馬里諾的電話。

「該死的隊長是個大嘴巴。」他劈頭就說。

「顯然如此。」

「狗屎，我眞抱歉。」

「不是你的錯，我知道你必須向他報告。」

馬里諾遲疑了一下。「我需要問你槍的事情。你的槍沒有一支是點二二，對吧？」

「我的槍你都知道，我有一把魯格和一把史密斯－韋森。如果你跟康寧漢隊長轉達這一點，我相信一個小時之內我就會在電台新聞裡聽到這件事了。」

「醫生，他要你把槍交到槍械組的實驗室去。」

一時之間，我還以爲馬里諾是在開玩笑。

「他認爲你應該會願意把槍交出來接受檢驗。」他補充道：「他認爲這樣馬上就可以顯示出在蘇珊、希斯男孩，還有唐納修身上找到的子彈不可能是從你的槍裡射出來的。」

「你有沒有告訴隊長說我的左輪槍都是點三八的？」我發怒地問。

「有。」

「他也知道屍體上發現的子彈是點二二的？」

「知道，我跟他說了好多遍了。」

「嗯，問他是不是知道有什麼轉接器可以讓點三八的左輪使用點二二的底火子彈彈匣。如果是的話，告訴他他應該在下一屆美國刑事鑑識科學學院的會議上發表一篇關於這種設備的論文。」

「我想你不會眞要我去跟他這麼說吧。」

「這什麼都不是，只是在搞政治，弄宣傳花樣，根本就不合理。」

馬里諾沒有說話。

「聽著。」我平板地說：「我沒有犯法。我不會交出我的財務紀錄、槍械，或者任何東西，直到我得到適當的法律諮詢。我了解這是你的職責所在，我也希望你做你該做的事。我只希望不要有人來煩我，讓我可以做我該做的事。我樓下有三個案子要弄，費爾丁又出庭去了。」

但顯然總是會有人來煩我的，馬里諾和我講完電話之後，蘿絲就出現在我辦公室裡。她臉色蒼白，眼神恐懼。

「州長要見你。」她說。

「什麼時候？」我心口一緊，問道。

「九點鐘。」

這時已經快八點四十了。

「蘿絲，他幹嘛要見我？」

「打電話來的人沒有說。」

我拿起外套和雨傘，走到戶外幾乎結凍的冬雨中。我沿著十四街匆匆行走，試著回憶上一次我和喬·諾林州長交談是什麼時候的事，差不多應該是一年以前，在維吉尼亞博物館一個正式場合裡。他是共和黨員、聖公會教徒、維吉尼亞大學法學士。我是義大利後裔，天主教徒，生在邁阿密，在北方受教育，骨子裡是民主黨員。

州政府大廈位於夏克侯丘，四周圍著的裝飾性鐵欄杆是十九世紀時爲了防止牛群闖進來而架設的。這棟傑弗遜設計的白色磚造建築具有其典型的風格，左右完全對稱，有著飛簷以及柱面光滑無溝槽的多利斯式柱子，靈感來自羅馬神殿。一路向上的花崗岩台階兩旁有長凳，在凜冽刺骨的大雨中我想到自己每年春天都計畫一定要找一天離開辦公桌，到這裡來坐在陽光下吃午餐，但我卻從沒這麼做過。我人生中無數個日子就如此虛度在充滿人工照明、違反一切建築法則、沒有窗戶的窄小空間裡。

進入州政府大廈，我到女廁所裡去補粧，嘗試藉此加強自己的信心。儘管我用唇膏和粉餅努力了一番，鏡中的影像卻沒給我多少鼓勵。我無精打采、忐忑不安地搭電梯到圓形大廳的頂端，這裡有歷屆州長的油畫盯著三層樓下出自胡頓之手的華盛頓大理石雕像。南面的牆邊有一群拿著記事本、相機、麥克風的記者在晃來晃去。本來我還沒想到自己是他們的目標，但我一走近，他們就把攝影機扛上肩膀，拔劍相向一般地把麥克風伸出來，相機快門像自動武器一樣迅速閃動。

「你爲什麼不肯透露你的財務狀況？」

「史卡佩塔醫生……」

「你有沒有付錢給蘇珊·史多瑞？」

「你持有的手槍是哪一型的？」

「博士……」

「你辦公室裡是不是眞的發現人事資料不見了？」

他們滿天揮灑著指控和問題，我思緒麻木地眼睛直視前方。麥克風頂到我的下巴前，人群的身體擠著我，閃光燈對著我的眼睛猛閃。我好像花了一輩子的時間才走到那扇厚重的桃花心木門邊，逃進門後我力圖沉靜下來。

「早安。」坐在高級木堡壘裡的接待員說，她頭上是一幅約翰·泰勒的畫像。房間另一端，一張背對窗戶的辦公桌邊坐著一個安全組的便衣警官，面無表情地瞥了我一眼。

「媒體是怎麼知道的？」我問接待員。

「對不起，你說什麼？」她是個上了年紀的女人，穿著蘇格蘭粗呢質料的衣服。

「他們怎麼會知道我今天早上要見州長？」

「抱歉，這我就不知道了。」

我在一張淡藍色的雙人沙發上坐下。牆上貼的壁紙也是同樣的淡藍色，家具古色古香，椅子上鋪著州徽的針織花邊。十分鐘緩慢地過去。一扇門開了，一個年輕男子走出來對我微笑，我認出他是諾林的新聞祕書。

「史卡佩塔醫生，州長現在可以見你了。」他身材瘦小，一頭金髮，穿著深藍色西裝配黃色吊褲帶。

「很抱歉讓你久等了。天氣眞是糟得一塌糊塗，我聽說今天晚上氣溫會降到十幾度。明天早上街道會凍得像玻璃一樣。」

他領我穿過一個又一個設備齊全的辦公室，祕書專心地坐在電腦螢幕前工作，助理人員沉默而忙碌地來來去去。他輕輕在一扇巨門上敲了敲，然後轉動黃銅門把踏進門內，很有紳士風度地輕扶我背讓我走在前面，進入維吉尼亞最有權勢的男人的私人空間。諾林州長坐在厚厚的皮椅上沒有起身，面前的胡桃木辦公桌井然有序。他對面擺設了兩張椅子，我被引導坐在其中一張上，他則繼續在看一份文件。

「你要喝些什麼嗎？」新聞祕書問我。

「不用了，謝謝。」

他輕輕地關上門離開。

州長把文件放在桌上，向後靠著椅背。他的長相很有威嚴，五官並不完美，但是夠讓人對他肅然起敬了。當他走進室內，沒有人會忽略他。就像生在男人偏矮的年代、身高卻達六呎二的喬治·華盛頓，諾林也比一般的平均身高高出許多，而且在同齡男人開始禿頭或頭髮變白的時候，他的頭髮仍然濃密烏黑。

「博士，我一直在想，不知道有沒有什麼方法能在這股到處蔓延的謠言之火完全失去控制之前把它撲滅。」他講話帶著維吉尼亞口音那種和緩的抑揚頓挫。

「諾林州長，我當然很希望有。」

「那麼請幫助我了解，爲什麼你不肯跟警方合作。」

「我希望先請教我的法律顧問，但一直還沒有機會這麼做，我不認爲這是不肯合作的表現。」

「你當然有權利不陷自己於罪。」他緩緩地說：「但光是你引用第五修正案的這件事，就已使你顯得很有嫌疑了。我相信你一定知道這一點。」

「我知道現在不管我做什麼，大概都會遭到批評。我保護自己是合理且謹愼的行爲。」

「你有沒有付錢給你的停屍間管理人蘇珊．史多瑞？」

「沒有，我沒有這麼做。我沒有做任何錯事。」

「史卡佩塔醫生。」他俯身向前，手指交叉放在桌面上。「據我了解，你不肯合作交出任何可能證實你說法的紀錄。」

「目前爲止沒有人告訴我說我是任何罪案的嫌犯，也沒有人對我讀過米蘭達警告（譯註：即嫌犯在被捕時執法者必須對之宣讀以保護其權利的「你有權保持緘默……」等字句）。我並沒有自動放棄任何權利，也還沒有機會尋求法律諮詢。此時此刻，我不打算向警方或任何人公開我工作上或私生活的檔案。」

「那麼，簡單地說，你是拒絕徹底公開了。」

當州政府的官員被控有利益衝突或者任何其他不合職業道德的行爲時，只有兩種防禦方式：

不是徹底公開，就是辭職。後者像無底深淵般開展在我面前，州長很明顯是要逼我跳下去。

「你是國家級的刑事鑑識病理學家，也是本州的首席法醫。」他繼續說道：「你在執法界享有很成功的職業生涯以及完美無瑕的聲譽。但在這件事情上，你做出了不智的判斷。你沒有小心避免跟任何不當行爲發生關聯。」

「我一直很小心，州長，而且我沒有做任何錯事。」我重複，「事實會顯示這一點，但在跟律師討論過之前我不會再深談這件事。我也不會做徹底公開，除非是透過律師，並在祕密聽證會的法官面前。」

「祕密聽證會？」他瞇起眼睛。

「我私生活的某些細節會影響到別人。」

「誰？丈夫、子女、情人？據我了解這些你都沒有，你是獨居，而且——套句老掉牙的說法——是嫁給了你的工作。你要保護的會是誰？」

「諾林州長，你這是在引我上鉤。」

「不，女士，我只是在尋找能證實你說法的東西。你說你要保護別人，所以我問你這些別人是誰。當然不會是病人，你的病人都是死人。」

「我不覺得你的態度很公平或不偏不倚。」我知道我的語氣很冷，「這整個會面從一開始就不公平。我二十分鐘之前才得到通知，也沒有人告訴我這次會面是要談什麼——」

他打岔，「咦，博士，我還以爲你應該猜得到要談的是什麼。」

「就像我也該猜到這次會面是公開的一樣。」

「我知道媒體大批出動了。」他臉上的表情沒有變化。

「我想知道怎麼會這樣。」我憤怒地說。

「如果你的意思是問我的辦公室有沒有把我們會面的消息透露給媒體，我的答案是沒有。」

我沒有反應。

「博士，我不確定你是否了解身為公僕的我們行事必須另有一套準則。在某種意義上，我們是不能有私生活的。或者應該說，當我們的職業道德或判斷力受到質疑的時候，在某些情況下，大眾有權檢視我們生活中最私密的一些層面。每當我準備從事某項活動，甚至是開一張支票的時候，我都必須自問我的行動能不能經得起最深入、仔細的檢查。」

我注意到他說話的時候很少用到手勢，也注意到他西裝和領帶的質料與設計都非常巧妙含蓄地表現出奢侈。他繼續訓話，我的注意力則四處遊走，我知道不管說什麼、做什麼到頭來我都救不了自己。雖然我是由衛生局長派任的，但若沒有州長的支持，我當初不可能得到這個職位，得到了也不可能做得長久。要失去州長的支持，最快的方法就是造成他的尷尬或衝突，而這一點我已經做到了。他有力量可以強迫我辭職，而我可以讓他更尷尬，藉此為自己多爭取一點點時間。

「博士，也許你願意告訴我，如果換了你是我，你會怎麼做？」

窗外雨雪交加，銀行區的建築在灰霾的天空下看來非常陰沉。我沉默地盯著諾林，然後靜靜地開口。「諾林州長，我想如果換了我是你，我不會把首席法醫叫到我的辦公室裡，平白無故地對她的工作和私生活都加以侮辱，然後要求她放棄每個人都能夠享受的憲法保障權利。

「另外，我想在這個人被證實有罪之前，我會接受她是清白的，不會要她做出有損職業道德的事，在可能傷害她自己以及別人的狀況下，還打破醫師倫理的宣誓而公開機密的檔案供大衆檢查。我想，諾林州長，對於一個忠心服務本州多年的人，我不會讓她除了因故辭職之外毫無選擇餘地。」

州長心不在焉地拿起一支銀鋼筆，思考著我所講的話。如果我在跟他會面之後因故辭職，等在他辦公室門外的大批記者就會猜想是因爲諾林要求我做某件我認爲有違職業道德的事，所以我才辭職的。

「我並沒有興趣要你現在辭職。」他冷冷地說：「事實上，就算你要辭職我也不會接受。我是個講求公平的人，史卡佩塔博士，我也希望我夠明智。明智的判斷讓我知道，我不能讓一個自己牽涉在凶殺案中或者可能是共犯的人去爲凶殺案的被害者做解剖驗屍。因此，在這件事情解決之前，我想最好讓你留職停薪。」他伸手拿起電話，「約翰，可否請你帶首席法醫出去？」

帶著微笑的新聞祕書幾乎立刻就出現了。

我從州長辦公室一出來，就被四面八方地包圍。閃光燈像槍一樣對著我的眼睛發射，每個人都好像在大喊大叫。當天稍後和次日早晨的頭條新聞都報導了州長暫時將我停職，直到我能洗刷自己嫌疑爲止。某篇社論推斷說諾林已經展現了他的紳士風度，而如果我夠淑女的話，就應該自己表示要下台。

11

星期五我待在家裡的爐火前，繼續一項繁瑣又挫折的工作，就是做筆記試著紀錄我過去幾個星期的每一舉、每一動。不幸的是，警方推斷艾迪·希斯被人挾持走的時候，我正在從辦公室開車回家的路上。蘇珊被殺的時候我一個人在家，因爲馬里諾帶露西去練習射擊了。法蘭克·唐納修被射殺的那天清晨我也是獨自一人。在這三件謀殺案發生的時候，沒有目擊證人可以證實我在做什麼。

比較起來，行兇動機和作案手法就相當難以說服別人了。女人鮮少以處決式的手法殺人，在艾迪·希斯的案子裡也找不出任何動機，除非我是個不爲人知的性虐待狂。

我正想得出神，露西叫道：「我找到些東西了。」

她坐在電腦前，椅子轉到一側，雙腳架在一張矮凳上。她膝上放了好多張紙，鍵盤右邊擱著我的那把史密斯－韋森點三八。

「你把我的左輪拿到這裡來幹什麼？」我不自在地問。

「彼德叫我一有機會就空扣扳機，所以我一面跑搜尋紀錄磁帶的程式，一面練習。」

我拿起左輪按下拴扣檢查彈膛，以確定裡面沒有子彈。

「雖然還有好幾卷磁帶沒搜尋過，但我想我已經碰上我們在找的東西了。」

我拉過一把椅子來坐下，突然感到樂觀不少。

「十二月九號的紀錄磁帶顯示出三筆有趣的TU。」

「TU是什麼？」我問。

「十指指紋更新資料。」露西解釋道：「這裡有三筆紀錄。有一筆完全被刪除了，另一筆的SID號碼被改變，還有一筆紀錄是新增的，差不多跟另兩筆被刪除或改變是同一個時間。我登入犯罪紀錄交換中心去查改變和新增這兩筆紀錄的SID號碼。被改的那筆紀錄查到的是朗尼·喬·華德爾。」

「那筆新的紀錄呢？」我說。

「很詭異，沒有犯罪前科資料。我把那個SID號碼輸入了五次，都一直是『查無紀錄』。你了解這是什麼意思嗎？」

「如果犯罪紀錄交換中心裡沒有前科資料，我們就沒辦法知道這個人是誰。」

露西點頭。「對，在自動指紋辨識系統裡有某人的指紋和SID號碼，可是卻沒有姓名或其他能辨識身分的東西能跟它配對。在我看來這就表示有人把這個人的紀錄從犯罪紀錄交換中心裡面刪掉了。換句話說，犯罪紀錄交換中心也被動了手腳。」

「再回到朗尼·華德爾的問題上。」我說：「你能不能推論出他的紀錄被動了什麼手腳？」

「我有個理論。首先，你要知道SID號碼是獨一無二的辨識碼，各有單獨的索引，也就是說系統不會允許你輸入兩筆數值。比方說我想跟你交換SID號碼，就必須先把你的紀錄刪掉。

然後等我把我的ＳＩＤ號碼換成你的之後，再進入你的紀錄，把我原來的ＳＩＤ號碼給你。」

「你認爲這裡就是這麼回事？」我問。

「這樣就能解釋我在十二月九日的紀錄磁帶裡發現的這幾筆ＴＵ了。」

華德爾處決前四天，我想。

「還有，」露西說：「十二月十六日，華德爾的紀錄從自動指紋辨識系統裡刪除了。」

「怎麼可能？」我迷惑地問，「范德拿珍妮佛．戴頓裡出現的一枚指紋去自動指紋辨識系統裡找，結果查到華德爾身上，這才是一個多星期以前的事情啊。」

「十二月十六日，自動指紋辨識系統在上午十點五十六分當機，在華德爾的紀錄被刪除之後九十八分鐘。」露西答道：「資料庫用紀錄磁帶恢復過來了，但你要記得備份一天只會在下午做一次。因此十二月十六日系統當機的時候，早上對資料庫所做的任何更動都還沒有備份起來。等資料庫恢復之後，華德爾的紀錄也恢復了。」

「你的意思是，有人在華德爾行刑的四天前在他的ＳＩＤ號碼上動了手腳？然後在他被處決三天之後，有人把他的紀錄從自動指紋辨識系統裡刪除了？」

「在我看來是這樣。我搞不懂的是這個人爲什麼第一次不直接把他的紀錄刪除就好了。爲什麼要先費事去改變ＳＩＤ號碼，然後再回來把他的整筆紀錄都刪除？」

過不久我打電話給尼爾斯．范德，他對這個問題有很簡單的答案。

「囚犯死亡後，指紋從自動指紋辨識系統刪除不是什麼不尋常的事。」范德說：「事實上，如果我們沒有把某個已死囚犯的紀錄刪掉，唯一的原因是他的指紋有可能會出現在任何未破的案子裡。但華德爾已經坐了九年、十年的牢——離開太久，就不需要再把他的指紋存起來了。」

「那麼十二月十六日把他的紀錄刪除就是例行公事了。」我說。

「絕對是，但在露西認為他的ＳＩＤ號碼被改變的十二月九日那天刪除他的紀錄就不是例行公事了，因為那時候華德爾還活著。」

「尼爾斯，你認為這一切是怎麼回事？」

「改變一個人的ＳＩＤ號碼，凱，就等於改變了他的身分。我或許可以湊巧碰上他的指紋，但如果我把對應的ＳＩＤ號碼輸入到犯罪紀錄交換中心裡，得到的也不會是他的前科資料。我要不是找不到任何前科資料，就是會找到別人的。」

「在珍妮佛．戴頓家裡找的那枚指紋就讓你碰上了。」我說：「你在犯罪紀錄交換中心裡輸入對應的ＳＩＤ號碼，結果查到朗尼．華德爾。然而現在我們有理由相信他最初的ＳＩＤ號碼遭到更改。我們眞的不知道是誰在她飯廳椅子上留下指紋的，對不對？」

「沒錯。而且事情越來越清楚，有人費了好大工夫就是爲了讓我們無法查證那個人可能會是誰。我不能證明那不是華德爾，也不能證明是。」

他說話的時候我腦海閃現出種種影像。

「爲了證實珍妮佛．戴頓椅子上的指紋不是華德爾的，我需要一個足以信任的舊指紋，一個我知道不可能被動過手腳的指紋。但我實在不知道要到哪裡去找。」

我眼前出現深色的壁板和硬木地板，乾涸的血跡暗紅如石榴石。

「她家。」我喃喃說道。

「誰家？」范德不解地問。

「羅蘋．納史密斯家。」我說。

十年前，警方搜索羅蘋．納史密斯的家時，不會帶著雷射或者Luma-Lite。那時候還沒有DNA比對這種東西。那時候維吉尼亞沒有自動指紋辨識系統，沒有電腦化的方式能讓留在牆上或者其他地方的不完整指紋變得更清楚。雖然新式科技一般來說跟早已結案的案子都沒有什麼關係，但還是有些例外。我相信羅蘋．納史密斯的案子就是例外之一。

如果我們在她家噴灑化學藥劑，或許就可以「重建」起當時的現場。血液會結塊、流淌、滴落、濺灑、形成污漬、發出鮮紅的尖叫，會滲進裂縫和罅隙，鑽進墊子和地板底下。雖然血跡可以洗掉，也會隨著時間變淡，但永遠不會眞正消失。就像珍妮佛．戴頓床上找到的那張沒寫字的紙，在羅蘋．納史密斯被殺害的房間裡也有肉眼看不見的血跡。當年警方辦案的時候沒有高科技的協助，只找到一枚血指紋，也許華德爾留下的指紋不只一枚，也許那些指紋現在還在那裡。

尼爾斯．范德、班頓．衛斯禮和我向西行駛，往里奇蒙大學的方向開去。校舍是一排喬治王時代式的美麗建築物，環湖而立，位在三鍬路和河流路之間。多年之前羅蘋．納史密斯就是從這裡以優異的成績畢業，她對這一區的感情深厚到她的第一棟房子就買在離校園兩條街的地方。

她生前所住的那棟小磚房有著雙重斜面四邊形屋頂，建在一片半英畝土地的中央。我不驚訝這地方會是小偷的理想選擇。庭院裡都是樹，屋後有三棵使房子顯得渺小的巨大木蘭樹完全遮住了陽光。我不認爲左右兩邊的鄰居能聽到羅蘋·納史密斯屋裡的動靜，就算他們眞的在家。不過實際上，羅蘋被殺害的那天早上，她的鄰居都上班去了。

十年前，由於這棟房子是在那麼特殊的情況下出售的，價格對這一區來說算是很低。我們查出里奇蒙大學把它買下作教職員住宿，屋裡的東西大多也都還留著。羅蘋沒有結婚，是獨生女，住在北維吉尼亞的父母也不想要她的家具。我想他們是無法忍受跟這些東西生活在一起，甚至連看到都會受不了。房子被校方買下之後就租給單身的德文教授山姆·波特。

我們從行李箱把攝影器材、化學藥劑和其他東西拿出來的時候，房子的後門開了。一個看來不甚健康的男人不甚熱心地跟我們道早安。

「需要幫忙嗎？」山姆·波特抽著菸走下台階，把日漸稀疏的黑色長髮從眼睛上拂開。他矮矮胖胖，臀部寬大像個女人。

「那就麻煩你搬這個箱子。」范德說。

波特把香菸丟到地上，並沒費事把它踩熄。我們跟在他後面走進小廚房，裡面有綠色的舊電器用品，還有幾十個髒碗盤。他帶我們走過桌上堆著待洗衣物的飯廳，然後走到位於房子前端的客廳。我放下手裡的東西，試著不顯露震驚的樣子，因爲我認出了連接著牆上有線電視纜線的那台電視機、昔日的窗簾、那張棕色皮沙發、還有現在已經滿是刮痕髒污不堪的拼花地板。波特一面隨便收拾散落四處的書本紙張，一面開口說話。

「你們也看得出來，我不太有家事天分。」他的德文口音很明顯。「現在我先把這些東西塞到飯桌上去好了，」他回來的時候說：「還有什麼你們要我搬走的？」他從白襯衫胸前的口袋裡拿出一包駱駝牌香菸，從褪色的牛仔褲裡掏出火柴。一支懷錶由一條皮質細帶連在褲腰的皮帶環上，他掏出懷錶來看時間然後點菸的時候，我注意到幾件事情。他的雙手發抖，手指腫大，顴骨和鼻子的皮膚下可以清楚看見破裂的細小血管。他沒有費事把菸灰缸清乾淨，但已經收起了酒杯和酒瓶，也特意把垃圾拿出去倒過了。

「這樣就可以了，你不需要再搬其他的東西。」衛斯禮說：「如果我們移動了什麼，我們會物歸原位的。」

「還有，你說過你們要用的這種化學藥劑不會損壞東西，對人體也無害？」

「對，這東西沒有危險。它會留下細沙一樣的殘留物——有點像鹽水乾掉以後。」我對他說：「我們會盡量清理乾淨的。」

「你們做這些的時候我眞的不想在場。」波特說著緊張地吸了一口煙。「你們可不可以給我個時間，說你們大概需要多久？」

「希望不超過兩小時。」衛斯禮環顧室內，雖然他臉上完全沒有表情，但我可以想像得到他在想什麼。

我脫下外套，不知道要放在哪裡。范德拆開一盒底片。

「如果你們在我回來之前弄完了，請關上門鎖好。我這裡沒有警報系統需要擔心。」波特穿過廚房從後門出去，他發動車子的聲音聽來像柴油巴士一樣。

「實在太可惜了，眞的。」范德說著從一個箱子裡拿出兩瓶化學藥劑。「這原本是棟很好的房子，可是裡面卻比貧民窟好不了多少。你們有沒有注意到爐子上那個平底鍋裡的炒蛋？你們還要從這裡拿什麼起來？」他蹲在地上。「我要等到我們準備好之後再混合這些東西。」

「我想我們得盡量把能移開的東西都移開。你把照片帶來了嗎，凱？」衛斯禮說。

我拿出羅蘋．納史密斯的現場照片。「你們也注意到了，我們的教授朋友還在用她的家具。」我說。

「嗯，那我們就把它留著不動。」范德說得好像凶案現場的家具十年之後還在原地是稀鬆平常的事情一樣。「但地毯得移開，我看得出它不是原本就在這裡的東西。」

「你怎麼知道？」衛斯禮盯著腳下紅藍相間的編織毯。地毯非常髒，邊緣都捲了起來。

「把邊緣掀起來就可以看見底下的拼花地板和旁邊的一樣骯髒而且滿是刮痕。所以這地毯放在這裡沒有很久，何況它看起來品質不是很好，我懷疑它還可以用多久。」

我把好幾張照片攤在地板上移動調整，直到角度對了，讓我們看出什麼東西需要移開。本來就在這房裡的家具，擺放的位置已經不同了。於是，我們開始動手，盡可能地重新呈現出羅蘋死亡時的場景。

「好，這棵樹放那邊。」我像舞台劇導演一樣地說：「對，不過把沙發往後再移大概兩呎，尼爾斯。還有那邊再動一點點就好。樹大概離沙發扶手四吋左右，再近一點。這樣很好。」

「不對，樹枝是在沙發上方。」

「這樹現在長得比較大了。」

「我真不敢相信這樹還活著。我很驚訝任何東西能在波特教授附近生存，大概除了細菌和黴菌之外。」

「地毯要移開？」衛斯禮脫下夾克。

「對，她那時在前門口放了一小條長地毯，茶几下還有一條小的東方地毯。大部分的地板上都沒鋪東西。」

他跪在地上開始把地毯捲起來。

我走到電視機旁，研究放在上面的錄影機和從牆內伸出的有線電視纜線。

「這得移到正對沙發和前門的方向靠著牆。你們兩位有誰熟悉錄影機和第四台的接線？」

「沒有。」他們異口同聲地回答。

「那我只好自己想辦法了。這就動手。」

我拔下有線電視和錄影機的接頭，再拔下電視插頭，小心地把它推過沒鋪東西、滿是灰塵的地板。我再次比對相片，把它又推了幾呎，直到它正對著前門。然後我環顧四壁。波特顯然有蒐集藝術品的習慣，他喜歡的那個藝術家我看不清楚署名，但從作品看來像是法國畫家。好幾幅炭筆素描畫著女性軀體，有大量的曲線、粉紅斑點和三角形。我們一幅一幅拿下來，靠在飯廳的牆上。終於，客廳幾乎空了，我也被灰塵弄得全身發癢。

衛斯禮用手臂抹去額上的汗。「好了嗎？」他看著我。

「我想是差不多了。當然，並不是每樣東西都全了。原來這裡有三張桶狀靠背椅。」我指著。

「在臥室裡。」范德說：「一間臥室裡有兩張，另一間有一張。要不要我去搬出來？」

「也好。」

他和衛斯禮把椅子搬了進來。

「她原來在那邊牆上掛了一幅畫，還有通往飯廳的門右邊也有另一幅。」我指出，「一幅是靜物，另一幅是英國風景畫。所以波特除了受不了她買的畫外，對其他的東西似乎都沒有意見。」

「我們得把屋裡所有的窗簾都拉上。」范德說：「要是還有光透進來，就剪一片這個紙——」他指著地上一捲厚重的棕色紙——「用膠帶貼在窗子上。」

接下來的十五分鐘內，屋裡充滿了腳步聲，百葉窗拉上的唰啦聲，還有剪刀剪紙的聲音。偶爾也會有誰大聲咒罵，因爲紙剪得太短或是膠帶黏成一團。我留在客廳裡，遮蓋住前門和面對街上的兩扇窗子。等我們三人重新聚集在客廳裡關上燈之後，屋裡變得一片漆黑，完全是伸手不見五指。

「完美極了。」范德說著重新打開客廳天花板的燈。

他戴上手套，拿出蒸餾水、化學藥劑和兩個塑膠噴瓶放在茶几上。「我們這樣辦。」他說：「史卡佩塔醫生，你來噴，我來錄影，如果某個區域有反應就繼續噴，直到我叫你往前爲止。」

「你要我做什麼？」衛斯禮問。

「別礙事就好。」

「這裡面是什麼？」他問，看著范德打開乾化學藥品的瓶蓋。

「你不會想知道的。」我答道。

「我是個大男生了，你說了也不會嚇死我的。」

「這種試劑混合了蒸餾水、過硼酸鈉，還有三胺鄰苯二甲醯胺（three-aminophthalhy-drazide）跟碳酸鈉。」我說著從皮包裡拿出一雙手套。

「你們確定這東西對這麼久的血跡也有用？」衛斯禮問。

「事實上，分解的舊血跡對感光劑的反應比新鮮血跡強，因爲血液氧化的程度越高效果就越好。而血跡越舊，氧化的程度就越高。」

「我想這裡的木頭都沒有鹽處理吧，你說呢？」范德環顧四周。

「我想應該沒有。」我對衛斯禮解釋道：「用感光劑的最大問題就是錯誤的陽性反應。很多東西都會跟它起作用，比如銅和鎳，還有鹽處理過的木頭上的銅鹽。」

「它也喜歡鐵鏽、家用漂白水、碘酒和福馬林。」范德補充說：「還有香蕉、西瓜、柑橘類水果以及好幾種蔬菜裡都有的過氧化酶，山葵也是。」

衛斯禮笑著看看我。

范德打開一個封套，拿出兩片上面沾有稀釋的乾血跡的濾紙。然後他把這個溶液加進那個溶液裡，並叫衛斯禮把燈關上。迅速噴兩下，茶几上就出現了一層泛藍的螢白光。它消失的速度幾乎跟出現的速度一樣快。

「拿著。」范德對我說。

我感覺噴瓶碰到我的手臂便接了過來。范德按下錄影機的開關，一個小紅點亮起；然後夜視燈發出白光，隨著他的視線轉動，像一隻夜光的眼睛。

「你們在哪裡？」范德的聲音在我左邊響起。

「我在房間正中央。可以感覺到茶几邊緣抵著我的腿。」我說著，彷彿我們是在黑暗裡玩耍的孩子。

「我離得十萬八千里遠，一點也不會礙事。」衛斯禮的聲音從飯廳的方向傳來。

范德的白燈緩緩地朝我移來。我伸出手去碰到他的肩膀。「準備好了嗎？」

「我在錄了。開始吧，一直往前走，直到我叫你停。」

我開始噴灑我們四周的地板，手指不停按壓把手，面前飄浮起一層水霧，各種幾何形狀也開始在我腳邊成形。一時之間，我像是在黑暗中飛越過遙遠地面上的城市燈火。拼花地板縫隙中的舊血跡發出了藍白色螢光。我噴了又噴，一點也不知道我在什麼東西的哪個方向，看見屋裡滿是足跡。我撞上榕樹盆栽，盆上出現了模糊的白色條紋。我右邊的牆上有好幾個塗抹的手印。

「開燈。」范德說。

衛斯禮打開客廳燈，范德把三十五釐米的相機固定在三角架上。拍攝的時候唯一的光源就是感光劑的螢光，底片會需要很長的曝光時間才抓得住影像。我拿了滿滿一瓶的感光劑，等燈光再度熄滅之後就對著牆上的手印噴個不停，讓相機把這詭異的影像捕捉到底片上。然後我們繼續移動。鬆散寬大的抹痕出現在壁板和拼花地板上，皮沙發上的縫痕處出現了一條霓虹燈般的影線，不完整地描摹出椅墊的形狀。

「你可不可以把椅墊移開？」范德問。

我把椅墊一個一個滑到地上，噴灑沙發。椅墊之間的空間出現螢光。靠背上出現了更多刮擦塗抹的痕跡，天花板上則出現了小小的明亮星座。在那台老電視機上我們碰到第一個假的陽性反應，旋鈕和螢光幕邊緣的金屬部分亮了起來，有線電視的纜線連接部分也變成淡薄牛奶般的藍白色。電視上沒什麼特別的，只有幾塊模糊的、可能是血的痕跡，但在電視前方的地板上，羅蘋原本陳屍的地方，出現了瘋狂的反應。血跡大量滲透的程度之強，我連拼花地板鑲嵌物的邊緣和木頭的紋理纖維都看得清楚。從螢光反應最濃烈的區域拖出了一條幾呎長的痕跡，附近有些奇特的痕跡，是幾個略有重疊的環形，其圓周比籃球略小。

搜索並不僅限於客廳，我們開始跟著腳印走。其間我們不時被迫重新打開燈調配更多試劑，把礙事的雜七雜八東西移開，尤其是羅蘋以前的臥房現在是波特教授在住，裡面簡直是書本與文件的垃圾掩埋場，地板上堆了幾吋厚的研究論文、期刊文章、考卷，以及許多德文、法文和義大利文的書籍。衣服丟得到處都是，分別掛搭在其他東西上，凌亂得看起來像是衣櫥裡捲起了一場暴風，在房間中央形成漩渦一般。我們盡可能地把東西撿起來，在沒鋪的雙人床上疊起左一堆右一堆，然後繼續跟著華德爾血淋淋的路徑走下去。

這路徑把我領進了浴室，范德跟在我後面。地板上散布著鞋印和模糊的污漬，我們在客廳裡發現的那些環狀痕跡也再度出現在浴缸旁。我開始噴灑牆壁到一半高度的時候，馬桶兩側突然出現了兩個巨大的手印。錄影機的小燈移得更近了。

然後范德用興奮的聲音說：「把燈打開。」

用最保守的說法來形容，波特的盥洗室維持得跟他地盤其餘的部分一樣髒亂。范德湊近去看手印出現的地方，鼻子幾乎都貼到牆上了。

「看得見嗎？」

「唔。好像勉強可以看到。」他瞇著眼把頭偏向一側，又偏向另一側。「這實在太棒了。你們看，這壁紙是這種深藍色的設計，所以肉眼看不出什麼來。而且它的質料又是塑料或者乙烯樹脂的——換句話說，這種表面很適合保存指紋。」

「老天爺。」站在浴室門口的衛斯禮說：「那個馬桶看起來好像從他搬進來之後就沒刷過的樣子。要命，他連馬桶都沒沖。」

「就算他不時拖拖地、擦擦牆，也不能真的把所有的血跡清得一乾二淨。」我對范德說：「比方說，在這種油氈地板上，殘留物會深入粗糙的表面，用感光劑就可以把痕跡帶出來。」

「你是說，如果我們十年後再來這個地方噴一次，還是能找到血跡？」衛斯禮驚異不已。

「要消除大部分的血跡只有一個辦法，就是把所有的油漆都重新刷過，貼上新的壁紙，重鋪地板，丟掉家具。」范德說：「如果你要徹底除掉所有的痕跡，那就只有把房子拆了重蓋了。」

衛斯禮看看手錶。「我們已經在這裡三個半小時了。」

「我建議我們開始分工。」我說：「班頓，我們可以開始動手把其他房間恢復成原來的混亂，尼爾斯，你就留在這裡弄你的。」

「行，我去把Luma-Lite拿來這裡架好，希望它能讓邊緣的細節變得更清楚一點。」

我們回到客廳裡。范德把Luma-Lite和攝影器材拿進浴室，衛斯禮和我則環顧著四周的沙發、舊電視，還有滿是灰塵和刮痕的地板，兩個人都覺得有點怔忡。房裡開了燈，一點也看不出我們之前在黑暗裡見到的那些可怕痕跡。在這個晴朗的冬日午後，我們重回過去，目睹了朗尼・喬・華德爾的暴行。

衛斯禮站在貼著紙的窗邊一動也不動。「我不敢坐下，也不敢靠在任何東西上。天哪。這要命的屋裡到處都是血。」

我環顧四周，一面回想著在黑暗中逐漸淡下去的白色痕跡，一面緩緩移動視線，從長沙發，到地板，然後停在電視上。被我移到地上的沙發椅墊還在原位，我蹲下去看個仔細。滲進棕色縫接處的血跡現在已經看不見了，棕色的皮椅背上也沒有抹痕和條紋。但在仔細檢查之下，我發現了一樣重要但不見得意外的東西。靠背旁的其中一個座墊側邊有一條割痕，長度最多不超過四分之三吋。

「班頓，華德爾是不是左撇子？」

「好像是。」

「他們認爲他是在電視附近的地板上毆打並刺死她的，因爲她的屍體旁邊有許多血，」我說：「然而，事實並不是這樣，他是在沙發上殺死她的。我想我需要到外面去一下。要不是這個地方髒得像豬窩一樣，我可能會有衝動想偷一根教授的香菸來抽。」

「你已經乖太久了。」衛斯禮說：「來一根沒有濾嘴的駱駝牌，你就會感覺好多了。出去呼吸一點新鮮空氣吧，我來清理。」

我走到屋外，聽見窗上的紙被扯下來的聲音。

那天晚上是班頓．衛斯禮、露西和我的記憶中最奇特的一個除夕夜。我倒不至於誇張到說那個假期對尼爾斯．范德而言有多奇怪。我晚上七點和他通過電話，他還在實驗室裡，不過這對他來說滿正常的，萬一哪一天發現兩個人的指紋居然是一模一樣的話，范德這種人就會覺得失去活著的意義了。

當天下午近傍晚的時候，范德把現場錄影帶剪接好並交給我幾卷拷貝。於是當晚前半段的大部分時間，衛斯禮和我就守在我的電視機前，一邊慢慢看著內容，一邊做筆記、畫圖解。與此同時，露西負責做晚飯，只不時進客廳來看上一、兩眼。黑暗畫面上發著螢光的影像似乎沒讓她有什麼不舒服的感覺。外行人乍看之下，是不可能知道這些影像代表什麼意義的。

到八點半，衛斯禮和我已經看完那些帶子，也完成了我們的筆記。我們相信我們已經畫出了凶手的活動軌跡，從羅蘋．納史密斯踏進屋裡的那一刻一直到華德爾從廚房後門出去爲止。把一樁破案多年的案子現場用倒溯的方式拿出來研究，這在我的職業生涯中是第一回。但由此演繹出的情節是很重要，也有一個很好的理由：我們至少很滿意地呈現出衛斯禮之前告訴我的話是正確的。朗尼．喬．華德爾不符合我們現在要找的這個怪物。

在我所看過的現場重建過程中，這回所追蹤到的那些隱藏的抹痕、污漬、噴灑和迸濺的血跡，可以說是最接近「立即重播」的了。雖然我們所歸納出的結論在法庭上可能大部分都會被認爲是個人意見，但這不重要。重要的是華德爾的人格，而我們相當確定我們已經抓住他的特性了。

因爲我們在屋裡其他區域找到的血跡很顯然都是被華德爾帶過去的，說他只有在客廳裡攻擊羅蘋致死，應該符合事實。前門和廚房的門鎖都是沒有鑰匙就打不開的。既然華德爾是破窗進入屋子，離開的時候又是走廚房的後門，因此羅蘋從店裡回來的時候應該是從後門進屋的。也許她懶得重新鎖上門，但更有可能的是她根本沒時間這麼做。據推測，華德爾正在翻箱倒櫃的時候聽見她開車回來停在屋後的聲音，然後走到廚房，從牆上掛著的那組不鏽鋼刀具中取下一把牛排刀。她打開門的時候，他已經在等著她了。一開始他可能只是一把抓住她，經過走廊把她強押到客廳裡。他或許跟她講了一會兒話。或許沒過多久，衝突便演變成肢體攻擊了。

華德爾刺下第一刀的時候，羅蘋是衣著整齊地坐在或躺在長沙發靠近樹的那一端。濺灑在沙發靠背、花盆，還有附近深色壁板上的血跡符合動脈被切斷時血液噴湧出來的樣子。如此濺灑出來的血跡讓人想起心電圖上隨著動脈血壓高低起伏的軌跡，而死人是沒有血壓的。

所以我們知道羅蘋剛被攻擊的時候還活著，人是在沙發上。但華德爾把她衣服脫下來的時候她不太可能還在呼吸，因爲仔細檢查之下發現她染血的襯衫前襟上有一個四分之三吋長的切痕，刀子就是從那裡刺進她胸口，並前後移動著完全截斷了她的大動脈。因爲之後她又被刺了許多下，而且被咬，於是應該可以歸納出華德爾大部分失心瘋的、切割狂的攻擊行動都是在她死後才進行的。

然後這個後來宣稱不記得殺死「電視上那個小姐」的人，突然某種程度地清醒過來。他從她屍體上爬起來，重新思索了一下自己的所作所爲。沙發附近沒有拖拉的痕跡，顯示華德爾很可能是把屍體從沙發上抱起來，然後放在房間另一頭的地板上。他把屍體拉直豎起來，靠在電視上。然後他就動手開始清理。我相信浮現在地板上那些一圈一圈的痕跡是水桶留下來的，他一趟一趟地提水經過走廊，在浴缸和屍體之間來來去去。每當他回到客廳用毛巾擦血，或者在繼續偷東西、喝她藏酒的過程中走回來看看死者，他的鞋底就再次沾上血跡。所以她屋裡才會有那麼多來來回回的鞋印。這些行動本身又解釋了另外一點。那就是，華德爾在犯案之後的行爲並不像是一個毫無悔意的人。

「他的狀況是這樣，一個沒受過教育的農莊小孩生活在大都市裡。」衛斯禮解釋道：「他偷竊是爲了有錢嗑藥，這種惡習已經慢慢把他的腦子搞壞了。一開始是大麻，然後是海洛因、古柯鹼，最後是天使塵。然後某天早上他突然清醒過來，發現自己正在殘害一具陌生人的屍體。」

爐火發出嗶剝聲，我們盯著那些浮現在黑暗的電視螢光幕上的白色大手印。

「警方並沒有在馬桶裡面或旁邊找到嘔吐物。」我說。

「他可能也把那裡清理過了。謝天謝地他沒有擦馬桶後面的牆。要不是吐到得抱著馬桶不放的嚴重程度，是不會那樣子靠在牆上的。」

「指紋在馬桶後面滿高的地方。」我指出，「我想他吐了，然後站起來的時候覺得頭暈，搖搖晃晃地往前倒，在千鈞一髮的時候舉起手來抵住牆，以免一頭撞上去。你認爲如何？他是懊悔不堪，還是只是嗑藥嗑昏了？」

衛斯禮看著我。「我們來考慮一下他是怎麼處理屍體的。他把屍體豎直，試著用毛巾把她擦乾淨，然後把她的衣服滿整齊地堆在她腳踝附近的地板上。這可以有兩種解釋：他是把屍體猥褻地展示出來，並藉此表示鄙視；或者他在顯示他認爲能表達關懷的行動。我個人認爲是後者。」

「那麼艾迪·希斯的屍體被擺成的樣子呢？」

「那個感覺不一樣。艾迪的姿勢反映了羅蘋的姿勢，但有什麼東西不對勁。」

他話還沒說完，我突然省悟到了是什麼不對勁。「就像照鏡子一樣。」我驚訝地對衛斯禮說。「鏡子反映出來的影像是顛倒或者相反的。」

他好奇地看著我。

「你記不記得我們拿羅蘋·納史密斯的現場照片跟艾迪·希斯的屍體位置圖做比較？」

「記得很清楚。」

「你說凶手對他所做的——從咬痕、到他屍體被靠在一個箱狀物上、再到他的衣服被整齊地堆在一旁——就像用鏡子反映出羅蘋的情況一樣。但羅蘋大腿內側和乳房上方的咬痕是在她身體的左側。而艾迪的傷口——我們認爲是用來消除咬痕的——則是在右側，他的右肩膀和右大腿內側。」

「嗯。」衛斯禮看起來還是一頭霧水。

「跟艾迪陳屍現場最像的照片是羅蘋赤身靠在大電視機上的那張。」

「沒錯。」

「我的意思是，也許殺艾迪的凶手看到了同一張羅蘋的照片。但他的角度是根據他自己身體的左和右。這樣他的右邊就是羅蘋的左邊，他的左邊就是她的右邊，因爲照片裡的她是面對觀看者的。」

「這眞不是個令人愉快的想法。」衛斯禮說著，電話響起。

「凱阿姨？」露西在廚房裡叫我，「是范德先生打來的。」

「找到一個確認的了。」范德的聲音從線那一頭傳來。

「在珍妮佛．戴頓屋裡留下指紋的人的確是華德爾？」

「不，問題就在這裡，那個人絕對不是他。」

12

接下來的幾天內，我聘請尼可拉斯．古魯曼做我的律師，把我的財務紀錄和其他他所要求的資料交給他。衛生局長把我叫到他的辦公室去，提出我自動請辭的建議。媒體上的報導也依然沒完沒了，但我知道了很多一週之前我都還不知道的事情。

十二月十三日晚上死在電椅上的人的確是朗尼．喬．華德爾，然而他的分身卻還活著，在市內為非作歹。就目前所能查出的資料判斷，在華德爾死前，他在自動指紋辨識系統裡的SID號碼跟另外一個人的號碼對調了。然後另外那個人的SID號碼從犯罪紀錄交換中心完全被刪除。這表示有個逍遙法外的暴力罪犯在作案的時候連手套都不用戴。拿他的指紋去自動指紋辨識系統裡查，永遠會查到一個已死的罪犯身上。我們知道這個窮凶極惡、無法無天的人留下了一些羽毛和油漆碎片，但除此之外，連猜他是誰都無從猜起，直到過了新年之後的一月三日。

那天早上，《里奇蒙時報─快訊》登出了一篇暗藏玄機的報導，內容是關於價格高昂、在偷兒眼中奇貨可居的毳絨製品。下午一點十四分，負責該虛構調查行動的湯姆．路瑟羅警官接到了當天的第三通電話。

「喂，我叫做希爾頓．蘇利文。」那個人大聲說。

「先生，請問有何貴幹？」路瑟羅用低沉的聲音問。

「關於你在調查的那件案子，鳧絨的衣服和產品據說很受小偷歡迎。今天的早報上有一篇關於這個事件的報導，裡面說負責的警探是你。」

「對。」

「唔，警察這麼笨實在讓我很火大。」他說得更大聲了，「報上說從感恩節到現在，在里奇蒙都會區已經有好些店裡、車子上、家裡的鳧絨製品被偷了。你知道，幾條被子啦、一個睡袋啦、三件滑雪夾克啦，什麼什麼的。記者還訪問了好幾個人。」

「蘇利文先生，你的重點是什麼？」

「嗯，記者顯然是從警察那裡得到這些失主的姓名。換句話說，就是你告訴他們的。」

「這是公衆訊息。」

「我才不在乎這個。我只是想知道你爲什麼沒提到這個失主，就是在下本人我？你連我的名字都不記得了，對不對？」

「抱歉，先生，我好像是不記得了。」

「我就知道。有個該死的混蛋闖進我公寓裡來個大搬家，警察除了把黑粉灑得到處都是之外——我還可以告訴你，那天我還剛好穿著白色的喀什米爾毛衣——什麼也沒做。我是你那些他媽的案子之一。」

「你的公寓是什麼時候被闖入的？」

「你不記得了嗎？那個爲了羽絨背心大呼小叫的人就是我啊。要不是我的話，你們這些傢伙根本連鳧絨是什麼都不知道！當我跟那個警察說我被偷的東西裡包括一件背心，打折的時候還花了我五百塊的時候，你知道他怎麼說？」

「不知道，先生。」

「他說，『那裡面塞的是什麼，古柯鹼啊？』然後我說：『不是，大偵探，是綿鳧的羽絨。』結果他東張西望緊張得要命，手還放到槍托上。那個笨蛋還眞以爲我家裡有個叫做艾德的人，我正叫他趴下（譯註：「綿鳧的羽絨」eider duck down 也可曲解為「艾德，趴下」之意），好像我要拔槍還是幹什麼的。這時候我就索性離開了，然後——」

衛斯禮關上錄音機。

我們坐在我家廚房裡，露西又到我的健身俱樂部去運動了。

「希爾頓．蘇利文說的這件闖入竊盜案，事實上是他在十二月十一日星期六報案的。之前他不在城裡，等他那個星期六下午回到公寓的時候，才發現他家遭小偷了。」衛斯禮解釋道。

「他的公寓在哪裡？」我問。

「在市區的西富蘭克林街，一棟磚造的老建築，這個公寓價格最少也要十萬塊。蘇利文住在一樓。竊賊是從沒有鎖緊的窗戶闖進去的。」

「沒裝保全系統？」

「沒有。」

「什麼被偷了？」

「珠寶、錢，還有一把點二二的左輪。當然，這並不表示蘇利文的左輪就一定是那把用來殺死艾迪．希斯、蘇珊和唐納修的槍。但我想最後會發現其實就是，因爲這樁案子毫無疑問是那個傢伙幹的。」

「有找到指紋嗎？」

「找到不少，在市警局那裡。你也知道他們積了多少案子沒辦完，殺人案那麼多，比較起來竊盜案就不那麼緊急了。在這件案子裡，隱藏的指紋是已經處理了，但就那麼放在那裡。路瑟羅接到這通電話之後，彼德立刻就去把那些指紋給截了過來。范德已經在系統裡查過了，三秒鐘就得到結果。」

「又是華德爾。」

衛斯禮點點頭。

「蘇利文的公寓離春街多遠？」

「走路就可以到。我想我們可以知道那傢伙是從哪逃出來的了。」

「你在查最近釋放的案例？」

「當然了，但我們不會在某人桌上的一堆文件裡找到。典獄長很小心，不會留下這種小辮子。不幸的是，他已經死了。我想是他把這個犯人放出去，然後那個人的第一件事就是去偷一間公寓，可能也弄了輛車。」

「唐納修爲什麼要放掉犯人呢？」

「我的理論是典獄長有某些見不得人的活兒需要找人做。所以他挑了一個犯人當他私人的地下工作人員，把這頭禽獸給放了。但唐納修在策略上犯了一個小小的錯誤，他挑錯了人，因爲犯下這些凶殺案的人不可能讓任何人控制他。凱，我認爲唐納修可能從來沒打算害死任何人，直到珍妮佛．戴頓被殺的時候，他就嚇壞了。」

「冒充約翰．戴頓打電話到我辦公室來的人大概就是他。」

「很有可能。重點在於唐納修原來的計畫是要把珍妮佛．戴頓的房子徹底搜索一遍，因爲某人要找某樣東西——或許是找跟華德爾的通訊紀錄。但單單偷東西不夠好玩，典獄長的這位小寶貝喜歡傷害別人。」

我想到珍妮佛．戴頓客廳地毯上的壓痕，她脖子上的傷，還有在她餐廳椅子上找到的指紋。

「他可能強迫她坐在客廳中央，站在她後面，一邊用手勒住她脖子一邊逼問她。」

「用這種方式是可以逼她說出東西放在哪裡，但他這麼做是基於虐待狂的動機。說不定逼她提早拆開聖誕禮物也是出於虐待狂的動機。」衛斯禮說。

「像這樣的人會費事去把她的屍體放在車裡，僞裝成自殺嗎？」

「有可能。這傢伙被關過，不想再被抓到，而且看看自己能騙過誰也可能是種挑戰。他把他咬在艾迪．希斯身上的痕跡給去除了。就算他搜過珍妮佛．戴頓的屋子，也沒留下半點證據。至於蘇珊的案子，這傢伙唯一留下的證據是兩顆點二二的子彈和一根羽毛，更不用說他還竄改了指紋紀錄。」

「你認爲這是他出的主意？」

「想出這一招的大概是典獄長，用華德爾的紀錄來掉包可能只是爲了方便，當時華德爾就快要遭處決了。如果我要找某個人的紀錄來跟一個犯人換，我也會選華德爾。這樣一來，要不就是那個犯人的隱藏指紋會追查到一個已經死的人身上，或者，更有可能的是，最後那個死人的紀錄會從州警的電腦裡被刪除，所以萬一這個小幫手做事不俐落，在某處留下了指紋，也根本就比對不出來。」

我啞口無言地瞪著他看。

「怎麼了？」他眼中閃過一抹驚訝的神色。

「班頓，你知道我們這樣講是什麼意思嗎？我們就這麼坐在這裡，談論著在華德爾死前就被竄改的電腦紀錄，這表示在華德爾死前已經有一樁竊盜案發生，還有一個小男孩被殺害。換句話說，典獄長的這個『地下工作人員』，是在華德爾處決之前就被釋放了。」

「我想這一點應該不可能有疑問吧。」

「那就表示他們認定華德爾會死。」我指出。

「老天，」衛斯禮有些畏縮。「誰能確定呢？州長可以不折不扣地在最後一分鐘插手干預啊。」

「顯然，有人事先知道州長是不會干預的。」

「唯一一個有可能確定這點的人就是州長自己。」他替我把話說完。

我起身站在廚房窗前。一隻公的紅雀從餵食器裡啄食葵瓜子，然後展開血紅的羽翼飛走。

「爲什麼？」我問的時候沒有轉身，「州長爲什麼會對華德爾有特殊的興趣？」

「我不知道。」

「如果這是眞的，那他不會希望這個凶手被抓到。因爲被抓到的人會招供。」

衛斯禮一言不發。

「跟這件事有牽扯的人都不會希望這個人被抓到，也不會希望我在現場。最好是我辭職或者被開除——如果這些案子能越鬧越大弄得滿城風雨。派特森跟諾林州長走得很近。」

「凱，有兩點是我們還不知道的。一個是動機，另一個是凶手自己有什麼打算。這個傢伙是在做他想做的事，從艾迪．希斯開始。」

我轉過身來面對他。「我想他是從羅蘋．納史密斯就開始了。我相信這個怪物研究過她陳屍現場的照片，然後在攻擊艾迪．希斯之後有意或不自覺地依樣畫葫蘆，把他的屍體靠在垃圾車旁。」

「很有可能。」衛斯禮說著，眼睛望向遠方。「但囚犯怎麼能看到羅蘋．納史密斯的現場照片？這種東西又不會裝在華德爾的監獄制服裡。」

「這可能只是班．史蒂文司幫的另一個忙。還記得吧，我告訴過你說從檔案處把那些照片拿來的人就是他。問題在於爲什麼會有人提起這些照片？唐納修或其他人怎麼會想到要去找出這些照片的？」

「因爲那個犯人要，也許這是他的要求，也許是作爲特殊服務的獎賞。」

「這樣實在太噁心了。」我帶著壓抑的憤怒說。

「的確是。」衛斯禮迎視我的眼睛，「這就回到凶手的打算上面，他有什麼需要和慾望。關於羅蘋的案子他很可能聽說過很多。他可能知道華德爾的很多事，想到華德爾對被害人所做的事他就感到興奮。對於一個有著很強、極具侵略性的暴力性慾幻想的人來說，那些照片是很令人興奮的。如果說這個人把那些現場照片——其中一張或好幾張——加進自己的幻想裡，這樣的推論也不離譜。然後突然之間他自由了，看見一個年輕的男孩在黑暗中走向一家便利商店。幻想成眞，他就把它實現了。」

「他再現了羅蘋・納史密斯的死亡場景？」

「對。」

「那你想他現在的幻想是什麼？」

「被追捕。」

「被我們追捕？」

「被我們這一類的人。恐怕他是自認比所有的人都聰明，沒有人能阻止得了他。他幻想自己可以玩些把戲，做下一些凶殺案來加強他一再玩味的這些景象。對他來說，幻想不是行動的替代品，而是爲行動預作準備。」

「沒有別人的幫忙，唐納修不可能自編自導地竄改紀錄然後釋放這樣一個怪物，或者做出任何其他的事情。」我說。

「是不可能。我想他一定有關鍵人物的幫助，比方說州警總部的人，也許是市警局，甚至聯邦調查局裡管紀錄的人。如果你握有某人的把柄就可以收買他。」

「就像蘇珊一樣。」

「我不認爲蘇珊是關鍵人物，班．史蒂文司的可能性比較大。他常去酒吧喝酒尋歡。你知不知道他弄到古柯鹼的時候也喜歡嗑上一點？」

「已經沒有什麼事會讓我驚訝了。」

「我派了幾個人去問了很多人的話。你手下這位行政人員過著入不敷出的生活，而人一旦跟毒品混上了，最後就會跟壞人混在一起。史蒂文司的種種惡習使他很容易成爲唐納修那種人渣的目標。唐納修可能派他的某個嘍囉故意在酒吧裡碰見史蒂文司，然後兩個人就聊起來了。接下來，他就對史蒂文司提出了一個可以賺不少外快的建議。」

「詳細的內容是什麼呢？」

「我猜是要他負責阻礙華德爾在停屍間的指紋採集程序，還有負責讓檔案處裡他那張大拇指的血指紋照片消失。這些可能只是開始而已。」

「然後他把蘇珊也招募了進去。」

「蘇珊並不願意，但她的經濟上也有很大問題。」

「所以你認為付錢的人是誰？」

「經手付錢的人可能跟當初去結識並吸收史蒂文司的是同一個人，某個唐納修手下的人，或許是警衛之一。」

我想起那個帶馬里諾和我參觀監獄的警衛羅伯茲，並記起他冰冷的眼神。

「就說這個接頭的人是警衛好了，」我說：「那麼跟他碰面的人是誰？蘇珊還是史蒂文司？」

「我猜是史蒂文司。史蒂文司不會讓蘇珊經手很多錢，也不會願意從中少賺一筆，因為小人會認為每一個人都是小人。」

「他跟接頭的人碰面拿取現金。」我說：「然後班就跟蘇珊碰面，分她一點？」

「她聖誕節當天離開父母家說要去訪友的時候，實際情況可能就是這樣。她是要去見史蒂文司的，只是凶手快了一步。」

我想到我在她衣領和圍巾上聞到的古龍水，也記起了我翻尋史蒂文司辦公桌的那晚，當面質問他時他的舉止。

「不，」我說：「事情不是這樣的。」

衛斯禮只是看著我。

「照史蒂文司那種個性，蘇珊的遭遇可能是受到他的陷害。」我說：「他除了自己之外不關心任何人，而且他是個懦夫。事情如果變得棘手，他會是個縮頭烏龜，他的直覺反應會是讓別人當替死鬼。」

「就像他中傷你、偷走檔案一樣。」

「完美的例子。」我說。

「蘇珊是十二月初把那三千五百塊存進去的，那是在珍妮佛．戴頓死前兩個星期。」

「對。」

「好，凱，我們倒回去一點。華德爾處決幾天之後，蘇珊或史蒂文司或他們兩個人一起試圖闖進你的電腦。我們已經推論，他們要找的是驗屍報告裡的某樣東西，是蘇珊在解剖當時無法親眼看到的。」

「那個他要求一起埋葬的信封。」

「這點我還是想不通。收據上的條碼並沒有證實我們之前的猜測——當時我們想的是那些位於里奇蒙和梅克倫堡之間的餐廳和收費站，因爲那些收據來自於華德爾處決前十五天從梅克倫堡移監到里奇蒙的路上。收據上的日期雖然符合，但地點則不。條碼追回到這裡和彼得斯堡之間的那段九十五號州際公路。」

「你知道，班頓，很可能這些收據的解釋實在太單純，所以我們都忽略了。」

「我洗耳恭聽。」

「不管調查局派你出差到哪裡，我想你的例行公事跟我出差的時候都一樣。你會記錄下每一筆支出，留下每一張收據。如果你常出差，可能就會想，等出差幾次之後再把所有的支出合在一起一次報銷，這樣可以少塡很多表格。在報銷之前你會把收據存起來。」

「這很能解釋那些收據的來源。」衛斯禮說：「比方說，監獄的某個工作人員得到彼得斯堡去出差。但問題是，那些收據怎麼會跑到華德爾的褲子口袋裡去呢？」

我想到那個寫著極度機密、要求跟華德爾一同埋葬的信封。然後我憶起了一個既尖刻卻又平凡無奇的細節。華德爾處決的當天下午，他母親獲准可以去探視他兩小時。

「班頓，你有沒有跟朗尼．華德爾的母親談過？」

「彼德前幾天到蘇福克去見過她。她對我們這種人不抱什麼好感，也不太願意合作。在她看來，她兒子是被我們送上電椅的。」

「所以她沒透露什麼重要的訊息，沒說華德爾要處決的那天下午她去看他的時候他的舉止怎麼樣？」

「根據她所講的寥寥幾句話，他當時很安靜、很害怕。倒是有一點頗有意思的，彼德問她說華德爾的私人物品是怎麼處理的。她說獄方把他的手錶和戒指交給她，向她解釋說他已經把他的書和所寫的詩都捐給全國有色人種促進會了。」

「她沒質疑這一點？」我問。

「沒有，她似乎認爲華德爾這麼做是合理的。」

「爲什麼？」

「她不識字。重要的是獄方對她說謊，也對我們說謊，就是在范德試圖追蹤他的個人物品，希望找出隱藏指紋的時候。而這些謊言最可能的來源就是唐納修。」

「華德爾知道些什麼。」我說：「如果唐納修要找回華德爾寫過的每一張紙、每一封寄給他的信，那麼華德爾一定知道些什麼是某人不希望讓其他人知道的事情。」

衛斯禮一言不發。

然後他說：「你說史蒂文司用的那種古龍水叫什麼名字來著？」

「紅色。」

「你相當確定你在蘇珊的外套和圍巾上聞到的就是它？」

「如果出庭作證的話我無法發誓，但那種香味頗有特色。」

「我想彼德和我該去跟你那位行政人員開一場小小的祈禱會了。」

「好，如果你能給我一點時間到明天中午才去找他，我想我可以幫忙讓他處在適當的心境之中。」

「你要做什麼？」

「應該是讓他變得非常緊張吧。」我說。

當晚我正坐在廚房的桌旁工作時，聽見露西開車進車庫的聲音，於是起身去迎接她。她穿著深藍色的保暖運動服和我的一件滑雪夾克，手上提著運動手提袋。

「我身上很髒。」她說著掙脫我的擁抱，但我已經在她頭髮上聞到硝煙的味道。我朝下瞥了她的手一眼，看見右手上的射擊殘餘物足以使痕跡分析專家狂喜。

「哇。」她走開的時候我說：「在哪裡？」

「什麼東西在哪裡？」她滿臉無辜地問。

「槍啊。」

她遲疑地從夾克口袋裡拿出我那把史密斯－韋森。

「我怎麼不知道你有可以攜帶武器的執照。」我說著從她手上接過那把左輪，確定裡面沒有子彈了。

「在自己家裡攜帶武器又不需要執照。在我進來之前它是放在車裡的椅子上，可以看得很清楚。」

「那樣很好，可是不夠好。」我安靜地說：「來吧。」

她沒說話，跟著我走到廚房，一起在桌旁坐下。

「你說你要到維斯伍去運動的。」我說。

「我知道我是那麼說的。」

「你去哪裡了，露西？」

「密德羅申高速公路旁邊的『射擊線』，那是個室內射擊場。」

「我知道那裡，你這樣做過幾次了？」

「四次。」她直視我的眼睛。

「我的天哪，露西。」

「唔，不然我要怎麼辦？彼德又不會來帶我出去。」

「馬里諾副隊長現在非常非常忙。」我說。這話聽來實在太像在哄小孩了，讓我自己都感到尷尬。「你也曉得現在有哪些問題。」我補充道。

「我當然曉得。現在他必須離得遠遠的。正因爲他得離你遠遠的，連帶也就得離我遠遠的。所以他現在在街上辦案，因爲有個神經病在到處殺人，比方典獄長和你手下的停屍間管理人。至少彼德可以照顧自己。我呢？我才被教過一百零一次如何射擊。哦，眞是太謝謝了。這就像給我上一堂網球課，然後幫我報名溫布頓大賽一樣。」

「你反應過度了。」

「不，問題在於你反應不夠。」

「露西……」

「如果我告訴你，每次我來看你的時候都會不停地想著那天晚上，你會作何感想？」

我完全知道她說的是哪天晚上，儘管這麼多年來我們都表現得好像從來沒發生過什麼事情。

「如果跟我有關的隨便哪件事讓你生氣，我知道了都會很不好受。」

「隨便哪件事？那次的事情只是隨便哪件事嗎？」

「當然不是。」

「有時候我晚上會驚醒過來，因爲夢見有槍聲。然後我聽著那要命的寂靜，想起那天晚上躺在那裡盯著一片黑暗。那時候我嚇得動彈不得還尿了床。然後警笛聲大作，紅色警示燈不停地閃，鄰居都走到門廊上或者站在窗邊看。他們把他抬走的時候你不肯讓我看，也不肯讓我上樓。我眞希望我看了，因爲用想像的更糟。」

「那個人已經死了，露西，他現在不能傷害任何人了。」

「還有別人跟他一樣壞，或許更壞。」

「我也不會否認這一點。」

「那你打算怎麼解決這個問題？」

「我把所有時間都花在幫助那些受邪惡之徒摧殘的人，你還要我做什麼？」

「如果你讓自己出事的話，我發誓我會恨你的。」我外甥女說。

「如果我眞的出了事，我想誰恨我大概也都不重要了吧。但我不希望你恨任何人，因爲恨會對你自己造成傷害。」

「唔，我會恨你的，我發誓。」

「露西，我要你答應我不再對我說謊。」

她一個字也沒說。

「我根本不希望你覺得有任何事需要瞞著我。」我說。

「如果我告訴你我想去射擊場，你會讓我去嗎？」

「得要有馬里諾副隊長或者我陪你去才可以。」

「凱阿姨，要是彼德抓不到他怎麼辦？」

「辦這件案子的不只馬里諾副隊長一個人。」我的話並沒有回答她的問題，因為我不知道該如何回答。

「嗯，我替彼德感到難過。」

「為什麼？」

「他得阻止這個不曉得是誰的人，而且他連跟你講話都不行。」

「我想他應付得來的，露西，他是專業人員啊。」

「米雪可不是這樣說的。」

我瞥了她一眼。

「我今天早上跟她通過電話，她說彼德前幾天晚上到她家去見她父親。他看起來糟透了，他的臉紅得像消防車一樣而且情緒也很惡劣。衛斯禮先生試著勸他去看醫生或者休幾天假，但門兒都沒有。」

我覺得非常沮喪，很想立刻就打電話給馬里諾，但我知道這樣是不智之舉，於是我改變話題。

「你和米雪還談了些什麼？州警的電腦裡有什麼新發現嗎？」

「沒什麼有用的東西。我們想盡了一切辦法試著找出華德爾的ＳＩＤ號碼是跟誰掉包的，但硬碟上所有標明刪除的紀錄都早就已經被蓋掉了。而且這個負責動手腳的人動作很快，在紀錄改變之後把整個系統都做了備份，這樣我們就不能用犯罪紀錄交換中心裡比較早的版本來查SID號碼，看看誰不見了。一般來說，至少都會有一份三到六個月以前的備份，但這裡就沒有。」

「聽起來像是內賊幹的。」

我想到和露西一起在家裡已經變得很自然了，她不再只是個客人或者暴躁易怒的小女孩。

「我們需要打個電話給你媽媽和外婆。」我說。

「非得今晚打不可嗎？」

「不用，但我們需要討論你回邁阿密的事情。」

「學校要到七日才開學，而且前面幾天的課我不去上也無所謂。」

「上學是很重要的事。」

「也是非常容易的事。」

「那你自己就該想辦法讓它變得比較困難啊。」

「蹺課幾天，就會變得比較困難了。」她說。

第二天早上八點半我打電話給蘿絲，因爲我知道那時候在開行政會議，這表示班．史蒂文司正在忙，不會知道我在線上。

「情況如何？」我問我的祕書。

「糟透了。懷亞特博士沒辦法從羅諾克那邊過來，因爲山上在下雪，路況很差。所以昨天費爾丁有四個案子要解剖卻沒有人能幫忙，而且他還得出庭，後來又被叫到一個現場去了。你跟他通過話了沒？」

「等那個可憐人有空接電話的時候，我再跟他商量一下。現在應該是個可以聯絡一些以前同事的適當時機，看看他們有沒有人能來這裡幫忙一陣子。簡森在夏洛斯維爾開業，你要不要聯絡他試試看，問他願不願意打個電話給我？」

「當然，這是個好主意。」

「告訴我史蒂文司在做些什麼。」我說。

「他很多時間都不在這裡。他簽單外出的時候只不清不楚寫幾個字，沒人能確定他去了哪裡。我懷疑他在找新工作。」

「提醒他別找我寫推薦函。」

「我倒希望你能大力推薦他，這樣就會有別人把他接收過去了。」

「我需要你打個電話到ＤＮＡ實驗室去，請唐娜幫我個忙。她應該收到了一份向實驗室要蘇珊胎兒組織分析結果報告的申請單。」

蘿絲沒說話，我可以感覺到她開始難過了。

「對不起，我提起了這件事。」我溫和地說。

她深吸一口氣。「你什麼時候去申請分析結果報告的？」

「事實上去申請的是萊特博士，因為那個案子的解剖是他做的。他在諾福克的辦公室那裡應該已經拿到了一份，跟案子的資料一起。」

「你不要我打電話到諾福克去請他們拷貝一份給我們？」

「不要，這事很急不能等，而且我不希望讓任何人知道我想要一份分析報告。我希望看起來像是我們辦公室無意間收到了一份。所以我要你直接找唐娜，請她立刻把報告弄出來，然後我要你親自去拿。」

「然後呢？」

「然後把它放在最前面那個信箱裡，跟其他有待整理的化驗結果和報告通通放在一起。」

「你確定要這樣？」

「絕對確定。」我說。

我掛上電話拿出電話簿，正在翻的時候露西走進廚房來。她光著腳，穿著睡覺的那套保暖運動服也還沒換下來，睡意朦朧地跟我道早安之後就開始翻冰箱。我手指滑過一排名字，列著差不多四十個姓烏的人，但其中沒有叫海倫的。當然，馬里諾說那個警衛是「蠻子海倫」的時候是帶著刻薄的意思，說不定她根本不叫海倫。我發現有三個人的縮寫是H，其中兩個是名，另一個是中間名。

「你在幹什麼？」露西邊問邊把一杯柳橙汁放在桌上，拉出椅子來坐下。

「我在找一個人。」我說著伸手去拿電話。

那三個姓烏的人都不是她。

「也許她結婚了。」露西建議道。

「我想應該沒有。」我打給查號台，問到了格林斯威爾新監獄的電話。

「你爲什麼認爲她沒結婚？」

「直覺吧。」我撥號。「我想找海倫．烏。」我對接電話的女人說。

「你說的這個人是犯人嗎？」

「不是，她是你們那裡的警衛。」

「請等一下。」

她把我的電話轉到另一處去。

「我是沃金斯。」一個男人的聲音咕噥著。

「請找海倫．烏。」我說。

「誰？」

「海倫．烏警官。」

「哦，她已經不在這裡工作了。」

「沃金斯先生，可不可以麻煩你告訴我怎麼樣跟她聯絡？我有很重要的事情要找她。」

「等一下。」話筒噹地撞到木頭上。背景傳來藍迪．崔維斯（譯註：著名鄉村歌手）的歌聲。

幾分鐘之後，那人回來了。「女士，我們不能透露這種資料。」

「沒關係，沃金斯先生。只要你告訴我你的大名，我就可以把這些通通寄給你，你再幫我轉交給她就好了。」

他頓了頓。「什麼東西通通寄給我？」

「她訂的東西。我是打電話來問她要用什麼方式寄過去。」

「她訂了什麼？」他聽起來不太高興的樣子。

「一套百科全書，一共有六箱，每箱重十八磅。」

「哎，你可不能把什麼百科全書寄到這裡來。」

「那你建議我該怎麼做呢，沃金斯先生？她已經把錢付清了，她留的地址就是你們那裡啊。」

「要命，等一下。」

我聽到翻紙的聲音，然後是在鍵盤上打字的聲音。

「聽著，」那人很快地說：「我最多只能給你一個郵政信箱的地址，你把東西寄到那裡去就好了，可別把那玩意兒寄給我。」

他把地址告訴我之後就掛斷了電話。海倫．烏收信的郵局位在古齊蘭郡內。接著我打電話給一個在古齊蘭法院工作跟我交情不錯的法警，不到一個小時他就在法庭紀錄裡查到了海倫．烏的住家地址，但她的電話號碼沒有列在上面。上午十一點，我拿起皮包和外套，然後到書房去找露西。

「我得出去幾個小時。」我說。

「你剛剛講電話的時候對那個人說了謊。」她瞪著電腦螢幕，「你根本沒有什麼百科全書要寄給誰。」

「你說得一點也沒錯，我是說了謊。」

「所以有時候說謊是可以的，有時候就不行。」

「其實不管什麼時候說謊都不是眞正可以的，露西。」

我走出房間，她仍坐在我的椅子上，數據機的燈一閃一閃，各種電腦使用手冊攤開散放在書桌和地板上，螢幕上的游標快速閃動著。我直到離得遠遠的之後才把我那把魯格放進皮包。雖然我有執照可以隨身攜帶武器，但我很少這麼做。我設定好保全系統，從車庫離開向西行駛，然後從卡瑞街轉上河流路。天空是深淺不同的灰，像大理石的花紋一樣。尼可拉斯．古魯曼隨便哪天都可能打電話給我，我交給他的那些紀錄裡有一枚無形的定時炸彈在倒數計時，他要對我說的話不會是我喜歡聽的。

海倫．烏住在「北極餐廳」西邊的一條泥巴路上，旁邊是一座農莊。她家看起來像棟小穀倉，小小的一塊地上沒幾棵樹，窗子上纏繞著枯死的枝葉，我猜那原本應該是攀爬的天竺葵。門前沒有門牌說明住在裡面的是誰，但停在門廊旁邊的那輛克萊斯勒舊車顯示至少屋裡有人住。

海倫．烏打開門的時候，我從她毫無表情的臉上看出，我對她來說就像我的德國車一樣陌生。她穿著牛仔褲和沒有塞進褲腰的棉布襯衫，兩手叉在她寬廣的臀部旁，站在門口一動也不動。寒冷的天氣和我報上的身分對她好像都沒有影響，直到我提醒她說我到監獄去參觀過，她那警醒的小眼睛裡才閃現認出我是誰的神色。

「誰告訴你我住在這裡的？」她臉頰漲得紅紅的，我在想不知道她會不會打我。

「你的地址登記在古齊蘭郡的法院紀錄裡。」

「你不應該去查的，要是我把你的住家地址挖出來，你會開心嗎？」

「要是你需要我幫助的程度跟我現在需要你幫助的程度一樣迫切的話，我是不會介意的，海倫。」我說。

她只是看著我。我注意到她的頭髮濕濕的，一邊的耳垂沾到了黑色的染料。

「你的上司被殺了。」我說：「我手下的一個工作人員被殺了，還有其他人，我想這些事你多少一定也都聽說了。我們有理由相信這個凶手以前是春街監獄的犯人——他被釋放了，說不定就在喬·華德爾被處決的前後那幾天。」

「我不知道任何人被釋放的任何事情。」她的眼神飄向我身後的空蕩街道。

「那你知不知道有沒有哪個犯人失蹤了？也許這個人不是被合法釋放的？在你的那個職位上，應該會知道有誰進監獄、有誰出去吧。」

「我沒聽說過有誰失蹤。」

「你爲什麼不在那裡工作了？」我問。

「健康問題。」

我聽見她護衛的身後空間裡有某處傳來像關櫃門的聲音。

我繼續努力。「你記不記得朗尼．華德爾被處決的那天下午，他母親到監獄裡去看他？」

「她進來的時候我人就在那裡。」

「你應該有搜她的身和她帶來的東西吧？」

「有。」

「我是想知道華德爾太太有沒有帶什麼東西來給她兒子。我知道探監規定禁止訪客帶東西給犯人——」

「可以申請許可，她申請到了。」

「華德爾太太獲得許可帶東西給她兒子？」

「海倫，你讓暖氣都跑出去了。」她身後響起一個甜美的聲音。

在海倫．烏粗壯的左肩和門框之間的地方，突然出現了一雙炯炯有神的藍眼睛像瞄準器一樣盯著我看。驚鴻一瞥中我看到蒼白的臉頰和鷹勾鼻，但那人隨即就消失了。門鎖發出咔咔聲，門靜靜地在這位前監獄警衛的身後關上。她背靠著門瞪著我。我又重複了一遍我的問題。

「她是帶了東西給華德爾，而且也不是什麼大東西，我就打電話給典獄長申請許可。」

「你打電話給法蘭克．唐納修？」

她點頭。

「他同意了？」

「我說了，她帶來的又不是什麼大東西。」

「海倫，是什麼？」

「一張耶穌的圖片，差不多明信片那麼大，後面寫了些東西。我記不清了。類似『我會在天堂與你同在』之類的話，但是字拼錯了。天堂拼成像『一對骰子』擠在一起似的（譯註：「天堂」paradise和「一對骰子」a pair of dice形似）。」海倫．烏說時臉上毫無笑意。

「就這樣？」我問：「這就是她帶給臨死兒子的東西？」

「我跟你說了，就這樣。現在我要進去了，你不要再到這裡來。」她手握住門把，這時雨滴緩緩從天空中落下，在門前的水泥台階上留下鎳幣大小的濕痕。

那天稍晚，衛斯禮到我家來，他穿著黑色的飛行皮夾克，戴著一頂深藍色棒球帽，臉上還有一抹笑意。

「怎麼樣？」我們進入廚房的時候我問。現在我們已經很習慣在這裡談話了，他都有了固定的座椅。

「我們沒有把史蒂文司搞垮，不過我想也已經讓他搖搖欲墜了。你把化驗報告放在他會看到的地方，發揮了效果。他很有理由害怕蘇珊．史多瑞的胎兒組織的DNA測試結果。」

「他和蘇珊在搞外遇。」我說。很奇怪的，我對蘇珊的不貞並無反感，只是對她的品味很失望而已。

「史蒂文司承認外遇的事情，其他一概否認。」

「比方說他知道蘇珊那三千五百塊是哪裡來的？」我說。

「他完全否認，說自己對這件事毫無所知。不過我們跟他還沒完呢。馬里諾的一個線民說他在蘇珊死亡的那一帶看到一輛掛著花俏車牌的黑色吉普車，時間也跟我們推斷她被殺的時間符合。班．史蒂文司開的就是黑色吉普車，掛著挑選過的車牌『14 Me』（譯註：『14 Me』的組合有『給我一個』的諧音）。」

「班頓，殺她的不是史蒂文司。」我說。

「對，不是他。我想史蒂文司是嚇到了，因爲對方向他要珍妮佛．戴頓案子的資料。」

「其中的涵義顯然很清楚。」我同意，「史蒂文司知道珍妮佛．戴頓是死於他殺的。」

「他既然是一個懦夫，於是就決定下一次領錢的時候讓蘇珊去處理，然後他再緊接著跟蘇珊碰面，拿他的那一份。」

「那時候她已經被殺了。」

衛斯禮點頭。「我想被派去跟她碰頭的人殺了她，自己把錢留下。然後——也許幾分鐘之後——史蒂文司就出現在約好的那個地方，也就是草莓街的那條小巷子裡。」

「你這樣講很符合她在車裡的姿勢。」我說：「原先她一定是向前趴倒的，這樣凶手才能從她頸背開槍。但她被發現的時候是向後靠在椅子上。」

「史蒂文司動過她。」

「他一開始走到車旁的時候，不可能馬上就知道她怎麼了。如果她趴在方向盤上，他是看不見她的臉，所以他把她往後靠在椅背上。」

「然後就逃之夭夭了。」

「如果他出門去見她之前才剛灑過古龍水，那他手上就會沾有古龍水。他把她往後靠的時候，手會碰到她的外套——大概就在她肩膀一帶，所以我在現場就聞到了味道。」

「最後我們總會把他搞垮的。」

「還有更重要的事情要做，班頓。」我說，然後告訴他我去見了海倫．烏，從她那裡得知關於華德爾太太最後一次去見她兒子時的事情。

「我的理論是，」我繼續說下去，「朗尼．華德爾是要那張耶穌的圖片和他一起下葬，這可能就是他最後的要求。他把圖片放在一個信封裡，在上面寫了『極度機密』等等。」

「沒有唐納修的許可他是不可能這麼做的。」衛斯禮說：「根據規定，犯人最後的要求必須通報給典獄長知道。」

「對，而不管他們是怎麼通報的，唐納修太神經緊張了，絕不會讓一個封了口的信封塞在華德爾的口袋裡，跟著他的屍體一起被抬走。所以他批准了華德爾的要求，然後想辦法不動聲色地看看信封裡面裝的是什麼。他決定等華德爾死後把信封掉包，吩咐他的某個嘍囉負責這件事。這就是收據之所以會牽扯進來的地方了。」

「我正等著你解釋這一點呢。」衛斯禮說。

「我想那個人是搞錯了。假設說他辦公桌上有一個白色的信封，裡面有他前陣子去彼得斯堡出差的收據。假設他另外拿了一個類似的白色信封，隨便塞了些無關痛癢的東西進去，然後在信封上寫上華德爾寫在原來那個信封上的字句。」

「但是這個警衛寫錯信封了。」

「對。他把字寫在那個裝收據的信封上。」

「後來等他要找收據，卻發現信封裡裝的是無關痛癢的東西，就會知道搞錯了。」

「正是。」我說：「蘇珊的作用就在這裡。如果我是這個搞錯了的警衛，我會非常擔心。我會急著想知道停屍間的法醫是打開了信封，還是維持原狀沒拆。要我是這個警衛，又剛好是負責跟班．史蒂文司接頭，並用錢收買他以確定華德爾的指紋不會列入紀錄的人，那我就知道該找誰幫忙了。」

「你會聯絡史蒂文司，要他去查那個信封有沒有被打開過。如果有，那麼就會想知道裡面的東西有沒有讓任何人起疑或者想去四處詢問。這就是太過神經緊張，結果弄巧成拙，如果當初保持冷靜的話還不會搞出這麼多問題。但是史蒂文司應該很容易就可以回答那個問題啊。」

「其實不然。」我說：「她可以問蘇珊，但信封打開的時候她也不在場。費爾丁是到樓上才拆的，影印一份之後，把原件跟華德爾的其他個人物品一起送出去了。」

「史蒂文司不能把檔案拿出來看一下影本就好？」

「除非他先破壞我櫃子上的鎖。」我說。

「那麼，在他想來，只剩下電腦這一條路可以走了。」

「否則他就得問費爾丁或問我，但他不會那麼笨的。我們兩個都不可能把這種機密細節透露給他、給蘇珊，或者給任何人知道。」

「他對電腦的知識夠不夠讓他闖進你的目錄裡？」

「就我所知是不夠，但蘇珊上過好幾門課，而且辦公室裡也有UNIX的書。」

電話響了，我讓露西去接，她走進廚房的時候眼神很不自在。

「是你的律師打來的，凱阿姨。」

她把廚房裡的分機移到我手邊，我不需離開椅子就可以接起來。尼可拉斯·古魯曼半個字也沒浪費在問候上，立刻就直接談重點。

「史卡佩塔博士，十一月十二日你開了一張金融帳戶的支票，面額是一萬元，但我在你的銀行帳單中找不到任何紀錄可以顯示這筆錢存進了你的任何一個戶頭裡。」

「我沒有把那筆錢存進去。」

「你就這麼帶著一萬元現金走出銀行？」

「沒有，我是在城區的西涅銀行開這張支票的，然後用它買了一張英鎊的銀行本票。」

「這張本票是開給誰的？」我以前的教授問，班頓·衛斯禮則緊盯著我看。

「古魯曼先生，那筆錢是私人用途跟我的職業沒有任何關聯。」

「拜託，史卡佩塔博士。你知道這樣說是不夠的。」

我深吸一口氣。

「你當然知道我們會被問到這一點。你當然也一定明白這樣看起來不妙，就在你停屍間的助理存進一筆來路不明的現金之前幾星期，你開出了一張金額很大的現金支票。」

我閉上眼睛，用手指梳理頭髮。衛斯禮從桌邊站起來，走到我身後。

「凱——」我感覺衛斯禮的手按在我肩上——「看在老天的份上，你必須告訴他。」

13

要是古魯曼從來不曾執業過，我也不會把自己的前途交到他手上。但他在教書之前是個聲譽卓著的訴訟律師，辦過民權的案子。在羅伯．甘迺迪主事的那段時期，也替司法部起訴過很多黑道份子。現在他的客戶都是些沒有錢而且被判了死刑的人，我很欣賞並感激古魯曼的認眞，也需要他憤世嫉俗的觀點。

他沒有興趣協商或者宣稱我是無辜的，而且拒絕把一絲一毫的證據交給馬里諾或任何人。他沒有把那張一萬元支票的事告訴任何人，說那是對我最不利的證據。我想起他在第一堂刑法課上教給學生的東西：一律說不，一律說不，一律說不。我以前的這位教授一字不差地遵守這套規則，讓羅伊．派特森的一切努力都無功而返。

然後在一月六日星期四的早上，派特森打電話到我家裡來，要我到他辦公室裡去談一談。

「我相信我們一定能把事情澄清的。」他和藹可親地說：「我只是需要問你幾個問題而已。」

言下之意是，如果我乖乖合作，那麼更糟的事情或許就不會發生。我很驚奇派特森居然會認爲這種老套伎倆可以唬得住我。當州政府檢察官想要聊聊的時候，就表示他是在釣魚了，願不願都得上鉤。警方也是一樣。我遵照古魯曼的準則對派特森說不，第二天早上就收到傳票，要我一月二十日在特殊大陪審團的面前出庭。接下來是另一張要求我交出財務紀錄的傳票。古魯曼先是引用了第五修正案（譯註：即不得強迫刑事罪犯自證其罪），然後提出動議要求撤銷傳票。一個星期之後，我們除了照做之外別無選擇，否則我就會被判蔑視法庭。差不多也是在這段期間，諾林州長指派費爾丁爲維吉尼亞州的代理首席法醫。

「又有一輛電視採訪車開過去了，我剛剛才看到的。」露西站在客廳窗前邊朝外看邊說。

「快來吃午飯。」我從廚房裡朝她喊，「你的湯要涼了。」

一陣沉默。

然後，「凱阿姨。」她的聲音聽起來很興奮。

「怎麼了？」

「你絕對猜不到剛剛是誰把車停了下來。」

我從水槽上方的窗子看出去，看到那輛白色福特汽車停在前面。駕駛座的車門打開，馬里諾鑽出來。他拉拉褲子，調整調整領帶，眼睛四處巡梭。當我看著他沿著人行道走向我家門口的時候，感動程度之強烈連我自己都嚇了一跳。

「我不確定是不是應該高興見到你。」我開門的時候說。

「嘿，別擔心，我不是來逮捕你的。」

「請進。」

「嗨，彼德。」露西高興地說。

「你不是應該回學校去了嗎？」

「不是。」

「什麼？你們南美那裡一月也放假啊？」

「對呀，因爲天氣太差了。」我外甥女說：「氣溫只要一降到七十度以下，所有的店家和機構就都關閉了。」

馬里諾微笑。我從來沒看過他這麼糟的樣子。

不到一會兒，我已經在客廳裡升起爐火，露西則出門去辦事情。

「你最近怎麼樣？」我問。

「你會不會叫我到門外去抽菸？」

我把菸灰缸朝他推過去。

「馬里諾，你的眼袋大得跟公事包一樣，臉色通紅，而這屋裡也沒暖到會讓你流汗的地步。」

「看得出來你很想念我。」他從後褲袋裡掏出一條髒兮兮的手帕來擦額頭。然後他點起一根菸，瞪著爐火看。「醫生，派特森那個混蛋，他想把你給烤了。」

「讓他去試吧。」

「他會的，你最好有所準備。」

「他沒有東西可以拿來指控我，馬里諾。」

「他手上有一個在蘇珊家裡找到的封套，上面有你的指紋。」

說。」

「那一點我可以解釋。」

「但你無法證明，而且他還有一張王牌。我發誓我實在不應該把這件事告訴你，但我還是要說。」

「什麼王牌？」

「你還記得湯姆．路瑟羅吧？」

「我知道他。」我說：「但是跟他不熟。」

「嗯，他滿會施展魅力的，而且老實說，他是個很不賴的警察。事情是這樣的，他到西涅銀行去打聽消息，說服了其中一個出納，讓她透露關於你的消息。照理說他是不應該問的，而她也不應該說。但她說她記得你在感恩節前的某個時候開過一張面額很大的支票。根據她的說法，是一萬塊錢。」

我痲木地盯著他。

「我是說，其實不能怪路瑟羅，他只是在盡責工作而已。但這下子派特森就知道要在你的財務紀錄裡找什麼了，等你在特殊大陪審團前出庭，他會狠狠地對你迎頭痛擊。」

我什麼也沒說。

「醫生。」他傾身向前注視我的眼睛，「你不覺得應該談一談嗎？」

「不。」

他站起身走到壁爐旁，把擋火屏風移開一點，將菸蒂丟進去。

「該死，醫生。」他靜靜地說：「我不希望你被定罪。」

「我不應該喝咖啡，我知道你也不應該，但我想喝點什麼。你喜歡熱巧克力嗎？」

「我喝咖啡吧。」

我起身去準備飲料。我的思緒像秋天的家蠅一樣無力地嗡嗡飛來飛去，我的憤怒無處發洩。

我煮了一壺低咖啡因的咖啡，希望馬里諾分不出來。

「你的血壓如何？」我問他。

「你要聽實話嗎？有些時候我覺得如果我是水壺的話，我就會咻咻叫了。」

「我眞不知道該拿你怎麼辦。」

他蹲在壁爐旁，爐火如風聲般作響，搖曳的火焰倒映在黃銅上。

「隨便舉個例子吧，」我繼續說：「你可能根本就不應該在這裡，我不希望你惹上麻煩。」

「嘿，州政府檢察官、市政府、州長，他們通通都去死吧。」他突然憤怒地說。

「馬里諾，我們不能屈服。有人知道這個凶手是誰，你有沒有去跟那個帶我們參觀監獄的警衛談過？羅伯茲警官？」

「有，結果是一點收穫也沒有。」

「唔，我跟你那位朋友海倫·烏的會面也沒好到哪裡去。」

「一定很賞心悅目吧。」

「你知道她現在已經不在監獄裡做事了嗎？」

「我從來就不知道她在那裡做過什麼事。蠻子海倫懶得跟什麼似的，只有在替女訪客搜身的時候才特別勤快。唐納修喜歡她，可別問我爲什麼。他被幹掉之後，她被調到格林斯威爾的監視塔去，突然之間她膝蓋還是哪裡就有毛病了。」

「我有種感覺，她知道的比她表現出來的樣子多。」我說：「尤其是如果她和唐納修交情好的話。」

馬里諾啜一口咖啡，望向玻璃拉門外。地上結了一層白霜，雪似乎越下越快了。我想到我被叫到珍妮佛．戴頓家的那個下著雪的夜晚，腦中出現的景象是一個頭上捲著髮捲、體重過重的女人坐在她客廳中央的一張椅子上。如果凶手逼問過她，必然是有原因的。他到底要去找什麼東西？

「你想凶手到珍妮佛．戴頓家去是不是爲了要找信件？」我問馬里諾。

「我想他是去找某樣跟華德爾有關的東西，信件啦、詩啦，這麼多年之中他可能寄給她不少東西。」

「你想他有沒有找到他要的東西？」

「這麼說吧，他或許有四處尋找過，但他的手腳太乾淨了，我們看不出來。」

「唔，我不認爲他找到了。」我說。

馬里諾邊懷疑地看著我，邊又點起一根菸。「根據是什麼？」

「根據現場的狀況。她身上穿著睡袍，頭上捲著髮捲，看起來她之前是在床上讀書，不像是在等誰來的樣子。」

「這我可以同意。」

「然後有人出現在她家門前，她一定是讓他進門了，因爲沒有強行闖入或者掙扎扭打的痕跡。我想接下來的情況可能是這樣，這個人要求她把他要的東西交出來，但她拒絕。他火了，從飯廳搬了張椅子放在客廳中央，叫她坐上去，基本上是折磨了她一番。他問問題，但她不肯把他想聽的告訴他，於是他的手在她脖子上越勒越緊，最後她就被勒死了。然後他把她抱出去，放在她車裡。」

「如果他是從廚房進出的，這或許就可以解釋爲什麼我們到的時候那扇門沒有鎖。」馬里諾思考著。

「有可能。總而言之，我不認爲他是有意殺死她的，在他企圖把她的死僞裝成自殺之後應該也沒有再待多久。也許他害怕了，或者也許他只是對他的任務失去了興趣。我懷疑他可能根本就沒搜過她家，就算有，我也懷疑他找得到任何東西。」

「我們可是啥也沒找到。」馬里諾說。

「珍妮佛．戴頓很驚慌。」我說：「她在傳眞裡向古魯曼表示，華德爾的遭遇中有什麼東西錯了。顯然她在電視新聞裡看過我，甚至試過要跟我聯絡，但一聽到是答錄機就掛斷了。」

「你認爲她手上可能有文件或什麼的，可以告訴我們這一團亂七八糟到底是怎麼回事？」

「如果她有，」我說：「在她那麼害怕的情況下，可能也不會把東西放在家裡。」

「那她會藏到哪裡去？」

「我不知道，但她前夫也許會知道。她十一月底不是去他那裡待了兩個星期嗎？」

「是啊。」馬里諾看來很感興趣的樣子。「事實上，她是去了。」

我打了好幾通電話，終於在佛羅里達州麥爾司堡海灘的「粉紅貝殼」度假中心找到威利．崔佛斯，他的聲音聽來愉快有活力。但對於我問的問題，他的回答則是模糊不清。

「崔佛斯先生，我到底要怎麼做你才會信任我？」最後我終於絕望地問。

「到這裡來一趟。」

「現在要我這麼做很困難。」

「我得見到你才行。」

「對不起，你說什麼？」

「我就是這樣。如果我見到你，就可以讀你，知道你是不是值得信任。珍妮也是這樣子的。」

「所以如果我到麥爾司堡海灘去讓你讀我，你就會幫我的忙了？」

「要看我讀出什麼東西而定。」

我訂了隔天早上六點五十的機票。露西會跟我一起飛去邁阿密，我把她交給桃樂絲之後再開車到麥爾司堡海灘去，我可能會整晚懷疑自己是不是發神經了。珍妮佛．戴頓這位服膺全體論醫藥觀點的健康狂前夫很有可能只會浪費我一大堆時間而已。

星期六，我四點鐘起床的時候雪已經停了。我走進露西的房間去叫她起床。我聽了一會兒她的呼吸聲，然後輕輕碰碰她的肩膀，在黑暗中低聲叫她的名字。她動了動馬上就坐了起來。在飛機上她睡到夏洛特，然後她那令人無法忍受的情緒就一路發作到邁阿密。

「我寧可坐計程車。」她瞪著窗外說。

「你不能坐計程車，露西，你媽媽和她朋友會到處找你的。」

「正好，就讓他們開車整天繞著機場轉好了。爲什麼我不能跟你一起去？」

「你得回家，我得直接開車到麥爾司堡海灘去，然後我就會從那裡直接飛回里奇蒙。相信我，不會有什麼好玩的。」

「跟媽還有她最新交上的白癡在一起，也不會有什麼好玩的。」

「你又不知道他是不是白癡，你還沒見過他呢，何不給他一次機會？」

「我眞希望媽得愛滋病。」

「露西，不可以這樣說。」

「她該得的。我不明白她怎麼可以跟任何一個請她去吃晚餐、看電影的豬頭上床，我不明白她怎麼會是你姊姊。」

「你小聲一點。」我低聲說。

「如果她眞的那麼想念我，她就會自己來接我，不會帶別人一起來。」

「不見得是這樣。」我告訴她，「等你哪天談戀愛了，就會比較明白了。」

「你憑什麼認為我從沒談過戀愛?」她憤怒地看著我。

「因為如果你談過的話,你就會知道戀愛會帶出我們性格中最好和最壞的部分。我們會一下子慷慨敏感得要命,一下子又可惡得讓人想千刀萬剮。我們的生活會變成極端的教材。」

「我真希望媽趕快度過更年期。」

下午兩、三點,我一面沿著坦邁阿密徑在樹蔭間行駛,一面匆匆補綴起罪惡感在我良心上啃囓出的破洞。每次面對我的家人,我都覺得煩躁不耐。每次我拒絕面對她們,就會感覺像是回到小時候,那時我學會了不離家卻在心理上逃避的技術。在某種意義上,我在父親過世之後接替了他的位置。我是家裡最理性的人,成績名列前茅,既會烹飪也會理財。面對這個四分五裂而反覆多變的家庭,我的反應不是哭泣而是冷靜下來然後像蒸汽一樣消散。因此我母親和姊姊指控我對她們漠不關心,我成長的過程中也一直暗自抱著羞愧感,覺得她們說得沒錯。

我開車到麥爾司堡海灘的時候車裡開著冷氣,遮陽板也拉了下來遮擋陽光。潤澤的無垠天空呈現出鮮活的藍色,棕櫚樹看來像是粗壯的鴕鳥腿上長著鮮綠色羽毛。粉紅貝殼度假中心名符其實是粉紅色的,後倚艾斯特羅灣,建築物的陽台則正對著墨西哥灣。威利·崔佛斯住在其中一間小屋,但距我和他約好見面的晚上八點還有一段時間。我登記住進一間一房的公寓,一進門就邊走邊把衣服脫了一地。我扯下身上的冬裝,從袋子裡抓出短褲和運動上衣,七分鐘之內我就出門跑到海灘上去了。

我不知道我走了幾哩,因為我搞不清楚時間了,而且每一段壯麗的海灘和水域看起來都一模一樣。我看著在水裡捕魚的鵜鶘仰起頭像一口灌下波本威士忌般把魚吞下去，然後我靈巧地繞過那些擱淺在岸上看似乾癟藍色氣球的僧帽水母。不時有尖細的童聲穿透浪濤聲傳來，像飛舞在風中的一張彩紙。我撿拾著被潮水沖刷平滑的沙錢（譯註：出現在北大西洋及北太平洋沙質海底的扁圓海膽），還有像被含吮得扁扁的薄荷糖一樣的貝殼。這時我又想念起露西來了。

等海灘大部分都籠罩在陰影中的時候，我回到房間去洗澡換衣服，然後開車沿著艾斯特羅大道兜風，直到飢餓感像探測器一樣把我引到「船長的大木船」餐廳的停車場。我點了金線魚和白酒，一邊享用一邊看著地平線變成一片朦朧的藍。不久，黑暗中就浮起船隻的燈光，我看不見海水了。

等我找到在魚餌店和釣魚碼頭附近的一八二號小屋時，我發現自己已經好久沒有這麼放鬆過了。威利．崔佛斯打開門的時候，我們兩個的反應好像是多年老友一樣。

「第一件正事是吃點心，你一定還沒吃飯吧。」他說。

我很遺憾地告訴他我已經吃過了。

「那你再吃一遍就好啦。」

「可是我吃不下了。」

「一小時之內我會證明你錯了。我準備的東西很清淡，奶油烤石斑，淋上萊姆汁，再灑上很多現磨的胡椒。還有我用七種穀類親手做的麵包，吃過包你終生難忘。唔，我看看。哦，對了，還有醃菜沙拉和墨西哥啤酒。」

他一邊說著一邊開了兩瓶「雙叉牌」。珍妮佛．戴頓的前夫應該將近八十歲了，臉被太陽曬得像乾裂的泥地一樣，但他的藍眼睛像年輕人一樣生氣勃勃。他說話時常常面帶微笑，身材清瘦而結實。他的頭髮讓我想起網球上起的白色毛球。

「你怎麼會到這裡來住的？」我邊問邊環顧著牆上掛的魚標本和屋裡粗樸的擺設。

「兩年前我決定退休釣魚，所以跟粉紅貝殼談好了，我替他們管魚餌店，他們用合理的價錢出租一間小屋給我。」

「你退休前的職業是什麼？」

「跟現在一樣。」他微笑。「我是從事全體論醫藥的，在這方面很難說退休，就像很難說從宗教退休一樣。差別在於我現在經手的是我願意經手的人，也不像以前在市區裡設有辦公室了。」

「你對全體論醫藥的定義是？」

「我治療的是整個人，簡單明瞭，重點是要讓人達成平衡。」他以評估的眼光看著我，放下手中的啤酒，然後走到我坐的椅子這邊來。「可不可以請你站起來？」

我心情很不錯，願意合作。

「現在伸出一隻手臂。不管哪一隻都可以，但要伸直，跟地面平行。好，現在我要問你一個問題，你回答的時候我會試著把你的手臂往下壓，你要努力不讓我壓下去。你把自己看成你家庭裡的英雄人物嗎？」

「不。」我的手臂立刻就被他壓了下去，像護城河上放下的吊橋一樣。

「嗯，你的確是把自己看成家庭裡的英雄人物。這表示你對自己相當嚴苛，從一開始就是這樣。好了，現在再把手臂舉起來，我要再問你一個問題。你對你的工作拿手嗎？」

「是的。」

「我盡我可能地用力壓了，可是你的手臂硬得跟鐵一樣，所以你對你的工作很拿手。」

他回到長沙發上，我也坐了下來。

「我必須承認我所受的醫學教育讓我抱著一些疑心。」我微笑著說。

「唔，其實用不著，因爲這些原則跟你每天所處理的事情沒有什麼不同。底線是什麼？那就是身體不會說謊。不管你怎麼告訴自己，你的能量程度會對眞正的事實有反應。如果你的大腦說你不是家庭裡的英雄人物或者說你很愛你自己，但事實上你的感覺卻不是這樣，那麼你的能量就會變弱。這樣講，你聽起來算是有點道理嗎？」

「有。」

「珍妮每年要來這裡一、兩次，其中的一個原因是讓我幫她恢復平衡。感恩節前後，她最後一次來這裡的時候完全是一團亂，我每天都得在她身上花掉好幾個小時的時間。」

「她有沒有告訴你是什麼事不對勁？」

「很多事情都不對勁。她才剛搬家，不喜歡新鄰居，尤其是住在對街的那一家。」

「克蕾瑞夫婦。」我說。

「我想是叫這個名字吧。那女人好管閒事，男人則一天到晚打情罵俏，直到中風爲止。另外，珍妮的占星算命規模也弄得太大了，讓她筋疲力竭。」

「你對她的事業有什麼看法？」

「她有天賦，可是把它用到筋疲力盡。」

「你會把她歸類爲通靈的人嗎？」

「不會，我不會把她歸類——連試都不會試，她對很多東西都有涉獵。」

我突然想起她床上用水晶壓著的那張白紙，於是問崔佛斯知不知道那代表什麼意義，或者那究竟有沒有任何意義。

「那表示她在專心。」

「專心？」我不解地問：「專心在什麼事情上？」

「珍妮要冥想的時候，就會拿一張白紙來，上面放一塊水晶。然後她會坐著一動也不動，慢慢地一圈圈轉動水晶，看著水晶各個面透出的光在紙上移動。這對她有效，就像盯著水面看對我有效一樣。」

「崔佛斯先生，她來看你的時候，另外還有沒有什麼事令她煩心？」

「叫我威利就好了。有，而你也知道我要說什麼。那個等待行刑的犯人朗尼·華德爾的事情讓她非常難過。珍妮和朗尼通了好多年的信，她實在無法面對他即將被處死這件事。」

「你知不知道華德爾是否曾對她透露什麼事，可能會讓她身處險境的？」

「唔，他給了她一樣會讓她有危險的東西。」

我伸手去拿啤酒，眼睛始終盯著他不放。

「她感恩節來這裡的時候，把這麼多年來朗尼寫給她所有的信和寄給她的其他東西都帶來了。她把東西放在這裡，要我幫她保管。」

「爲什麼？」

「這樣比較安全。」

「她擔心有人打算把東西從她那裡拿走？」

「我只知道她當時嚇壞了。她告訴我說，十一月初華德爾打對方付費的電話給她，說他已經準備好要死了，不想再繼續奮戰下去。顯然他是確信沒有什麼東西能救得了他了。他要她到蘇福克的農莊去，跟他母親拿他的東西。他說他希望把那些東西給珍妮，並叫她別擔心，說他母親會了解的。」

「那些東西是什麼？」我問。

「只有一樣東西。」他站起來。「我不確定它有什麼意義——也不確定我想知道。因此我要把它交給你，史卡佩塔醫生。你可以把它帶回維吉尼亞去，不管是通知警方還是要把它怎麼樣都隨便你。」

「你爲什麼突然這麼肯幫忙？」我問：「幾個星期前爲什麼不肯？」

「沒人費事到這裡來見我。」他在另一個房間裡大聲說：「你打電話來的時候我已經告訴過你了，我不在電話上跟人處理事情。」

他重新出現，把一個哈特曼牌的公事包放在我腳邊。黃銅的鎖被撬開了，皮面也有刮痕。

「事實上，你把這東西從我的生活中拿走，是幫了我一個大忙。」威利．崔佛斯說，我看得出來他是眞心的。「只要想到它，就讓我的能量變得很差。」

朗尼．華德爾從死囚室寫給珍妮佛．戴頓的信整齊地用橡皮筋捆紮起來，按照日期排列。當晚我在旅館的房間裡只隨便看了其中幾封，因爲跟我發現的其他東西比起來，這些信件的重要性幾乎變得微不足道。

公事包裡有幾本寫得滿滿的記事簿，上面的筆跡看來沒有多大意思，因爲內容是關於超過十年以前本州的案件和難題。有鋼筆和鉛筆、一張維吉尼亞州地圖、一盒喉糖、一個吸入器和一支護唇膏。另外還有一支EpiPen仍裝在原來的黃色盒子裡，那是三毫克腎上腺素的自動注射器，對蜂螫或對某些食物會有致命過敏反應的人常常會隨身攜帶。上面的處方標籤打著病人的姓名、日期，還註明這EpiPen是五支裝的其中一支。這公事包顯然是華德爾從羅蘋．納史密斯家偷出來的，在那個他殺死她的命運之日。他可能直到把它拿走並撬開鎖之後才知道這公事包的原主是誰。華德爾發現慘遭他殺害的那位本地名人有一個當時正擔任維吉尼亞州政府檢察官的情人——喬．諾林。

「華德爾從頭到尾都沒有半點機會。」我說：「當然，他犯下那麼嚴重的罪，也不見得會得到特赦。但從他被逮捕的那一刻開始，諾林就非常擔心。他知道他把公事包放在羅蘋家，也知道警方並沒有找到它。」

至於他爲什麼把公事包留在羅蘋家則不清楚，也許他只是忘了，而他們兩人都不可能知道那一夜會是她生命的最後一夜。

「我簡直不能想像諾林聽到這案子的時候有什麼感覺。」我說。

衛斯禮從他眼鏡框的上緣瞥了我一眼，然後繼續翻看文件。「我想誰也不能想像。要擔心全世界會發現他有外遇已經夠糟了，而他和羅蘋的關係會讓他立刻變成最有嫌疑殺死她的人。」

「就某一方面來說，」馬里諾說：「華德爾把公事包拿走了是他好狗運。」

「我想在他看來，不管怎麼樣他都是很不走運的吧。」我說：「如果公事包出現在命案現場，他就麻煩大了。但如果公事包被偷了，諾林就得擔心它會在別的地方冒出來。」

馬里諾拿起咖啡壺，替大家的杯子添滿。「一定有人做了什麼以確保華德爾免開金口。」

「也許。」衛斯禮伸手拿奶精。「但話說回來，也許華德爾根本就從來沒說過什麼。我猜他從一開始就害怕他無意間發現的東西只會讓他處境更惡劣。那公事包可以用來當作武器，但會毀掉誰呢？諾林還是華德爾？華德爾會信任司法體系到敢說主任檢察官壞話的地步嗎？多年之後，他會信任司法體系到敢說州長壞話的地步嗎——那是唯一可能救他一命的人？」

「所以華德爾保持沉默，知道他母親會替他保管好他藏在農莊上的東西，直到他準備好要把它交給別人爲止。」我說。

「諾林有他媽的十年時間可以去找他的公事包。」馬里諾說：「他爲什麼等了這麼久才動手？」

「我懷疑諾林從一開始就派人監視華德爾了，」衛斯禮說：「在最後這幾個月裡監視的程度變得更加嚴密。華德爾離處決的日子越近，就越可能豁出去，也越有可能把事情說給別人聽。他十一月打電話給珍妮佛．戴頓的時候，可能有人在監聽他們的對話。然後消息傳到諾林那裡，他可能就慌了。」

「他該慌的。」馬里諾說：「他在辦這件案子的時候，我親自搜過華德爾的東西。這傢伙幾乎什麼也沒有，如果他把任何東西藏到農莊去了，我們也從來沒找到過。」

「諾林當時也會知道這點。」我說。

「他當然知道。」馬里諾說：「所以他聽說華德爾在農莊上有東西要交給這個朋友，就馬上知道事情不對勁。這下那個公事包又變成諾林的惡夢了，而且更糟的是，在華德爾還活著的時候他不能派個人就這麼闖進珍妮佛．戴頓家裡去。要是她有個三長兩短，天曉得華德爾會怎麼做，最糟的可能性就是他搞不好會開口對古魯曼說。」

「班頓，」我說：「你會不會剛好知道諾林爲什麼要隨身攜帶腎上腺素？他對什麼過敏？」

「顯然呢，是蝦貝類。顯然呢，他到處都放著EpiPen。」

他們繼續談話，我去看看烤箱裡的千層麵好了沒，然後打開一瓶酒。對付諾林的案子可能要花上很長的時間，這是說如果能證明的話。我覺得在某種程度上我非常能夠體會華德爾當時的心情。

我打電話到古魯曼家的時候已經接近晚上十一點了。

「我在維吉尼亞是已經完了。」我說：「只要諾林在位一天，他就不會讓我回到我的職位上。他們已經奪走了我的生活，該死的，但我不會把我的靈魂也給他們，我打算每次都引用第五修正案。」

「那麼你一定會被定罪的。」

「考慮到我對付的是哪些王八蛋，我想這反正已經是必然會發生的事了。」

「哎呀呀，史卡佩塔博士。你是不是忘了我這個替你打官司的王八蛋啦？我不知道你的週末是在哪裡過的，但我去了趟倫敦。」

我覺得自己登時變得面無血色。

「唔，我不能打包票說用這招能成功對付派特森，」這個我曾以爲自己很恨的人說：「但我會拚了老命把查理·赫爾弄上證人席的。」

14

一月二十日那天像三月天一樣颳著大風，雖然陽光刺眼但比三月冷多了。我沿著百老街向東行，朝約翰．馬歇爾法院駛去。

「現在我又要跟你說一件你已經知道的事。」尼可拉斯．古魯曼說：「媒體會像搶食的魚群一樣瘋狂。靠太近的話，他們會把你的一條腿給啃掉。到時候我們並肩走，眼睛往下看，不管是誰、不管他們說什麼，你都不要回頭，也不要看任何人。」

「我們會找不到停車位的。」我邊說邊左轉開上第九街，「我就知道會發生這種事。」

「慢一點，右側路邊的那位好心女士有所動作。她要離開了，如果她最後能出得來的話。」

我車後喇叭聲大作。

我瞥了一眼手錶，然後轉向古魯曼，像運動員等待教練最後一分鐘的指示。他穿著一件海軍藍的喀什米爾長大衣，戴著黑色皮手套，頂端鑲銀的手杖靠在座椅旁，膝頭放著一個身經百戰、傷痕累累的公事包。

「記住，」他說：「有權決定叫誰進去、不叫誰進去的是你那位朋友派特森，所以我們得靠陪審團員插手，而這就要看你的了。你得讓他們對你有感覺，凱。你走進那房間的一剎那，就得跟十個、十一個陌生人成為朋友。不管他們要跟你聊什麼，你都不要拒人於千里之外，要讓他們能接近你。」

「我明白。」我說。

「我們要孤注一擲了，說定了？」

「好。」

「祝你好運，博士。」他微笑著拍拍我的手臂。

我們進入法院，一位警官攔住我們並用金屬探測掃描器檢查我的皮包和公事包。這套程序在我以專家證人的身分前來作證的時候他已經做過幾百遍了，但這次他避開我的眼神，什麼也沒對我說。古魯曼的手杖引發了探測器的反應，他耐心之至、極有禮貌地解釋說手杖尖端和外層鑲的銀是拆不下來的，而且深色的木質杖身裡眞的沒有藏任何東西。

「他以爲我這裡面放了什麼，吹箭筒嗎？」我們進入電梯之後他說道。

電梯門在三樓打開的那一剎那，虎視眈眈的記者果然不出所料地蜂擁而上。雖然患有痛風，但我的律師移動的速度仍然算快，手杖點地的聲音伴著大步向前的步伐。出乎意外的，我覺得一切都離得很遠、很不清晰，直到我們走進幾乎空蕩蕩的法庭，班頓·衛斯禮和一個我知道是查理·赫爾的瘦小年輕男人坐在角落。他右臉頰上滿是縱橫交錯的粉紅色疤痕。他站起來的時候很拘謹地把右手插進外套口袋裡，我看見他少了好幾根手指。他穿著不合身的暗色西裝，打著領帶，眼神四處游移，我則只顧著機械化地坐下來然後翻看公事包。我沒有辦法跟他說話，這三個男人也都聰明地假裝沒注意到我的難過。

「我們先來談一下他們手上有什麼。」古魯曼說：「我想傑森．史多瑞是一定會作證的，還有路瑟羅警官。當然，還有馬里諾。此外，派特森還會在他的明星陣容裡加進誰，我就不知道了。」

「先聲明一下，」衛斯禮看著我說：「我跟派特森談過，我告訴他這案子根本不成立，也說審判的時候我會作證這麼說。」

「我們是假定不會到開庭審判的地步。」古魯曼說：「你進去的時候，我要你確定讓陪審團員知道你跟派特森談過，告訴他說這案子不成立，但他還是堅持要進行。只要他問的問題跟你們私下已經談過的議題有關係，你回答的時候就要這麼說。『我去你辦公室的時候也告訴過你』，或者『我們哪天哪天談話的時候我就已經明白地表示過』等等。」

「很重要的一點是，要讓陪審團員知道你不只是聯邦調查局的特別探員，更是匡提科行爲科學小組的組長，而這個小組的工作是分析暴力犯罪並建立罪犯心理模式的資料。你也可以聲明，就目前在調查的這些殺人案來說，史卡佩塔博士無論正著看、倒著看都完全不符合凶手的心理模式，事實上，你覺得把史卡佩塔博士扯進來是很荒謬的。同時很重要的是，你也要讓陪審團員清楚地知道你是馬克．詹姆斯工作上的前輩，不僅教了他很多也是他最親近的朋友。盡你可能地自動多說一點，因爲派特森是絕對不會問你這些的。最重要的是，要讓陪審團員清楚知道查理．赫爾已經來到這裡了。」

「要是他們不傳我進去怎麼辦？」查理．赫爾問。

「那我們就會受限了。」古魯曼回答道：「我在倫敦也跟你解釋過，這場秀得看檢方表演。史卡佩塔博士沒有權利提出任何證據，所以我們至少得讓一個陪審團員請我們鑽進去。」

「這可不簡單。」赫爾說。

「你把存款單和你所付費用的收據都帶來了？」

「帶來了，先生。」

「很好，別等著他們問，你說話的時候就把它放在桌上。從我們上次談話之後，你太太的情況還是一樣？」

「是的，先生。我也跟你說過，她接受了人工受孕的手術。目前爲止一切都好。」

「要是能提的話，記得要提到這一點。」古魯曼說。

幾分鐘之後，我被傳到陪審團室去。

「當然，他要你先進去。」古魯曼跟我一起站起來。「然後他再把跟你作對的人叫進去，這樣可以給陪審團留下不好的印象。」他陪我走到門邊。「你有什麼需要，我就在這裡。」

我點點頭，走進房間，在桌子前端的空椅子上坐下。派特森不在房間裡，我知道這是他的伎倆之一。他要讓我在靜默中忍受這十個掌握著我未來的陌生人的審視。我迎視每個人的眼光，甚至和其中幾個相視微笑了一下。一個擦著鮮紅唇膏的嚴肅年輕女人決定不等州政府檢察官了。

「你爲什麼決定處理死人，而不是醫治活人？」她問：「一個醫生做出這種選擇，似乎有點奇怪。」

「因爲我對活人非常關心，所以才會想去研究死者。」我說：「我們從死者身上所得到的知識可以用來造福活人，而司法正義的運作也就是爲了保護還活著的人。」

「你不會覺得不好受嗎？」一個有著粗糙大手的老人問。他臉上的表情是如此誠摯，看起來似乎他也感到了痛苦。

「當然會。」

「在你高中畢業之後，還又再讀了幾年書？」一個大塊頭的黑人女性問。

「十七年，包括我當住院醫生和研究生的時間。」

「我的老天啊。」

「你都上過哪裡？」

「你指的是學校嗎？」我對那個戴眼鏡、瘦瘦的年輕男人說。

「是的，女士。」

「聖邁可、露德聖母學院、康乃爾、約翰霍普金斯、喬治城。」

「你爸爸是醫生嗎？」

「先父在邁阿密開一間小雜貨店。」

「唔，得付這麼多學費一定很頭痛。」

幾個陪審團員輕笑起來。

「我很幸運，得到過幾個獎學金。」我說：「從高中時代開始。」

「我有個叔叔在諾福克的『幽冥殯儀館』做事。」另一個人說。

「哦，少來了，巴瑞，不可能有殯儀館眞叫那種名字的啦。」

「我沒蓋你。」

「那算什麼。我們法葉特維爾有一間殯儀館是一家姓關才板的人開的。你們猜這殯儀館叫什麼名字。」

「不可能吧。」

「你不是這一帶的人吧。」

「我出生在邁阿密。」我回答。

「那史卡佩塔是西班牙姓了？」

「事實上，是義大利姓。」

「這倒有趣，我還以爲義大利人都是深色眼珠深色頭髮的。」

「我祖先是從義大利北部的維羅納來的，那裡有不少人跟薩瓦（譯註：在法國東南部）人、奧地利人和瑞士人的血統很相近。」我耐心地解釋道：「我們當中有很多人是金髮藍眼。」

「哇，我敢說你一定很會做菜。」

「這是我的嗜好之一。」

「史卡佩塔博士，我對你的職位不是很了解。」一個看來跟我年齡相仿，穿著體面的男人說。「你是負責里奇蒙的首席法醫嗎？」

「我負責整個州。我們有四個分區辦公室。中央辦公室是在里奇蒙這裡，潮水鎮辦公室在諾福克，西區辦公室在羅諾克，北區辦公室則在亞歷山德利雅。」

「所以主任只是剛好被派在里奇蒙這裡？」

「對，這樣的安排似乎比較合理，因爲法醫系統是州政府的一部分，議會的議事也是在里奇蒙進行的。」我回答，這時候門開了羅伊．派特森走了進來。

他是個寬肩、英俊的黑人男性，剪得短短的頭髮已經開始泛灰。他穿著深藍色的雙排扣西裝，淺黃色的襯衫袖口繡著他姓名的縮寫字母。他打的領帶很有名，今天這條看起來像是手工繪製的。他向陪審團員問好，對我則不甚熱絡。

我發現那個塗著鮮紅唇膏的女人是陪審團主席。她清清喉嚨，對我宣布我並非一定要作證，而我說的任何話都可能用來對付我自己。

「我明白。」我說，接著便宣誓就證人席。

派特森在我的座位旁盤旋，對我的身分提供了微乎其微的解釋，然後便詳細地說起我的職位有什麼樣的權力，而這種權力又是如何容易被濫用。

「又會有誰在場目睹呢？」他問：「在很多情況下，史卡佩塔博士工作的時候根本沒有任何人在旁觀察，除了一個不折不扣天天在她身邊的人，那就是蘇珊．史多瑞。各位女士、先生，你們聽不到她的證詞，因爲她和她未出世的孩子都死了。但今天你們會聽到其他人的證詞。他們會爲你們描繪出一幅令人心寒的畫像，畫出這個鐵石心腸、野心勃勃的女人，一心想建立自己的王國，卻在工作上嚴重失職。首先，她付錢叫蘇珊・史多瑞不要聲張。然後，她又因此殺人。

「大家都聽過完美犯罪的故事，有誰比破解罪案的專家更有本事做得出來呢？專家會知道，如果你打算在車裡射殺一個人，你必須選擇小口徑的武器，這樣才不會冒著子彈反彈亂跳的危險。專家不會在現場留下任何痕跡，連空彈殼都不會留下來。專家不會用她自己的左輪手槍——她的朋友和同事都知道她有那些槍。她會用一把不會追查到她身上的槍。

「嗳，她甚至可以從實驗室借一把左輪出來，各位女士、各位先生，因為每年法庭都會沒收數以百計的凶槍，這些武器當中有些會捐給州政府的槍械實驗室。誰知道呢，那把射穿了蘇珊・史多瑞後腦殼的點二二左輪，說不定現在正掛在槍械實驗室裡，或者在她辦公室樓下，實驗人員用來測試槍械、史卡佩塔博士也常去練習槍法的射擊場裡。順帶一提，她的槍法好到足以加入全國任何一個警局，而且她以前也殺過人，不過持平而論那一次她的行動經裁定為正當自衛就是了。」

我低頭盯著我交疊在桌面上的手，法庭書記官靜默地打字紀錄，派特森繼續說下去。他的措辭總是雄辯滔滔，不過他常不懂得適可而止。當他要我解釋蘇珊家五斗櫃裡發現的那個封套上怎麼會有我的指紋時，他大費周章地指出我的解釋有多麼不可信，程度之誇張讓我覺得有些陪審團員說不定會想為什麼我說的不可能是實話呢。然後他講到了錢的事情。

「史卡佩塔博士，十一月十二日你是不是去過西涅銀行的城區分行，開了一張現金一萬元的支票？」

「是的。」

派特森遲疑了一下，可以看出他很驚訝，他以爲我會引用第五修正案拒絕回答。

「你是不是沒有把這筆錢存進你的任何一個帳戶？」

「是的。」我說。

「那麼，就在你的停屍間管理人在她帳戶裡存進來路不明的三千五百塊的幾個星期前，你帶著一萬元現金走出了西涅銀行？」

「不是的，先生。在我的財務紀錄中你應該也拿到了一份銀行本票的影本，金額是英鎊七千三百零一十八鎊。我帶了一份影本來。」我把它從公事包裡拿出來。

派特森只略瞥了一眼，便請法庭書記官將其列爲證據。

「這倒很有意思。」他說：「你購買了一張銀行本票，開給一個叫查爾斯（譯註：查理是查爾斯的暱稱）．赫爾的人。這是不是你的某種天才伎倆，用來掩飾你付錢給你手下的停屍間管理人，說不定還有其他人也被你收買？這個叫做查爾斯．赫爾的人是不是把英鎊兌換回美元，然後再把錢轉手到別的地方去——也許是到蘇珊．史多瑞的手上？」

「不是的。」我說：「而且我根本沒把支票交給查爾斯．赫爾。」

「沒有？」他表情困惑。「那你把支票怎麼辦了？」

「我把它交給班頓．衛斯禮，他負責確定支票送到了查爾斯．赫爾的手上。班頓——」

他打斷我的話。「你的說法越來越荒謬了。」

「派特森先生……」

「查爾斯．赫爾是誰？」

「我想先把剛剛那句話說完。」我說。

「查爾斯．赫爾是誰？」

「我想聽聽她要說什麼。」一個穿著格子布運動外套的男人說。

「請。」派特森冷笑著說。

「我把那張本票交給了班頓．衛斯禮。他是聯邦調查局的特別探員，在匡提科的行爲科學小組負責嫌犯心理模式的建檔研究。」

一個女人怯怯地舉起手來。「是那個上過報的人嗎？他是不是一有可怕的謀殺案就會被找來，像甘斯維爾發生的案子一樣？」

「就是他。」我說：「他是我的同事，也是我一個朋友馬克．詹姆斯最好的朋友。馬克．詹姆斯也是聯邦調查局的特別探員。」

「史卡佩塔博士，讓我們把話說清楚。」派特森不耐煩地說：「馬克．詹姆斯不只是你的朋友而已。」

「你是在問我問題嗎，派特森先生？」

「除了首席法醫跟聯邦調查局探員上床很明顯牽涉到利益衝突之外，這話題根本沒有關聯。所以我不會問——」

我打斷他的話。「我和馬克·詹姆斯是從念法學院開始交往的。這其中並不牽涉利益衝突，而且我想特別聲明，我抗議州檢察官提及我據稱跟某某人上床這件事。」

書記官一律記下。

我的雙手握得那麼緊，指節都變白了。

派特森又問：「查爾斯·赫爾是誰，你又爲什麼給了他一筆相當於一萬美元的錢？」

我腦海中閃現了粉紅色的疤痕，眼前彷彿看見一隻帶著閃亮疤痕的手上只殘餘了兩根手指。

「他曾經是倫敦維多利亞車站的售票員。」

「曾經是？」

「那個星期一，二月十八日，炸彈爆炸時他正在值班。」

沒有人告訴我。我整天都聽見新聞記者在報導個不停，卻一點也不知情，直到我的電話在二月十九日的凌晨兩點四十一分響起。當時是倫敦時間早晨六點四十一分，馬克死了已經將近一天了。班頓·衛斯禮試著解釋給我聽，但我實在是驚嚇得呆住了，一點都聽不懂。

「那是昨天的事，我昨天聽說了。你是說又發生了同樣的事？」

「炸彈爆炸是在昨天早上的交通尖峰時間，但馬克的事情我是剛剛才曉得的。我們駐倫敦的法律專員剛剛才通知我。」

「你確定？你百分之百確定？」

「天啊，我真的很抱歉，凱。」

「他們已經確切地指認出他來了？」

「是的。」

「你確定，我是說……」

「凱，我現在在家裡，一個小時之內就可以趕過去。」

「不，不用了。」

我全身顫抖卻哭不出來。我在屋裡遊蕩，扭絞雙手，靜靜地呻吟著。

「但查爾斯．赫爾在爆炸案中受傷之前你並不認識他，史卡佩塔博士。你爲什麼要給他一萬元？」派特森用手帕輕拭額頭。

「他和他妻子想生孩子，卻一直無法如願。」

「你怎麼會知道陌生人這麼私密的家務事？」

「班頓．衛斯禮告訴我的，我聽了之後建議他們去伯恩霍爾，那是人工受孕的一流研究機構。人工受孕不在健保給付的範圍之內。」

「但你說炸彈的案子是二月的事，支票你是在十一月才開的。」

「我一直到去年秋天才聽說赫爾夫婦的問題，那時候聯邦調查局有照片要請赫爾先生指認，無意間得知了他的困擾。我很久以前就跟班頓說過，如果有任何我能爲赫爾先生做的事情，請他告訴我。」

「然後你就自願負擔陌生人進行人工受孕的開銷？」派特森問的口氣彷彿我剛告訴他說我相

信世上有小精靈似的。

「是的。」

「史卡佩塔博士，你是聖人嗎？」

「不是。」

「那麼請解釋你的動機。」

「查爾斯．赫爾曾經試著幫助馬克。」

「試著幫助他？」派特森踱著步。「試著幫他買車票、搭上火車，還是找到廁所？你說的是什麼意思？」

「爆炸後，馬克有一段短短的時間還是清醒的，查爾斯．赫爾倒在他旁邊的地上，自己也身受重傷。他試著把壓在馬克身上的碎石瓦礫移開，跟他說話，脫下他的外套包在……他，呃，試著幫他止血。他盡了最大的努力，雖然當時無論做什麼都救不回馬克了，但至少他臨終前不孤單。這一點讓我非常感激。現在世界上會多一條新生命，我很感謝我能有機會做些回報，能幫得上忙，至少有一點意義。不，我不是聖人，他們的需要也是我的需要，我幫助赫爾夫婦的時候，也是在幫助我自己。」

房間裡一片寂靜，彷彿空無一人。

塗著鮮紅唇膏的女人傾身向前一點，讓派特森注意到。

「我想查爾斯．赫爾人是在十萬八千里外的英國，但我們是不是可以傳班頓．衛斯禮來？」

「不需要發傳票給他們了。」我回答，「他們兩人現在都在這裡。」

陪審團主席告訴派特森說特別大陪審團拒絕起訴的時候，我並沒有在那裡親眼目睹。古魯曼接到通知的時候我也不在場。我一作證結束就開始瘋狂地尋找馬里諾。

「我差不多半小時前看到他從廁所出來。」一個在飲水機旁抽菸的制服警察說。

「你可不可以試試用無線電呼叫他一下？」我問。

他聳聳肩解下皮帶上的無線電，要調度員聯繫馬里諾。馬里諾沒有回應。

我走樓梯下樓，到了門外開始小跑步起來。我進到車裡發動引擎，抓起電話打到就在法院對面的市警局總部。辦公室裡接電話的一名警探告訴我說馬里諾不在的時候，我正開車穿過後面的停車場尋找他那輛白色福特汽車，但車不在那裡。然後我停進一個空的保留車位，打電話給尼爾斯·范德。

「你還記不記得富蘭克林街的那件竊盜案——那些指紋你最近拿去查，結果跟華德爾符合？」我問。

「有一件麂絨背心被偷了的那個案子？」

「就是那件案子。」

「記得啊。」

「那個失主的十指指紋卡有沒有送進來，以便加以排除？」

「沒有，我這裡沒有，只有現場找到的隱藏指紋。」

「謝謝你，尼爾斯。」

然後我打給無線電調度員。

「你可不可以告訴我馬里諾副隊長的無線電有沒有開著？」

她查過之後回我話。「是開著的。」

「可不可以請你幫我聯繫他，看他現在在哪裡，告訴他史卡佩塔博士有急事要找他。」

大概一分鐘之後調度員的聲音再次傳來。「他在市區加油站。」

「告訴他，我兩分鐘之後到。」

市警局使用的那個加油站位在一片荒涼的柏油地面上，四周圍著鐵絲網，那裡加油完全是採自助式的。那裡既沒有職員也沒有公廁和販賣機，如果要擦擋風玻璃，就得自己帶紙巾和清潔劑去。馬里諾正把加油卡放回門側置物架的老地方時，我把車開到他旁邊停下。他跨出車子，走到我的車窗邊。

「我剛在收音機上聽到消息。」他止不住笑意。「古魯曼呢？我要跟他握握手。」

「他和衛斯禮都還在法院，發生了什麼事？」我突然覺得頭暈眼花。

「你不知道啊？」他不可置信地問。「狗屎，醫生。他們給你鬆綁了，就是這麼一回事。我幹警察幹了這麼久，只記得大概有兩次特別陪審團沒有帶著受理起訴狀回來的。」

我深吸一口氣，搖搖頭。「我猜我該手舞足蹈吧，但我沒有這種感覺。」

「換了我大概也不會。」

「馬里諾，那個說他的毳絨背心被偷了的那個人叫什麼名字？」

「蘇利文，希爾頓．蘇利文。怎麼了？」

「我作證的時候，派特森很過分地指控說我有可能從槍械組的實驗室裡拿出一把槍來射殺蘇珊。換句話說，如果用自己的武器作案總是會有危險，因為萬一槍被拿去檢查，證實子彈是從那裡面射出來的，那你就有得解釋了。」

「這跟蘇利文有什麼關係？」

「他是什麼時候搬進那間公寓的？」

「我不知道。」

「要是我打算用我的魯格殺人，那麼在作案之前先向警方報失會是相當聰明的舉動。等到為了某種原因那把槍被找到了——比方說，如果風聲太緊，我決定把它扔掉——警方或許會從槍枝號碼追回到我身上，但既然我之前就已經報過案說它被偷了，那就可以證明犯罪當時那把槍並不在我手上。」

「你是說蘇利文報假案？竊盜案是他自己一手導演的？」

「我是說有這個可能。」我說：「他沒裝保全系統，又有一扇窗沒鎖，這點很方便。他對警察跩得要命，這點也很方便。我敢說他們一定巴不得他趕快走開，不會去自找麻煩地要替他印指紋以便加以排除。尤其他當時又穿著一身白，不停地抱怨他們把用來採指紋的粉搞得到處都是。」

我的意思是，你怎麼知道蘇利文公寓裡的指紋不是蘇利文自己的？他住在那裡啊，他的指紋當然會到處都是。」

「而且在自動指紋辨識系統裡符合華德爾的資料。」

「一點也沒錯。」

「如果是這樣，蘇利文又爲什麼要在看了我們安排登在報紙上的那篇骳絨報導之後打電話給警方？」

「班頓說過，這傢伙愛玩遊戲。他最愛把人耍得團團轉，他故意冒險，因爲這樣很刺激。」

「該死，電話借我用一下。」

他坐進前座，打電話到查號台去問到了蘇利文那棟建築的電話號碼。等管理員來接電話，馬里諾問他希爾頓．蘇利文是什麼時候買下那間公寓的。

「那，是誰呢？」馬里諾問。他在筆記本上寫下了什麼。「門牌幾號，面對哪一條街？好，他的車呢？是，如果你有的話。」

馬里諾掛下電話看著我。「老天爺，那地方根本就不是那個神經病的。屋主是個生意人，把它出租，蘇利文是他媽的十二月第一個星期才開始租的。說得更精確點，他是六號付的押金。」他打開車門，又補充道：「他開的是深藍色的雪佛蘭箱型車，舊到連玻璃窗都沒有。」

馬里諾跟在我後面開回市警局總部，把我的車留在那裡，然後沿著百老街朝富蘭克林街疾駛而去。

「希望管理員沒有讓他起疑。」馬里諾在引擎的嘈雜中提高了聲音。

車子慢下來，停在一棟八層樓的磚造建築物前。

「他的公寓在後面。」他一邊解釋一邊環顧四周，「所以他應該看不到我們。」他伸手到座位下拿出他那把九釐米，做爲他左手臂下槍套裡那把點三五七的候補。他把槍塞進褲子後面，口袋裡多放了一個彈匣，然後打開車門。

「如果會爆發大戰，我還是待在車裡好了。」我說。

「要是大戰爆發，我會扔給你這把點三五七還有兩個快速裝彈器，你的射擊技術最好有派特森所說的那麼厲害。記住待在我後面。」他走上台階按門鈴。「他大概不會在家。」

不久，門鎖發出喀噠聲門開了。一個有著濃密雜亂灰色眉毛的老人表示自己就是先前在電話上跟馬里諾交談過的管理員。

「你知不知道他在不在家？」馬里諾問。

「不知道。」

「我們要上樓去看看。」

「你們不用上樓，因爲他就住在這一層。」管理員朝東邊指。「順著這條走廊走，在第一個轉角左轉，最後面的一個邊間，十七號。」

這棟建築有著寧靜、豪華、但已然陳舊的氛圍，讓人想到因爲客房太小、裝潢太暗沉又有點磨損而失去了特殊吸引力的老飯店。我注意到厚厚的紅色地毯上有菸蒂燒出的痕跡，壁板上的污漬幾乎是黑色的了。希爾頓．蘇利文的邊間公寓標示著小小的黃銅數字十七。門上沒有窺孔，馬里諾敲門，我們聽見腳步聲。

「誰？」一個聲音問道。

「維修人員。」馬里諾說：「來換暖氣的濾網。」

門一開在我看見那雙懾人的藍眼睛而對方也看見我的那一剎那，我幾乎停止了呼吸。希爾頓．蘇利文試圖摜上門，但馬里諾的腳已經卡在門框邊。

「到旁邊去！」馬里諾邊對我喊邊掏出他那把左輪，同時盡可能把身體後仰遠離門縫。

我衝到一旁，他一腳把門踹開，門砰然撞上屋內的牆。他持著左輪走進去，我憂懼地等待扭打或槍聲。幾分鐘過去了。然後我聽到馬里諾對無線電對講機說話。他邊罵邊走出來，氣得滿臉通紅。

「我他媽的簡直不能相信。他像隻該死的野兔一樣竄到窗外去了，連個鬼影子都沒有。該死的王八蛋。他的車還在後面的停車場裡，所以他是靠兩條腿逃掉的。我已經對在這一區的人員發出警報了。」他用袖子抹抹臉，喘得上氣不接下氣。

「我還以爲他是女的。」我木然地說。

「啊？」馬里諾瞪著我看。

「我去找海倫．烏的時候，他在她家裡。我們在門廊上講話的時候他往外看過一眼。當時我以爲是個女人。」

「蘇利文在蠻子海倫家？」馬里諾大聲說。

「我確定。」

「我的老天爺，這一點該死的道理也沒有。」

但我們開始四處翻看蘇利文的公寓之後，就發現其實是有道理的。屋裡陳設著優雅的古董家具和高級地毯，馬里諾聽管理員說那些都是屋主的東西，不是蘇利文的。臥室裡傳來爵士樂聲，我們在床上找到了希爾頓．蘇利文的藍色羽絨夾克，放在淺棕色的燈芯絨襯衫和褪色的牛仔褲旁，疊得整整齊齊。地毯上放著慢跑鞋和襪子。桃花心木的梳妝檯放著一頂綠色的棒球帽和一副太陽眼鏡，還有一件隨便折折的藍色制服襯衫，胸口的口袋上還別著海倫．烏的名牌。底下有一個大信封，我看著馬里諾一張張檢視裡面的照片。

「該死。」馬里諾每隔一分鐘就嘟囔著。

十幾張照片裡都有赤身裸體、五花大綁的希爾頓．蘇利文在擺姿勢，海倫．烏則是扮演虐待狂的警衛。他們似乎很喜歡其中的一個場景——蘇利文坐在椅子上，海倫則扮演拷問者，從後面勒住他脖子或用其他方法懲罰他。他是個長得非常細緻俊美的金髮年輕人，纖細的身材中我想應該具有驚人的體力。至少他動作敏捷是無庸置疑的。我們找到了一張羅蘋．納史密斯血淋淋的屍體靠在她客廳電視機上的照片，另外一張是她躺在停屍間的鋼桌上。但最令我覺得可怕的是蘇利文的臉，沒有半點表情，眼神冰冷，我想像他殺人的時候就是這個樣子。

「也許這下我們知道唐納修爲什麼那麼喜歡他了。」馬里諾說著把照片放回信封。「這些照片得有人拍。唐納修的老婆告訴過我說他的嗜好是攝影。」

「海倫．烏一定知道希爾頓．蘇利文的眞實身分。」我說著，聽到傳來警笛聲。

馬里諾朝窗外瞄了一眼。「很好，路瑟羅來了。」

我檢查床上的那件羽絨背心，發現縫線部分一個細小裂痕處露出了一根白色的羽絨。更多引擎的聲音，關車門的聲音。

「我們要走了。」路瑟羅到的時候，馬里諾說：「別忘了扣押他那輛藍色箱型車。」他轉向我。「醫生？你還記得怎麼去海倫．烏家嗎？」

「記得。」

「我們去跟她談談吧。」

海倫．烏沒有多少可說的。

我們大約四十五分鐘之後抵達她家，發現前門沒鎖，於是走了進去。屋裡暖氣開到最大，我聞到一股走到哪裡都認得出來的味道。

「我的上帝。」馬里諾走進臥室時說。

她的無頭屍體穿著制服，坐在靠牆的椅子上。其他的部分三天之後才被住在對面的農夫發現。他不知道爲什麼會有人把保齡球袋扔在他的田地上，但他眞希望從來沒打開那個袋子。

尾聲

我母親在邁阿密的房子後院有一半在樹蔭中，一半在溫暖的陽光下，紗門兩旁的木槿正開成一片如火如荼的紅。這附近其他的萊姆樹不是還光禿禿的就是枯死了，唯獨她圍牆旁的那棵卻結實纍纍。這一點我實在無法了解，因爲我不知道還可以用教訓批評的方式讓植物長得好，我還以爲應該對它們好言好語。

「凱蒂？」我母親從廚房窗邊叫道。我聽到水嘩啦啦流進水槽的聲音，知道回答了也是沒用。

露西用城堡撂倒我的皇后。「你知道，」我說：「我眞的很討厭跟你下西洋棋。」

「那你幹嘛一直找我下？」

「我找你下？是你強迫我的，然後又一局一局下個沒完。」

「那是因爲我一直想再給你一次機會，可是你每次都搞砸了。」

我們在庭院裡的桌旁對坐。檸檬水裡的冰塊已經融化，我覺得有一點點曬傷了。

「凱蒂？你等下和露西去拿葡萄酒好不好？」我母親在窗邊說。

我可以看見她的頭型和臉部圓圓的輪廓。櫃子的門開了又關，然後電話鈴聲尖銳響起。是找我的，我母親乾脆把無線電話遞到門外來。

「我是班頓。」熟悉的聲音說：「我在報上看到你們那邊的天氣好極了。這裡正在下雨，氣溫是可愛的四十五度。」

「別害我想家了。」

「凱，我想我們指認出他的身分來了。順帶一提，有人可是大費周章弄了假證件——而且做得很好。他去店裡買槍、去租公寓，別人根本沒有起疑。」

「他的錢是哪來的？」

「家裡，他可能以前就藏了一些。不管怎麼樣，我們查了監獄的紀錄，跟很多人談過，看來希爾頓．蘇利文是這個三十一歲男性的化名，他本名叫鄧波爾．布魯克斯．高特，出身於喬治亞州的奧爾班尼市。他父親有一片胡桃園，家裡很有錢。高特在某些方面很典型——對槍枝、刀械、武術和暴力的色情刊物非常有興趣，有反社會傾向等等。」

「他在哪些方面不典型？」我問。

「他的模式顯示他完全不可預測。凱，他不太符合任何類型，這傢伙不在圖表上。只要有什麼東西激起他的幻想，他就會去做。他自戀虛榮得不得了——例如他的頭髮。他是自己染的。我們在他的公寓裡找到了漂淡、染色用的種種染髮劑。他某些不一致的行爲，呃，很怪異。」

「比方說？」

「他開的那輛破舊箱型車原本是一個油漆工的。看來高特從來沒洗過那輛車，也沒費事去清理一下，就連在車裡殺死艾迪．希斯之後都沒有。順帶一提，我們找到了一些相當有力的證據，血跡也符合艾迪的血型。這樣實在很沒條理，但高特顯然又消滅了咬痕，而且要人改掉他的指紋，這可是有條有理得要命。」

「班頓，他有什麼前科？」

「過失殺人。兩年半以前他在酒吧裡對某人發火，用腳去踢他的頭。這事發生在維吉尼亞州的艾賓頓。順帶一提，高特是空手道黑帶。」

「搜索行動有新發展嗎？」我看著露西排好棋盤。

「沒有，但對我們這些牽涉在案子裡的人，我還是那句老話，這傢伙眞的是什麼也不怕。他做事很憑直覺，所以要猜測他的行動很困難。」

「我了解。」

「別忘了隨時採取適當的預防措施。」

對付這樣一個人是沒有什麼適當預防措施的，我心想。

「我們都要小心謹愼。」

「我了解。」我又說一次。

「唐納修不知道他做了什麼好事，或者該說諾林，儘管我不認爲這個人渣是咱們的好州長親手挑選出來的。他只是想把那該死的公事包拿回來，可能也給了唐納修足夠的資金叫他去處理這件事。我們沒辦法讓諾林出什麼醜，因爲他一直都非常非常小心，而且已經死了好幾個能講出什麼的人。」他頓了頓，又補充道：「當然了，還有你的律師跟我。」

「這話怎麼說？」

「我很清楚地——當然是不落痕跡地——表達過，要是羅蘋．納史密斯家被偷的那個公事包的消息走漏出去，那就太遺憾了。古魯曼也和他小小密談了一番。事後古魯曼告訴我，當他提到在羅蘋死前一晚，諾林獨自一人開車到急診室去一定是個很悲慘的經驗時，諾林顯得不大自在。」

我查過舊剪報，也跟我在市內各醫院急診室裡的聯絡人談過，得知羅蘋被殺害的前一天晚上，諾林曾在亨利哥醫院的急診室接受治療，之前他已經自行在左大腿上注射過腎上腺素。顯然他的嚴重過敏反應是由中國菜而起的，我記得警方報告裡也提過羅蘋．納史密斯家的垃圾桶裡有發現外賣的紙盒。我的理論是，那天晚餐他和羅蘋吃的春捲或其他東西裡不小心混進了蝦子或某些貝類。他當時已經產生過敏性休克反應，注射了一支EpiPen——或許他在羅蘋家也放了一支——然後自行開車到醫院去。在那麼痛苦的狀況中，他就把公事包忘在她家了。

「我只要諾林離我越遠越好。」我說。

「嗯，他最近似乎有些健康問題，於是決定辭職在非公職的領域中找個壓力比較不那麼大的事情做做，或許會到西岸去，我相當確定他不會再來煩你了。班．史蒂文司也不會來煩你了。別的不提，他和諾林一樣，都忙著看高特有沒有在他背後追著。我想想，最近一次聽說的時候，史蒂文司人是在底特律。你知道嗎？」

「你是不是也威脅了他？」

「凱，我從來沒威脅過任何人。」

「班頓，你是我見過數一數二最能給人威脅感的人了。」

「這意思是不是說你不願意跟我共事？」

露西的手指在棋盤上敲個不停，另一手握拳抵著臉頰。

「跟你共事？」我問。

「其實我打電話來是爲了這件事，我也知道你需要時間考慮，不過我們很希望你能以顧問身分加入行爲科學小組。一般說來，這是一週兩天的工作。當然，有些時候也會忙得有點昏天暗地。你負責審閱案件的醫療及病理細節，幫助我們建立起類型資料，你的詮釋會非常有幫助。另外，你應該知道艾斯畢爾博士擔任我們的刑事鑑識病理顧問有五年了，今年六月一日就要退休了。」

露西把她那杯檸檬水倒在草地上，站起來伸懶腰。

「班頓，我得考慮一下。別的不提，我的辦公室還七零八落的。給我一點時間去雇新的停屍間管理人和行政人員，讓事情重新上軌道。你什麼時候需要回音？」

「三月以前？」

「很合理，露西向你們問好。」

我掛上電話，露西挑釁地看著我。「事情明明不是那樣的，你幹嘛要那麼說？我又沒跟他們問好。」

「可是你想得不得了。」我站起身。「我看得出來。」

「凱蒂？」我母親又到窗口來了。「你們眞的該進來了，你們在外面待了一整個下午。有沒有塗防曬油？」

「外婆，我們是在樹蔭底下哎。」露西喊道：「你還記得這裡有棵巨大的榕樹嗎？」

「你媽說她幾點要過來來著？」我母親問她外孫女。

「她跟那個叫什麼名字的人打完炮之後就會來了。」

我母親的臉消失在窗內，水槽又響起水聲。

「露西！」我小聲說道。

她打個呵欠，閒晃到院子邊緣去捕捉一道忽隱忽現的陽光。她把臉轉向陽光，閉上眼睛。

「你會做的，對不對，凱阿姨？」她說。

「做什麼？」

「做衛斯禮先生剛剛跟你說的不知道的什麼事情。」

我動手把棋子放回盒子裡。

「你的沉默是很響亮的答案。」我外甥女說：「我了解你，你會做的。」

「走吧。」我說：「我們去拿酒。」

「只有在我也可以喝一點的情況下我才要去。」

「只有在你今晚不開車出門的情況下你才可以喝。」

她伸手攬住我的腰，我們走進屋裡。